名残り火

藤原伊織

てのひらの闇 II

文藝春秋

名残り火——てのひらの闇Ⅱ

装画　浅野隆広
装丁　大久保明子

1

口笛を吹いていたことはおぼえている。なぜ吹いていたのかもおぼえている。オーティス・レディングの「ドック・オブ・ザ・ベイ」。危うく命をおとしかかった人物のもとに向かう途中、口ずさむものとしてふさわしいかどうか。それは考えもしなかった。自然に口もとから洩れていた。前夜にさんざ聞かされたのが、その理由だったように思う。

勤めを終えたサラリーマンたちの往来しはじめる時間だった。まだコートの目立つ季節だ。ことのほか冷たい風のすぎていく夕暮れだった。新宿通りに連なるビルの向こう、そこにある夕焼けだけがほのかな温もりを感じさせた。だが一瞬眺めただけで、私は目をそらせた。夕陽を見るのはいやだ……。そんな一節もオーティス・レディングのほかの曲になかったか。いや、あれはだれかまったくべつの歌手だったかもしれない。ぼんやり考えながら歩いた。

口笛が途切れたのは、ポケットの携帯電話が鳴ったからである。四ツ谷駅を背にしばらく歩き、東陽《とうよう》医大病院の威容がすぐそばにみえる四谷三丁目交差点にさしかかったころだった。

いやな予感がした。いまごろ携帯が鳴る理由で考えられることは多くない。

受話器のボタンを押した。聞いたことのない女性の声が流れてきた。

「堀江《ほりえ》さん……、堀江雅之《まさゆき》さんでしょうか」

「ええ」

「柿島隆志《かきじまたかし》さんが、たったいまお亡くなりになりました。奈穂子《なほこ》さんから伝言を頼まれ……」

記憶にまばらな空白が生まれたのは、それ以降のことである。

気がつくと、いつのまにか交差点と通りを駆けぬけていた。病院の玄関にはいり、エレベーターを降りると同時に、院内の廊下を走っていた。すれちがった看護婦が私になにか注意らしい声をかけたが、無視した。ICUに収容されていたとしても、おそらくはもういつもの病室にもどっているはずだ。その思いとともに周囲の光景が鮮明な輪郭を持ったのは、ここ数日、何度か見たドアのまえに立ってからのことだった。

呼吸を整え、ノックもせずにゆっくりドアを開けた。

病室のなかには、何人かの人間がいた。医者がふたりと看護婦が三人、それに濃いブルーのスーツを着た女性がひとり。柿島の細君だ。うしろをふりかえった彼女が、私に向けて無言のまま、静かに頭をさげた。

ベッドに近づき、その横に立った。それでも彼女はなにもいわなかった。私も口を開かなかった。沈黙のなかで、彼女は数歩、さりげなく横に身体をずらせた。そして促《うなが》すように手をそっとさしのべた。ベッドに横たわる男の、頭のすぐそばの位置を私に譲ったのだ。私はその場所に立った。

柿島隆志は静かに眠っているようにみえた。のどかな夢を見ているようにもみえた。いつもより子どもっぽくさえみえた。私は黙ったまま、じっとその顔を眺めていた。手をあわせることはしなかった。拳をにぎりしめてもいなかったと思う。どれくらい時間がたったのかはわからない。

私がやっと顔をあげたとき、柿島の細君が「ご苦労さまです」とつぶやくようにいった。

「容態は、いつごろ急変したんですか」私はかろうじて声をあげたが、それが自分のものとは思えなかった。

「けさがたです」横あいから医者のひとり、年かさのほうが口をはさんだ。「患者さんは腹膜炎を併発しました。急遽《きゅうきょ》、開腹手術をおこないましたが、すでに手に負えませんでした」

「手に負えなかった、か。……重傷にせよ、数週間もたてばほぼ回復する見こみだと聞かされたのは、ついおとといのことだった」

「腹膜炎については、可能性がゼロではないともお話ししていなかったでしょうか。つまり結果としては、最悪の事態が起きたわけです。誘因は、ご承知のように内臓損傷、とくに肝外傷にあります」

　この医者の名前はなんといったか。ふつかまえ、私自身が容態の詳細をかなりしつこくたずねたのだが、よくおぼえていない。丁重な口調は、医療過誤の指摘を恐れているためかもしれない。それにしても……、患者か。だれでも、どんな理由による入院であってもそう呼ぶのか。柿島は、理不尽な暴力に遭遇した犠牲者じゃなかったか。考えていると、ドアが開く音につづいてべつの声が聞こえた。私の携帯に流れてきた声だった。

「松本先生。警察はすぐくるといってました」

　うなずいて、医者は柿島の細君に目を向けた。

「お気の毒です。警察からも話があるでしょうが、事前に私から申しあげておきましょう。お亡くなりになったご主人の場合、遺体は司法解剖にふされることになります。ですが、たまたまこの東陽医大は司法解剖の負託《ふたく》を指定されている大学病院のひとつです」

既視感のように思いだしたことがある。奇妙な感覚だった。かつて、これに似た会話を柿島とのあいだでかわしたのだ。いつのことだったろう。あれからいろんなことがあった……。

私は医者の顔を見つめた。

「つまり、移動の手間がはぶけるわけだ。効率的だとおっしゃりたいんですか」

「堀江さん」やわらかくとがめるような声がすぐそばで聞こえた。

私は口をつぐみ、息を深く吐きだした。もう一度、柿島に目をおとした。やはりその顔は穏やかに眠っているようにみえた。ただ二度と目覚めることのない眠りだ。その思いがゆっくり、肚《はら》におちていった。次にその顔のすぐ近く、毛布の下の胸のあたりにもぐりこんでいた何本かのコードや点滴のチューブがすでにとりはずされていることに気づいた。顔をあげ、周囲を見まわした。正体のわからないさまざまな器具は依然、ベッドの周りをとりかこんでいる。

柿島の細君と目があった。その目は静かな光をたたえていた。なにも読みとれはしなかった。それから最後に、周りのみんなが私を注視していることに気づいた。医者に目をもどすと、彼は眼鏡の奥にある目をしばたたかせた。

「効率がご遺族の感情をやわらげることもある。そうはお思いになりませんか」

さっきの私の言葉への返答だと理解するまで、すこし時間がかかった。聞いたばかりの声は疲労のにじんだものだった。その声音がようやく私を覚醒させた。この医者も長時間、格闘していたのだ。

「失礼」私は声をおとした。「どうやら混乱していたようです。ご勘弁《かんべん》ください。私は外で待っていたほうがよさそうだ」

そのままドアを開けて表にでた。ひっそりした廊下を横切り、反対側の窓辺に近づいた。曇ったガラス越しに、まだあざやかな赤みの残る空がある。その夕焼けに背を向け、ポケットに両手をつっこみ、窓に背をよせながら病室に向きなおった。

私には、もうなにもできない。いま、やるべきこともない。視界には、目のまえの病室のドア以外、なにもない。私の知るかぎり、そのドアを開いた訪問者は私以外に、警察関係者しかいないはずだった。柿島の細君が見舞いをほぼ拒絶していたからだ。その病室のドア一点を眺め、ずっと立ちつづけた。生き残ったものには、やるべきことがなにもない。とくに私のような半端な人間には。

やがてドアが開き、看護婦がひとり廊下にあらわれた。さっき、警察の話を医者に告げた看護婦だった。軽く会釈して去ろうとする彼女を私は呼びとめた。

なんでしょう、というふうに彼女は首をかしげた。丸顔で大柄な体つきは患者を安心させるタイプかもしれない。まだ二十代半ばにみえる。白衣の胸には「大林」と名札があった。

「私の携帯に連絡をくれたのは、あなたですね」

彼女はこくりとうなずいた。「ええ、奈穂子さんから万いちの場合は、この番号に伝えてほしいとメモをわたされていて」

「じゃあ、お礼をいわなきゃいけないな。そんな用事はおそらく仕事の範囲外なのに。それにいま、あなたは奈穂子さんと呼んだ。こんな短期間にそれほど彼女と親しくなられたんですか」

「柿島さんが入院して、まだほんの三日ほどですけれど」彼女はかわらず首をかしげたまま、そういった。「ほら、苗字を呼ぶときって、患者さんと区別がつかないじゃないですか。だからたいていは奥さんと呼ぶんだけど、あの人は気さくに名前のほうで呼んでくれって。でも奈穂子さん、あんなに若いのに大きな証券会社の副社長ですってね。わたし、ビックリしちゃった」

「しかし患者に身分の区別はないでしょう」

「それはそうなんだけど……」

おおよそ想像はついた。はじめて柿島の細君と会ったのはたった三日まえだが、なんとなくわかる。彼女は仕事以外、どんな場所にも名刺の肩書を持ちこまないタイプだ。長いサラリーマン生活を経験した人間には、ごく短い接触でもそのあたりはよくわかる。

「しかし」と私は疑問を口にした。「さっき、あなたは警察がすぐくるといったように思うが、私への連絡とはずいぶん時間にズレがあったんじゃないのかな」

彼女は舌をちらとみせた。「警察への連絡は、わざと十分ほどおくらせたんです。だってお気の毒だもの。ご主人とのお別れの時間くらい、すこしは余裕があったほうがいいと思って。非番の婦長がいたら叱られたかもしれないけど」

私は彼女に笑いかけた。「あなたはいい看護婦さんだな。もしここへ私が入院したら、担当してくれますか」

彼女もかすかな笑いを浮かべた。「看護婦の指名なんて聞いたこともないけど、入院なんて考えないほうがいいんじゃないかしら。それに私たちはひとりの患者さんを数人で交互に担当する決まりなんです。堀江さんは、柿島さんのお友だちだったんですか」

「長いつきあいでした」

彼女の表情から笑みが消えた。なにかいいかけたが、短い時間をおき「じゃあ、わたしはべつに頼まれている連絡先もありますから」そういってまた軽く会釈し、去っていった。

その背中を見送ってから、彼女と話していたとき、きょうはじめて笑ったことに気づいた。ほんのわずかながらも笑ったのだ。

ドアが開き、今度は病室で見た全員の姿が廊下にあらわれた。ただし柿島の細君だけはべつだ。さっきの看護婦がいった、ふたりだけのお別れの時間ということらしい。病院に、こういう配慮があるとは知らなかった。いい歳になるまで、私はこういうことを知らなかった。人が死んでいくのを眺めていたことはあるが、あれは病室ではなかった。すくなくとも尋常のものではなかった。父親、それもやくざの組長が灯油の炎に包まれていく光景を息子のだれが平静な気持ちのまま眺めていられるだろう。おまけに私はあのとき、まだ高校一年だった。

足音が聞こえた。せっかくの看護婦の配慮もさほど効果を発揮しなかったらしい。スーツを着ていても、廊下を近づいてくる彼らがどういう人種か、だれにでもすぐわかる。警官だ。

2

きょうも彼らはふたり連れだった。

私は彼らを知っている。彼らもまた私を知っている。柿島がここに運ばれてきた三日まえ、最初の夜にすぐ飛んできたおかげで、いあわせたこの両人からいろいろ話を訊かれたためだ。その内容を確認するように、翌日、私の事務所にたずねてもきた。だがそれはけっしてわずらわしくもなく、よけいなお節介でもなかった。私のほうから積極的に依頼したいくらいの、念のいった行動だった。

お定まりのように年長者と若手のコンビだが、彼らの肩書も知っている。初対面の際、名刺をもらった。年長のほうは、私より数歳は上にみえる警部補、関根《せきね》新吉《しんきち》。若いほうはまだ三十前後らしい巡査部長、砂子《すなご》修平《しゅうへい》。ともに四谷西署刑事課捜査一係に所属する刑事で、私との共通点は、同程度に安っぽいスーツを身につけていること以外、なにもない。

すぐそばまでやってきたふたりは、申しあわせたようにちらと私に視線をすべらせ、医者のほうに近づいていった。

砂子が医者に声をかけた。

「被害者が死んだという連絡をうけたんですが」

私は意識せず横あいから口をはさんでいた。

「なあ、若いお巡りさん。常識をお教えしましょうか」

眉をよせた表情でこちらに顔を向けた砂子を見かえした。

「ここに被害者の関係者がいる。あなたにはどうみえようともね。そういうときにはふつう、死んだ、でなくて、亡くなられたとか死去された、という言葉をつかうのが世間では礼儀というようだ」

彼が怒りで顔面を赤くし、口を開こうとしたが関根が制した。

「堀江さん。あなたのお気持ちもわからなくはないが、われわれは仕事でやっている。これは職業人どうしのやりとりだと思っていただきゃあ、ありがたいんですがね。ただまあ、ちょっと配慮に欠けていたことは認めましょう」彼はその話を打ちきるように、今度は医者に向きなおり砂子の話をついだ。「のちほど正式な書面がとどく予定です」

医者はうなずいた。「剖検の手配なら、もう担当医局に連絡しています」

「お世話になりますな。で、柿島さんの奥さんは？」

医者が病室のほうに目を向けた。その視線を追った関根が一歩、足を踏みだそうとする。私はふたたび声をあげようとした。だが直前、彼は思いとどまったように腕時計を見てつぶやいた。

「五分、待つことにするか」

私はちいさな吐息を洩らした。ある種の気配りをごく自然に身につけた人間はいる。年齢をかさねても、それを知らないまま終わる人間もいる。たぶんそっちのほうが多いのだろうが、そうでない事例を仕事中の警察関係者に見るとは思ってもみなかった。

関根はぶらぶら歩きながら、なにげなく私のそばにやってきた。上着のポケットからタバコをとりだし、ふと気づいたようにふたたびもとにもどした。それから所在なげに、ぼそりとつぶやいた。

「やっかいなご時世になったもんですね。私みたいに古くからの常習者は、だんだん肩身が狭くなってくる」

「病院は、最初に禁煙を強制した施設のひとつじゃなかったかな」

関根は苦笑した。「いわれてみりゃ、そうですな。堀江さん、タバコは？」

「うちの事務所にみえたでしょう」

「ああ、そうだった。灰皿がひとつもなくて、往生した。しかし、タバコを吸う客がきたようなとき、あれじゃあ困るでしょう」

「この不況だ。事務所をご覧になってすぐわかったと思うが、あそこでの接客はさほど多くない。というより、社員がひとりもいない企画屋を訪問する酔狂《すいきょう》な客なんざ、ごくまれにしかいませんよ」

「なるほど」と関根はいった。たんに相槌《あいづち》を打っただけのように聞こえた。

間があった。だがそのおかげで思いだしたことがある。私がタバコを吸わなくなったのは、柿島の忠告のおかげだった。若いころ、サラリーマンとしてデスクを並べていた営業時代の話だ。

これからは禁煙派、もしくは嫌煙派が幅をきかせる時代になっていくよ、それも想像以上のスピードでね。そういうバイヤーと商談するケースの拡大はほぼ確実に予想されるから、禁煙の心づもりだけはしておいたほうがいい。だいいち、飲料会社の営業には健康志向の姿勢が要求されてしかるべきだろう?

私はそのアドバイスにしたがったが、時代は彼の予言どおりになった。あれは柿島が社から派遣され、ニューヨークで留学生活をおくったという背景があったせいかもしれない。もっとも、われわれのかつての勤務先、タイケイ飲料はもう存在しない。すくなくとも名前は消えてしまった。これも時代の波だ。ふたりでともにすごした勤務先は吸収合併され、実態はあとかたもない。

「ところで」と私は病室のドアに目をやった。「あなたたち自身が解剖にタッチするわけじゃないでしょう。柿島の細君に、どんな用があるんですか」

「この仕事には、やらにゃならんことが山ほどあるんです。うんざりするほどね。念のため、被害者の奥さんに伝えておかにゃならんことも、そのうちのひとつですな」

「捜査がいくらかでも進展したんだろうか」

「ならいいんだが」関根はぼそっとつぶやいた。「事件の呼び方が変わったことくらいは伝えなきゃならんでしょう」

「強盗目的の傷害容疑から、強盗致死、もしくは強盗殺人?」

「そういうこってす」関根は眉のはしをかすかにつりあげた。「まずは捜査本部が設置されることになるでしょう。すると、本社から新しい同業者がやってくる。で、奥さんにはその同業者がくりかえしおなじことを訊きにくることになりますな。まあ、確実にね。わずらわしいこってしょうが、そいつを事前に承知しておいてもらったほうが、いいことはいい」

所轄が、警視庁本庁のことを本社と呼ぶケースがあることは聞いている。私は皮肉でなく「ふうん」とつぶやいた。「ていねいな仕事ぶりだ。警察がそんなところにまで気配りするとは思ってもみなかった」

「いや、こういうところが因果な商売の所以《ゆえん》でね」

「関根さん、五分たちましたよ」

声が聞こえたほうを見ると、若いほうの刑事、砂子がすぐそばに立っていた。気にもとめていなかったが、私たちの会話を近くでずっと聞いていたらしい。

腕時計を見た関根がうなずき、周囲の人間に目で問いかけた。だがそれよりさきに気配を察した医者や看護婦が自発的に動きはじめた。やはり自分たちの職場の管理については、彼らなりの自負があるのだろう。白衣を着た全員が病室にはいっていったあと、刑事ふたりがあとにつづこうとした。私は窓に背をよせ、動かなかった。

関根がふりかえった。

「堀江さんは？」

「私の用はもうすんだ。帰ることにします」

関根はわずかに首をかしげた。「そんなら、また近々、時間をいただけませんかね」

「先日、お話しした以上のことはなにもありませんよ」

「いや、ちょっと世間話の続きをしたくなったもんで。まあ、茶飲み話だと思っていただければ、ありがたいんですが。相手がこんなオヤジでよけりゃあね」

私は関根の顔をじっと見つめた。それからこの刑事には借りがあることに気づいた。五分間の借りだ。

「じゃあ、いつでもどうぞ。時間なら腐るほどある」

するとと場所柄を無視して関根は表情を崩し「あしたにでもお伺いするかもしれません」そういい残したまま病室にはいっていった。

彼ら全員が病室に消えたあとも、私はまだその位置を動かなかった。関根の言葉がひっかかったものの、すぐその理由は思い浮かんだ。この三日間で、私は職務質問を二回うけている。

以後はなにも考えず、ただぼんやりしていた。時間がすぎた。そのうち、ようやくふだんのものに近い気分がかえってきた。柿島のいない時間だからまったくおなじではない、だが、その一部はかえってきた。私は平凡な中年男にもどったのだ。

窓のそとに目をやった。外気との温度差で曇ったガラスの向こうでは、あざやかな赤みを帯びた空がすでに色彩を失いつつある。かわりに本格的な夕暮れの闇がひろがりはじめている。ようやく、私はその場所をはなれた。

廊下をぶらぶら歩いているうち、ふと気づいた。私はポケットに手をいれていた。この癖もやめるよう、かつて柿島から忠告されたことがある。ポケットに手をつっこんでいると、いつもくだけた態度でいる人間だとの印象を商談相手に与えかねない。この業界じゃ、調子がいいだけの人間だと思われちゃおしまいなんです……。途中入社した私が、はじめて同僚からうけた忠告だった。ポケットに手をいれる癖は父親が死んだとき、手に大きな火傷《やけど》の痕が残ったせいだが、あれにも素直にしたがった。そして飲料会社の営業担当社員として、けっこう長い期間を生きてきたのだ。だがいま、柿島のおかげで身につけたその習慣もすっかり消えている。これはいつごろからだったろう。三年まえ希望退職に応じ、サラリーマンをやめてからであることだけはたしかだ。

考えながら歩いていると、こちらに向けてやってくる三人の男たちが目にはいった。さっきの刑事たちや私より、はるかに立派な身なりの一群だった。そろってコートを脇に抱え、生真面目な表情を浮かべている。

それでわかった。さっき、大林という看護婦のいった、べつに頼まれていた連絡先というのは彼らだったにちがいない。

この三日のあいだ、そのなかのひとりを病室外の廊下で見かけたことがある。柿島の細君と話していた。場ちがいなほど、事務的な会話が断片的に耳にはいった。私自身が口をきいたことはない。しかし、どういう立場の人物か、かんたんに見当はついた。彼女が副社長を勤める証券会社、ハンプトンズ日本支社の社員で、上司の配偶者が死去したとの報を聞いてかけつけてきたところだ。

私には目もくれず、男たちは横をすぎていった。だが、安堵《あんど》に似た気分の訪れたことは、一種の副次効果といえなくもない。葬儀にまつわる手配のよけいな心配だけはなくなった。外資系とはいえ、こういうときに部下がさまざまな雑用を引きうけないほどドライな組織は、この国にはまずないだろう。

3

四谷三丁目から丸ノ内線に乗った。

きょうだけは、この間つづけていた行動をくりかえす気にはならない。夜中に徘徊《はいかい》して、また職務質問をうけるような目には遭《あ》いたくない。柿島が災難に出会った現場の周辺は、所轄の警らが重点的に巡回している。

新宿で山手線に乗りかえ、五反田に向かった。五反田にはＪＲの駅をはさみ、狭いながらも私の部屋と事務所の両方がある。

地下鉄もＪＲもおそろしく混んでいた。サラリーマン生活をおくったのは、およそ二十年のあいだだった。短い年月ではない。なのに久しぶりに経験すると、通勤時間帯の車内が異様な環境に思えてくる。最近は、人と肉体的に接触する機会などめったにない。

香水のきついにおいにつつまれ、他人の肘《ひじ》やバッグに腹をつつかれ、折りたたまれた夕刊紙の角が頬をかすめる。乗客のコートの分だけ車内の混みようが濃密になっている。かたむいてくる乗客のせいで身体の重心を失いそうにもなる。だがもう、その圧力をうまくやりすごすコツを忘れている。それでも周囲へのわずらわしい思いはいつか遠のいていった。かわりにべつの記憶がよみがえってきたからだ。

柿島が負傷しました。一応、ご連絡までと思いまして。彼の細君から連絡をうけたのは、三日まえ、もう日付けが変わろうとする時間だった。事務所で、食品会社から依頼された店頭調査の報告をまとめていたときである。パティ・ページのＣＤを聞きながら、パソコンのキイボードを叩いている最中、電話が鳴った。事務所は穴ぐらのような自室とほぼおなじ、三十平米ほどの古いワンルームだが、あまりに殺風景なため、こちらにはチャチなものながらもオーディオ装置がおいてある。

鳴ったのは固定電話でなく、携帯のほうだった。「テネシー・ワルツ」の音量をおとし携帯のボタンをおすと、パティ・ページの歌声を埋めあわせるように低い声が流れてきた。

彼女とは電話でしか話したことがない。それもほんの二、三度にすぎない。柿島とは長いつきあいだが、それはとくに奇妙なことでもなかったと思う。かつて彼と電話でやりとりしていたのは、いつも会社の内線を通じてのものだったからだ。われわれはほぼ同時、三年まえにおなじ勤務先を退職したが、そのときにはもう携帯電話がすっかり普及していた。だからずっと以前、ごくたまに柿島の自宅に電話する必要が生まれたときにしか、彼女の声は聞いたことがない。それもかんたんな儀礼のあいさつのあと、取り次いでほしい旨をつたえるときだけだった。会ったこともない。

もし姓がユニークでさえなければ、柿島奈穂子です、と名乗られたとき、すぐには気づかなかったかもしれない。それくらいの接触しか彼女とのあいだにはなかった。

間をおいて、「負傷?」と私は訊きかえした。そして「どの程度の負傷なんですか。なにが起きたんですか」とつづけた。そのときはまだ、彼女から電話がかかってきたことのほうが、より奇異な印象をともなっていたと思う。

「夜道で集団暴行をうけたようです」彼女の声がいった。「四谷近くで、若い人たちにとり囲まれて。でもはっきりしたことはわかりません。内臓がひどいダメージをうけていますが、さいわい、一命はとりとめそうだとのことです」

一命はとりとめそうだ? 私は眉をよせた。なら負傷どころではない。紙一重だったんじゃないか。回復の見込み期間はどれくらいなんでしょう。後遺症の残る可能性は? きょうは土曜なのに、四谷でなにか用があったんでしょうか。問いかけようとして、思いとどまった。電話の向こうの声があまりに無表情であることに気づいたからだ。あきらかにショック症状、あるいはショックそのものに彼女は見舞われている。

深呼吸して私は息を整えた。

「いま、どちらですか」

「四谷の東陽医大病院……、救急センターです」

「すぐいきます」

直後、私は部屋を飛びだしていた。明かりも消さず、鍵もかけなかったことに気づいたのは、タクシーに乗ってからである。

その連絡をうけてから三日のあいだ、柿島は意識不明のままだった。そして、きょう死んだ。唐突であまりにあっけない終わり方だった。彼と会話をかわす機会は結局、一度もなかった。

電車が駅についた。気づくと五反田のひとつ手前、目黒だった。去年の秋、南北線が開通してから乗降客が飛躍的に増えている。降りようとしてもみあう集団には凄まじい圧力があった。自然にホームに弾きだされ、ふたたび乗りこもうとして、ふと時計を見た。七時だ。目をあげると、ホームをおおう屋根の向こうに暮れきった夜空がある。気が変わったのはそのときである。

部屋に帰っても、事務所に立ちよってもおなじことだ。やることがない。なにをやっていいかもわからない。結局、駅をでて昨夜とおなじ道、権之助坂をくだっていった。大鳥神社交差点の手前、目黒川を越えれば、その店がある。雑居ビルの地下への階段を降り、ドアを開いた。

カウンターしかないちいさなバーだ。ブルーノという。かつて、奇妙な姉弟の経営する、ここここおなじ名の酒場が六本木にあり、そちらは段違いのスペースを持っていた。外国人客も多かった。柿島を案内したこともある。彼はその店が気にいったようだった。私とおなじように、店内に流れる曲が趣味にあったらしい。すべて六、七〇年代に流行ったアメリカンポップスだった。そして店の縮小と移転にともない、オーナーの姉のほう、ナミちゃんと親しい口をきくようになった彼は、この目黒にも足を運ぶようになった。もっともいま、店のなかでかかっている曲はポップスではない。たいていがおちついたジャズピアノか、ボーカルだ。気分を変えたいのよ、といまは単独の女主人であるナミちゃんはいった。齢のせいかな、もう三十を超えたんだし、マイクもいなくなっちゃったし、ともつけくわえた。そのマイクがナミちゃんの異父弟で、いまは父の国、アメリカに留学している。

黒いセーター姿のナミちゃんは、カウンターのなかでグラスを磨いていた。開店時間の七時をすぎたばかりで、客はまだだれもいない。いま、この店で働く人間も彼女ひとりしかいない。運がわるければ、つまり気まぐれで彼女に労働意欲が生まれない、という意味だが、そのときはわざわざやってきても店は閉まっている。何度か無駄足を運ばされた客は去っていった。この不況下、時間潰しのために経営されているという酒場を、私はほかに知らない。

「なんだ、きょうもきたのか。やけに早いじゃない」

私を認めると、彼女はわずかに首をかしげ無愛想な声をあげた。このところ、私がここを訪れるパターンがいつもとちがっている。ふだんなら月に二、三回だったのが、この二日間は連続してやってきた。それも夜中の二時をすぎてからだ。

「どうしたのよ。なんかあったの」

「なんかあったようにみえるか」

「うん。顔がボロ雑巾」

「まあ、気分はそんなもんだ。柿島が死んだ」

ナミちゃんの手が一瞬とまった。それからふたたび動きはじめたとき、布とガラスが強くこすれあうキュッキュッと高い音がした。

「ふうん。そんなら、きょうはお通夜か。でも湿っぽいのはやっぱ、いやだな」

カウンターをでたナミちゃんが表のドアに向かった。どうやら閉店の看板をぶらさげにいったたらしい。私はカウンターの椅子にすわったまま動かなかった。

いつのまにか、目のまえにグラスがあった。淡いいろを帯びた液体が縁近くまでそそがれている。白ワインだ。

「きょうくらい、日本酒はがまんすんのよ、おじさん」

「これ、なんつったっけ。最近、度忘れがひどくなった」

「ミュスカデ。安もんよ」

そうだ。ミュスカデだ。柿島が飲んでいたのは、いつもこのワインだった。この店が以前と変わったところは、カクテルのたぐいをださなくなったことだが、酒の種類が豊富であることだけは変わらない。日本酒の地酒から、けっこうめずらしいワインまでそろえている。もっともこのミュスカデは、辛口ワインではかなりポピュラーなものらしいし、値段も安い。柿島にはワインの蘊蓄《うんちく》もあるのに、それをひけらかすことなく時間をかけ、いつもこの安いワインをゆっくり飲んだ。それが彼の癖だった。

ナミちゃんがもうひとつのグラスをとりだした。自分のためらしい。そちらにもワインがそそがれるのを見て、私は声をかけた。

「きみも飲むのか」

「きょうは、お通夜じゃないの。わるい？」

「けど、例のバイクが表にあった」

「わたし、あんたよかお酒は強いもん」

反論しようとして思いかえした。説教オヤジと罵倒《ばとう》されるのがオチだ。彼女はドゥカティの二輪を移動につかっている。このバーへの階段を降りるまえ、それが普通車の駐車を妨害するようなスペースを占領して、車道におかれてあるのを見た。大型バイクでの酔っぱらい運転が可能かどうか。かなり疑問ではあるものの、いまはどうでもいい気分になっている。

なんとなく、ふたりはグラスをあわせた。カチンとちいさな音が狭く静かな店内に響きわたった。それが柿島への弔鐘《ちょうしょう》のように聞こえた。彼にはたぶん、まるで似つかわしくはない。安手にすぎる。しかし、われわれにできることはせいぜいそれくらいだった。それから、申しあわせたようにひと息で同時にワインを飲みほした。

ボトルから二杯めをそそいだあとも、ナミちゃんは無言だった。柿島が負傷して以降の諸々のいきさつを彼女は知っている。だが、なにもたずねてはこない。私と柿島との関係もまた、ほとんどを知っている。だが、いっさい質問してこない。静かに時間がすぎた。

カウンターの向こうにある棚には、酒瓶と並んで雑多なCDが無造作につっこまれている。彼女がそちらになにげなく目を向けたとき、私はようやく声をかける気になった。

「なあ。きのう、おれがさんざ聴かされたやつがあるだろ」

「なに、ラッパのこと？」

「ああ、あれをきょうもやってくんないかな。おんなじ曲でいい」

「きのうはうんざりしたって、いったじゃない」

「もう一度、うんざりしたいんだ」

すると、ナミちゃんは返事もせず店の奥にはいり、すぐもどってきた。その手には、細身の身体に不釣りあいな重量感のある楽器がにぎられていた。ストラップはもう首にかけられている。

彼女がまだ少女時代、アメリカのハイスクールにいたとは聞いている。だがそのころ、吹奏楽クラブの一員だったことは、ごく最近知ったばかりだ。二、三カ月ほどまえ、ほかの客がみんな帰ったあとのことだった。ねえ、文句いわないのよ、たまにはライブもいいんじゃない？　そういって鈍く光る楽器をもちだしてきたときにはひどくおどろいた。年代物のアルトサックスである。なんだか、むかしが懐かしくなってね、あんた、齢とってそういう気分になったことない？いったあと、彼女にしてはめずらしく、照れたような笑いがその表情に浮かんだ。

思いだしたのは、以前、六本木の店にあった演奏用のちいさなステージのことである。一度も聴くチャンスはなかったが、彼女はみずから演奏するつもりで、あれをしつらえたのかもしれない。その夜以降、何度か聴かされた彼女の吹く曲には、いつも脈絡がなかった。「人の気も知らないで」のようなシャンソンから、歌謡曲「アカシアの雨がやむとき」、ジャズのスタンダードナンバー「チュニジアの夜」のようなものまで。まるでごった煮の選曲だった。さらにそれはたいていの場合、奇態なインプロビゼーションとなって、断末魔の悲鳴のようなソロにまで発展した。そんなときの演奏は、七〇年代の前衛を思わせたが、結局のところ、彼女の演奏にはそれなりに聴く価値があったと思う。

もっともそれを帳消しにする欠陥がなかったわけではない。彼女は一日に一曲しか演奏しなかったからだ。ただひとりの聴衆である私は、おなじ曲をえんえんと何度もくりかえし聴かされることになる。いくらべつのものをリクエストしても、彼女が応じたことは一度もない。

その一曲が、昨夜はオーティス・レディングの「ドック・オブ・ザ・ベイ」だった。

カウンターのなかで、きょうもナミちゃんはいきなりマウスピースを口にくわえた。かすかに重い音色が肚にこたえはじめた。きのう聴いたものとおなじだ。波の音がイントロになっているこの曲が、金管楽器にふさわしいとはとうてい想像もできない。だが彼女のアルトサックスは、オリジナルとはまたべつの色彩を帯びていた。それに、きょうはきのうみたいな即興にまで飛躍はしなかった。メロディーラインに忠実なまま、ずっと低く鳴りつづけた。

私はまたひと息でグラスのワインを空けた。ナミちゃんもいったん演奏を中断し、マウスピースのかわりにグラスに口をつけた。そしてぼそりとつぶやいた。

「いい人ばっか、早くに死んでくね」

「そのとおりだ」と私はいった。「まったくそのとおりだ」

ふたたび短いリフが響きはじめた。彼女の呼吸音もとどいてきた。そのうち、音色のひとつひとつが、歌詞にあった情景、その輪郭の一本一本を刻んでいくような印象を生んだ。波止場にすわりこみ、入り江を眺めつづける男。その背中がぼんやり浮かびあがってくる。所在ないまま、湾を見つめている男と湾に揺れる波に射す陽の光が、朝のきらめきから夕暮れの淡さにまで、ゆっくり変化していく。サックスの音色が、時間の移ろいそのもののように鳴りつづける。

何度かグラスを空けたのち、私はいつかワインをラッパ飲みしはじめていたように思う。意識が遠のいていったようにも思う。そして、いい人間ばかりが早くに死んでいくか、まったくそのとおりだ。くりかえし、そうつぶやいていたようにも思う。だが定かではない。それ以降、糸が切れるように記憶が途切れたからだ。

気づいたとき、私は床に寝ころがっていた。身体の節々に痛みを覚えながら、ようやく起きあがると、カウンターにはワインの空き瓶が十本以上、並んでいた。うちの一本が、紙切れの上においてあるのが目にとまった。そこにはメモのような文章が走り書きされていた。

——柿島取締役の話はナミちゃんから聞きました。なんといっていいか……、言葉もありません。私もワインは五杯飲みました。ですが、堀江課長は床で冷凍マグロのまま動かないので、お先に失礼します。柿島取締役の通夜でお会いしましょう。

大原真理《おおはらまり》

かつての私の部下も昨夜、いつのまにかこの店にやってきて、私が意識を失っているあいだに帰っていったのだ。だがその文面は、半年以上まえの過去からとどいてきたように思えた。おおよそその程度の期間、私は彼女に会っていない。

紙片をしばらく眺めていたが、そのまま放置した。表にでると、もう朝の光がまぶしかった。駐めてあったナミちゃんのドゥカティも姿を消していた。

4

新聞をひろげたのは、いったん自室にもどり、一時間程度の仮眠をとったあと事務所にでてからのことだった。一面トップに「森首相、辞意固める」の見出しが躍っている。ふだんならざっと目をとおすところだが、すぐ社会面を開いた。柿島死亡の記事は、中段にけっこうなスペースで載っていた。ほかに大きな事件がなかったせいかもしれない。

集団暴行を受け意識不明の重体だった東京都世田谷区の無職、柿島隆志さん(49)が六日、入院先の病院で死亡した。警視庁は、四谷西署に捜査本部を設け、あらたに強盗致死の疑いで捜査を始めた。柿島さんは三日夜、新宿区本塩町の路上で数人の男らに取り囲まれて殴打され、重傷を負っていた。事件発生時、車が通りかかったため犯人らは逃走したが、柿島さんは財布などを盗まれた模様。車を運転していた男性の話では、犯人らは髪を染めピアスをするなど、未成年者らしいグループだったという……。

ベタ記事だった先日の一報と同様、また「無職」という肩書に引っかかった。それなら、おれの場合はどうなるんだろうと思う。会社経営か。ただ今度の記事では「柿島さんは昨年末まで大手流通メイマートグループの役員で、三年まえ尾島飲料に吸収されたタイケイ飲料からの転身が流通業界で話題になった」と結んであった。

正確にいえば、昨年暮れまで柿島は、メイマートグループ本部の執行役員兼FC事業本部長だった。FCはフランチャイズ・チェーンの略で、グループ内では母体の量販店、メイマートと肩を並べる以上に成長したコンビニエンスストア、アルスを統括する役職である。もっとも、アルスは独立した別法人として東証一部に単独上場しているくらいだから、柿島の立場にははっきりしないところがあった。本人からも詳しい事情を聞いたことはない。退職以来、われわれはあまり仕事の話をしなくなっていた。

タイケイ飲料でも異例に若い取締役経営企画部長となった柿島にとって、肩書はほぼ同等だが、流通業界有数の企業集団、メイマートグループとタイケイ飲料では、当時でさえ事業規模に大きな落差があった。リストラ流行《ばや》りのこのご時世、はたからなら優雅な再就職にみえたかもしれない。この記事も読みようによっては、柿島がかつての勤務先の裏切り者であったとの印象を与えかねない。泥船からの脱出に成功したエリートの転身……。くわえて微妙な違和感を残す記事でもある。

事務所まででてきたのは、ついさっき、その違和感にかかわる四谷西署の刑事、関根から携帯に連絡があったからだ。それで、きのう彼のいった、世間話の続きをしたい、との言葉を思いだしたのだった。

時計を見ると約束の十一時まえだ。そろそろやってくる。

まだ頭が痛い。飲みすぎたのはわかっている。依然、身体のあちこちに鈍痛もある。柿島と私は同年齢なのに、おそらく肉体の衰えは私のほうがはるかに著しかったろう。なのに彼はすでに亡く、私は無茶をしながら無様に生きている。

また記事に目をやった。四段ほどのスペースをぼんやり眺めていると、あらためて気づいたことがある。ひとつは、昨夜、柿島の細君がマスコミからかなり激しい取材攻勢をうけたにちがいないということだった。彼女自身も、金融関係者のあいだでかなり名の知られた人物だという事情を思いだしたのだ。私の読んだ記事ではふれられてはいないものの、他紙ではそうでないかもしれない。なのに、おれにはそこまでの想像力がなかったな、と思う。自分の訪問が終わるとさっさと退散した。もうひとつは、私が病院にいるあいだ、かつての柿島の勤務先、メイマートグループの社員を一度も見かけはしなかったということだ。もっとも、こちらのほうはよくわからない。私は柿島の病室にずっと貼りついていたわけではないし、彼女にたずねることもなかった。

エアコンが効きはじめたので、上着を脱いだ。携帯をポケットからとりだし、デスクのパソコンのそばにおいたとき、またささやかな失態に気づいた。着信履歴のチェックを忘れていた。このため、仕事に支障をきたしたことがある。独立営業で、社員もいない有限会社の代表者が忘れてならない鉄則のひとつは、携帯の留守録チェックだ。名刺には、両方の番号が刷りこんである。けさの十時すぎに一件。これは登録していないが、さっきかかってきた関根のものだ。ほかに三件の着信があった。昨夜の九時を皮切りに、それぞれ三十分ほどの間をおき、連続して記録が残っている。地下のあの店では携帯の電波は微弱になるものの、ちょうどナミちゃんのサックスを聴いていたころだったから着信音が耳にはいらなかったのだろう。同一人物らしかった。番号がすべて、非通知設定になっている。私の場合、非通知の電話をうけることはめったにない。思いめぐらせて、いきあたったのが先日の一件である。柿島の細君からかかってきたときがたしかこれと同様、番号非通知だった。

念のため、留守録サービスをチェックしたが、メッセージははいっていなかった。

チャイムが鳴った。ドアを開くと、関根の顔があった。きのうとおなじ、くたびれた安物のスーツを身につけている。いや、私に他人のことをいう資格はない。すくなくともきょうは、私より彼のほうが数段マシだといえる。床で意識を失っていたときのスーツのまま、私は部屋をでてきたのだ。

「お忙しいところを申しわけありませんな」

朝っぱらから、声音がわれわれの衣類同様、疲れきった感じだった。それから、三日まえ彼がふたり連れでやってきたときにもおなじ印象をうけたことを思いだした。先天的なものか、後天的なものか。たぶん後者だろう。

「相棒の方は？」

「見飽きた顔がいっつも横にあると気疲れする。それにきのうは茶飲み話だと話しませんでしたかな」

「なら、喫茶店にでもいきますか。ここはタバコを吸えませんよ」

「わかってます。まあ、がまんできるでしょう。堀江さんさえ差しつかえなけりゃあね。赤の他人はそばにいないほうが、わたしゃ落ち着くんで」

うなずいた私を見て軽く頭をさげると、関根はのっそり部屋にはいってきた。床は、靴のままでいられるフローリングだ。

部屋にはデスク以外、応接用というのもおこがましい新聞紙大のテーブルがひとつしかない。

椅子も一脚。折り畳みのパイプ椅子だ。私自身は事務用の椅子を移動してつかう。だからこのまえ訪問をうけたとき、若いほうの刑事、砂子は立ったままだった。

そのパイプ椅子に腰を降ろした関根に声をかけた。

「コーヒーは？」

「すいませんな。いただきます」

キッチンに、といっても調理器具は電子レンジひとつだが、コーヒーメーカーだけはおいてある。セットしていると声が聞こえた。

「時間のほうは、大丈夫ですか」

「仕事で、一時半にはでかけなきゃいけないが、それまではずっと空いてますよ。きょうは食欲がないから、昼メシも抜くし」

「ほう、午後はお仕事でしたか。そりゃ迂闊《うかつ》だった。申しわけありません」

さりげない調子を装ってはいるものの、関根の返事には、白いゴキブリが存在するとでも聞いたときのような響きがなくもなかった。私に仕事があるのが不可解きわまりないということらしい。無理からぬ想像ではある。

「時間は腐るほどあるといったが、たまに例外がまぎれこむこともあるんです。補足するのを忘れていた」

「いやいや、こちらがうっかりしてました」とりつくろうように彼がつづけた。「しかしもちろん、通夜にはいかれるんでしょう？」

「通夜？」

「柿島さんの通夜ですよ、今晩の。遺体もそろそろ自宅にもどるころだ。きのうの晩、予定をたしかめてから、奥さんの会社の皆さんがてきぱき手配してました。柿島さんのお宅の近くの寺にしたということってしたが」

「通夜ね」私は大原真理の残した紙片にあった文面を思いだしながら、湯気をたてコーヒーがおちていくのを眺めていた。「さあ、どうかな。いくかどうかはわからない」

「わからない？」

「ああいう儀礼的なもんは好みじゃないんでね。夕方になっての気分次第かな。個人的な通夜はすませたし」

「個人的な通夜？」それから「なるほど」と、とくにおどろいたようすもなく、ごく自然な調子で関根はつけくわえた。

コーヒーがおちきった。サーバーからふたつのカップにそそぎ、テーブルにもどると関根はデスクにあるパソコンのそばにおいた新聞に目をやっていた。

「砂糖もミルクもないが……」

声をかけると関根がこちらに目をもどした。

「ブラックで結構です。すいません」

「新聞記事はご覧になった？」私はたずねてみた。

「そりゃ、仕事に関係しますから、何紙かは目をとおしますよ。けど記事はどれもおんなじパターンだ。これもそうだが、オヤジ狩りみたいな書き方だった。まあ、当世はやたら流行ってるし、世の風潮を憂えるマスコミとしちゃ格好のネタなんでしょうな」

「私には警察がそのニュアンスで発表したように思えるんだが」

関根はニヤッと笑ったが口ははさまなかった。私はその顔を見ながら考えていた。それにしても、この男はいったい、なんのためにきょうもやってきたんだろう。それもひとりで。茶飲み話なんぞ、額面どおりにうけとれるわけがない。

「それに、先日おみえになったとき、関根さんご自身もそういうニュアンスで話していたような気もしますよ」

関根はコーヒーカップを皿におくと、なにか迷っている顔つきになった。間をおくように考えながら、上着のポケットに手をいれた。そして、ふと気づいたようにあわてて手をひっこめた。

私は笑いをこらえながらいった。「関根さんは、タバコはなにを吸うんですか」

「ハイライトですが、それが、なにか？」

「ちょっとみせてくれませんか」

怪訝《けげん》な表情が浮かんだ。それはまあ、そうだろう。タバコの箱を見たいという人間に出会ったことはあまりないにちがいない。私もない。ポケットからとりだされた、半ばかたちの崩れたパッケージを手にとりながら、私はしばらくそれを眺めていた。そのうち、ふとつぶやきが洩れた。

「私もむかし、これを吸ってたな」

「ほう。すると禁煙された？」

私はうなずいた。「大昔にね。禁煙はもう二十年ほどになるか。一本、もらっていいですか」

関根がびっくりしたように私を見た。「二十年間の禁煙をいま破ろうってこってすか」

「ええ、なんだかむかしが懐かしくなった」

一本、抜きとると、関根が百円ライターの火を近づけてきた。

二十年ぶりに吸うハイライトは、ほのかに懐かしい味がした。禁煙したころ、たまに誘惑に負けたときには頭がくらくらしたものだが、いまはもう、そういうことはない。近ごろあまり目にすることのないこのパッケージは、そのころのあれこれを思いださせる。おかげで喫煙者に復帰するリスクを犯しているわけだが、それならそれでいい。

私は顔をあげた。

「関根さんは、見てるだけでいいんですか」

笑みが彼の顔にひろがった。「すいませんな。そんなら、わたしもお言葉に甘えて」

私は自分のコーヒーカップの受け皿にタバコの灰をおとし、それを関根のほうにおしやった。頭をさげたあと、深呼吸するように、彼はハイライトを深々と吸った。私は黙ったまま、たちのぼるタバコの煙にしばらく目をやっていた。そのうち、ふと気づいた。関根が私の左手を眺めていた。そこには大きな火傷の痕が残っている。私の視線に気づくと、彼はさりげなく目をそらせた。

「ところで」と彼が口を開いた。「堀江さんはここんとこ二回ほど、職質をうけられたでしょう？」

ようやく本題にはいったらしい。私はうなずいた。

「ああいうのは、関根さんにも連絡がいくんですか」

「もちろん」と彼はいった。「現場付近に挙動不審者がいたとしたら、そういう情報は全部、こっちにはいっちゃきます。ご存じかもしれませんが、犯罪者は現場にもどる習性がけっこうある。なのに、そんなとこで素人さんが、それも真夜中までわたしらの真似事なんぞやってんですよ。そいつを不審に思わないお巡りなら、さっさと商売替えしちまったほうがいい。けどありゃ、わたしが堀江さんにいろいろお話したせいですかな？」

いいや、と私は首をふったが、事実は彼の指摘どおりだった。三日まえの午前にやってきたとき、新聞記事よりすこしは詳しい事情を彼が教えてくれたおかげである。

5

刑事ふたりがやってきた日とその翌日、私は柿島が暴行をうけたという現場付近をうろつきまわった。日中、柿島を見舞ったあと、両日とも二度にわけ、数時間以上を歩いてすごしたのだ。

関根の話によると、柿島が土曜に四谷に足を運んだ理由は、現在もメイマートグループに在籍するかつての部下と会うためだった。自宅への電話があり、数日まえからの約束だったらしい。旧交を温めるためか、なにかべつの理由があったのか、それは聞かされていない。もっとも、私が彼らの訪問をうけたのは事件の翌朝だし、その時点ではまだ強盗致死でもなかったから、当然、彼らにも調べがついてはいなかったろう。部下の名前も聞かされてはいない。

本塩町の住宅街にひっそりとある洒落《しゃれ》たレストランで食事を終えたあと、八時半ころふたりは別れた。かつての部下は四ツ谷駅に向かい、柿島はタクシーを拾うため靖国通りに向かった。彼が事件に遭遇したのは、その途中の出来事である。

現場は本塩町内の月極駐車場だった。新聞記事では、事件発生時、たまたま車がとおりかかったとあったが、その車も駐車場にはいろうとしていたらしい。いきなりヘッドライトの光を浴びたため、柿島を襲った男たちはクモの子を散らすように逃げ去った。ドライバーは地面に倒れている男に気づき、すぐ携帯で一一〇番したため、男たちにさほどの注意をはらう余裕はなかったが、記事にあったようにかなり若い連中、高校生くらいにみえたという。三、四人というが、はっきりしない。ごく常識的な推測では、柿島は夜道からその駐車場に引きこまれたらしかった。

ちなみにドライバーは、その駐車場の一画の借り主でもある。

関根たちが、その話をしてくれたのは、私が柿島とごく親しい友人であったと知り、最初に訪問した聞き込み先のひとつだったせいかもしれない。あるいはより深い事情を訊きだすための前提に説明しただけかもしれない。それともふだんから、聞き込み相手にその程度の話はするのかもしれない。警察の手口にもいろいろあるのだろうが、それはどうでもいい。私には有益な情報だったからだ。だがそれ以上、こちらからたずねることはしなかった。あのとき柿島はまだ意識不明であるものの、いずれ回復するとの見込みしか聞かされてはいなかった。

一方、彼らにしてみれば、私から得た情報にさほど大きな興味は持てなかったと思う。私に話せることは、私と柿島の関係、それに彼のかつての仕事ぶりや性格、行動様式にかぎられていて、それ以外にはなにもない。

彼らが去って三十分後、私は事務所をでた。病院へ見舞いに立ちよったあと、現場まで足を運び、周辺をうろつきはじめた。当てがあったわけではない。闇雲《やみくも》に動く無意味さは、頭では理解していた。滑稽《こっけい》な行動であることを自覚さえしていた。柿島が回復すれば、彼から話を聞けばいいのだ。あとはすべて警察にまかせればいい。だが、なにかが私にそうさせた。そのなにかは、柿島とつきあった二十年の歳月であったかもしれない。あるいは、と思う。あるいはあのとき、私は柿島の死を意識せず予感していたのかもしれない。

ふたたび既視感があったことをおぼえている。三年まえ、ひとりの初老の男が死んだ。当時、われわれふたりが在籍していたタイケイ飲料の会長である。自殺だった。その動機を知りたいという単純な理由のためだけに動きまわったのだ。私がリストラの一環、希望退職募集に応じて退職だけを待っていたあの時期、柿島の助力がなければ、事の真相は私にとって依然、闇に埋もれたままだったろう。因縁を思いながら歩いた。駐車場を起点に、路地の一本一本にいたるまで、縫うように歩きまわった。

「堀江さんが職務質問をうけたのは、三日まえとおとといだったでしょう。それも深夜だった」

関根の声で私は顔をあげた。私の短い回想を憶測したのか、かすかな笑いを浮かべている。

「おまけに昼間や夕方にゃあの周りのいろんな店を訪ねてますな。電気店とか雑貨屋とか。そのたんび、わたしらの真似事ばっかやってた。ま、そういう話も小耳にはさんでます」

「真似事といっても官名詐称はやっちゃいませんよ。私が人になにかたずねるとき、警察関係の人間だとはひと言もいってない」

「そいつも知ってます。ただ身元を訊かれて、におわせはしたかもしれん。関連した仕事をやってるので。そんなふうにふれまわってたちゅう噂もある。堀江さんは、どうも口が巧いらしい」

「ふうん。聞いてた話とはちょっとちがうな」

「なにが、ですか？」

「警察が、そんな些細な情報まで関係者に流通させる風通しのいい組織だとは全然知らなかった」

彼はまたかすかに笑った。だが、そこに皮肉の影はうかがえなかった。

「けど、堀江さんはなんでああいうことをされたんでしょう。柿島さんは、あの時点では回復するという見立てだった。友人が亡くなられたという状況ではなかった」

「正直いって、私にもわかりません」

「ふむ」と関根は顎《あご》に手をやった。「そんなら、ああいう行動でなにか役にたつものでも見つかりましたかな」

すこしのあいだ考えた。外見とは裏腹に、この関根という刑事はそうとう切れる。とぼけたところで、見透かされはするだろう。

私はハイライトを皿でもみ消した。

「解せないことは、ひとつありますね」

「ほう。なんでしょう」

「いま現在の情報から想像できる事件の輪郭からだけみると、これまで話にでているようにオヤジ狩りの典型的なパターンだ。しかし、私の聞いたかぎりでは、あの近辺でああいう事件が起きたのははじめてだという声しかなかった。周辺にあるのは品のいい学校ばかりだし、暴走族あたりが跋扈《ばっこ》しているという噂もない。逆に訊きたいんだが、あの種の事件は四谷みたいな都心じゃ、かなりレアケースといっていいんでしょう?」

「……なにかで調べられた?」

私はデスクにあるパソコンを指さした。「あれで、同種の事件を過去二年間、チェックしました。記事検索でね。すると事例は、渋谷、新宿、池袋といった盛り場周辺を除けば、通勤圏にある沿線の郊外がほとんどだった。おもしろいことに、山手線内側でのオフィス街や住宅地では、あのたぐいの事件はまず起きてないんです」

「わたしゃ本庁の偉いさんじゃないから、東京全体のことを考えたりはしませんがね」

関根が首をかしげ、すこし間をおいた。それから口を開いたが、その口ぶりは慎重に言葉を選ぶようなものに変わっていた。

「現実には山手線の内側でのいざこざのほうが、段違いに多いと思いますよ。じっさい、うちの管内でも若い連中のもめごとで、通報は頻繁にある。だいたい都心と郊外じゃ、飲み屋とか若い連中の集まる店の密集度合いがまるっきりちがうでしょう。そのへんから考えても、かんたんに想像はつくと思うんですが……。生活安全課も少年非行には、かなり手をとられてる。ただ凶悪事件にまではいきゃあせず、新聞記事になることがないってだけじゃないんですかな」

「しかし柿島の場合は、記事になった」

関根はしばらく私を見つめていたが、やがて目をそらすと、ハイライトをまた一本抜きだした。ふだんの彼なら、ことわりをいれる程度の礼儀は持っているはずだが、いまそれはどこかへ去っているらしい。

私は、テーブルにある彼の百円ライターをとりあげた。

「単刀直入におたずねしますが、警察では今度の件をやはりオヤジ狩りといったたぐいの少年非行によるものと考えているんですか」

関根は火の点かないタバコの先端と私の顔をゆっくり見くらべ、わずかに眉をしかめた。

「そういった質問はご勘弁願いたいんですが、きょうだけは特別にサービスしときましょう。いまのところ、基本的にはその方向で考えてますよ。まだ捜査本部ができて時間もたってないし」

「基本的には、というと、そうじゃない少数意見も内部にあるということですね。いまのところでさえ」

関根が口を閉ざしたので、私は百円ライターに火を点けた。彼は頭をさげ、タバコに火を移したあと、おもむろに大量の煙を吐きだした。その煙の奥から、興味のいろを帯びた目がしばらく私を見つめていた。やがて彼が口を開いた。

「うかがいたいんだが、堀江さんには、ご自身の見方ちゅうか、なにか根拠があってのご意見があるんですか。先日はいろいろ話を聞かせてもらったが、失礼を承知でいわせてもらや、あの時点じゃ、以後の堀江さんの常識はずれの行動はちょっと想像がつかなかった。友人が危害をくわえられたというだけで、ふつう善良な市民があああいう行動をとるこたあないんですがね」

「こっちも率直にいわせてもらえば、善良な市民としての私にはどんな意見もありませんよ。すくなくとも、いまのところはね」今度は少々、嘘が混じっていたかもしれない。言い訳のために周囲を見まわし、新聞をとりあげた。「ただ、ちょっとした引っかかりを感じてるだけなんです。たとえば、この新聞記事だって先日聞いた話と一致するが、これもよく読めば、妙なところがなくもない」

関根の目が細くなった。「妙というと？」

「犯人は『数人』と書かれてあるが、先日の話でも、三、四人ということだった。つまり人数が特定されていない。なのに『犯人らは髪を染めピアスをするなど』と、風体についちゃかなりディテールにわたっている。妙といえば妙でしょう」

「たしかにそいつは、現場をご存じない人には、奇妙に思えるかもしれませんな」関根はおちついた声で答えた。「目撃証言というのは、けっこうそういうのが多いんですよ。いわば、全体より些細な部分のほうが記憶に残るってやつでね。たとえば、照明のせいでだれかひとりのピアスが光ったとする。そんなとき、なんでかそいつのことだけが頭に残る。人の記憶ちゅうのは、そういうもんだ。ご自身も心当たりはありませんか」

「なるほど」と私はいった。「ならこの際、勉強ついでに訊いておきたいんですが、捜査本部が設置された場合、警察は記者発表をやるんでしょう？」

「もちろん、折りにふれやりますよ。というか、やらざるを得んのかな。うちには記者クラブもあるし」

「ほう。警視庁以外にも記者クラブなんかあるんですか」

「一般にはあまり知られちゃいませんが、それなりの規模の所轄にゃ、クラブのあるとこがいくつかあります。もっとも本庁とちがい、いつもはだいたい閑散としてますがね。それより、堀江さんはなんでそういうことをおたずねになるのかな」

「個人的な感想かもしれないが、この記事は警察発表を鵜《う》呑みにした書き方だとの印象をうけたんです。警察は、都合のいいところはオープンにするが、そうでない点は隠蔽《いんぺい》することがよくあるでしょう。去年、いろんな警察不祥事で、そいつは世間のひろく知るところとなっちまったという情けない事実もありますね」

　関根がまた口を閉ざした。反論でもあるかと思ったが、予想に反してなにかをおもしろがるような目が私を見つめていた。水族館でめずらしい格好の魚をのぞくときの子どもの目つきである。沈黙の時間がすぎた。

「三年まえ、私は麻布署にいたんです」

　関根が沈黙を破ったが、その声があまりにひっそりしていたせいか、内容の意図するところを理解するのにすこし時間がかかった。それからようやく思いあたった。私は黙ったまま、まじまじと彼の顔を見かえした。

　彼はたんたんとした声でつづけた。

「そうです。タイケイ飲料の会長が自殺された年ですな。たしか、あれも三月だったか。あの人の自宅は、麻布署の管内にあった。だから思いだすことがないでもない。同僚が通報をうけて、真夜中、会長のお宅に急行したのはおぼえています。もし、わたしも足を運んでりゃ、ひょっとして柿島さんとお会いしてたかもしれませんな。ただ、あの件は単純な自殺ということでかんたんに終わった。けど、そいつはわれわれにとっての話であって、その後、いろいろあったとは聞いている。どっか、その筋の組がひとつ解散したし、重傷を負った大勢の人間がいるっちゅう奇態な話も耳にはいってる。もちろんそっちも、われわれは調べはしましたよ。けど検察に話を持ってく、ずっと手前で終わった。物証がまるでなかったし、結果としちゃ見事なゴミ掃除になってましたからね。当時はわたし自身、歓迎さえしたもんです。ただね。いま現在、あのときとおそろしく似た案配になってんじゃないか。わたしゃ、そう考えているんですが、どうでしょう」

私は関根の顔を見かえしたままだった。そういうことか。世間話とはそういうことだったのか。彼の口にした「重傷を負った大勢の人間」の出現は、私自身が自分で手をくだした結果だった。

「なんだかタバコをもう一本、吸いたくなったな」

関根がハイライトの箱をとんと指で弾くと、茶色のフィルターが一本、頭をのぞかせた。それをとりあげて、私は火を点け、関根とおなじくらい深く煙を吸いこんだ。そして吐いた煙の行方を追いながら、汚れた部屋の空気は換気しなきゃいけないか。考えながら、彼に問いかけた。

「なんの話か私にはよくわからないが、その件で、ほかになにか思いだすことはありますか」

「そういえば、ゴミの残党から切れ切れの話を聞いたような覚えはありますな。左手に火傷の痕のある人物——暴力的傾向のあるサラリーマンという面妖な呼び方もあったようです——のせいで、特殊な業界になかなかおもしろい波紋を呼んだという噂があるにはありましたよ。もっとも、こいつはごく一部にしか知られてないし、だいいち、話が突飛すぎた。だからあのとき、わたし個人は忘れっちまうことにしたんです。ま、いまとなっちゃ大昔の話ですがね。ほかになにかたずねたいことは？」

「いや」と私はいった。これ以上、質問を重ねても無駄に終わるだけだろう。狸どうしの化かしあいにすぎない。「質問はないが、感想ならなくもない」

「ほう。なんでしょう」

「最近の凶悪犯罪は逮捕率が低下する一方だ。だから、この国の警察の能力も異常に低下してんじゃないか。そう思ってたんですが、一部にはまだ優秀なところが残っているのかもしれない」

「善良な市民から、そういう評価をいただけると、ありがたいもんです。お礼をいわなきゃなりませんな。ただ、その善良な市民が暴力をふるうところは、わたしゃあんまり見たくない」

「そういう事態を懸念されている？」

関根は首をふった。「いや、そこまでいくことはまず考えられないから、それほど心配しているわけじゃありません。まあ、取り越し苦労に終わるでしょう。ただある人の過去の話を聞いて、長い経験を持つお巡りが、ちょっとした危惧《きぐ》を持ったとしてもおかしくはない。その人は、あんまりわたしらを信用してないようなんで、わたしらの真似事を勝手につづける可能性があってね。その途中で、ひょっとしたら脱線しちまうことはあるかもしれんでしょう？　そんなところまで心配するのも、取り越し苦労といわれりゃそれまでですがね」

私は短くなった手元のハイライトにぼんやり目をやった。忠告のニュアンスは、忠告する人間の立場によって、呼び方が微妙に変わる。合法的なものであるにしろ、そうでないにしろ、その人間がある種の権力の側にいた場合、忠告が脅しという言葉に変化することもある。だがいま、関根の言葉は純粋な忠告のように聞こえた。

「わかりました。話はありがたく承っておきましょう」

「ということは？」

「さきのことは、だれにもわからない。ただ変わらない性分というのはあるかもしれませんね」

「その変わらない性分というやつが、なんだか妙に気になってね」関根が軽いため息をついた。「気心の知れた長年の友だちどうしの気持ちのありようってのは、わたしも知っちゃいるつもりです。けど、その人間のためにどこまでなにをやるかってのは、これはまた別問題でしょう」

「たぶん」と私はいった。「ただ、これだけはおぼえておいていただきたい。柿島という男は、私なんかとは人間の出来がちがったんです。知識とか教養とかのことをいっているんじゃない。もちろん、そっちのほうでも、あいつほど優秀な人物は見たことがありません。だが、それだけじゃない。正義感とか潔癖さとか思いやりとか、こういう齢になって口にするのさえ気恥ずかしいような言葉があいつほど似あう人間はいなかった。そんな人間が、私のごく近しいところにいたんです。そういう男が殴る蹴るの暴行をうけて、虫っけらみたいに殺されちまったんです」

今度は関根が口を閉ざし、細くたちのぼるタバコの煙の行方をぼんやり眺めていた。やがてその先端から燃えつきた灰がこぼれおちそうになったとき、彼はようやく気づいたようにコーヒーの受け皿でもみ消した。そしてぼそりとつぶやいた。

「人間の出来、ね」

「そういう言葉をつかうのは、いささかはばかりのある時代になっている。平等の精神に反しますからね。けど私の場合、柿島にかぎっていえば、その点、まったく抵抗を感じることがない」

「そうですか。わたしゃ抵抗なんぞまるで感じませんけどね。商売柄、そうでないほうをこれまで見すぎたのかもしれませんな」

関根はまたため息をつくと、腕時計に目をおとした。「おや、もう一時だ。世間話にしちゃ、思いのほか長話になっちまった。そろそろ失礼することにします。ご迷惑をおかけしました」

私はうなずいた。立ちあがりはしなかった。すわったまま、タバコをポケットにしまう関根の姿を黙って眺めていた。一種の後悔がなくもなかったからだ。柿島について、ああいうことをいうべきではなかった。その気もなかったのに、率直になりすぎたかもしれない。この刑事の話にいつのまにか乗せられていたのかもしれない。関根のことを、私はさほど詳しく知っているわけではないのだ。

「コーヒーをごちそうさまでした」

軽く辞儀したあと、関根はドアまで数歩の距離を歩いた。それからさりげないしぐさでふりかえった。

「そうそう。たったいま思いだしましたよ。柿島さんの通夜は、禅輪寺という寺で、今晩六時からの予定だったかな。太宰治の墓がある寺とおんなじ名前ですが、輪の字がちがうし、場所もちがう。駅は、井の頭線の池ノ上だったように思いますがね。ではまた」

ドアの閉まる音がした。私は依然すわったまま、ドアをぼんやり眺めていた。太宰治か。関根のほうが、私より役者が一枚上手だった。おまけに、教養の点でも私よりはるかに上らしい。

6

妙な雲行きになったかな、と考えたのはエレベーターで移動し、最上階の八階に案内されてからだった。いつもなら、面談するフロアは冷菓事業部のある五階で、接触相手もせいぜい二、三人といったところだ。もっともこのサンショーフーズを訪れたのは去年の夏が最初で、半年後の今回まで縁はなかった。季節性を加味して、前回とおなじフルーツゼリー商品の店頭調査依頼があったわけだが、打ちあわせをあわせても足を運んだのは、ほんの数回にすぎない。

きょうは、どうもようすがちがう。同行者には見知った課長の宮越にくわえ、事業部長の沢田もいた。私の仕事レベルでは、トップは販促2課の課長か係長クラスで部長などふだんは口をはさんでこない。それが、さっき約束の二時に到着した直後、向こうからやってきてはじめて名刺交換したのだった。そのあと、これから移動するので、と慌ただしくさきを歩きはじめたのだ。なぜ、きょうにかぎって、と思ったとき、こちらへ、と宮越が声をかけてきた。すぐそばのドアには、役員会議室のプレートがかかっている。

部屋にはいり、周囲を見わたした。室内の印象は予想に反した。一代で急成長し、二部上場にまでいたった企業の役員関係施設にありがちな過剰装飾の傾向がなかったからである。効率以上のものを重視しないシンプルなつくりだった。テーブルは私の事務所くらいの広さだが、この部屋では小ぢんまりといった程度にみえる。なにより、意味なく贅《ぜい》をこらした飾り棚や絨毯《じゅうたん》などの調度がなかった。わずかに異彩を放つものは一点しか見あたらない。油彩の小品が壁にかかっているが、パウル・クレーのおそらくは本物と思われた。

宮越の指ししめした椅子にすわった。壁を背にした中央の位置である。両脇に彼と沢田が腰をおろしたとき、私は右側の宮越に向けてようやく口を開いた。

「きょう出席されるのは、何人ですか」

「さあ」と彼は首をかしげた。「沢田部長と私は同席するが、何人になるか……。ただ、社長の三上がどういうわけか、きょうの報告を聞きたいと急にいいだしたらしくてね。さきほど連絡があったばかりで、事前に知らせることができなかった。われわれにとっても青天の霹靂《へきれき》だったし」

「社長はなぜ、きょうの件をご存じだったんですか」

宮越が私の頭越しに左の顔をうかがうと、沢田が引きとった。

「専務から電話があったんですよ。商品フルーツカントリーの店頭調査を実施しているらしいが、どこに依頼しているかとの問いあわせで、私も面食らった。まあ、異例といえば異例です。で、宮越にたずねたところ、あなたが担当していて、たまたま、きょうがその報告だという。その旨、答えると社長まで出席するとの話がかえってきた。しかし、おどろきましたよ。社長がなぜ、たかだか一商品の店頭調査ごときに……」

そこでバツのわるそうな表情になり、沢田は咳をひとつ洩らした。

「なんにせよ、どういうことなのか、皆目、見当がつかんです」

「なるほど」と私はいった。「けど、それじゃまずかったかもしれないな」

宮越が私にちらと目を向けた。スーツが皺《しわ》だらけなのは、ナミちゃんの店の床でひと晩眠った効果である。クライアントを訪れる際の身なりとはいえないうえ、きょうは不精髭まで目立つはずだ。

「まずかったとは?」宮越が眉をひそめながら、たずねてきた。有限会社を独りで切り盛りしている、なんでも屋風情がそんななりでやってくるからだとの響きがなくもなかった。事実、私はいままでそういうあしらいをうけている。ただ、もし宮越がいまもそう考えているなら、意見の正当性は彼のほうにあるというしかない。

「報告書が不足するかもしれません」私はいった。「三部しか用意がないもので」

横から沢田が大声をあげた。「おい、宮越くん。大至急、追加で五部コピー。堀江さん、一部をさきに」

「けっこう量はあるんですが」

つぶやきながら私がバッグから報告書を一部、抜きだすと、宮越が奪うようにとりあげ、急ぎ足で会議室をでていこうとした。

そのまえにドアが開いた。

沢田が弾かれたように立ちあがった。私も立ちあがろうとしたが結局やめたのは、はいってきた男ふたりが、その間も与えず、すぐ目のまえに移動し腰をおろしたためである。宮越は恐縮した姿勢のまま、ふたたびもとの席にもどった。

正面にすわったふたりは、興味深いといえば、いえなくもない組みあわせだった。右の大男は、写真で見たことがある。社長の三《み》上《かみ》照《てる》和《かず》だ。社名のサンショーフーズが、彼の性と名、それぞれの頭文字の音読みからきたものであることは、食品業界の一部でよく知られている。だが間近で見ると、写真で想像した以上に怪異な人物だった。頭がつるつるに剃りあげられ、高価そうなダークスーツとのミスマッチがどこか浮世ばなれした印象を与える。その頭も、当世ふうにスキンヘッドと呼ぶより、大入道という古風な呼称がよほど似あっていた。たしか六十を越えているはずだ。

その左側にいるのは、まだ三十代後半らしい男で髪は七三にわけているが、縁なし眼鏡をかけた神経質そうな細面に芸術家ふうの雰囲気がそなわっている。年齢を重ねたジュード・ロウといった趣きがあった。ビジネス現場で、私がこういうタイプの経営陣を見かけた経験はあまりない。

「このたび、ご担当いただいた堀江さんでいらっしゃる?」

大入道が、重々しい声をあげた。コントラバスの太い弦を、すぐ目のまえで響かせたような声音だった。そのくせ、鋭い眼光が私を見すえて動かない。

どうやら名刺交換は必要ないらしい。私は名を名乗り「お世話になっております」と答えた。

「弊社代表の三上です」彼は、私に目をすえたままそれとわからないほどの動作で片手を動かした。「こちらは、専務取締役の矢谷です。よろしく」

紹介された若いほうが軽く頭をさげ、私もおなじしぐさをかえした。この国の習慣にしたがえば型破りのあいさつといっていいが、一種の納得はなくもなかった。私も、仕事を依頼してくる相手先については、かんたんな内部事情を事前にリサーチしておかないほどナイーブではない。縁なし眼鏡の矢谷は、三上社長の長女の夫だ。義理の息子にあたる。だからこの歳、この風体で専務ということらしい。三上照和は、二十代で食品卸の一社員から転身し、零細メーカーを起業後、一代でだれもが認める企業にまで成長させたサクセスストーリーの持ち主だった。身内が役員に起用されるようなパターンは、この種のオーナー企業では掃いて捨てるほどある。

「では、はじめていただけますか」

効率的だ。大入道は、あきらかに時間の浪費を嫌っている。彼の声にしたがい、私はふたりのほうへ分厚いファイルをすべらせた。同時に、宮越が席を移動しようとした。残りは沢田とともに見る一部しかない。

三上が見とがめた。

「おや、報告書が不足していますか」

「申しわけありません」私はいった。「いささか迂闊《うかつ》でした」

三上がうなずき、重々しい声ながら、ごく事務的に答えた。「わかりました。では宮越、きみはさがってよろしい」

おどろいて宮越の顔を見ると、その頭に異議を唱えようとの考えは微塵《みじん》も思いうかばないようだった。彼はおとなしく立ちあがり、それでは失礼します、と小声でつぶやきながらドアに向かった。こういう光景は、ここでは日常的なのかもしれない。宮越の立場については気の毒というしかないが、それは私のせいばかりではないと思う。教養のあるタバコ好きの刑事が、事務所で予想以上に長居をしたためだ。ふだんなら用意する予備をプリントアウトする時間がなかった。髭を剃る余裕もなかったのだ。

「では、さっそく」私はドアの閉まる音を聞きながら、自分用の報告書に目をおとした。「御社のチルドデザート分野の主力商品、フルーツカントリーについて実施した店頭調査の結果を報告させていただきます」

訪問したサンプル店からはじめた。総合スーパーGMSとコンビニエンスストアCVSのバランス、それぞれのサンプルサイズ、店舗規模、地域性をごくかんたんに説明したとき、「うむ」と声が聞こえた。ちらと顔をあげると、うなずく三上の頭が目にはいった。

気分が楽になった。同時に意外な感をともなっていた。このサンプルの構造が、店頭調査の成否をにぎる重要なポイントであることを知る人間は、業界でもあんがいいない。だが経営者とはいえ、相手が現場のプロでもあるなら、それに越したことはない。あとはたんたんとつづけた。商品フルーツカントリー総体と果実アイテムごとの取り扱い店率、売価、フェイス数、フェイス位置……、それぞれ前回調査の結果を踏まえながら競合商品との比較を連ねていった。

「以上です」

この種の報告では比較的短い三十分で切りあげ、私がそう告げたとき、三上は怪訝な表情を浮かべた。

「結論部分は？　この調査は、品ぞろえ充実の可能性を探るために実施されたはずだが、堀江さんのご意見が見あたらない」

「果実種拡大のラインエクステンションですね。ですが、今回はシーズナリティー、季節性を勘案しての生データだけを抽出してほしい。そういうお話でした。私自身の意見なら、前回調査時の報告書に記載してあります。結論はさほど変わっておりません。もしお知りになりたければ、そちらをご覧ください」

「あれはさきほど拝見しました。精緻《せいち》な考察だが、否定的な見解でしたな」

私は少々おどろいた。経営者が店頭調査の一報告書ごときを読んでいるとは、ビジネス一般の常識を超えている。

今度の調査が従来品五種にくわえ、最初にアイテム拡大の結論ありき、という事業部現場の意図を承知で私は口を開いた。

「率直に申しあげれば、今回の調査で、当初の見解の妥当性について、私の確信はより深まりました。これ以上のラインエクステンションは無意味かと考えます」

ちょっとした間をおき、横あいから沢田が口をはさんだ。

「しかし、フルーツカントリーの市場シェアは2ポイント強、アップしている。果実関係の総合ラインナップは開発当初から、社長が最大目標とされていた」

「なるほど」と私はいった。「私はアイテムごとのシェアを知らされておりません。ですが、私が店頭で見たかぎり、シェアアップには主力のミックス、ピーチ、オレンジ。この三アイテムの伸びが貢献しているとしか思えません。私見では、商品力もひとつ頭を抜いている。びわとライチの導入をお考えのようですが、フェイスカットの状況から判断して、GMS、CVSでともにもう、パイン、グレープフルーツは死に筋に分類されています。おまけにこの分野は、商品のライフサイクルが短いうえ、競合も苛烈だ。である以上、ラインエクステンションは屋上屋を架すというしかない。もちろん、死に筋二アイテムのシェア動向をお教えいただければ、意見を撤回するにやぶさかではありません」

会議室を沈黙が支配した。今度の沈黙は長かった。

クライアントの食品企業に向けて、どんなものであれ、外部の人間が死に筋商品と口にするのは自殺行為に等しい。ここの作業を請け負うことは、もうないか。私がそう考えたとき、「沢田」と呼びかける三上の声が聞こえた。

「きみの部が、この堀江さんに店頭調査を依頼した理由は？」

ちょっと迷うようすをみせたあと沢田が答えた。「堀江企画さんの調査は、コスト効率がいいやに聞きおよびました」

コスト効率か。響きはいいが、それだけ私のフィーが安価だという体のいい言い換えにすぎない。大手の代理店か調査会社に依頼すれば、おそらく私が請け負った額の三倍の請求書がいくはずだ。

「きみが店頭を訪問する頻度は週にどれくらいだ」

「毎週末は必ず、近所の量販店三店をのぞいています」

「近所ね。わかった。この件の検討はつづけるが、きみはさがってよろしい。堀江さんは、いますこし時間をいただけますか」

三上の顔を見かえした。退場すべき人間は逆であっておかしくない。沢田が冷やかな視線をこちらに向け、黙って立ちあがった。

「沢田」ふたたび声があがったとき、ドアまで足を運んでいた当人がふり向いた。三上がつづけた。「きみは不勉強だ。さらに判断力にも問題がある。いつものぞくのが近所の量販店だけなら、きみは店頭をなにも知らないに等しい。それに調査目的を考えれば、これは販促2課の守備範囲を超えている。商品企画部との共同作業にすべきだったろう」

「申しわけございません。判断ミスでした」

「そのうえで今後、堀江さんに同様の仕事を依頼する際は、あらゆるデータを提供するように。個別アイテムのシェア動向はもちろん、官能検査の結果などもふくめてだ」

「ですが、官能検査の数値は社外秘では……」

「指示しているのだが」

一瞬のち、「かしこまりました」と蚊の鳴くような声とともにドアが閉まった。

「失礼しました。堀江さん」

こちらを向いた三上の顔をいぶかしい思いで私は見かえした。眼光の鋭さは変わらないが、精《せい》悍《かん》な表情にいくらか柔和な影が訪れたようにもみえる。

「なんのことでしょう」

「本来なら、こんな調査は堀江さんがみずから乗りだす仕事ではないはずだ。よく引きうけていただいた」

「私の事務所には私ひとりしかおりません。ついでにいえば、どんな仕事内容にも軽重はないと考えているので、社長のおっしゃっている意味がよくわかりませんが」

「私は以前、『飲食料品ジャーナル』で堀江さんのコラムを拝見しておりました」

「なるほど」と私は答えた。

いくらかは腑におちた。『飲食料品ジャーナル』は文字どおり、この業界で大きな権威を持つ最大手の業界紙のひとつだ。私が以前の勤務先を退職したあと、顔見知りの記者から、エッセイを書いてみないか、と気楽な調子で声をかけられた。そのとき、数回くらいなら、と私は答えたのだ。なにしろ、当時は暇をもてあましていた。

文章を書くことについては、たいした経験はないものの、過去の勤務経験をまじえ、さまざまな角度から見た業界の現状を週一回のペースで個人的な分析にまとめた。だが、これが意外な好評を呼んだのだ。結局、一年間の連載になり、終わるころには業界の関連企業からコンサルティングやコンセプトワーク、各種調査の依頼が舞いこみはじめていた。考えてもいない成りゆきだった。

私にとっては新たな収入源の発生ともいえたが、その事態を無条件に歓迎したわけではない。依頼の大部分が、私の能力を超えるか、私の専門分野とのあいだにズレがあった。だが職業を選ぶには、ほかに選択肢がなかったのだ。もうサラリーマンにもどるつもりは毛頭なかったし、その気になったとしてもまず無理だったろう。当時、失業保険が切れ、退職金が底をつきかけていたという事情もある。そのため有限会社、堀江企画の事務所を構えたのだった。二年まえの話である。

この間、経営トップから現場まで、いろんなレベルから仕事の依頼があった。とはいえ、順調に推移してきたわけでもない。経営にかかわる分不相応な話やひとりで手にあまる仕事はすべて断ったし、一回こっきりで依頼の絶えるものも多かった。私には、どこか欠陥があるのだろう。だが、定着したクライアントもなくはない。

このサンショーフーズはどちらになるか。もっともいまの段階では、どちらでもいい気分だった。いまは疑問のほうがさきにある。それが明らかにならないかぎり、話を進める気にはならない。

「仕事の話をつづけるまえに、ひとつ、おたずねしておきたいことがあるんですが」

「なんでしょう」

「私の名前をご存じだったとはいえ、なぜ、きょうの報告に興味を持たれたのか。これが疑問です。店頭調査の報告ごときに社長の出席とは、いまだ奇異で唐突な感をぬぐえません」

「きょうの朝刊で、記事を読んだからです。あの件も、私にとってはあまりに奇異で唐突でした。柿島隆志さんが亡くなられたそうですね」

7

三上の顔を短いあいだ見かえした。そのとき、この大入道はだれかに似ている。ふと、そんな場ちがいな思いがやってきた。だれだったろう。私は頭をふって、その思いをふりはらった。そして問いかえそうとしたとき、先方が機先を制するように口を開いた。

「もちろん私の話など、柿島さんから聞いてはおられんでしょうな」

「私は柿島のすべて、さらにいえば彼と接触を持つ人物まですべてを知っているわけでは毛頭ありません」

考えてみれば、三上と柿島のあいだに面識があったとしても、その事実自体は意外でもなんでもない。業界のそれなりの地位にある人物どうしだ。逆に、ないほうがおかしいといっていい。だが、私と柿島の関係をなぜこの三上が知っている？　私は、彼の話がつづくのを待った。

「あれはそう。柿島さんが、旧タイケイ飲料からメイマートグループに転身されたころだから……、いつのことになるか」

「二年半まえですね」

メイマートにいくことにしたよ、柿島からそう聞かされたのは、三年まえ、かつての勤務先、タイケイ飲料が尾島飲料に吸収され、われわれがほぼ同時に退職したあと、まだ三、四カ月ほどしかたたないころのことだった。だがあのとき私は、そうか、と答えただけだった。意外な感はあったが、それ以上、なにもたずねはしなかった。柿島も理由は口にしなかった。

「そう。たしかそのころでしたな。以前から顔を見知ってはいたが、食品、飲料のちがいもあり、私は柿島さんとさほどの接触があったわけではない。しかしあれ以降、メーカーと流通の関係になった。つまりは商談相手だ。もっとも柿島さんの立場からすると、直接的に接触する相手ではないが、ビジネス上の観点から、おろそかにはできない立場のおひとりではありますね。堀江さんも当然、われわれメーカーと流通の力関係はご存じでしょう？」

私は黙ってうなずいた。大手流通のメーカー支配力には、一般の想像をはるかに超えたものがある。あくまで一般論だが、私の営業時代の経験からみても、創業祭や記念セール、なにかにつけては協賛金や値引き、企業間リベートの要求があった。とくに期末時では、無理難題といえるほど露骨な要求をもちだすところもあった。たいていの場合、消費者利益への還元という大義名分が、流通企業自体の利益確保をおおい隠すものだったが、もちろん無下に断るわけにもいかない。現場で、バイヤーを好ましい商談相手と考えているメーカーの営業は、私の知るかぎり、かなり珍種といっていいのが業界の現状だった。

三上がつづけた。「もちろん、この国の企業社会では弱肉強食が原理原則です。しかし目にあまるものがないとはいえない。一般紙の記事にはならないが、某ＣＶＳの一円納品強要問題の噂に代表されるようにね。どうも柿島さんは、この流通システムの変革を目指して、メイマートグループの申し出をうけられたようですな」

「流通システムの変革？　柿島が？」

「大げさにいえばです。私がそういう印象をうけたにすぎないかもしれません」

「柿島さんは、理想家肌の人でしたからね。ぼくも彼から学ぶところは多かった」

横あいから、穏やかな声がしのびこんできた。かつて声楽の勉強でもしたようなテノールだった。私はおどろいて矢谷の顔をまじまじと見かえした。いままで目のまえにいながら、一度も口を開かなかった彼の存在をすっかり忘れていたのである。

「矢谷専務も柿島をご存じだったんですか」

「何度かお目にかかっただけですが」彼は義父に目をやった。「社長。いまの話では、まだ堀江さんの疑問は完全に氷解していないんじゃないでしょうか」

「故人との約束がある……」つぶやきながら三上が微笑し、私を見つめた。はじめて、その顔に浮かんだ笑いだった。「しかしもう、その約束は破ってかまわんでしょう。堀江さん。私は柿島さんから、あなたの優秀さをいやというほど聞かされたことがあるんですよ。流通から広告宣伝まで、すべてを理解しているマーケティングのプロだとね。プロ中のプロだと。私があなたのコラムを読んでいたという話をもちだすと、理論より実戦に強いとも聞かされた。一度、仕事を依頼してみればわかるという話でした。ただ、つけくわえることは忘れませんでしたな。たしかこんなふうだった。『私が堀江に側面から援助の手をさしのべたとうけとられかねないので、この話を堀江が知ったら、彼は怒り狂うにちがいない。だから、もし仕事を依頼するようなことがあった場合、私の名は伏せておいていただくよう配慮願えれば幸いです』とね」

肚の奥に鈍い痛みが走った。ふいにかつての光景、閉店後の量販店の夜の売り場がよみがえった。そこには転職したばかりの私の横に柿島がいる。彼が素人に大量陳列の仕組みや棚のフェイス構造を教えている。ほら、顧客の目のまえの位置にはどうしても視線が真っ先にいくだろう？これが最上のフェイス位置、アイライン。視野からもっともずれた最下層はかなり待遇がおちてボトムライン……。すでに営業の中堅になりつつあった柿島の声が耳で鳴った。あんなふうによけいなお節介を焼いてくれる人間は、もうだれもいない。だれひとり残っちゃいない……。

「ただし、今回の調査の件は偶然です」

私の気持ちを推しはかったような矢谷の声が聞こえた。「三上社長にはへそ曲がりなところがあってね。人の話を素直にうけとらない。社長はあなたのコラムを拝見して感心していたところ、柿島さんの推薦まであったので、これが皮肉にも逆に作用した。以後、無視をきめこむ姿勢になったようです。ただ、けさの記事から、柿島さんのことが話題になって、ぼくもいまの話ははじめて聞きました。で、念のためパソコンで社内各部を検索したら、経理の前回調査支払い明細に、堀江さんのお名前を発見した。これに次回調査の予算もはいっていた。そのため、ぼくが沢田部長に問いあわせ、偶然にもきょう、この機会があると知ったんです」

矢谷の話を人ごとのように聞いていた三上が、ふと私の頭上を見あげた。そして、そろそろ時間かな、とつぶやいた。そういえば、私の背後の壁には時計がかかっていた。

「堀江さん」

呼びかける三上の声があり、私はぼんやり彼に目を向けた。

「ラインエクステンションの件は、このあと矢谷専務とつづけていただけますか。私は別件があって、失礼せにゃならん」

三上が立ちあがったが、私はすわったまま黙ってうなずき、彼の顔をふり仰いだ。なぜか三上はそのまま、私を数秒間、見つめたまま動かなかった。

「で」と三上が問いかけてきた。「堀江さんは、怒り狂っていますかな。柿島さんがおっしゃっていたように」

「怒り狂っています」

三上の表情に微笑が浮かんだ。そして名刺をさしだしてきた。

「たいした話はできないが、老人相手に柿島さんとの昔話をされたいという気分にでもなったら、いつでもこちらにご連絡ください。では、失礼」

身をひるがえす直前、彼の目にはもう鋭い眼光がもどっていた。名刺に目をおとした。会社の直通番号が記されている。頭をあげ、ドアに向かうまっすぐのびた背筋を私は見おくった。そしてドアの閉まる音を聞いたとたん、記憶がよみがえった。彼がだれに似ているか、思いあたったのだ。

「堀江さん。たいへん失礼な言い方になるが、あなたは楽々とバーをクリアされたようですね」

矢谷の声に私はふりかえった。「バーをクリア?」

「社長は、自分の目で確認し、評価した人物にしか名刺をださない習癖があるんですよ。たとえ、相手がビジネス上の重要人物であろうと、政財界のお偉方であろうと。あいにく名刺を切らしておりまして、という姿をぼくは何度も見かけている。こっちがひやひやするくらいです。もっともあの社長に評価されたところで、なんの足しにもならないかもしれないが」

「しかしユニークではある。それも極端に」

矢谷はうなずいた。「極端です。さらにいえば、はた迷惑でもありますね。身近な人間にとってみれば」

「この時代に、そんな強引なやり方が通用するとは思わなかった。勉強になります。ところで、妙なことをお訊きするようですが、矢谷専務は映画をお好きですか」

「好きですが、最近、見る機会はずいぶんへりました」

「じゃあ、『大いなる幻影』という映画をご覧になったことはありますか」

突然、矢谷が笑いだした。笑い声はしばらくやまなかった。私は呆気にとられて彼の顔を眺めていた。

「久方ぶりに、その名を聞いたな。シュトロハイムですね。エーリッヒ・フォン・シュトロハイム」

私は感心した。フルネームまで知る人間がいるとは思わなかったからだ。三上は、ジャン・ギャバンの敵役、ナチスの将校に扮していたあの初老の男優にそっくりだった。あれが映画でのスキンヘッドの走りかもしれない。

「義父が、いや、三上社長が若いころ、よく似ているといわれたそうです。しかし、近ごろはめったに聞くことがなくなったといっていた。伝えておきましょう」

矢谷がテーブルのうえで、両手を組んだ。そこで口調がスイッチを切りかえるように、事務的なものに変わった。

「さて、仕事の話にもどりますか。フルーツカントリーは弊社売り上げのうち、九パーセントを占める。無視できない規模の商品です。ですから、これから関連セクションの人間を可能なかぎり招集して会議としたい。前回の報告書で、堀江さんが優先事項として提案されていたパッケージのデザイン・リニューアルも検討課題になるでしょう。堀江さんのごつごうはよろしいでしょうか」

この男はオーナー企業の親族であるというだけで、伊達に役員をつとめているわけではないらしい。考えながら私はうなずいた。

「けっこうです」


サンショーフーズの社屋をでたとき、もう陽は陰りつつあった。携帯の電源を復活させ、時刻表示を見ると、思いのほか時間はたっていた。四時過ぎだ。最寄りの駅、都営浅草線の大門に向かう途中、大手喫茶チェーンの看板が目にはいった。ぶらりとドアをはいり、カウンターでコーヒーをうけとり、混雑した店内に席を見つけた。

この種の喫茶チェーンのおかげで、従来型の喫茶店は根こそぎ駆逐されつつある。私自身は、昔ながらの喫茶店のほうがはるかに好きだった。だがデフレの影響があるとしても、これが消費者の選択なのだ。いろんな理由があって、時代が選んだ結果のひとつにすぎない。それが一種の堕落だと憤慨したところで、この需要の流れを変えることはできない。だいいち、自分のことを考えてみればいい。おれ自身、この流れを加速するため、いまの仕事にかかわっているようなものだ。

それにしても、あの三上の口から柿島の名がでるとは……。さっきのやりとりを考えたちょうどそのときだった。携帯が鳴った。番号非通知の文字が浮きでている。

「堀江さんでいらっしゃいます?」

いくらか疲労はにじむものの、おちついた声音が流れてきた。夫に先立たれたばかりの女性に、どういう言葉がふさわしいのか、よくわからない。

「きのうは失礼しました」私はいった。「声もかけずに姿を消してしまい……」

「いいえ、お気遣いいただいたことは重々承知いたしております」

そうだろうか。おれはあのあと酒を飲んだだけだった。それも大量の酒を飲み酔いつぶれただけだった。

「堀江さん」と声が聞こえた。「きょうの通夜の場所はご存じかと思いましてお電話いたしました」

「知っております」

なんで、おれはこんな切り口上みたいなしゃべり方しかできないんだろう。考えているあいだ、間があった。それからふたたび柿島の細君が口を開いた。

「おいで願えますね」

「まいります」

思わず即答したものの、考えてみれば、これが世間では当たりまえなのだ。だがそのとたん、肚《はら》は決まった。そして、柿島の通夜に足を運ぶかどうか、考えあぐねていた理由にいきあたった。きょうはたぶん、私の見知った人間が大勢やってくる。昔話をかわし、近況を報告しあう。それが億劫《おっくう》だった。とりわけ尻込みしたい人物がひとりいる。「柿島取締役の通夜でお会いしましょう」メモにそう書き残したかつての部下だ。

「よかった」つぶやきが聞こえた。

「どうしてですか」

「なんだか、おみえにならないような気がして……。柿島から聞いていた話ですと、堀江さんは友人の通夜に出席するという行動は、お嫌いなような気がいたしましまして」

「私はそれほどへそ曲がりではありません。ところで、ひょっとして昨夜、この番号に電話いただいたでしょうか」

「いたしました」

それなら留守録にでもいれておいていただいたらよかったのに。私がそう口を開こうとしたときだった。

「あのう」

「なんでしょう」

「通夜のあと、お時間をいただけませんでしょうか」

携帯をつうじてとどいたものは、外資系証券会社の日本支社副社長をつとめる女性のものとは思えないほど、かぼそい声だった。

8

池ノ上から電柱の張り紙にしたがって、住宅街を歩いた。黒枠に、柿島家と書かれた墨文字と矢印がある。要所要所に立ち、案内をつとめる礼服を着た若い要員は、細君の勤務先の関係者らしい。これがもし半年まえなら、事情は大幅にちがったろう。彼らはすべてメイマートの社員だったはずだ。

まだ五時過ぎだった。それでもこの時間に足を運んだのは、柿島の細君から電話をもらったあと、気分がすっかり切りかわっていたせいである。単純なセレモニーとはいえ、べつの側面をみせることがあるかもしれない。三年まえ、最後に経験した通夜がそうであったように。

関根から教えられた禅輪寺が目にはいった。古刹《こさつ》といっていい雰囲気の立派な門構えを横目に、まえをとおりすぎた。ちらと境内を眺めたところでは、まだ受付の白い布に名刺受けを準備している最中だった。周囲であれこれ働いているのは、これもまたハンプトンズの社員らしかった。

ゆっくり歩きながら、さり気なく周囲に目をやった。むずかしいかもしれないと考えていたが、恰好の場所はすぐ見つかった。

寺の向かいにある住宅の囲いが、いまどきめずらしい灌木の植え込みになっている。そのさきにある角のあたりからなら、寺の入り口全体が見わたせる。高さもちょうど私の背くらいだ。突き当たりが三叉路になっていて、正面にちいさな駐車場はあるが、月極の看板からすると、さほど邪魔者がはいる余地はないはずだ。

植え込みの角に立った。じっさい身をひそめてみると、寺のほうからは死角になる絶好の位置である。気分が楽になり、周囲に視線をめぐらせた。

わずかに陽は暮れ残っている。その明るさのなか、なにかの気配が動いた。そんな気がしただけかもしれないというほどの、視界のかすかな揺れ。私はその場をはなれ、駐車場のほうへ歩いていった。

鼻面を寺のほうに向けた黒っぽい地味なセダンが一台、コンクリート上に駐車している。ウィンドウはスモークガラスでなかはよくみえない。その窓をノックした。

助手席の窓がほんの少し降り、その隙間から小声が洩れた。

「はいってください、すぐ」

同時に後部ドアが開いた。リアシートにすべりこむと、関根と砂子、ふたりの刑事の目が私を凝視した。

「こんばんは」と私はいった。関根に向け、けさはどうも、とつづけようとして、結局やめた。関根は、私の部屋を訪問したことは砂子に話していないかもしれない。

運転席の砂子が難詰するような大声をあげた。

「どういうつもりなんですか、あなた」

「通りをぶらぶらしたり、顔見知りの人間にあいさつしようとしただけで、なにか法にふれるのかな。もしそうなら、その法律を教えていただきましょうか」

砂子が鼻白んだ表情になった。

「まあまあ」彼を制して関根が私に声をかけてきた。「堀江さんはあんなところにいて、なにをなさるおつもりだったのかな」

「あなたたちとおなじですよ」

「われわれとおなじとは、どういうこってしょう」

「柿島の通夜にどういう人間がやってくるか、興味がある」

「たしかに、見物する場所を物色してる感じがあからさまでしたな。すると、そんな理由だけで、あんなところにずっと立ってるおつもりだった？」

「そんなもあんなも、私の自由じゃないんですか。柿島の交遊範囲をいまになって知りたいと思ってどこがわるいんでしょう。じゃあ、逆におたずねしたいが、あなたたちはどうしてこんなクルマのなかで、無駄な時間をすごしているんだろう。柿島を襲った連中が心底反省して、線香をあげにくる可能性は、さほど高くはないと私には思えますがね」

「堀江さん」関根が静かに笑いかけてきた。「わたしらはね。無駄が無駄であるとたしかめることも仕事のうちなんですよ。いや、だいたいがそういう苦労ばっかでね。しかし、こういう言い方もできやせんですかな。無駄が無駄だとわかりゃ、そいつはけっして無駄ではなかったっちゅうことにもなる。そうは思われませんか」

私は黙って関根の顔を見かえしていた。

「わたしの顔になにか？」

直接答えず、隣の男に声をかけた。「砂子さん」

「なんですか」いかにも不機嫌な声がかえってきた。

「僭越《せんえつ》な言い方になるが、あなた、いい先輩を持ちましたね。この人から教えられることは、ずいぶん多いようだ」

砂子は黙っていた。かわりに関根が口を開いた。

「こいつに教えるなんざ、わたしにゃ無理ですよ。わたしは高卒ですが、こいつは大卒で、それもけっこう有名なとこを……」

「警部補」砂子が厳しい声でさえぎった。「いま現在、そういうことは関係ないでしょう。それに話していい相手とわるい相手くらいは選ぶべきではないですか」

「わるい相手のようで申しわけない」私はいった。「じゃあ、私はそろそろ失礼するかな。ちょっとあいさつまでと思っただけだから。あなたがたの邪魔はしませんよ」

「当然です」砂子がいった。「邪魔などされたら、公務執行妨害で逮捕する」

無視してドアを開け、表にでようとしたとき「堀江さん」と彼がふたたび詰問口調の声をかけてきた。「訊いておきたいんだが、あなた、どうしてこのクルマに気づいたんですか」

「むかしから、私はカンのいいところだけが取り柄だといわれてたんです。ほら、人がやってきましたよ。どうやら最初の弔問者だ」

砂子があわてて前方に目をやった。ちらと関根を見た。欧米人なら肩をすくめるような目で、彼はうなずいた。

「こいつにも取り柄はあるんですよ。ご覧のように骨はある」

「そうかもしれない。キャリアでもないのに、先輩を階級で呼び、説教するくらいだから。縦社会ではめずらしいタイプですね」

私はそのまま駐車場のコンクリートに降りたち、植え込みの陰にもどった。

時間がすぎた。

あたりは徐々に闇につつまれていき、逆に寺の門前が明るくなっていった。刑事ふたりのひそむセダンは静まりかえったまま、動きはなにもない。

定刻近くになったころ、それまでの閑散とした気配が嘘のように、大勢の人間が集まりはじめた。そして途切れなかった。多くはけさの記事で柿島の死を知ったのだろう。サラリーマンであった時代、通夜に参列した経験は何度もあるが、これほどの弔問者を見たことはあまりない。死者の人徳のせいか、この国の企業社会の特徴、かつての肩書の影響がまだ残っているのか、どちらであるかは判断をくだしかねた。だがいずれわかるだろう。

柿島と私のかつての勤務先、すでにないタイケイ飲料の関係者も多かった。当時の社長、田所の姿まであった。懐刀であった柿島を取締役から解任した当の本人である。タイケイ飲料が、尾島飲料に実質的に吸収合併され、田所は代表権のないお飾り会長にまつりあげられたが、いまは顧問か、もう引退生活にはいっているはずだ。

当時の私の上司、真田の姿もあった。彼もまた希望退職募集の際、最初に私へ退職勧奨《かんしょう》の話をもちかけてきた人物だった。あとで聞いた真田の言葉がよみがえった。きみの場合は、どこでもやっていける。声をかけるのに楽だった。私は安易に流れたんだ……。

真田がその後、どんな生活をおくっているのかは知らない。ほかにも、かつての同僚の姿を何人か目にした。たぶん私は、彼らにひと言くらいは声をかけるべきだったのだろう。しかるべき世間話をかわし、たがいに近況を報告しあい、しかるべく友好的にわかれる。だがそうはしなかった。ただ黙って立ちつくし、彼らが寺の門をはいり、一定時間をおいて去っていく、その往来を眺めていただけだ。私には、人情とかおとなの常識が欠落しているのかもしれない。

また時間がすぎた。

弔問客には仕事で見知った業界の人間もいたが、どういう立場の人物か、見当のつかないケースも多かった。当たりまえの話だ。だが意外な人物もあらわれた。サンショーフーズの三上と矢谷がそろって、顔をみせたのである。きょうの昼、そんな話はでなかった。ごく当然のこととして、あえて口にだす必要はないと思ったのかもしれない。彼らはごく短時間で帰っていった。ほかに異質なことといえば、ときおりやってくる米国人らしい白人や黒人の姿が目立ったことくらいである。柿島の細君、奈穂子の同僚だろう。ほかに意外な人物は、私の見たかぎり、だれもいなかった。もっとも、そんな事態をさして期待していたわけでもない。

やがて門前の明かりのなかに、よく見知った影がまたひとつ浮かびあがった。

大原真理はひとりだった。スーツ姿は以前の彼女と変わらないが、最後に会ったときとは髪形だけがちがった。少年みたいなショートカットになっている。彼女は周囲に気をはらうでもなく、まっすぐ寺にはいっていった。私は待った。十五分ほどたったとき、ふたたびその姿があらわれた。そのまま、もときた道を自然な足どりでもどっていく。

私は一種、安堵に似たため息をついた。それからようやくその場をはなれた。寺のなかに長居していた弔問客も三々五々、散りはじめている。そろそろ、焼香も終わりに近い。

受付に芳名帳はなかった。香典をわたし、名刺をおいたあと、会場にはいっていった。

親族の席に人はすくなかった。だれがだれだか見当はつきかねたが、まばらといっていいくらいだ。一方、故人の関係者側の席はぎっしり埋まっていた。

もう焼香の列はない。私が歩みを進めると、柿島の細君がすわったまま深々と頭をさげた。礼をかえし、柿島の遺影を見あげた。黒枠のなかに、静かな微笑をたたえた表情がおさまっている。なにも感じなかった。それはたんなる平面だった。かつてのこの男の記憶は、昨夜、酒を飲みつづけていたとき、ナミちゃんのサックスを聴きながら何度も反芻《はんすう》した。いや、それ以前から、柿島の死を聞かされたときから、ずっとつづいている。写真をまえにしなくても、濃い影として刻まれている。あるいは、頭のどこかがこの場所にいて、遺影の意味を拒否しようとしているのかもしれなかった。よくわからない。ただ、重い石のかたまりが沼の底へ静かに沈んでいく。そんな感覚に似た気配をおぼえたにすぎない。

焼香を終え、退出しようとすると、一礼した柿島の細君がちらと私を見あげた。私はちいさくうなずきかえした。

表にでようとしたとき、さりげなく会場に目をやった。人で埋まった関係者席を確認したかったからである。こちら側にも、何人か白人の姿が散見された。そのとき、ふと記憶がよみがえった。けさ読んだ新聞記事である。「犯人らは髪を染め……」。まさか、と思いつつ足がとまった。金髪や栗色の髪の持ち主は、三人。みんな私より若くみえる。私は頭をふりながら、廊下にでた。

だれかが声をかけてきた。

「故人を偲んで、別室に席を設けてあります。よろしければ、そちらへどうぞ」

「ありがとう」

上の空で答え、彼の指ししめした廊下の奥と反対方向に向かった。柿島の細君との約束のためには、どこかべつの場所で待つほうがいい。いま見知らぬ人間のあいだにはいって飲食し、会話をかわす気分にはなれない。

さて、どこで時間をつぶすか。だれとも顔をあわさず、ひっそり待つには境内の隅っこあたりが適当か。だがそのまえに、やるべきことをやっておく必要はある。考えながら表にでた。

参列者はもうかなりへっていた。門の内側にある受付まで移動しようとしたとき、背後からふいに声がかかった。

「課長」

立ちどまり、そのまま天を仰いだ。星のまたたきを数秒間、眺めていたようにも思う。それからゆっくりふりかえった。大原真理が男の子みたいに腕を組み、片足を組んで笑みを浮かべていた。

「おまえさん、もう帰ったんじゃなかったのか」

「そろそろ姿をあらわすころだと思って舞いもどったんです。六時まえから駅にいたけど、顔を見なかったから」

「六時まえから？」

彼女はうなずいた。「課長。いま、もう帰ったんじゃなかったのかといいましたね。すると課長は、もっと早くにきて、どこかからこっそり、ここの入り口を観察してたんだ。そういうの、世間一般では覗《のぞ》きっていうんですけど」

「なあ。大原。何度もいったろ。おれはもうとっくに課長じゃないんだ。いい加減、その呼び方やめろよ」

「でも、同窓会なんかにでたときは、姓が変わってても、ふつうは旧姓で呼ぶじゃないですか。結婚した女友だちだって、私はむかしの姓のほうで呼んでるもの」

「おれは同窓会なんかにでたことはない」

「でも私はそうだな。呼び方を変えると、なんだか別人のような気がして違和感ありますよ。慣れって、そういうものでしょう?」

「あのさ。その言い分、身勝手すぎやしないか。だいいち、同窓会とこの世から消えちまった勤め先の話をごっちゃにしてる」

「それをいうんなら、課長は、いまも私が自分の部下であるみたいに話してるように聞こえるんですけど、これは勘ちがいかしら」

ため息が洩れた。そしてこういうときの彼女とのやりとりでは、いつも圧倒的に分がわるかったことを思いだした。

「なら勝手にしてくれ」

「でも、いまはそういう瑣末《さまつ》なことにこだわってる場合じゃないでしょう。柿島取締役があんなことになって、課長は……」

「その話はもういい」私はさえぎった。「死んだ人間は、もう死んでんだ」

大原はなにかを探るような目つきになり、じっと私を見つめた。この目が私は苦手だった。

「それにしても冷えるな」

事実、昼間とはうって変わって、空気がかなり冷えこんでいる。三月初旬、夜になってもどった厳しい冬の寒気だ。冷たい風がすぎ、ポケットに手をつっこんだ。すると、ふれてくるものがあった。皺《しわ》だらけになった紙切れの感触だった。そうだ。この件があった。ふとそれを考え、思いついたことがある。私が彼女をずっと敬遠していたのには、ちょっとした理由がなくもない。だが、いまもっとも必要なのは、この大原のような人物の助力かもしれない。あの程度のアクシデントにこだわるべきではないのかもしれない。

ちょっと考えたあと、私はいった。

「なあ、大原」

「なんでしょう。課長がそういう言い方をするときって、だいたいなにか頼みごとがあると決まってましたね」

相変わらず察しがいい。「おまえさん、最近、忙しいんだろ。期末だし」

「まあ、忙しいことは忙しいけれど、私が仕事が早いのは、課長がいちばんよく知っているでしょう？　もう今期の仕事は、ほぼ終わりました。あすから、リフレッシュ休暇をとろうかなと思ってたくらいだもの」

「尾島には、リフレッシュ休暇なんてあるのか」

彼女はうなずいた。「一週間、夏休みとはべつにとれるんです。どこか海外にいこうかなとも思ってたんだけど、最近は飽きちゃって」

嘘であるはずだった。そしてそのことを知りつつ、この大原を頼りにしようと考えている自分に嫌悪をおぼえながら私はつづけた。

「その休暇は、大事にとっておいたほうがいい。けどもし、勤務時間外に余裕があるんなら、手伝ってほしいことがあるんだ。おまえさんがいるといないじゃ、大違いのことがある」

「へえ、なんでしょう」

私は携帯の時刻を見た。八時過ぎだ。時間の余裕はあまりないかもしれない。

「あとで話す。いまはちょっとした用事があるし、約束もあってさ。ナミちゃんの店で待っててくんないか」

「ふうん。ナミちゃんの店か。きのうの夜、あそこでマグロになった課長を見たって伝言は残したでしょう？　最後に会ったのは、去年の七月はじめなのに、あいかわらず変わっていませんね」

去年七月はじめ……。もうそんなになるのか、と思う。だが大原が正確な時期を覚えていたことにはおどろかなかった。彼女はそういうタイプだ。

「でも、課長の用事と約束って、なんですか。それもきょうのうちにあるなんて。それを聞いとかなきゃ、私も待つ身がつらいじゃないですか」

大原のこの手の追及にはかつて慣れっこだった。どうせ、あとで話さなければならないはめになるのは目にみえている。適当なところでお茶を濁してもはじまらないだろう。

「このあと、柿島の細君とちょっと話をすることになってる。それとはべつに確認しときたいこともあるんだ。詳しい話は、あとにしよう」

「ふうん。取締役の奥さんと待ちあわせ？　奈穂子さんといいましたっけ」

「そうだ。柿島の入院中、何度か見舞いにいったから、礼をいいたいのかもしれない。ところで、おまえさん、柿島のこともむかしの役職で呼んでることに気づいてるか」

彼女は私の言い分を無視した。「あの人、奈穂子さんって、美人ですね。絶世の美女といっていいくらい。取締役にあんな若くて美人の奥さんがいたなんて、全然知らなかった。結婚してることは知ってても、直接会った人はあまりいないんじゃないかしら」

「柿島は披露宴もやんなかったからな。おれもはじめて見たのは、病院だった。けど、絶世の美女だったかよ」

いままで、そんなことは考えてみたこともなかったのだ。見舞いにいったときには、意識のない柿島の顔とその身体のわずかな動きだけを見つめていた。

「課長は鈍いからなあ。あの人なら、私でもかなわないかもしれない。じゃあ、別件の確認ってなにをやるんですか」

「受付に用がある。そいつもあとで報告するさ」

「受付か。でも、うまくいくかしら。課長のそのひどい恰好じゃ、香典泥棒とまちがわれません？　私がついてってあげましょうか。いくらかは信用されるかもしれないから」

目をおとし、自分の皺だらけのスーツにようやく気づいた。告別式でないとはいえ、ネクタイを黒に変えただけでは、やはりまずかったかもしれない。サラリーマンでなくなるということの意味はとっくに知っていたつもりだが、いまになっても気づかされることはまだ多い。だが大原の皮肉のおかげで、ふと別件に思いいたった。

「そういや、おまえさん、いまは時間があるよな」

「ほら、きた。なんの用でしょう」

「いま別室で、柿島と関係の深かった参列者のために一席設けてあるそうだ。もし差しつかえなけりゃ、おまえさんも顔をだして、どんな連中がいるか確認しといてくんないかな。詳しくなくたって、だいたいのところでいい」

「それならお安いご用ですよ。私も案内はされたけれど、どうしようか考えはしたんです。でも課長のほうは、ほんとに私のつきそいなしでいいんですか」

「いい」

「了解。じゃあ、あとでナミちゃんの店で」

大原はすぐ私に背を向けた。本堂とは別棟のほうへ足早に歩いていく彼女のうしろ姿を、いまさらながら感心して見おくった。そして、もし彼女に美点があるとするなら、まずいちばんに即断即決と行動能力をあげるべきかもしれないな、と考えた。

私も彼女を見習い、受付に向かった。

「堀江と申します」

白いクロスのかかった細長いテーブルをはさみ、声をかけると、女性三人、それに男ひとりが全員そろって丁重に頭をさげたあと、いぶかしげな目で私を見た。みんな若い。

「きょうはご苦労さまでした。ところで、ちょっとお願いがあるんですが」

「なんでございましょう」と健康そうな長髪の青年が答えた。

「こういうときに不躾《ぶしつけ》かとは思うんですが、きょうの会葬者の名刺を拝見できませんでしょうか」

彼らが顔を見あわせた。このご時世、なんですか、ではなく、なんでございましょうと答えられる青年だ。プライバシーのことを考えたのかもしれないし、私の正体を疑ったのかもしれない。私は話の順序を誤っていることに気づいた。

「みなさんは、ハンプトンズ証券の方でいらっしゃる？」

女性のひとりが「ええ、そうですが」とうなずいた。相手事情の推測を告げたことで、すくなくとも大原のいった香典泥棒の疑惑だけは払拭できたのではないかと願いつつ、私はつづけた。

「私は柿島くんの以前の勤務先、旧タイケイ飲料で長年、デスクを並べる関係にあったものです。じつはきょう、むかしの同僚に会って久闊《きゅうかつ》を叙《じょ》しつつ故人の話をしたかったんですが、仕事のつごうで、やってくるのがずいぶんおくれた。で、どういう顔ぶれが集まったのか、確認したいんです。あすの告別式のこともありますし」

「なるほど。そういうことでしたら」

青年が答え、彼はテーブルにあった漆塗りの名刺受けを気軽に私のほうへ向けた。最近の若者もばかにしたものではない。

「ありがとう」

答えてから、ざっと三百枚はある名刺を手にとり、そのひとつひとつを眺めていった。もっとも目立ったのは、メイマートへの納品関係企業の社名である。大手から名も知らぬところまで企業名はさまざまあったが、これは予想の範囲内だった。かつての肩書の影響の残滓《ざんし》だ。流通に納品する業者は、食品飲料、洗剤やヘアケア商品などの家庭用品から、事務用品、生活雑貨まで、メーカーや販社はおそろしく多岐にわたる。その名をいちいちおぼえる気にはならなかったし、その気になったとしても無理だったろう。

外資系らしい横文字の名刺も多かった。これも、細君の関係者のものだけではないはずだ。柿島自身、社から派遣され海外留学していたことがあるし、私も若いころ、彼にかかってきた英語の電話をうけ往生したことがずいぶんある。こちらは記憶すべきだったかもしれないが、やはり私の頭では物理的に無理だった。

ほかには見知った人物のものが、興味深いといえばいえなくもなかった。田所は肩書のない個人の名刺だった。あの吸収合併劇のあと、やはり引退生活を迎えたらしい。真田は、中堅の不動産会社に転職していた。肩書は変わらず部長だった。勤務先の規模は大幅にちいさくなったとはいえ、時代と年齢を考えれば、成功した部類といえるだろう。サンショーフーズの矢谷の名刺もあった。だが、彼の話していたように、三上のものは見あたらなかった。

すべてチェックし終えるまで時間はかかったが、確認できた点はある。それも、そうとう疑問を残すものだった。ほんの三カ月まえまで柿島が勤めていたメイマートグループの社名が記されたものは、二枚しかなかったのだ。専務取締役、小峰貞之《こみねさだゆき》と平取、北島清治《きたじませいじ》。そのふたりの名刺だけしか発見できなかった。かつて同僚や部下が大勢いたはずなのに、やはりこれは異常というしかない。

「お懐かしい名前はございましたか」

長髪の青年が白い歯をみせ、声をかけてきた。ずっと私を見守っていたらしい。

「ええ、ずいぶんありました」私は答えた。「おかげで、むかしのあれこれを思いだしましたよ。柿島くんと私はちょうど、あなたの歳のころに出会ったんです。ほんとうにありがとう」

私も笑いをかえし、ゆっくり背を向けると、境内のほうへ歩きだした。

9

静かな声が重なりあい、途切れ途切れのざわめきになってとどいてくる。故人と近しい会葬者のために用意された、廊下の奥の飲食の席からだった。そこに集まった顔ぶれには、見ず知らずの人間も多いだろう。彼らにまじり、当たり障りのない会話をかわす気分にはとうていなれない。だが大原なら、なんの屈託もなく立ちまわれる。彼女にはそういう能力がある。やはりまかせてよかったと考えたとき、そのやっかいをかつての部下におしつけた後ろめたさをはじめて覚えた。

周囲を見わたした。なんのための部屋かはわからないが、六畳ほどの日本間で、座卓にはビールがひと瓶、それにコップが数個おかれてある。

寺の別館にあるこの小部屋へ案内したのは、柿島の細君だった。ここでお待ち願えますでしょうか。すぐもどってまいります。焼香が一段落し、深々と頭をさげた洋装の喪服姿を見おくってから、まだ十分くらいにしかならない。喪主なら、ああいう席ではなにかと気をつかう。彼女はどんなふうに会葬者にあいさつしてまわるのだろう。想像してみたが見当はつかなかった。

いずれにせよ、すぐとはいっても時間はかかる。待つしかない。ビールをとりあげ栓を抜いたとき、ドアにノックがあった。おどろいたのは、ドアのあいだから顔をみせたのが、いま思いをめぐらせたばかりのご当人だったからである。

「お待たせしました」

流れるようになめらかな身のこなしで移動し、彼女は畳に正座した。たしか柿島より、ひとまわり若かった。まだ三十代後半。だが年齢とかかわりなく、単純でありながら優雅で自然な動作を身につけた人間はいる。彼女はそのひとりだった。黒い風の流れが、目のまえでかたちになったようだった。

ほっそりのびた首筋が喪服と鮮やかな対比をみせている。私は彼女をまじまじと見つめた。そしてここ数日、何度か短い会話を重ねたものの、これが彼女とゆっくり顔をあわせるはじめての機会だと思いいたった。最初に会ったときから、時間と場所がずいぶん飛躍している。

私は彼女から視線をはずさなかった。いや、はずせなかった。淡い蛍光灯の光がおちた表情、わずかな疲労のにじむその陰影に、私のはじめて見るなにかがあったからだ。

私は人並みの子ども時代を持ってはいない。父親の稼業が稼業だ。それが理由で疎まれたせいか、こちらに興味がなかったせいか、同年齢の子どもたちとは縁がなかった。歓声をあげ、野原でともに遊んだたぐいの記憶はない。路地で走りまわり、息を切らせながらかわす会話。そんなささやかな記憶も持ってはいない。幼い子どもが経験するなにごとからも、かぎりなく遠かったあの時代。なのに彼女の表情には、その知りもしなかったはずの記憶を呼びさますような懐かしいなにかがあった。

「どうかされました？」

まっすぐ見かえした彼女が小首をかしげた。私はビールをコップにそそいだ。泡立ったビールがすこしこぼれてテーブルと私の指を濡らした。私は指を唇でぬぐった。

「いや、もどってこられたのがあまりに早かったもので……。向こうはもういいんですか」

「ええ、人まかせにして中座してまいりました。喪主が席をはずすなど、たいへんな失礼にはあたりますが。以前から耐えられない場合があると、身勝手な真似をする傾向が私にはあるようです。非常識な女だとお思いになります？」

わからないではなかった。私自身、そうだったからである。それでも通俗的な物言いかと思いつつ、私は口を開いた。

「非常識だなどとは思いませんが、耐えられないってのが不思議ですね。奥さんは……」

「奥さんでなく、奈穂子と呼んでいただけませんでしょうか」

唐突に私をさえぎりはしたものの、無遠慮な感じはしなかった。その口調がひどくやわらかだったからだ。それは、静かな春の雨のような印象をともなってもいた。なにものも逆らえはしない。この人は柿島とも、いつもこういう口調で話していたんだろうか。ふとそんな考えが頭をよぎった。

「……なら、奈穂子さん。あなたには社会的な立場がある。ああいったセレモニーに出席される機会も多いだろうし、慣れていらっしゃるかとは思うんですが」

「ビジネス上のセレモニーと夫の死は同類でしょうか」

私は口をつぐんだ。彼女がつぶやくようにつづけた。

「セレモニーだからこそ、私、いやなんです。柿島の記憶が雑事にまぎれて、どこかに消えていくような気がして。いっそ、海にでも散骨すべきだったかとの思いはいまもぬぐえません」

「しかし柿島の性分からいえば、彼はこういう儀式には我慢づよく耐えたんじゃなかったのかな。弔いってのは、生き残ったもののためにある。彼なら、そんなふうにいいかねないところがあったでしょう。世間の習慣には、けっこう律儀な男でしたよ」

彼女ははじめてかすかな笑みを浮かべた。

「おっしゃるとおりです。ですから、きょうも不本意ながら、こんなふうに世間の習慣に屈伏しました」

ひっかかるものがあった。そして、その理由にはすぐいきあたった。落差だ。彼女が病院で柿島のベッドのそばにつきそっていたとき。きょうの午後、携帯にかぼそい声で電話してきたとき。それにこの部屋へはいってきたときの優雅なしぐさ。これまでのひっそりとした古風な印象が、いまは様変わりしてみえる。どこか静けさをたたえつつも、さきほど覚えた春の雨のような趣きがいつのまにかぬぐいさられている。これもまた風の流れのようなものなのだろうか。

だがとりあえず、いま彼女の変貌は関係ない。私は話を変えることにした。いくら雑事を敬遠しているとはいえ、いつまでも彼女がここにいるわけではないだろう。中座というからには、それほどの時間もないはずだ。

「ところで、私に話とはなんでしょう」

「堀江さんは、柿島を襲った犯人をお独りで探しまわってらっしゃるそうですね」

「どこでそんな話をお聞きになりました？」

「警察です。もっとも具体的な事実を彼らが教えてくれたわけではありません。こちらは根掘り葉掘り、柿島自身や私たちの周辺をたずねられる一方でしたから。でも堀江さんのことを執拗に訊かれた際、話のニュアンスからそういう印象をうけました」

「ひょっとして関根という刑事との話からですか」

彼女がうなずいたので、私はつづけた。

「柿島が襲われた現場に足を運んだことがある。真夜中だったので、たまたまとおりかかった巡査から職務質問をうけました。その件が彼の耳にはいったらしい。埒《らち》もない誤解が生まれたのはそのためでしょう」

座卓のコップに手をのばし、ひと口飲んだ。だがビールはなんの味も残さず、喉をおりていった。

目をもどすと、彼女がじっと私を見つめていた。その表情に浮かぶ得体の知れない笑みを訝《いぶか》しい思いで私は見かえした。なにを話していいのかわからないまま、またビールに口をつけると、彼女の声が聞こえた。

「柿島がよく申しておりました。堀江さんは、ある種の方面で奇妙な逸脱をみせる傾向があると。危なっかしくて見ていられないほど、世間の常識から大きく逸脱するときがよくあると」

「逸脱ね。で、ある種の方面とはなんでしょう」

「それはご自身がいちばんよくご存じでいらっしゃるのではないでしょうか」

柿島と私は同年齢だ。したがって彼と同様、私にとっても彼女はひと回り下になる。なのに、なんだか自分が世間知らずの人間に思えてきた。

「きょうは柿島の思い出をお話しになりたかったんですか」

「いえ、堀江さんにご忠告申しあげようと考えておりました。僭越にすぎますでしょうか」

「どういう忠告か聞かないと、判断がむずかしいな」

「故人の葬儀の際にこういう言い方はどうかとも思いますが、堀江さんは、柿島を美化しすぎてらっしゃいません？」

「美化？」

彼女はゆっくりうなずいた。「私は柿島を好きでした。もちろん、いまも変わってはおりません。でもそれは、彼が弱点も雑念も持った、ごくふつうの男性のひとりであるという事実を前提にしたうえでのことです。死者は死者であるというだけで、欠点をあげつらえば不謹慎との誹《そし》りをうけましょうが、そういう習慣を否定しているわけでもありません。だけど堀江さんの場合は、度がすぎるような気がいたします。病院に見舞いにいらっしゃったころから、ずっとはたで見ていてそういう印象を持っておりました」

「彼が聖人君子でないことくらいはわかっていますよ。そもそも、私に対しては、迷惑なほどの説教癖がある男でしたから。わずらわしいお節介焼きだったともいえる。奥さん、いや、奈穂子さんにもその厭味な癖が伝染したんだろうか」

「そうかもしれません」彼女はまた微笑を浮かべた。「ただもし、柿島が生きていたら、堀江さんが自分のことで逸脱しようとした場合には歯止めをかけようとしたにちがいない。その柿島の意向——私の勝手な思いこみにすぎないかもしれませんが——をくみ、不躾ながら彼の代理として、きょうお時間をいただく気になりました」

「また逸脱ね……」

「率直に申しあげれば、柿島は逸脱でなく、暴走という言葉をつかっておりました。……お気をわるくなさったら、ほんとうにごめんなさい」

思わず笑いが漏れた。「ざっくばらんにいえば、馬鹿な真似はするなということでしょう？ただそういう言葉も、あなたには似あわないようだから暴走のままで結構です。しかし今度のことで、暴走なんぞしませんよ。私も安穏な生活をおくっている、ごく平凡な男のひとりにすぎない。いい齢になったのもご覧になれば、一目瞭然でしょう。奈穂子さんが考えてらっしゃるのは、杞憂《きゆう》じゃないのかな」

「ならいいんですけれど」

それからしばらく沈黙があった。ようやく私はさきほどひっかかった疑問を口にする気になった。

「なんだか、よくわからなくなってきた」

「なにがでしょう」

「奈穂子さんご自身のことです。失礼ながら、これまではあなたがそんなふうに芯のある話し方をされる人だとは思ってもみなかった。これまた失礼ながら、こちらも率直にいわせていただくと、ひ弱な感じさえうけていました」

強い光を放つ目が私を見つめ、しばらくそこで動かなかった。蠱惑《こわく》的にさえみえる光だった。だがそのうち、うなだれたように彼女は目をおとした。その思わぬ急な変化には、なにかの迷いが宿っているようでもあった。しばらくして彼女は顔をあげた。もう目のいろはもとにもどっていた。

「人はだれでも二面性、いえ、多面的なところを持っているのではないでしょうか」

「たぶん」と私はいった。

「正直に申しあげれば、私自身もその点は自覚しております。精神医学的にというほど大げさなものではないけれど。どちらが本来の自分なのか、ときにわからなくなって、われながら困惑することがあります。私の勤務先がハンプトンズであることは、もちろんご存じでいらっしゃいますね。外資系証券会社がどういった風土を持つかということも」

私はうなずいた。世界各地でハゲタカと呼ばれ、その商品がハゲタカファンドとも呼ばれる米国系金融企業は、弱肉強食の論理だけで一貫した世界だ。どんな脆弱《ぜいじゃく》な個性も通用するわけがない。これまでの印象から、この若い女性にその日本支社副社長までつとめる適性がなぜあるのか。それがずっと疑問だった。だがようやく腑におちた。きょうの彼女ほどその職にふさわしい人物はいないのかもしれない。

だが、ふたたび口を開いたとき、彼女は伏し目がちに首をかしげた。その口調もいままで何度か耳にした響きにもどっていた。ほとんど、かぼそいつぶやきだった。

「きょうの昼間まで、おそろしく淋しかった……」

私は黙っていた。彼女はさらに目を伏せ、ふたたびひっそりとつぶやいた。

「柿島の死を目のまえで見た直後から、そうでした。とくにきのうの夜は……、きのうの真夜中は、夜の底に独りぼっちでとり残されたような気がして……、ほんとうに淋しかった」

彼女の肩がかすかに震えはじめた。依然、口を閉ざしたまま、その細い肩を眺めるうち、思いもよらなかった感覚の訪れを覚えた。さざ波のような震えが私にも伝わってくる。夜の底に独りぼっち、か。彼女の感情の起伏は、夫を亡くしたばかりの女性に特有のものかもしれない。だがそれなら、なぜ私にもその起伏が感染する？　目のまえの人物に声もかけられず、ただ黙って見つめながら、私のなかでなにかが揺れはじめている。波だっている。訝しい思いでそのことを考えた。これはいったいなんだろう。

考えているうち、彼女は顔をあげた。もう震えは消え、目に冷静な光がもどっていた。瞬時にしての人の変貌がある。それもまた訝しかった。

「ごめんなさい。みっともないところをお見せして」

その声にはほんのわずか、羞恥がにじんでいた。もうひとつの顔をとりもどしたのかもしれない。

「でも堀江さんも、そんな気分になられたことはありませんか?」

「私なら毎晩、泣きながら寝ています」

今度は彼女の顔にはっきりとした笑みが浮かんだ。それを確認してから、私はビールをとりあげた。ビールはすでに生温《なまぬる》かったが、もう気にはならない。なにを飲んだところで、味も舌ざわりも感じはしなかったろう。

「私にもビールをいただけます?」

声が聞こえた。コップのひとつをとり、私はビールをそそいだ。彼女は泡だったそれに口をつけた。

「堀江さんも、もっといかがですか。ビールくらいなら、記憶をなくされはしないんでしょう?」

その声で、さっきの言葉がよみがえった。逸脱。暴走。ようやく理解した。柿島と彼女の関係だ。ふたりのあいだには、他人の介入を許さない深く堅い絆があったのだ。おたがい、なんでも話しあう夫婦だった。そういうことだろう。彼女は私の育ちをふくめ、亡夫からすべてを聞かされている。だから、こんなふうにはじめての会話で私の性癖を指摘できる。私は柿島と飲むとき、いつも酔いつぶれ、彼にやっかいをかけるばかりだった。そして彼女の指摘どおり、私がその事実を覚えているケースはほとんどなかったのだ。

おまけに、彼女と柿島にはひどく似かよったところがある。ひょっとしたら彼女もまた、私を見透かしているのだろうか。

「話をもとにもどしましょう」私はいった。「暴走なんぞするつもりはないが、私も柿島を襲った連中に興味がないとはいえない。だから警察の動きに注目してはいます。奈穂子さんは、警察にどんなことをおっしゃったんでしょう」

「思ったとおりですね」彼女が笑った。「そうやって、逸脱のきっかけをつかもうとなさる」

「私のごく身近なところにいた人物が死んだんです。好奇心を持っちゃいけませんか」

彼女はコップに両手をそえたまま、しばらく考えていた。それからためらうように口を開いた。

「柿島を襲った男たち……。彼らは報道されているようになんの背景も持たない青年たちかもしれません。でも、もしかしたらそうでないかもしれない。警察にはそんな話をいたしました。あくまで可能性としてですが」

そこで彼女は口をつぐんだ。

「可能性って、なんでしょう」

「彼らに指示を与えたものがいるかもしれません。でもたいした根拠もない直観からの想像にすぎません。おそらく私の思いすごしという可能性のほうがはるかに大きいでしょう。その場合は私のほうこそ、逸脱したということになりますね」

「たいした根拠もないというからには、わずかにあるかもしれないということになる。具体的には？」

「警察には話しました。でもそれは質問されて答えざるを得なかったからです。堀江さんにまで申しあげれば、妙な誤解をひろめることにもなりかねません」

私は受付で知ったことをようやく口にする気になった。柿島の勤務先、メイマートグループからの会葬者が役員ふたりしかいなかった。

「なら私も質問していいでしょう。柿島はメイマート社内で、なにか軋轢《あつれき》を持っていた。そういうことはなかったでしょうか」

彼女が目を丸くした。「柿島がなにか申しました？」

その表情が答えだった。さらに質問を重ねようとしたとき、ドアにノックがあった。

彼女がふり向き、「どうぞ」と声をあげた。

「失礼します」

ドアのあいだからひとりの青年が顔をだした。

私はその顔をまじまじと見かえした。ついいましがた、たずねたことは彼にも関係したからだ。その丁重な言葉遣いで、最近の青年にかんする意見の訂正を余儀なくされもした。なんでございましょう。ドアの陰にいるのは、そんなふうに問いかけてきた受付の青年だった。

彼もおどろいたように私を注視していたが、すぐその表情が笑みに変わり、私に軽く会釈した。

それから彼女のほうに呼びかけた。

「副社長。そろそろ大勢の方々がお帰りになる準備をはじめてらっしゃいます」

「わかりました。すぐもどります」

青年がまた私に会釈しドアを閉めた。

「彼は、どういう人物なんですか」

「社のアナリストとして育成中ですが、ＯＪＴの一環として、いまのところは私の秘書も兼務しています。長浜くんといって、まだ入社二年目。彼がどうかしたんでしょうか」

「なるほど。秘書ね。道理で礼儀正しいと思った。じつはさきほど受付で話したんです」

「受付で、話された？」

「ほかの会葬者にどういう人物がいたか知りたかったもので、名刺を拝見したいと申しでた。まあ、それだけの接触ですが、ずいぶん丁重に応対してもらいました」

「そういうことですか。彼は優秀な青年でしょう？」

「そのようですね」

彼女はそれ以上、たずねてはこなかった。そのかわり「私はそろそろ向こうへもどることにいたします」そういった。「いくら身勝手とはいえ、私も限度くらいは心得ていますから」

私はうなずいた。だが彼女は動かず、首をかしげて私をじっと見つめたままだった。

「堀江さんはおそらく、あすの本葬にはおみえにはならないんでしょうね」

「たぶん」と私は答えた。「しかし、きょうはじゅうぶんに話ができたとは思えないな」

「私もおなじです」彼女がいった。「やはり、こんな日には無理がありましたね。申しわけありません。間をおけば時間ができるかと思いますが、堀江さんのこのあとのごつごうは？」

「残念ながら野暮用がはいっています。あす以降、こちらから電話してもよろしいですか」

「ぜひ」と彼女はいった。「ただそれなら、そのときまでさきほどの話を覚えておいていただければと存じます」

「さきほどの話？」

「逸脱しないでいただきたいというお願いです。くれぐれも自重のほどを」

「その言葉を聞いたのは何度目になるのかな。失礼を承知でいえば、いささか固執めいた奇異な印象をぬぐえませんが」

彼女の目になにかの光が宿り、わずかに揺れながら、私を見つめた。迷いつつ人を見る目だ。そう考えたとき、彼女が口を開いた。決断の響きを持つ口調だった。

「いつか、こういうことがございました。柿島とテレビのニュースを見ていたときのことです。詳細は忘れましたが、どこかの暴力団のトップが射殺され、そのグループのメンバーが同様に復讐した、そんなありふれたニュースのひとつだったかと思います。その際、彼がなにげなく口にしたんです。もし僕がおなじようなこと、この組長のケースのような事態に見舞われたとすれば、堀江もその犯人に復讐するかもしれないな。彼は、法は顧みないだろうし、ひょっとしたら、みずから殺人まで犯すかもしれない。堀江はそんなふうに極端に振れるタイプの人間だから、と。そのときは、柿島が堀江さんとの関係について、もしくは堀江さんの人となりについて独り言を洩らしただけかと思いました。でも内容が内容ですからそっとうかがうと、彼が真顔だったので畏れを覚えました。その記憶はいまも鮮明です」

私が答えずにいると、彼女は深々と頭をさげた。

「きっと、ひと様には無意味な私事を思いだしたにすぎないのでしょう。不躾きわまりない話を申しあげる結果になったかもしれません。では、これで失礼させていただきます」

いい残したまま静かに立ちあがり、また一礼して、彼女はドアをでていった。

私はしばらくのあいだドアを眺めていた。それから周囲を見まわした。そのときになって、ようやく気づいた。部屋の片隅には積み重ねられたものがあった。座布団だ。あれを薦めることさえ忘れていたな。考えながら、彼女のすわっていた位置に目を移した。畳の目だけがひろがり、あとにはなにも残っていない。やわらかな雨のにおいも残っていない。いままで目のまえにあったものが、幻か錯覚であればと思ったが、それは裏切られた。座卓にぽつんとおかれたコップがひとつ、その内側を泡がゆっくり伝わりおちていく。彼女が飲み残したビールの痕跡だった。

10

法は顧みないだろうし、か。耳に残る奈穂子の話を思いだしながら、権之助坂をくだっていった。その程度なら、自分でも知っている。ときに自分が制御できなくなることがあることは知っている。だが柿島は、私以上に私のことをよく知っている。ひょっとしたら、みずから殺人まで……。成りゆき次第では、柿島がいったとおりになるかもしれない。もしそうなら、それはそのとき考えればいい。いや、考えるのは、すべてが終わったあとなのかもしれない。ただそれは、終わりがあるとすればの話だ。

ぼんやり歩くうち、車道に違法駐車したクルマのタイヤにひとつひとつ、チョークで丹念に線を引いている婦人警官の姿が目にはいった。ふと関根の顔が思いうかんだ。あの老刑事もそういった事態を危惧したのだろうか。だからきょう、私の事務所にわざわざ足を運んだのだろうか。捜査本部が設置された翌日の昼間、配置されたばかりの所轄の署員には、余裕などまったく考えられないはずのあんな時間帯に。

関根とは通夜のあと、寺をでるときに目だけあわせた。砂子とともにもう公然と姿をあらわし、受付の連中と話していた。私と同様、名刺をチェックする算段だったのかもしれない。私が境内をとおりすぎ門をでていくまで、若い女性たちと話しながら、関根がちらちらおくってきた執拗な視線の気配は覚えている。

ナミちゃんの店のまえには、いつものようにドゥカティが停めてあった。

地下への階段をおり、ドアを開くとマル・ウォルドロンのピアノソロが最初、耳にはいった。客席にはだれの姿もない。

「大原はまだきてないのか」

声をかけると、カウンターのなかでふり向いたナミちゃんが声をあげた。

「へえー。あんた、あの子と待ちあわせしてんの。びっくりするじゃない。最後にここで顔をあわせたの、あれ、いつだっけ」

「去年の夏だ。きょう、柿島の通夜でたまたま会った」

「なんだ。結局、通夜にはいったのか。ひねたおじさんはやっぱ、かびくさい煙のにおいに惹かれんのかな。それとも型どおりの写真の出来でも観察したかったの」

「どっちでもない。いろいろ事情があった」

ピアノソロにジャッキー・マクリーンのサックスがすべりこんできた。すると、ナミちゃんがふいに背を向けCDをとりかえた。あらたに流れてきたのは、ウィントン・ケリーの「ケリー・ブルー」だった。彼女にしてはめずらしく、照れたような表情がその横顔をかすめた。気分はわかる。きのうのきょうで、マル・ウォルドロンの「レフト・アローン」。ひそかに、しんみりした曲に耳をかたむけていた姿を人に見られたことになる。彼女の性格からすれば、ある種の屈辱を感じる失態だったにちがいない。

スツールにすわりながら、できるだけさりげなく声をかけた。

「ひねたおじさんだって、生意気な娘に型どおりの忠告くらいはできるんだけどさ。聞きたいか」

彼女は身構えた。「なによ」

「表通りで、駐車違反のチェックをやってた。そろそろこのあたりまでやってくる」

「なんだ。そんなことか。いいの、バイクはたいがい見逃してくれるもん。それよか、こっちも忠告してあげるけど、あんた、きっとやたら待たされるわよ」

「どうして」

「彼女に会ったんでしょ。ならそんとき、なにか頼みこんだんじゃないの」

「よくわかるな」

「でなきゃ、ここで会う約束なんかするわけないじゃない。いっつものパターン。だから手間かかる。あの子、特攻好きだし」

「特攻？」

「無理難題いわれて、馬鹿馬鹿しいくらい注文こなすこと。携帯の留守録、チェックした？」

いわれて気づいた。通夜のまえ、電源を切ったままであることをすっかり忘れていた。

「きみは携帯も持ってないのに、よくそんなことに気づくな」

「馬鹿な時代に生きてりゃ、周りを眺めてるだけで、それなりに時代おくれの人間の抜けてるとこはみえてくんのよ。腐るほど時代おくれ。で、あんたはその代表選手。そういう自覚ない？」

「まあ、ないでもない」

私は席を立った。彼女がいうように、もしかしたら大原から留守録がはいっているかもしれないが、この地下は携帯の電波が入りづらい。おれは無理難題なんざ注文しちゃいないんだけどな。つぶやきながら、私は表にでた。

だが結局のところ、ナミちゃんの言い分は正しかったのだ。携帯からは抑えた声が流れてきた。

――えーっと、これから私、ちょっとしたデートにつきあいます。大漁が見こめそうだから、とりあえず食事だけすませなきゃなんなくて。どれくらいおくれるか、わからないけれどご容赦を。乞う御期待。

スイッチを切ったあと、私はそのまま、しばらく通りに立っていた。大原は、飲食の席でだれかをつかまえたのか。それなら、こっちも柿島の細君の申し出につきあってりゃよかったか。ぼんやり考えていると、さっき見かけた婦人警官の姿が目にはいった。ドゥカティのすぐそばまで、車道を歩いてくる。彼女は思案するふうに大型バイクを眺めていたが、やがておもむろにかがみこみ、チョークで路面とタイヤにマークをいれはじめた。私は店にもどった。

カウンターにはきのうのワインではなく、いつもの冷酒がもうおかれていた。とまり木に腰をおろし、グラスに口をつけた。やはりこちらのほうが私には似あっている。

素知らぬ顔で、グラスを磨いているナミちゃんに声をかけた。

「たったいま、きみの考察力にかんする評価がふたつできたぜ」

「どうせ、良し悪しがあるんでしょ。わるいほうからいってみて」

「ひとつはまちがってたよ。お巡りも杜撰《ずさん》な連中だけじゃない。ドゥカティにチョークの跡がついたばっかだ。いま駐車違反は、罰金一万超えるんじゃなかったか」

「二輪はその半分くらい。婦人警官?」

私はうなずいた。彼女は壁の時計をちらと見た。

「あーあ、二十分ごとに、タイヤずらさなきゃいけないのか。で、もひとつは?」

「人物評についちゃ、きみの意見に狂いはなかった。どうやら、大原は特攻好きらしい。おくれるから待っててくれってさ」

「やっぱね。じゃあ、時間があるから、私のラッパでも聴く？　リクエストなら聞いたげる」

「いや、きょうは遠慮しとく。悪酔いしたら、頭が動かなくなる」

「ふうん」ナミちゃんはカウンターの向こうで腕を組んだ。「あんた、いっつもそんなで、きちんと頭、動いてるといいたいわけ？」

「きちんとじゃないかもしれないけどさ。なんとか、人並みくらいにゃ動いてるだろ」

「でもきょう、待たされることにも、留守録にもまるっきり気づかなかったじゃない。あんなに長いあいだ、つきあってんのに。だいたいあんた、あの子がもう一年以上、別居してる理由、人並みにわかってんの」

私は顔をあげた。

「おい、ちょっと待てよ。大原が、別居？　一年以上もか？」

「なんだ。知らなかったのか」ナミちゃんが舌打ちし、顔をしかめた。「そんなら前言撤回。いまの話、忘れて。いい？　全部、忘れんのよ。ちょっとでもその話したら、叩きだすからね。私、バイク、見てくる」

ナミちゃんは頭をふりふり、これ以上は断固として口を開かないといった顔つきで、そのままカウンターから表にでていった。こうなれば、もどってきても彼女からなにも聞きだすことは絶対できない。下手をすれば金輪際、口をきかないかもしれない。

ウィントン・ケリーの演奏は「朝日のようにさわやかに」に移っていた。小気味いいタッチの響きを耳にしながら、別居かと思った。それも一年以上にわたって。まるで知らなかった。去年の夏もそんなことを聞かされはしなかった。まさか、おれのせいで……。

大原真理の亭主には二度、会ったことがある。最初は、彼女が彼と待ちあわせていた場所にたまたまいきあわせ、路上で夫だと紹介された。もう数年まえのことになる。当時は、繊細な印象の際立つ口数のすくない青年だった。なのに、フリーのジャーナリスト志望との話を聞き、違和感を覚えた記憶がある。だがその予想は、すっかりはずれた。しばらくして、彼は週刊誌のフリースタッフの職を得、希望を一定程度、実現させたのだ。私の退職間際、電話の会話だけではあったものの、彼の助力を仰いだこともある。

二度目に会ったのは、私の退職後、協力の礼も兼ね、大原たち夫婦ふたりを誘った食事の席だった。そのときの印象は、初対面の際のものとは一変していた。彼は快活によく話した。壮年の坂をのぼりつつある男のにおいが、すでに身につきはじめていた。マスコミ業界で情報の世界に生きる男と、合併されたさきの企業でもなお頭角をあらわすキャリアウーマン。彼と大原は、その場ではこれ以上ないほど、お似あいのカップルだった。三年まえのことである。

ついで、もうひとつの記憶がよみがえった。半年まえ、いや、大原の指摘で正確にいうなら、八カ月まえになる。去年の夏、最後に会った日。その夜の記憶がおぼろに揺れるものから、だんだんくっきりした輪郭を持ちはじめたのだった。

ナミちゃんが六本木を撤退し、この目黒に店を移してから、私と大原は事前に約束することもなく、ときにここで顔をあわせるようになった。彼女が新しい職場で多忙をきわめていたという事情もある。ごくまれには柿島も混じり、たわいもない話をかわすようになったのだ。時代はそんなふうに移ろっていた。

その日も私と大原はたまたまいっしょになり、ほかに客は二、三人だけだった。ところが十時ころになって、めずらしく団体、とはいっても男女七、八人の客がドアをのぞいたのだ。ナミちゃんはことわろうとしたが、私が横からさえぎった。商売気があまりになさすぎる。それに私はもうかなり酔いがまわっていた。これ以上、飲んだらまた記憶をなくし、どこかでつぶれることになる。そんな危惧が生まれつつあったものの、まだささやかな算段はできる程度の酔いではあった。それで席をあけ、店をでたのだ。

暑い日だった。夜気にもまだその名残りは消えていなかった。

ふたりで、JRの目黒駅に向かった。私はひと駅で五反田、大原は新宿経由。あのとき、彼女は阿佐ヶ谷に住んでいるはずだった。すくなくとも私はそう思っていた。それぞれ、おなじホームから別方向の車両に乗ることになる。

「おまえさん、部下はいま何人いるんだ」

「八人です。仕事ができるのは二、三人だけだけど。私をいれて」

「ふうん。尾島とタイケイじゃ、そうとう規模がちがうな。失業者には、そういう世界がだんだん遠くになっていく」

「失業者？　そういう言葉、はじめて聞いたけど、ひょっとして課長、酔ってません？」

「酔ってない」

そんな会話をかわしながら、ホームに立っているときだった。喫煙所のあたりで、こちらをじろじろ無遠慮に眺めるふたりの男の姿が目にはいった。派手なスーツを着ている。あきらかに、その筋の者とわかる男たちだった。とはいえ、ともに三十前後のただのチンピラにすぎない。あの業界でも、ちょっとした立場になれば、JRなどつかいはしない。

そのうち、彼らのひとりが啣《くわ》えタバコで、こちらに近づいてきた。にやにや笑いを浮かべ、その目は大原だけを見つめていた。私は眼中にはないらしい。くたびれた、それも酔っぱらった中年男など、彼らにとっては空気同様の存在にすぎない。あるいは、大原とおなじ職場にいるサラリーマンにみえたかもしれない。その日はクライアントに用があり、私もスーツにネクタイ姿だったからである。

すぐそばまでやってくると、男が大原に声をかけてきた。

「姉ちゃん、今晩つきあわない？　五万払うけど」

大原がどういう反応をしめしたかは知らない。声を聞いたとたん、私の手の甲が男の頬をなぎはらっていたからだ。弧を引いて散っていくタバコの火が、視界をかすめた。ついで固めた私の拳が、男の腹にめりこんでいた。それだけで、男の形相に白目がひろがった。だが手は緩めなかった。再度、拳が手応えを覚えたとき、男は腹を抱えながらうずくまり、身悶《みもだ》えしながら吐きはじめた。吐瀉物《としゃぶつ》が私の靴を汚した。その靴先が男のこめかみを蹴りあげた。

脈動が背筋を駆けのぼっていく。この感覚は遠いむかし、慣れ親しんだものだ。そうだ。あのとき、おれはまだ十代だった。考えたそのとき、私は制御を完全に失ったのだと思う。倒れた男の襟首をつかみ、その身体をホームの端まで引きずっていった。だれかの叫び声が聞こえていたようにも思う。大原のものだったかもしれないし、べつのだれかのものだったかもしれない。どんな叫びだったかもわからない。なのに私にとっては、妙に静かな時間だった。

だれかの腕が私の背中を抱えこみ、引きはなそうとした。たぶん男の相棒のものだったろう。身体のいたるところに無闇な打撃を覚えたが、それはいっこう気にはならなかった。

いつか男の肩からさき、身体の三分の一ほどがホームの端から宙に突きでていた。私がそうしたのだ。仰向けに寝かせ、下半身をホームにおき、その腹に私は腰をおとした。その姿勢のまま、男の顔を見おろした。夜の駅、その虚空に浮かんだ男の頭。背後には、ほのかな照明に光るレールと枕木しかない。山手線の列車の音が聞こえはじめた。徐々に接近してくる。そのときはじめて事態を悟ったように、男の目が恐怖で見開かれた。顔面が急速にゆがんでいく。まるで人間のものではないようにゆがんでいく。喘《あえ》ぎのなかに絶叫が混じりはじめる。その濁った声を聞き、懸命にもがく男の上半身を静かに眺めながら、おれは安定した姿勢にいると考えた。私の上半身をとらえるだれかの腕にさらに力がはいった。だが私は身じろぎしなかった。このままで、もうだれにも邪魔はできない。その姿勢の維持だけに集中した。あと何秒かで確実にすべてが終わる。男の失禁が私のズボンを濡らした。

列車の轟音がさらに近づいてくる。耳を聾《ろう》するまでに高まってくる。空気の密度が濃くなっていく。そして、轟音が急ブレーキの音に変わったとき、緊張の極みに達した声がひとつ聞こえた。

「課長！」

覚えのある声は、かつてない鋭い響きで耳を打った。直後、われにかえった。男の上半身を引きもどしたとたん、きらきら光る車両とグリーンのベルトが軋《きし》みをたてながらその位置をすぎていった。

「いきましょう！」

ふたたび声があがると同時に、やわらかな手が私の手をとらえてきた。この手には一度だけふれたことがあるな。なぜか、のんびりそんなことを考えた。あとは、よく覚えていない。たぶん走ったのだろう。彼女に手をとられ、導かれてホームを走り、改札を抜けたのだろう。

気がつくと、大原のつかまえたタクシーのドアが開くところだった。彼女は私を座席におしこみ、自分も隣にすわったあと息を切らせながら、悲鳴のような声をあげた。「五反田」と運転手に向けて。

タクシーのかすかな揺れにさえ反応し、そのたび身体がかたむいた。私の頭は彼女の肩にあった。私の手は彼女の両手のなかにあった。爪が食いこみそうなほど強くにぎりしめられている。そしてその肩も、手も、ぶるぶると震えていた。すまんな。私はそういったように思う。だが、はっきりはしない。ふたたび眠りにおちるように、世界が遠ざかっていったからだ。

なにかやわらかいものが息づいている。私を包みこむような温みが伝わってくる。なんだかいつもとちがう、ほのかなにおいさえ、とどいてくる。最初に覚えたのはその感覚だった。気がつくと、私はベッドに横たわっていた。スーツは着たままだった。

「目が、覚めました?」

声がすぐそばで聞こえた。だがそれは依然、怯《おび》えと震えを帯びていた。

頭をかたむけた。大原が私の脇で横たわっていた。彼女もスーツを着たままだった。覚えのある麻のサマースーツ。なんだ、おまえさん、まだいたのか。私は笑ったように思う。そして、すまんな、もう一度そういったようにも思う。大原は泣き笑いのような表情を浮かべた。とたんにその目に大粒の涙がふくれあがり、直後、表面張力をなくして崩れていった。涙は彼女の鼻を斜めに横ぎり、そこからまっすぐシーツにおちた。

ふいに、彼女がおおいかぶさってきた。頭上から、私の頬を力をこめた両手ではさみ、唇を強くおしつけてきた。かつて一度だけ、おなじことがあった。彼女の唇が私の唇にふれたことが、たった一度ある。だがあのとき、それは鳥の影のように瞬時にすぎた。だがいまはちがう。それは野生動物が傷を負い、もがき苦しむような動きだった。なのに、けっして荒々しくはない。やわらかな重みが震えながらも私にかぶさっている。呼びおこされるなにかがあった。かつて、ひそかに願っていたのかもしれないなにか。ひょっとしたら渇望さえしていたかもしれないなにか。

それがいま、目のまえにある。錯覚ではなく、目前で息づいている。熱い息が耳に流れこんでくる。湿った感触が首筋をゆっくりすぎていく。その一点の刺激が、さざ波になって全身に伝わっていく。

だが、とふいに思った。反動のように訪れたその思いを私は訝しんだ。これでいいんだろうか。このまま新しい事態をうけいれるべきなのか。彼女の夫のことを考えたわけではない。なのに、彼女の背中にまわそうとした両腕に躊躇《ちゅうちょ》があった。私は息をつめた。長いあいだ、そうしていた。彼女は怯え、震えている。その縁に追いやったのは、このおれだ。あの男の身体をホームから突きだしたように、このおれだ。なら、まちがった角を曲がり、いまおれたちはここにいるんじゃなかろうか。ひょっとしたら、もっとべつの道、もっとべつの手順があったのではなかったか。もしそうなら、あったはずの、あるべきはずのその道を正確にたどり、こうなってさえいれば……。またふいに、かつて経験したことのない切ない気分がふくらんでいった。それは安らかな断念にも似た思いだった。

私は彼女の華奢《きゃしゃ》な肩を両手で支えた。彼女の身体を数センチおしもどした。目のまえできらきら光る目が私を見おろしている。うっすらした汗がその表情ににじんでいる。いまは濃いにおいがとどいてくる。そのすべてに耐えながら、私は彼女を見かえした。

そして「おれは臆病者だ」といった。

11

結局、あの日はなにもなかったのだ。夜が明けるまで、ふたりともほとんど言葉をかわさなかった。服を着たまま、ただベッドに横たわっていた。

早朝になって駅までおくっていった。昼の猛烈な熱気を予感させる陽射しがもう生まれていた。そのまぶしい光のなかを黙って歩いた。大原のスーツ、ずいぶん皺がよっちまったな。そうか、麻は皺がよりやすかったんだ。そんな埒もない考えが浮かんだものの、口にはしなかったことをおぼえている。

お腹がへった。大原がふいにそういったので、駅まえの立ち食いそば屋にはいった。彼女はめずらしいからと、自販機でコロッケそばのチケットを買った。やめとけ、と私はいったが彼女はきかなかった。その店は立ち食いそば屋としてはなかなかなのだが、コロッケそばだけはひどかったのである。店をでてから感想をたずねると、やっぱりコロッケとおそばは似あわない、かすかに笑いながら彼女がぽつりと洩らした。おれとおまえさんみたいだな。私が答えると、彼女は一瞬、強い目の光で私を見つめた。それから無言のまま、くるりと背を向け、駅のほうへ歩いていった。

あれから半年以上がたつ。


「なに考えてんのよ」

ナミちゃんの声がすぐ正面から聞こえた。カウンターの向こう側にもどったことさえ気づかなかった。

「いや、なにも」

「なにも、ね」彼女の目のはしにかすかな笑いが浮かんだ。「あんた、時効って知ってる?」

「時効?　犯罪のか」

「ううん、なんにでもある時効。アクシデントなんかにもあるんじゃないの。精神的なアクシデントだけど」

「なんのことをいってんだ」

「あんたの考えてること。それとも思いだしてることかな。まあ、正反対の言い分もあるけどさ。都々逸《どどいつ》じゃなかったっけ。身体の傷は癒せても、心の傷は治りゃせぬって。でも心の傷にだって、なんにだって時効はあるわよ。人間、忘れなきゃ生きてけないことが多すぎるもん」

私はナミちゃんの顔をまじまじと見かえした。彼女はなにも聞かされてはいない。すくなくとも私は話していない。大原だって話すはずがない。内心、感心しながら私は首をふった。

「なんで、そんな説教をたれたくなった？」

「だって、目線のどっかに飛んじゃってるオヤジが目のまえにいるんだもん。ひと言くらい、いいたくなるじゃない」

「おれ、そんなふうにみえんのか」

「うん。あんたの顔、屈折しまくり」

私はため息をついた。「なんか妙だな」

「なにが？」

「百年ほど生きた婆さんとしゃべってる気分になってきた」

ドアの開く音が聞こえた。ふりかえったが、想像した人物ではなかった。時間が早すぎる。ナミちゃんが新しい客のほうへ移動し、私はグラスに口をつけた。

時効か。そうかもしれない。きょうの昼間、予感したのはそのことだったかもしれない。半年以上の時間がたち、柿島の死をきっかけにあの記憶に直面する可能性を恐れたのかもしれない。

あの夜と次の朝、おれは口をすべらせた。どれもひどい言葉だった。犯罪的にひどい。なのに通夜で顔をあわせたとき、大原の口ぶり、表情からその影は微塵もうかがえなかった。そこには懐かしい上司を探したというふうな、かつての快活な部下の姿しかなかった。やはり、時間は万病の医者なのだろうか。それともあれは装いだったのか。そして、それに気づかないほど、おれは鈍感だったのか……。

CDが何枚か替わり、私が冷や酒を何杯かお替わりしたころだった。「課長、お待たせ」と背後で声がした。

大原は隣のスツールに腰をおろし、肘をカウンターにおいて、ナミちゃんに声をかけた。

「久しぶりね」

ナミちゃんはうなずいた。「そうだね」

ほんの二、三週間、顔をだしていないといった感じの軽いあいさつだった。大原が私のグラスを指さした。ナミちゃんはうなずき、おなじ冷や酒のグラスを大原のまえにおくと、さてバイクをみてくるか、つぶやきながら表にでていった。

大原が時計に目をおとした。「一時間半ほど待たせたかしら」

「二時間だ。留守録じゃ、気楽にデートとかっていってたぜ」

「カクテルを二杯飲んだだけ。でも、話はいろいろ聞けましたよ。見方によるけど、興味深いところはあるんじゃないのかな。とくに課長にとっちゃ」

彼女はバッグを探り、一枚の名刺をとりだした。カウンターにおかれたその名刺はハンプトンズ証券のものだった。エクイティ戦略本部ストラテジスト、斉藤正人とある。

「おれにはわけわからんが、なんかたいそうな肩書だな」

「まあ、ストラテジストといったって、ピンキリでしょうね。彼の場合、社内的地位はそこそこという感じだったけど」

「ほかは、どういう印象だった？」

「自信満々のおしゃべりタイプ。齢は私とおなじで三十四。独身。彼、私に気があったみたい。お寺の会食の席で隣になって。でも通夜のあと、ナンパするなんてちょっと不謹慎だと思いません？」

亭主のことは話したのか。訊こうとしてやめた。ナミちゃんの話をさっき聞いたばかりだ。

「通夜の真っ最中よりは不謹慎じゃないだろ。で、興味深い話ってなんだ」

「課長、柿島取締役のプライベートな話はあまり聞いたことないでしょう？　とくに奥さん、奈穂子さんと結婚するまでのいきさつは。いつも仕事の話ばかりしてたから」

「でもなかったけどさ。ただ、あいつの結婚話にかぎりゃ、たしかにそのとおりだ」

「奈穂子さんのほうは再婚なんですって。それ自体はどうってことない話だけど、課長は知ってました？」

「いや、知らなかった」と私はいった。

いくらか腑におちるものがないでもなかった。柿島は式もあげなかったし、披露宴も開かなかった。今度、結婚することにしたよ。私はそう聞かされただけだった。相手は？　たずねると、外資系証券会社に勤務している。以前、ちょっとしたきっかけで知りあってね。そんな返事がかえってきただけである。彼にしてはめずらしく屈託のある態度を見て、それ以上、たずねはしなかった。七、八年まえの話だ。

ひと月ほどたって、籍をいれたよ、その報告を聞かされた際も、そうか、と答え、なにもたずねはしなかった。こちらから話題を変えた。するとふいに柿島がいったのだ。堀江、きみは人のこころがわかる人間だな。私は聞かなかったふりをして世間話をつづけた。なにか特別な事情でもあるのかと考えただけである。だが相手が離婚経験者というだけなら、あのときの柿島の態度にはひっかかるものがある。以後、うちの家内は、ときどきには口にするようになったが、それは二、三年たってのことだった。それも軽くふれるだけで、こみいった話をしたわけではない。

きょうの奈穂子の姿を思いうかべた。さざ波のように震えのひろがったその細い肩を思いうかべた。そして彼女の洩らした言葉。夜の底に独りぼっちでとり残されたような気がして……。

「課長、あんまりビックリしたようすじゃないですね」

「おまえさんのいうとおり、それほどめずらしいこっちゃないだろう。掃いて捨てるほどあるケースじゃないか」

「でも掃いて捨てるほどの話なら、いちばん親しかった課長が知ってて当然でしょう？　ほかの人間が知ってるというのに」

「…………」

「しかもあのころ、取締役はもう経営企画部長でしたよ。そんな立場でひっそり籍をいれるだけなんて、不自然じゃないかしら。取締役って、けっこう律儀な性格だったし。あとで結婚の話がタイケイ社内にひろまったとき、柿島ファンの女の子たちが憤慨してたの、私、よくおぼえてるもの。極秘で裏切ったのが許せないって」

ナミちゃんがもどってきた。彼女のほうにちらと目をやってから、私は名刺を指で弾いた。

「なら、この男はなんでその話を知ってんだ？　奥さんのほう、向こうの社内じゃおおっぴらなのか」

彼女は首をふった。「それがハンプトンズの日本支社じゃ、この人しか知らないはずなんですって」

「どういうこった」

大原がゆっくり説明をはじめた。

四、五年まえ、国内の有力某電機メーカーがアメリカでの大型社債発行を計画し、ハンプトンズを主幹事証券に選んだ。その件でニューヨークにある本社へ出張したのが、名刺の斉藤という男だった。その際、彼はたまたま本社内で日本企業の財務分析レポートの山にいきあたったのである。もちろんすべて英文だが、当時はアナログ資料をデジタルデータ化していた作業中で、処理すべきファイルの山と積まれたブースが目にとまったのだった。そしてなにげなくその資料の群れを探るうち、社用箋のロゴを隠してコピーされたあるレポートに目をみはることとなった。作成アナリストの署名が、ナホコ・ファレリー。しかもナホコの部分の筆跡は、つねづねよく見るサインだったからである。

作成年月からすると、その用紙はデクスターサリヴァンのものであるはずだった。ハンプトンズのライバルである証券会社のひとつである。めずらしくもない話だが、柿島奈穂子はかつてキャリアアップして転職した。彼女がデクスターサリヴァンに在籍してのち、ハンプトンズ本社に数年、籍をおいた経歴は公然の話で、日本支社でさえだれもが知っている。ただファミリーネームの件が大きな疑問として残った。その名前はだれも知らないはずだ。

斉藤の帰国後、出張報告する相手は当の柿島奈穂子だった。その際、サインの件、とくに気にかかっていたファレリーの由来をたずねると、彼女はこう答えたという。ファレリーは私のかつてのパートナーの姓です。しかし、と彼女はつけくわえた。この件は斉藤さんだけにとどめておいていただけますか。私の私生活など、ビジネス上は無意味ですから。

やわらかく簡潔な口調だった。だが斉藤には逆にその分、威嚇をともなっているようにも感じられた。この女性上司は支社内で、日本人スタッフの人事権をにぎっていたからである。彼女はそれ以降、なにもにおわすことはなかったが、後日、デジタル化されたはずのくだんのレポートにアクセスしようとしてできなかった。斉藤はこの処理に、柿島奈穂子の影を想像した。おかげで、彼女の指示に背《そむ》いた場合の不安が長く残らざるを得なかったのである。だから奈穂子の結婚歴について、彼がだれかに洩らしたことはいままで一度もない。

「ふうん。妙な話だ」私はまた名刺を指で弾いた。「そんなら、この男はなんでいまごろ、そんなことをおまえさんに話したんだ。おしゃべりなくせに長年黙ってたことを、なんで初対面の相手なんかに話すんだ」

「あのね、課長。そんなふうにかんたんにいうけど、私、ほんっとに苦労したんですよ。国際ビジネスの仕事自慢とかフェラーリを持ってるとかって馬鹿話のあいだに、さりげなく訊きだすのってたいへんだったんだから。それもこんな短時間のあいだに。わかってます？」

「すまん」と私はいった。大原の仕事の能力については、疑問を差し挟む余地がない。かつて彼女が部下であった時期、ボーナス査定ではいつも最高ランクをつけていたのだ。だがこういう方面でも能力を発揮するとは思ってもみなかった。それにしても面妖な話ではある。

「そんなら、頼む。頭さげるから教えてくれ。おれの訊いてることだって、当然の疑問だろ？」

「半分は、私の魅力にまいったせいじゃないかしら」

「うん。そいつはわかるな。非常によくわかる。で、あとの半分ってなんだ」

「課長、すごーく適当にいってません？　まあ、いいや。このおしゃべり兄さん、転職するんですって。それもきょう、先方から通知があったばかりなんですって。この通夜が最後のご奉公だといってたから」

「なるほど。そういうことか」ようやく腑におちた。「それで社内的配慮の必要も、後顧の憂いもなくなった。そういうことだな。柿島の通夜だし、配偶者の問題は話題になって当然か」

「当然……」大原は絶句し、ついで憤然とした表情で私を睨んだ。「当然って、よくそんな言葉つかえますね。カップルの大勢いるようなムードのある場所で、話を一生懸命そっちに向けようとした私の努力、まったくわからないんですか」

「すまん」私はもう一度いった。「無神経だった。おれにはたしかに無神経なところがあるな。勘弁してくれ」

大原がふと黙りこんだ。半年と少しまえのあの夜のことを思いだしたのかもしれない。またよけいなことを口走ったかと考えたとき、ほんのすこしやわらかくなった彼女の声が聞こえた。

「ただ、私は彼にとって完全に業界外の遠い人間でしょ。だから話しやすかったのかもしれないな。あ、それからもうひとつ。おもしろいことに、この斉藤くんが転職する先は、DSなんですって」

「DSって、デクスターサリヴァンか」

彼女がうなずいた。ハンプトンズ、デクスターサリヴァンは、ごくふつうのサラリーマンでも、だれもがその名を知っている。ともにこの国、いや世界でも猛威をふるう金融の巨大勢力だ。

「そりゃ奇遇だな」

「だから」大原が名刺を指さした。「この人がDSにいったあとなら、もっとおもしろい話が聞けるかもしれませんよ。向こうの内部に新しい情報があるかもしれないし」

私は目をあげた。ナミちゃんが横顔をみせ、グラスを拭いている。当然、話は聞こえているだろう。ふと彼女の言葉を思いだした。あの子、特攻好きだし。

名刺をとりあげ眺めてみた。携帯の番号とEメールアドレスも記されている。それを彼女に返しながら私はいった。

「なあ、大原。おまえさん、この男と話してて楽しかったか」

「まさか」彼女は首をふった。「楽しいわけないですよ。軽薄な男だもの。でも情報を得るためなら、苦労はつきもの……」

私はさえぎった。「そんなら、やめとけ。もう会うのはやめとけよ。おまえさん自身の利益とか目的のためじゃないだろ。その程度のことで、なにも無駄な時間をすごすことはない」

大原がつかのま私を見つめた。その顔にそれとない笑みが浮かんだようにもみえた。それから彼女は目をおとし、名刺をゆっくりふたつに引き裂いた。その紙切れがカウンターにおかれたとき、ナミちゃんの手がすっとのびて、さりげなくゴミ箱に放りこまれた。

12

大原はしばらく黙りこみ、グラスの冷や酒を重ねていたが、やがて私のほうに向きなおった。

「さてと、本題にはいりましょうか」

「本題？」

「私に手伝ってほしいことがあるって、課長、そういったじゃないですか。私がいるといないじゃ、大違いのことがあるともね」

私はポケットに手をつっこんだ。よれよれの紙切れの感触を感じながら、しばらく思案しているうち、ようやく決心がついた。

「いや、あのことなら、もういい」

「どういうことですか」

「いま、無駄な時間をすごすことはないといったばかりだろ。おんなじことをおれはおまえさんに頼もうとしてた。で、ちょっと反省した」

大原はしばらく私の顔を見つめていたが、やがて声をあげ笑いはじめた。

「なんか、おかしいか」

「反省って言葉を課長から聞いたのはじめてだから。二度と聞くこともないでしょうけどね。まあ、なんでもいいけどそのポケットにあるもの、見せてくれます？」

「なんのことをいってんだ」

「だって課長は、ポケットに手をいれたままでいることなんか、まずなかったでしょう？　営業時代の習慣が残ってて。なのにきょう、私に頼みごとしたときもポケットに手をいれてましたよ」

その指摘は火傷の痕を隠そうとして、癖でポケットに手をいれているとき、柿島から諭され、在社中はずっと守りつづけた習慣だった。それがいま消えているのを知ってか、知らずか。いずれにしろ、これ以上、しらばっくれても、それこそ時間の無駄というものだろう。観念して皺のよったメモ用紙をとりだすと、大原がのぞきこんできた。

「なんですか、これ。セルシオとか、クルマの名前がいろいろ並んでいるけど……。あとにつづいているのはナンバーですか」

「うん。駐車場でチェックした」

「どの駐車場……」いいかけて気づき、彼女は顔をあげた。「そうか。取締役が襲われた場所ですね。これ、そこにとめてあるクルマ？　計六台なら、月極の駐車場？」

「そうだ。一台はもうすんだ。バツがつけてあるだろ」

「なにがすんだんですか」

「柿島が襲撃をうけていたとき、事件を目撃したのは、駐車場にはいろうとしていたクルマのドライバーだった。で、当の本人から直接、話を聞きたかった。警察が教えてくれるわけないし、マスコミ情報なんざ間接的なものにすぎん。当然の処置だろうが、年齢、職業はなくて男性としか書かれてなかったしさ」

「ちょっとそのまえに確認。すると、課長は柿島取締役を襲った犯人を探している？」

「そうだ」

大原は首をふった。「いつかとおなじですね。課長が退職直前にあったあのときの事件とまったくおなじ」

「まったくおなじじゃない」

「あのときはたしか、自分の好奇心をみたしたかっただけかもしれないと聞いたような気がするけど、今度はなんでしょう」

「わからん」

大原はしばらく私を見つめていた。それから「わかりました。つづけて」といった。

「とにかく手始めにやれることとって、それくらいしかないだろ。けど月極で狭い駐車場だから、たった六台くらいと考えたのが甘かった」

柿島が重傷を負った次の日から、私は現場周辺をうろつきまわり、そのあいまに何度か駐車場に足を運び、とまっているクルマの車種とナンバーを控えたのだった。保険関係だといえば、陸運局で持ち主の氏名、住所を割りだす方法があるとは聞いている。だが一民間人が自宅まで訪問し、たずねまわっても不審を招くだけだ。したがって、駐車場にクルマが出入りするタイミングを見はからい、ドライバーに直接、声をかけるしかない。そう考えたのだった。

駐車場の位置、それに時間帯と駐車状況の観察結果から、おそらく近所の住人が三人、近辺のオフィスに通勤する契約者が三人。半々と睨んだが、念のため、看板に電話番号のあった不動産屋に電話してみた。契約希望を申しでて、料金と空きの有無を確認したのである。すると、空きは当分なさそうだとの返事がかえってきた。じゃあ、ウェイティングするから解約者がでたらすぐに連絡してほしい。そんなふうに依頼すると、応対した若い女性の声が急に愛想よくなった。適当な電話番号をつたえたあと、念のため、うかがいたいんだが、あそこは私のように通勤につかう契約者は多いんでしょうか。たずねたときの電話の答えは、ええ、三名ほどいらっしゃるようです。そういうものだった。

そこまでは突きとめることができたものの、その先がやっかいだった。近所の住人のほうは駐車場にいつやってくるか、まるで見当がつかない。通勤者のほうは、駐車が集中するのは朝の時間帯だろうと予想はつくものの、始業時間を考えれば時間の余裕などないだろう。だからつごうのつくかぎり、昼間から夜にかけて待機することにしたのだが、ここで面倒な問題が生じた。

そこまで話したとき、大原が「ははあ」といった。「つまり、こういうことですね。課長みたいに怪しげな中年男がひとりで声をかけると、先方に警戒されてロクに相手にしてもらえない。とくに夜中だと」

私はため息をついた。「まったくその通りだ。おまけに、おれが見たかぎり、女性ドライバーが最低ふたりはいる。目撃者が男性でも、ひょっとしてなにか知ってるかもしれんと思ってさ。そのひとり、五十過ぎのおばさんは、おれが、失礼ですが、と声をかけただけでクルマまで全力で走っていったよ。もっとも夜の十時ころだったけどさ。あとの女性ひとりも一度見かけたが、声をかけるチャンスがなかった。こっちは二十代だと思うが、三人ほど乗っけてて、ずっとお喋りに熱中してたんだ」

「なるほどね。それで、私の協力が必要だと考えた？　女性ならさほど警戒されることはないし、待機しているときだって、カップルのふりはできる」

「それもお察しの通りだ。けど、もういいよ」

私を無視して、大原がメモ用紙を指さした。「課長がチェック済みの、このクルマは？」

「近所にあるでかい佃煮屋のオーナーが運転してた。たまたま昼間に見かけたんで声をかけたが、いままで気さくに話してくれたのは、このおじさんだけだな。もちろん事件のことは知ってたけど、彼はまったく無関係だった」

「でも課長。そんなふうにその近辺に出没しているんなら、もうだれかに警戒されてる可能性はありません？」

関根の顔を思いうかべ、私はうなずいた。

「たぶんな。職質を二回うけたけど、一回は夜にこの駐車場でぼけっと立ってたときだった」

「それなら次は警察に通報がいっちゃうんじゃないかしら。物騒な事件が頻発してる時代だし」

「おれもそう思う。だからもう残ってんのは、ワンチャンスくらいじゃないのか。あしたを最後にするしかないいな」

「あしたは、柿島取締役の本葬ですけど」

「いかない」

短い時間をおいて大原がいった。「それなら、ちょうど有給とる予定だったから、私もあしたならいつでも時間ありますよ」

「だからもういいといってるだろ。無理すんな。長時間やることなくて退屈するし、無駄に終わる可能性のほうがはるかに高い」

「でも私、ここにある車種には、どれも興味があるんです。いまのクルマを買い換えるときの参考になるから、ちょっと見てみたい」

さりげない口調に硬さの隠れた声だった。あまりに馬鹿げた言いぐさであることを自覚してはいるのだろう。あとに引く気のないとき、素《す》っ頓狂《とんきょう》な理屈を口にするのは、ときおり彼女のみせる癖だった。

大原はじっと私を見つめている。いつか見た目のいろのようでもある。その目に浮かぶ光を見かえすうち、徐々に思いが変化していった。彼女の理屈が馬鹿馬鹿しいだけに、その馬鹿馬鹿しさに応えないのも、犯罪に近いのではなかろうか。

「わかった」と私はいった。「じゃあ、一日だけおまえさんに甘えよう。あしたの午後一時に現地集合。いいか」

「オーケイ」

「じゃあ、いま地図を書く」

私がポケットから手帳を引っ張りだしたとき、大原の緊張の解けていく気配があった。そのあと、リラックスしてナミちゃんにかける声が聞こえた。

「そういえば、マイクもクルマ買ったんだって？　クイーンズに引っ越して。彼、最近、どうしてる？」

「けさ、電話しといた。柿島さんのことつたえなきゃいけなかったから。すごくショックうけてたよ。学校の先輩になるわけだし」

「そうか。取締役も、ＭＢＡをとるためにコロンビア大学にいってたことがあるんだ、社内留学制度つかって。一度、取締役が大学事情をレクチャーしてたよね。マイクは、飛び級で今年秋には、もうビジネススクールに進めそうなんですって？」

「らしいね。あの子、ひと月ほどまえ、そっちにも電話したんでしょ？　いい加減、諦めがわるいんだから」

　ふたりの会話を聞いて、ようやく疑問が氷解した。大原の別居の件である。ナミちゃんは彼女と顔をあわせていないのに、なぜその事実を知ったか。それが疑問だったが、いまはわかる。大原があけっぴろげにマイクに話したのだ。彼経由でナミちゃんにつたわった。そういうことにちがいない。けさにかぎらず、ナミちゃんとマイクは頻繁に連絡をとりあっている。すると、私だけが蚊帳の外におかれていた。そういうことにもなる。

　マイクという男は、ナミちゃんの異父弟にあたる。父親は、投資会社を設立し、一代で財をなした黒人経営者だった。父親の血が濃く一見ハーフにみえないが、ハンサムな青年だ。かつて、この店の前身が六本木にあったとき、姉弟ふたりで店を切り盛りしていた。不動産や経済関係にやたら詳しく、そのとき私が抱えていた問題は彼の知識がなければ解決しなかったろう。大学に進学するため帰国することになり、私が以前の勤務先を退職したあとも短い期間ではあったが、大原をふくめ四人で何度も飲んでは騒いだものだった。

その彼の進学先がニューヨークにあるコロンビア大学だった。専攻は計量経済だと聞いている。だが、彼の引っ越しの件については聞かされてはいない。

地図を書きおえ、ページをちぎりながら私は顔をあげた。

「ちょっと訊くけどさ。クイーンズってなんだ」

「マンハッタンからイーストリバーをわたった東側。マイクは通学に地下鉄つかってるけど、まあ、あのへんはクルマがないと生きてけないかな。マンハッタンとちがって」

「課長。クイーンズ地区も知らないんですか」

「当然だろ。おれは一度も海外なんかいったことないんだ」

大原とナミちゃんが、化石のあげる声でも聞いたかのように顔を見あわせた。

13

きょうはずいぶん温かいな。考えながら四ツ谷駅からいくつか角を曲がり、まっすぐな道路を歩いていると、大原の姿が目にはいった。駐車場のはるか手前だった。向こうは先刻気づいていたらしく、通りの中央に立ち、私に向けて大きく手をふっている。白地にオレンジの絵柄のはいったTシャツとジーンズ姿だった。春のまぶしい陽射しのなかで、それは幼い子どものもののようにもみえた。

なぜか、ふと柿島の姿を思いだした。彼が三年まえ、取締役会で役員を解任されたちょうどその日の午前のことである。彼のリークした、われわれの勤務先の合併にまつわる記事が社内中を震撼させている真っ最中だった。そのさなか、社外の広場で春の光を浴びながら、ふたりで場違いなほどのどかな会話をかわした。たしか、桜はまだ蕾だった。あのとき、そうだ、私は裏切り者だ。彼は胸を張り、そういったのだった。あの声には、プライドを持って生きている人間だけに特有の響きがあった。その表情と声音ははっきりおぼえている。

合併は体のいい呼び方にすぎず、事は結局のところ、吸収劇に終わった。そのいわば敵地というべき職場に異動し、生き残るどころか、それまで以上に実力を認められているらしい総合職の女性がいま、子どもみたいなしぐさで手をふっている。それもとんでもない理由で有給を無駄遣いし、こんなところにいる。

近づくと、大原は「きょうは、あったかいですね」と声をかけてきた。

「そうだな」私は時計を見た。十二時半だ。「それにしても早いな。おまえさん、いつごろここへきた？」

「七時ころかな」

「七時？　午前のか」

「ええ。通勤用にここをつかっているのは、三人という話だったでしょう？　課長、気をまわしすぎなんですよ。出勤まえだって、一応、感触だけ探っとけば、あとでゆっくり話を聞く算段すればいいじゃないですか。私、軽く話を聞いちゃったもん。ＢＭＷとセドリックの初老男性ふたり。両方ともお偉いさんふうだったけど、彼らは関係ないな。事件の話は聞いているだけ。警察にいろいろたずねられて時間を浪費したって、ぶうぶういってましたから。あれは演技じゃないと思う」

私は、思わず洩らした自分の深い吐息を聞いた。

大原はいずれ、新しい職場でもそうとうな出世をとげるんじゃなかろうか。私との約束時間にかかわりのない独断での行動は、おそらく現在の仕事のスタイルにも共通するはずだ。外様として、水面下でつづけている努力は並大抵のものではないだろう。

その彼女が無頓着に顔を駐車場のほうに向けた。

「ここ、料金はどれくらいなんですか」

「月五万だとさ」

「ふうん。屋根もないのに、ちょっとしたもんですね」

「たしかに、ちょっとしたもんだ」

いま、駐車場には五台のクルマがとまっている。大原が話を聞いたというBMWとセドリック、プレリュード、それにベンツが二台だった。

「ベンツ一台とプレリュードは午前七時の時点では、もうとまってました。もう一台のベンツは私が休憩に喫茶店にいって目をはなしてる隙に、やってきたみたい。ほんの三十分くらいだったけど、あれはミスだったな」

「どっちのベンツだ」

彼女が一台を指さした。

「ああ、ありゃ、おれが話を聞いた例の佃煮屋のおやじさんのだ。それよか、三十分しかここをはなれなかったのか」

彼女はうなずいた。「でも課長なら、そんな休憩さえとらなかったでしょう?」

「おれなら、ついさっきまでぐっすり眠ってたよ。目覚ましをセットするの忘れてたんだ。で、あわてて飛びだしてきた」

「そういえば不精髭、残ってるか。でも目的を考えて、きょうもきちんとスーツ着てるじゃないですか」

「いまのおれに考慮できる範囲ってのは、その程度のもんだ。おまえさんはあえてカジュアルっぽくしてんだろ」

「ええ、このほうが話を訊くとき気軽な感じになるかと思って。課長とは、いいコンビネーションじゃないのかな」

「なあ、きのうもいったけど、その課長って呼び方、いい加減やめろよ」

「どうして？」

「それもいったろ。おれはもう課長じゃない。それに、おまえさんだって、遠からず課長くらいにはなる。だいいち、能力だけとってみても、おれなんかより、いまのおまえさんのほうがはるかに上だ。上司扱いされるのは、どうにもくすぐったい」

「それなら、堀江さんと呼んだらくすぐったくないんですか。それとも社長？」

ちょっと考えてから、私はため息をついた。

「いわれてみりゃ、たしかに両方とも違和感はあるな」

「でしょ。ほかに呼び方ないもの」軽くうけ流すように彼女はふたたび、駐車場に目を向けた。

「それより課長のいってた女性ふたりのクルマって、どれですか」

「おれを見て逃げだしたおばさんのは、いまとまってるもう一台のベンツだ。集団でいた若い女は、あのプレリュードに乗ってた。たぶんそのふたりはこの近所に住んでいるんだと思う」

「すると残りがセルシオで、それは通勤者のものか。消去法からいえば、該当者はそのドライバーになりますね。目撃者が男性というなら、そのひとりしか可能性は残らない」

「そういうことになるな。けどきょう、なんかのつごうで休んでるか、べつの手段で出勤でもしたんなら、このセルシオにかんしちゃ、きょうのところはまったくお手上げだ」

「でも、まだ見込みはゼロじゃない。待機するしかないでしょう？」

私はうなずいた。それから、時間がすぎた。繁華な駅の周辺とちがい、この通りには、日中でもあまり人通りはない。サラリーマンや近所の住人らしい通行人の姿をときおり見かけるだけだ。彼らがわれわれに関心をはらうようすはいっこうなかった。

手持ち無沙汰のあいだ、大原が質問してきた。そしていったんはじまると、それはとめようもない洪水になった。もちろん彼女もある程度、知ってはいるが、確認するように柿島にまつわる事件の詳細をたずねてきたのである。

私は、これまで接触したあれこれについて、相当部分を話さざるを得なくなった。すくなくとも、優秀な協力者への礼儀はあるだろう。おかげで、私の知るかぎりのマスコミ情報、関根や砂子たち警官の動き、サンショーフーズで聞いた三上や矢谷の話も洗いざらい打ちあけるという結果になったのである。ただひとつ、なんとか抑制できたのは奈穂子と私の会話くらいのものだった。

話の途中、「サンショーフーズもクライアントなんですか」一度、その言葉をはさんだだけの大原が、やがて首をかしげた。

「私、取締役がむかしの部下に会ったというレストランは知ってますよ。オマール海老がおいしいの。でもあそこから靖国通りへ抜けるつもりなら、もう一本、近くて大きな通りがあるでしょう？　なぜ、こんなに人通りのすくない道を選んだのかしら」

「おれもそいつは疑問だった。けど人混みをさけたいとか、遠回りして夜風に吹かれたいって気分になるときはあるんじゃないのか」

「かもしれませんね」

だいたいのところを聞きおえると、ようやく彼女の口数がすくなくなった。ふたりとも駐車場の金網に背をよせていた。時間がたつにつれ、陽射しがだんだん強くなっていった。駐車場内に身を隠す陰はない。そのうち、大原が大型のバッグからミネラルウォーターのペットボトルをとりだし、口をつけた。

「課長も飲みます？」

「いや、いい」

彼女が微笑した。「ミネラルウォーターじゃなくて、ビールかな。もしその気なら手にはいらないこともありませんよ。このすぐ先のコンビニでアルコールはあつかってたから」

「知ってる」口にしたあと、ふと思いだした。「そういや、この通りの先にあるコンビニって、たしかアルスだったな」

「そう、アルス。メイマートグループの……」そこで彼女の声音がいくらか変化した。「ひょっとして取締役の件と関係あるのかしら」

「まさか」私は首をふった。「もちろん知ってるだろうが、アルスのフランチャイジーは全国で六千店を超える。そのひとつというだけだろう。そもそも柿島がこの四谷にやってきたのは、メイマート時代の元部下に会うためだったし」

「そうですね。考えすぎかな。その元部下ってのが気になるけれど、だれかはわからないんですか」

「わからん。おれもいちばん興味があるのはその男なんだが、警察に聞いても、もう教えちゃくれんだろう」

「さっき話にでた関根とかいう刑事に頼みこんでも？」

「おれが事件直後、関根からその話を聞くことができたのは、たまたま幸運に恵まれたからだ。その時点では、くだんの話を前提にしたほうがこっちからなにか聞きだせる可能性が高い。彼らはそう判断してたんだろう。けど無駄に終わったことを、もう連中は知っている」

「でも一市民、ないしは関係者として強く要望する手は考えてみてもいいと思うけれど」

「捜査妨害になってもか。そもそも、警察が一般市民に無条件で情報を与えることなんか、まずないと考えたほうがいい。どんなに親切なお巡りでもさ。ひょっとして例外はあるかもしれんが、最初から例外を期待するのはまちがってる」

「それなら、ひょっとしてそっちのほうも課長がひとりで……」

そこで大原は口をつぐんだ。男がひとり、こちらへ向かってきたからである。値のはりそうなスーツをごく自然に着こなし、そのくせまだ二十代前半にみえる男だった。黙って眺めていると、男は駐車場にはいり、われわれには目もくれずそばをとおりすぎ、プレリュードのほうへ歩いていった。やがてその手元でなにかが光った。ポケットからとりだしたキイホルダーだった。

最初に動いたのは大原だった。

彼女が「失礼ですが」と声をかけたのは、男がプレリュードのドアに手をかけた、ちょうどそのときである。

男は怪訝な顔でふりむいた。

「なんなの？　おれ、アンケートなんざ、くさい手口にゃ乗らないよ。急いでるんだ」

そのときになっても、私には男の正体がいっこうつかめなかった。だが大原には、どうやら見当がついているらしい。私がぼんやり眺めているあいだに、彼女は次の行動に移っていた。名刺をさしだしたのだ。

「お時間はとらせません。私はこういう者なんですが」

男は軽くあしらうようにうけとり、放り投げでもするようなしぐさをみせようとして、ふと名刺に目をおとした。

「尾島飲料宣伝部係長……」

つぶやきながら顔をあげ、今度は値踏みするように大原をしげしげと見つめた。

「へえ、係長ね。女性でそんなに若いのに、あんた、偉いんだ。大原真理さんか。……ちょっと聞くけどさ。宣伝部って、コマーシャルなんかつくってるとこ？」

「うん。まあ、それも仕事の一部かな」

私は、がらりと変化した彼女らしくもないぞんざいな口調におどろいた。なにしろ、初対面である。だが、男はそうでもなかったらしい。彼の目に浮かんだのは興味のいろだった。

「そんなら遠野雪乃がでてる、スポーツドリンクのコマーシャルあるでしょ。あれ、尾島飲料じゃなかったっけ。あれなんかも、あんた、関係してんの」

「ああ、あれはうちのＣＭ。もちろん私ひとりじゃないけど、いろんなスタッフといっしょにつくったの。担当は、私の係」

「へえー、じゃあ、遠野雪乃に会ったんだ？」

「それはもちろん。撮影のときも現場にいたし」

「彼女、どんな感じの子？　テレビじゃ、なんか冷たそうじゃない」

「それが、ぜんぜん印象ちがうの。よく大声で笑うし、ちっともじっとしてないし、すごく活発なタイプ。タレントさんは、テレビにでてるときの虚像と実像はまるでちがうことのほうが多いの」

「へえー、そうなのかあ。イメージ崩れるなあ。クールビジュアル系が、おれ、好きなんだけど」

「それを演出っていうのよ。でも、その話はおいとかない？　ちょっと訊きたいんだけど、これ、あなたのクルマかな」

「え？　うん、そうだけど」

「じゃあ、ついこのまえ、ここであった暴行事件を目撃したの、ひょっとして、あなたじゃない？」

「あ、その話ね。それ、スルー。警察からとめられてんだよ。マスコミにはあんまりしゃべるなって」

「私がマスコミの人間じゃないってことくらいはわかるでしょ。じつは、あの被害者は恩のある人なの。それですこし話を聞きたいと思って。でもこのまえ、ここをとおりかかったとき、このクルマ、女の子が運転してたように思うけど」

「なんだ、そんなとこまで見ちゃったの。あれ、風の子」

「なるほど。そういうことか」

なにがなるほどなのか、私には皆目わからない。そのときになってはじめて男が周囲を見まわし、私に目をとめた。彼に向けて私は軽く頭をさげた。

大原はこちらを見向きもしなかった。

「あの人は私の部下だから気にしないで」

「へえ、あんなおじさんが部下なのか。ほんとに偉いんだね」

「偉くなんかないわよ。それより、いろんなタレントさんの裏話なら、今度、あなたの店でゆっくり聞かせてあげてもいいわよ。だからこっちにも、ちょこっと話を聞かせてくれないかな。ホスクラなら、私、新宿のマジックダンディーによくいくんだけど」

「マジダ？　本店のほう？」

「そう、本店のほう」

男がまた値踏みするように大原を見つめた。ようやく私にも、男の職業の見当がついた。彼女は平然と男の視線をうけとめている。だが内心では、Tシャツとジーンズ姿でやってきたことを本日最大の誤算だと考えているかもしれない。

「係長」と私は声をあげた。「あまり、この人に迷惑をおかけしても失礼でしょう。このあとのテニスはどうします？」

「テニスはキャンセルしていいんじゃない？　もちろん、彼が迷惑でさえなければだけど」

男があわててさえぎった。「いえ、そんなに迷惑じゃないです。そのTシャツ、すごーくかわいいですね。なんか見とれちゃった。あ、ぼく、こういうものです」

男の態度の、百八十度の変化に私は唖然とした。口をあんぐり開いていたかもしれない。男がスーツの内ポケットに手をいれた。彼もまた名刺をさしだしたのだった。

うけとった大原が名刺を眺めた。

「結城《ゆうき》勝哉《かつや》くん、か。店は花丸。ここは知らなかったけど、六本木なのね」

「ええ、俳優座の並びで溜池寄り。すぐわかりますよ」

「じゃあ今度、一度、顔だしてみるかな。でも、こんなところでもなんだから、お茶しない？」

「あ、いいですね。ぼくもちょうど喉、渇いてたし。でもちょっと待ってくれます？　連絡しなきゃいけないとこがあるから」

男が携帯をとりだしながら、駐車場の片隅まで歩いていった。

なにごとか懸命に話しはじめた彼は、だれかの説得につとめているようだった。そのようすを横目で見ながら、私は大原に近づき、小声でささやきかけた。

「ホスクラってのは、ホストクラブのことか？」

彼女はからかうような表情になった。「課長も、そこそこ勘のいいところはあるんですね」

「なら、風の子ってなんなんだ」

「風俗嬢。ホストクラブのお客にはけっこう多いんです。このプレリュードも彼女に買ってもらったのかもしれない。課長が見かけたのも、きっと彼女でしょう」

「おまえさん、なんでそんなに詳しいんだ。ホストクラブに通いつめてんのか」

「友人と何度かいったことがあるんです、社会勉強で。一部の女性には、たしかにはまる要素がありますね。彼女も三カ月はまって、あとはすっぱり縁を切りましたけど。なにしろ、お金がつづかないから。マーケティングは、世間のあらゆる事象に興味を持つところからはじまる。これ、課長に教わったんですよ」

「そんなこといったっけか。けど、齢を喰っても未知の領域ってのはまだまだひろいな。こんなとこで思い知らされるなんざ、考えもしなかった。勉強になったよ」

「勉強といえば、もうひとつ」彼女の声がふくみ笑いの入り混じったものになった。「課長のフォロー。あれは全然、必要なかったですよ」

「フォロー？」

「私がこういうカジュアルな恰好をしてるのがまずいんじゃないかと思ったんでしょう？　無理して、テニスの話題なんかだしちゃって」

「ああ、ありゃ、その通りだが、必要なかったのか？」

大原がうなずき、手に持ったバッグをわずかに持ちあげた。

「彼、きちんとこれをチェックしてたもの」

「そのバッグがどうした」

「これ、エルメスのケリーバッグですよ。私の所有物のなかでも群を抜いて高価なの」

「名前だけは聞いたことがあるけど、そんなバッグごときが、やっこさんになんか効果でも発揮したのか」

「たぶんね。私も彼の腕時計をチェックしたから。ピアジェでした」

「ふうん。ブランドもんか。おまえさん、そんなものに興味あったっけ」

「ないですよ。これはお金に困ってる友人が半値でいいからというんで、仕方なく買っただけ。七十万円だったけど」

しばらく唖然として私は口をきけなかった。

「きょうは、ビックリすることばっかだな。すると、おれはさっき、ものすごく間抜けなことを口走った。そういうことになるのか？」

「そういうことになりますね」

私が深いため息をつくと、大原はまぶしそうに手をかざし、男のほうに目を向けた。

「彼をすっかり営業気分にさせちゃったな。どこかの女の子が約束すっぽかされて迷惑してる。ちょっと後ろめたい気もするけれど、彼はプロだから、その点、すこしは気楽になれるといえばいえなくもないですね。彼が生きているのは、一種のフィクションの世界だし」

「フィクションの世界か……」

つぶやいたとき、男がようやく話を終えたらしく、携帯をしまいながらこちらに笑顔を向けた。

たしかにプロの笑顔だった。

14

近くの喫茶店まで移動している最中、結城がふと立ちどまり眉をひそめた。

「なんだ、おじさんもいっしょなの？」

「この人も、例の被害者には恩義があるの。それに」大原はそこで私をふりかえった。「ここだけの話だけど、彼、じつは美青年に興味があるタイプなのよ」

私は結城に向け、精いっぱいの愛想笑いを浮かべた。だが彼は興味のなさそうな表情で、欧米人のように肩をすくめただけだ。

席にすわると、さっそく結城が大原に声をかけてきた。

「あのね。うちの料金システムは――」

「うん。それは興味があるから、あとでゆっくり聞く」やんわりと彼女がさえぎった。「だから、さきに用件すませちゃいましょ。あの日、きみが事件を目撃したのは夜の九時くらいでしょう？　クラブは勤務時間にきびしいと聞いてるけど、あんな日に休めたの」

気づかなかった。私にそんな質問は思いうかばなかったと思う。いまは大原にまかせ、なにも口出ししないでおくのがどうやらいちばん利口な選択らしい。

「あの日はね。風邪気味で熱っぽかったの。店にでたら、お客に迷惑かけるばっかりでしょ。風邪うつしちゃうかもしれないし」

「だから当日、電話して休んだわけ？　完全歩合制なのに？」

「それはまあ、気配り最重要の仕事だもの。しょっちゅう咳して鼻かんで、一度でもそんなみっともない姿さらしたら、お客は幻滅しちゃうでしょ？」

「そんなに重い風邪なのに、運転はできた」

「クルマ転がすなんて、歩くのとたいして変わんないじゃない。だって食欲なくて、朝からなにも食ってなかったんだもの」

「じゃあ、ご飯食べるためにわざわざクルマでどこかへでかけてたんだ」

「ぼくはメシ食うの、だいたい麻布か青山なの。だからクルマは必需品なわけ」

「へえ、優雅な生活してるのね」

「だって、部屋でひとりでなにか食べるのって侘《わび》しいじゃない。そりゃ、ときどきはカップラーメンも懐かしくはなるけどさ」

誰かを食事に誘ったか、誘われたということか。だが、それが彼の日常そのままではないはずだ。この青年が営業的に見栄を張っていることくらいはわかる。ただ、私のように毎日、大衆食堂でひとり食事をすませている中年男の侘しい姿は、まず彼の視野にははいらないだろう。

「でも」と結城はいった。「熱がすごかったのはホントですよ。ここへ帰ってきたときは、ぼうっとしてたもの」

「じゃあ、事件を目撃したときもぼうっとした状態だった？」

「うん。さすがに運転もやばくなってた。目がかすんで」

「だけど、あなたは犯人を見たんでしょ。新聞記事では数人という話だったけど、正確じゃないのは目がかすんでたから？」

「それもあるけど……、でもなんだかつまんないなあ、こんな話。お巡りが訊いたのと中身、まるっきり変わんないじゃない。あいつら、ひどいんだよ。ぼくが風邪でフラフラなのに、すごくしつこいんだから。だからもう思いだしたくもないんだけど。お巡りもあの事件も……」

「いい？　これは大事な話なの。それにきみの成績に影響するかもしれない。私自身もけっこう自腹は痛いけど、係長クラスの交際費の枠ってわかる？」

「うちは大企業の管理職の女性はあんまりこないなあ。でも親会社の領収書でも会社にはちょいまずいっしょ。交際費でおとしてるのは中小企業の女性社長くらいだもの」

「きみ、まだ世間の仕組みをあんまりよくわかってないわね。どういう立場の人間に融通がきくか知ってる？」

　私は知らなかったが、彼はちょっと考え納得したらしい。

「三人だと思うよ。でも犯人はひとり」

「どういうこと？」

　運ばれてきたアイスコーヒーに口をつけたあと、結城は遠い記憶をたどるような顔つきになった。

「柿島さんというんだっけ、死んだ人。あの人が殺されたんなら犯人は、主犯っていうのかな、そいつはひとりって意味」

　その夜、食事をすませた彼が四谷にもどってきたのは、大原の指摘どおり九時ころだった。

　あとになって気づいたのだが、そのときクルマのヘッドライトは消えていた。交差点で消灯したライトのスイッチをオンにもどすのを忘れていたのである。通りは通行人の往来同様、街灯の数にとぼしく、かなり暗い。なのに、そんなことにさえ気づかないほど意識が朦朧《もうろう》とし、判断力を失っていたという。無意識のうちに慣れたルートをたどりながら、これまた無意識にスピードを極端におとしていた。駐車場にいた人間にクルマの接近を悟られることがなかったのは、おそらくそのためだった。

彼らよりさきに奇妙な光景に首をかしげたのは、入り口にクルマの鼻面をつっこんだ結城のほうである。駐車場の一角には、ふたつある明かりもさほどとどかない。その薄闇のなか、何人かの影がぼんやり浮かんでいる。そして、その中央の奇怪な気配が結城の目を引きつけた。かすんで薄暗い視界に彼が認めたのは、地面のなにかを執拗にゆるやかな動作で蹴りつづけている男の姿だった。目をこらすと、そのなにかはどうやら倒れた人間の身体にみえる。仰天した彼の視界で、周りに立って眺めているほかの男たちの姿はおぼろになり遠ざかった。人数が不正確なのも、ふたり、つまりは蹴る人間と蹴られる人間にしか焦点があわなかったからにほかならない。

めんどうに巻きこまれるのを避けようとした結城は、バックするためとっさにギアをシフトしようとしたが、あわてたせいか空転したエンジンが噴きあがった。男たちがクルマに気づいたのは、そのときになってからである。彼らの関心も一点に集中しており、ほかに目がいかなかったせいかと思われる。男たちに動揺のひろがる気配があった。同時に倒れた人物を襲っていた男の動作が変化した。それまでの緩慢な動きが、打って変わって獰猛な印象を帯びたのである。二度、三度、腹部にめりこむ靴先。激しい往復が薄闇にかろうじてみえた。その唐突な変化は、狼狽《ろうばい》からきたものか、そうでないのかはわからない。全員が逃げる態勢に移ったのはその直後だった。入り口と逆方向のフェンスに向けて駆けはじめたのだ。

ようやく結城はヘッドライトに気づき、意を決して点灯してみる気になった。光の輪ができたとき、男たちはフェンスを越え、隣接した雑居ビルの通路に姿を消すところだった。その通路からは向こうの通りに抜けられる。記憶にあるかぎり、彼らはそれまでの印象とはちがい、たったの計三人。のちに公に発表された数人というのは、視界のそとに誰かがいたという可能性を警察が考慮したという程度のことらしい。結城自身、その可能性は認めている。

ともかく、呆然としていた結城が我にかえったとき、ヘッドライトの光に浮かびあがっていたのは、地面に横たわって動かない男の身体だった。

「それでぼく、クルマのなかから、携帯で警察に電話したの。パトカーが到着したとき、ずっと携帯を握りしめたままだったことにやっと気がついた」

「降りて被害者の傷を確かめようという気にはならなかったの」

耳を傾けていた大原が突然、詰問口調でいった。彼女がそうしなければ、私がおなじ真似をしていたかもしれない。駐車場の光景と柿島の姿を想像していたからだ。その想像は鈍い痛みをともなっていた。私が年長者であることをようやく自覚したのは、大原の語気の激しさにたじろぐ彼の顔を見たときである。そこには意外なほど幼い表情があった。

「いや、そういう物騒な状況ならわからないでもない。下手に動きゃ巻き添えを食っちまうご時世だもんな。ライトを点けただけ、まだきみには勇気があった」

ほっとしたような表情で結城が私に目を向けた。

「そう、物騒だもんね。ぼく、肉体派なんかじゃないし。ほんと、ヤな世の中。どこへいっても焼肉定食」

「焼肉定食？」

大原が首をふった。「弱肉強食。古いオヤジギャグ。ねえ、勝哉くん、きみ、不謹慎って言葉知ってる？」

大原の声には、私も久しぶりに聞くほどの怒りがこもっていた。結城がうなだれ、居心地わるそうに尻を動かした。私は大原から話を引きとる気分になった。

「ふだんどおりの言葉で話してくれたほうが、きみの説明が正確になるような気もする。そこで訊きたいんだけどさ。被害者を襲ってた中心人物、そいつの顔つき、年恰好はどんな感じだった？」

救われたような感じで結城が顔をあげた。

「顔まではわからないよ。暗かったし、ぼうっとしてたから……」

「ぼうっとしてたなりの、きみの印象でいいんだ。齢はいくつくらいにみえた？」

「たぶん若い。ぼくくらいかな。それくらいしかいえない」

「なぜ、たぶん若いなんだ？」

「蹴ってたやつしかよく覚えてないけど、そいつがバンダナしてたもの。それでピアスがみえた。染めた髪とおんなじで、金いろの大っきな粒がライト点けたときキラキラ光るのがみえたの。ほんの一瞬だけど。顔のほうは、ホントよく見えなかった」

「なら、ほかの連中は？」

「そいつらは後ろ姿しか見なかったからはっきりしない。ただ髪を染めてたのがわかったくらい」

「髪を染めてたって、どの程度だった？　茶髪くらいなのか」

「ううん。みんな金髪に近い。ぼくほどじゃなかったけど」

私は結城の頭に目をやった。彼自身のものは生まれつきの自然な金髪といっていいくらいだった。すこし考えてから私はいった。

「ふうん。襲撃の中心になってた男だけがバンダナしてたんだ。そいつは新聞にも載ってなかったな。バンダナの色は？」

「オレンジ。これは目立ったから、はっきり覚えてる」

「連中の身なりはどうだった？」

「濃いブルーか、黒のセーター。下はジーンズ。中肉中背。あ、これ蹴ってたやつの恰好ね。ほかの男はよく覚えてないけど、似たようなものだったと思う。後ろ姿は見分けつかなかったから。とにかくバンダナとピアス以外はあんまり覚えてない」

「するとこうなるな。ひとりがバンダナとピアスの頭。みんな髪は染めていた。全員がおそらくセーターにジーンズ。またはそれに近いラフな恰好だ。しかしそれだけなら、必ずしもみんなが若いとはいえないかもしれんぜ」

「かもね。たしかにオヤジたちだって、いまどき妙に若ぶった恰好するやついるもんね。六本木なんか、業界ふうのそんなオヤジ、けっこう見かけるもの。ジーンズだって、いまどき若いやつもオヤジも、みんなはいてんでしょ？　あれ、東京のユニホームだもん」

「きみは、いくつになる？」

「二十一」

「その齢で、重い風邪ひいててもずいぶん冷静だったたな。記憶もかなりはっきりしてる。しかし、きみはさっき、若いとは必ずしもいえないってことをすぐに否定はしなかったよな。ふつうなら、ピアスとか染めた髪を見ただけで断定したっておかしくないだろ。ほかにもなにか思いあたる理由があるんじゃないか」

　結城はしばらく私の顔を眺めていたが、迷うような表情をみせたあと首をかしげながらつぶやいた。

「警察からは、よそであんまり詳しくいうなといわれてるんだけど……、動作が鈍かったせいかな」

「動作？　ああ、そうか。連中は全員、フェンスの金網を乗り越えようとしたんだ。あれは高さ一メートルくらいだっけか。そのときのことかな」

「そう」彼はうなずいた。「殺された人……柿島さんか。あの人を蹴ってたやつだけは、わりに身軽にフェンスを飛びこえた。でもあとのふたりは、けっこうもたもたしてた」

「なるほど」と私はいった。「じゃあ、連中の靴は？」

「靴？　よく覚えてないな。なんで？」

「ジーンズはいてんなら、ふつうはスニーカーあたりだろ。白だったとしたら、目立ったんじゃないかと思ってさ」

結城は考えこむようすをみせたが、やがて首をふった。

「やっぱ、覚えてない」

「わかった。ところで、いまきみは無意識だろうが、死んだ、でなく、殺された、といった。きみの受けた印象ではそうだったのか。つまり、柿島を蹴っていた男に明確な殺意があるようにみえたかどうかという意味なんだが」

結城は不思議そうな目のいろで私を見つめた。その表情がふたたび幼い印象を帯びた。なぜか不意打ちのような妙な思いにとらわれているうち、決断したようなはっきりした声が聞こえてきた。

「そう思うよ。ぼくにはそんなふうにみえた。あのね。ホストって仕事、バカっぽくて華やかそうで、そのくせ、あんまり知られてないけど先輩後輩の上下関係がすごくきびしいんだよ。だから新米には、よく鉄拳制裁くわえることがある。ぼくも一年ほどまえまで、しょっちゅうやられてた。だからどの程度に痛めつけようとしてたか、わりにわかるの。あの男は、はっきりあの人を蹴り殺そうとしてた。最初は猫がいたぶるみたいなやり方でさ。で、ぼくに気づいてからすぐケリをつけようとしたんだよ。これ、まちがいないと思う。結局、ぼくは殺人現場を見てたんだよね。人が殺されようとするところを見てたんだ」

甲高《かんだか》い口調が、最後はささやきに似たものに変わっていた。その声がとぎれたあと、三人とも黙りこんだ。短い時間をおいて、最初に沈黙を破ったのは大原だった。

「でも殺意があるんなら、どう考えてもなにか凶器をつかうのがふつうでしょう。蹴り殺すなんて……」

「でも、ぼくにはそうみえた」

私が口をはさんだ。「それは彼の考えるこっちゃないだろう。おれの仕事だ」

結城の視線がふいに大原に向いた。そしてその顔に弱々しい笑いが浮かんだ。

「やっぱ、お芝居だったね」

「なにが？」

「このおじさんがあんたの部下ってこと。あれ、嘘っぱちでしょ。途中から薄々気がついちゃいたんだけど」

「うん、そのとおり。嘘ついてた。ごめんね」

「申しわけない」私もいった。「けど事情があったんだ。勘弁してくんないか」

「事情って、深い事情？」

「おれにとってはね」

「……柿島って、さっき呼び捨てにしたよね。おじさんの友だちだったの」

私はうなずいた。「なぜ、そう思う?」

「だってすごく真剣な顔つきしてたから」

それから結城は横を向き、ぽつりとつぶやいた。

「やっぱ、そうか。ぼくには、友だちなんかいないな。ひとりもいない……」

15

まだ陽は高い。四ツ谷駅へ向かって歩きながら、大原が真っ青な空を見あげ、深呼吸するように両手をひろげた。だがその口から洩れたのは、深い吐息だった。

「なんだかわるいことしちゃったな」

「あの青年のことか」

「そう。だましたような成りゆきになって」

「じっさい、だましたんじゃないか」

「そうだけど、あんなにナイーブな子だとは思ってもいなかったもの。どんどん印象が変わっていって……。あれじゃ、彼、あの世界で成功しないかもしれない」

「じゃあ、近いうちに店まででかけてって、散財でもしてやるんだな」

「そうします。でも事実関係で明白になった点があるのは収穫でしたね。逆にわからなくなったことも数多いけれど」

「そうだな」

「はっきりしたのは、まず事件が、いわゆるオヤジ狩りという性格のものなんかじゃなかったたってことでしょう？　彼が目撃した状況からすれば、そうとしか考えられない」

「理由は？」

「第一に、そういう場合は、だれかひとりが突出して過激な行動に走ることがないもの。寄ってたかってというのが一般的じゃないんですか。でもこのケースはそうでなかった」

「たぶん、そうだろうな。第二があるのか」

「柿島取締役の財布は盗まれたとさっき聞きましたよ。だけど結城くんは、その現場を目撃していない。だから、これは彼が事件に遭遇した以前の話になる。なのにひどい暴行があった。私の知るかぎり、オヤジ狩りが金銭目的でなく、危害をくわえること自体を目的にするときって、たいてい被害者が青少年の加害者たちを刺激した場合でしょう？　その点、取締役が脅されて抵抗したり、相手を怒らせたりすることはまずあり得ない」

「それもそのとおりだな。あいつはそういうタイプだった」

「だとすると、動機をはじめ事件の輪郭が皆目わからなくなってきますね。彼自身も、はっきり殺意を感じたというし。それにもしそうなら、なぜ凶器を使用しなかったかという点も疑問になる。足で致命傷を与えようなんて、サッカー選手じゃあるまいし」

「あんがい、そうかもしれない」

「……本気でそんなこと考えているんですか」

「まあ、それはべつとしても、彼の言い分は信用していいんじゃないか。あの結城という青年は、最初の印象とちがってかなり繊細な神経の持ち主だった。おまえさんが、いったようにさ。ホストという仕事に就いてるにしてはという理由でなくて、最近の世間一般の水準で考えても繊細だった」

彼女がうなずいた。「一度だけ、ひどい駄洒落を口にはしましたけどね」

「焼肉定食か」

「ええ。でも知性的なところもすくなくなかった。猫がいたぶるみたいなやり方といったでしょう？　聞くほうは、あまり愉快になれないけれど、あの古風な言いまわしも彼なりの素直な印象だったんでしょうね」

「うん。おれもあの仕事をちょっと見直した。いまさらながら偏見を持っちゃいかんな。それにしても、おまえさんの分析はなかなか鋭かったよ。あの指摘はそれほどまちがっちゃいなかった」

「どの指摘？」

「おれが美青年に弱いといったろ。ああいう青年を相手にするのはどうも苦手だ」

「美青年でなく、繊細なタイプに弱いってことでしょう？　だいたい課長が苦手というときは、しごく単純になるんだから」

「どんなふうに単純になるんだ」

「ふだんの振舞いからは考えられないほど遠い行動様式をとるってこと。大雑把な神経の持ち主がきょうにかぎって、過剰に図々しくはなかった。ついさっきもかなり腰が引けてましたよ。あれ、彼に遠慮したんですか」

そうかもしれない。あれから私はいくつか細かい質問を重ねた。図を描いてたずねることさえあった。そのいちいちに結城は素直に答えてくれたが、ひとつの問いにだけは首をふったのだ。彼がその夜、食事した相手のことをたずねたときだった。それは相手のプライバシーに関係するでしょ。そういってかたくなに口を開こうとしなかった。警察には訊かれて答えたんだろ。たずねると、お巡りには抵抗できなかったもの。かぼそい声がかえってきた。まっとうすぎる返事に、こちらはそれ以上、なにもいえなかった。

「あれがちょっとわからないんだけど、食事相手の身元に、なぜ興味があったんですか」

そんなこと気にすんな。口まででかかって思いなおした。きょうのいきさつはすべて、彼女に負っている。だいいち、そんな答えをかえそうものなら猛烈な罵倒がかえってくる。

「いや、あれはフライングだった。そのまえに、大原。結城の話をそっくりそのまま前提にすると——あれに脚色はないと思うが——なにか引っかかるとこはなかったか」

「引っかかるとこ？」

「まあ、現場周辺に詳しくないと無理な話か。おれはあのあたりをうろつきまわって、けっこう細かい地理も覚えた。結城は、犯人連中がフェンスを越えて雑居ビルの通路から逃げた。そういったろ。たしかに駐車場の隣にあるあのビルの表と裏の入り口は、一階の廊下がつながって通路にはなってる。おまけに飲食店がその両脇に並んでるせいか、ドアさえない。おれは夜中、あそこの裏口からでてきた男がフェンスに立ち小便しているのを見かけたことがある。ただし、途中に角があって廊下はまっすぐじゃない。だから、向こうの通りが目にはいることはないんだ。この事情を考慮すりゃ、ひとつ疑問がわくだろう。たんに通りすがっただけの人間がとっさにそんなルートを選べると思うか？」

「へえー、知らなかった。課長にもそこそこ細かい神経があるんですね。すると彼らには土地勘があった。ひょっとしてその飲食店の常連あたりだったかもしれない。そういうことですか」

「もしくは入念な事前調査があったか」

「事前調査？　なんのために？」

「可能性としていってるんだ。ただもしそうなら、犯行現場としてあの駐車場は周到な準備で選ばれたってことになるな」

「そうとう突飛な憶測に思えますけどね。根拠は？」

「べつに確固とした根拠があるわけじゃない。ただ、おまえさんがいったように、あれがオヤジ狩りなんかじゃないことは事実だ。それより、その種の犯罪であるように見せかけるため、いろいろ小細工を弄した印象が強い。抜きとられた財布の件にしろ、逃亡ルートの件にしろ。なら、あえて目撃者をつくろうとした可能性がある。凶器の用意がなかったのも、犯罪の偶発的な性格を強調する材料にはなるだろう。事実、新聞記事はそういうトーンだった」

「なぜ、オヤジ狩りであるように見せかける必要があるんですか」

「その場合は、かんたんな答えがなくもない。当事者が青少年じゃないからだろう」

「するとバンダナとピアスは小道具？」

「おれだってそれくらいの道具をつかおうと思やできるし、髪だって染められるぜ。まあ、笑われるのがオチだろうが」

「笑いますね。じゃあ、最初の質問にもどるけど、なぜ、彼がいっしょに食事をした相手のことを訊いたんですか」

「いまの段階じゃ、おれの話はおまえさんのいう憶測のレベルにすぎないかもしれん。けどその前提でいうなら、結城が駐車場にもどるだいたいの時間を携帯あたりで知らせることができたのは、その人物しかなかったろう？」

「うーん。どうかな。可能性としてはかなり低いけれど、完全に否定はできないかもしれませんね。目的はべつとして。彼を呼びだすこともできたわけだし」

「いや、否定できる。あの日、彼が風邪で休むと事前にわかってる人間なんかいやしない。だいいち、柿島が四谷にでかける日にあわせて風邪をひくなんざ、芸当がすぎるだろう。そもそも風邪をひく日なんか、本人にさえわからんじゃないか」

「なんだ。自分でいっといて自分で否定して……。課長、混乱してたんですか」

「さあ。一応、念のためにと思ったんだが、やっぱり混乱してたのかな。ありゃ完全なフライングだったもんな。けどそのおかげであのとき、うっかり見おとしてた要素に気づいたんだ。なにも結城の食事相手だけを考える必要はない。犯行にかかわった人間の数を推定するには、もっと大きな要因があった。おれもそうとう抜けてたよ」

「犯行にかかわった人間の数？　結城くんは三人といったでしょ」

「いや、もうひとりはいる。だから最低、計四人か」

大原が足をとめた。私も立ちどまった。ちょうど、しんみち通りの入り口手前だった。銀行のＡＴＭに出入りする人並みが周りを流れていく。

「どういうことですか」彼女がたずねてきた。

「どう考えても、見張り役を分担した人間がいなきゃおかしいってことだ」

「見張り役？」

私はうなずいた。「考えてもみろよ。ここは四谷だ。おまえさんだって、あの駐車場に面した通りは見たろ？　田舎の田んぼ道じゃない。夜だって数はすくないものの、クルマはとおるし、人もとおる。駐車場なら、結城のクルマ以外の出入りもある。それもいつ、どんなふうにあるかわからない。そもそも、すこしでも頭がありゃ、それくらいの配慮はあって当然だろう。それどころか、逃げ道のルートを即座に選択できるくらい周辺の事情に精通してる連中が、見張り役をたてないでいるのは不自然だと思わないか」

「それなら、その見張りはどこに……」

私はポケットに手をつっこみ、手帳から引きちぎった紙切れをとりだした。さっき結城にたずねた際、確認のために図を描いたものだった。大原がのぞきこんできた。

私に想像できるかぎり、駐車場近辺で周囲のチェックにふさわしいポイントは三箇所しかない。犯人側に立てば、もっとも望ましいのは通りの反対側に停めたクルマのなかで待機することだった。なぜなら道路はすこし先で手前に大きく湾曲している。だからそちらの方向をかなり遠方まで見わたせ、かつ反対方向も視野にはいる地点としてはそこがベストだった。通行人なりクルマなりがやってくれば、その旨、携帯で逐次連絡をいれればいい。だが交通量のすくない通りで、運転席の人間がじっとしているのは人目を引くし、最悪の場合はだれかの記憶に残る恐れがある。次に好都合なのは、おなじく駐車場正面反対側の歩道に立つことだが、そちらは段ボールの卸問屋や早めに店じまいする商店のシャッターがずっとつづいており、身を隠すところがなかった。

「だからたぶん、この位置だとおれは思う」

説明したあと紙切れを指さすと、大原が目を丸くした。その場所は、クルマの出入り口のすぐ内側、フェンス脇だった。

彼女が無言で私を見かえした。

「ここなら視界はある程度限定されるが、通りの側からは注意して見なきゃ、人がいるとわかることはない。逆にひそんでいる者にとっちゃ、身を隠すのには持ってこいの場所になる。顔だけ突きだしてりゃいいんだし、万がいち、だれかに見られた場合は駐車場に用のあるふうを装えばいい。それに連絡をとる際、携帯をつかう必要はないだろう」

「この位置からなら、結城くんのクルマにはすぐ気づくはずだけど」

「ヘッドライトを点けわすれたクルマが、極端にのろいスピードで走ってんだ。夜の九時に、そういうクルマの接近を予想するやつはいないんじゃないか。ほかの連中とおなじように、いざこざのほうに気をとられて油断した可能性もある。それにあのクルマの色は、濃いグリーンだった。夜道で目立ちはしない」

「でも、彼が駐車場で見たのは三人だって……」

「それは駐車場で見た人間じゃなくて、フェンスを越えて逃げた人間の数だろ。この図を見て、結城が説明してくれた話を思いだせばいい。彼はこのあたりまでクルマをつっこんだといった。それならその人物の位置は、運転席の真横より後方になったはずだ。おまけに彼は風邪でぼうっとしてたし、前方に注意をうばわれてたんだろ。もっとも、これだって憶測といわれりゃそれまでだけどさ。とくに証拠はないんだから」

「すると、その見張り役はどこから逃げたことになるのかしら」

「当然、結城のはいってきた出入り口から、歩いてでてったんだ」

大原が首をふった。「なるほどね。いくらか説得力はあるかな。この図の描き方の下手さかげんに較べれば……」

それから、彼女は顔をあげた。

「それなら、見張りをたてていたのに、犯人たちにとっては計算外の事態が起きた。そういうことになる。あわてたでしょうね」

「そりゃあわてるだろう。ヘッドライトを消したクルマの鼻面がいきなり、目のまえにあらわれたんだから。なんせ、連中はプロじゃない」

「プロ？　どういう意味ですか」

「そいつがどうも、おれには気になってたんだ。やたら周到な感じがして、最初、プロの可能性が高いかとも思ったが、結城の話を聞いてるうち、そうでもないかと考えなおした」

「プロって、こういう暴力方面のプロ？」

「まあな。この事件の中心人物に殺意があったとしたら、もちろん第三者に頼んでもいい。その場合、近ごろは外国人という手もあるが、彼らには手口に一定のパターンがある。このケースはそうじゃない。なら接点があるかどうかはべつにして、筋モンの線しか残らんが、こいつの思考回路を考えると、どうもそうは思えない。リスクが大きすぎる。将来、この件をネタに恐喝されるのは目にみえてんだから。こいつは頭がいいよ。その程度のリスクを予想できないはずがない。ただ想定以上の突発事態が発生した。まあ、結城によると、ほかの連中はただボケッと眺めてたらしいから、こっちのほうは素人だろうけどさ」

「あのですね、課長。プロとか素人とかって、一般人には馴染みにくいんですけど」

「生憎だったたな。おれは一度、おまえさんに親父の話をしたことがあったろう。サラリーマン時代でさえ、血を変えるのは無理だと悟ったことがある」

大原は一瞬、黙りこんだ。だがやがて口を開いた。

「それなら課長は、その中心人物本人が取締役を襲っていた男と同一人物だと考えているんですか」

「たぶん」と私はいった。

「すると、あとの彼らはなんの役目を果たしたんだろう。あ、そうか。オヤジ狩りに見せかけるんなら、複数の人間を引きこむ必要があった。そういうことかしら」

「まあ、ふつうの素人なら、かんたんに殺人なんぞに踏みきれるわけがないし、依頼をできるわけもない。すると本人がやるしかなくなる。複数の人間がいあわせたのは、全員がなんらかの利害関係を持っていたとも考えられるが、おまえさんのいった点が最大の理由と考えるのが妥当だろう。彼らは、現場においとくだけで、目的のひとつは果たせるんだから。この連中については、事前に、ちょっとした揉め事があって制裁をくわえるつもりだという程度の説明でも受けてたのかもしれない。ところが現場では、想像以上の暴力沙汰になった。で、目のまえの事態を眺めながらオロオロしてた。事情はたぶん、そのあたりじゃないのか。この構図なら、結城の話とも符合する。それにこの種のやり方には副産物があるんだ。連中はその場にいあわせただけで、片棒をかついだことになっちまう。つまり、共犯者に仕立てあげられるわけだ。そうなれば今後、連中が第三者にこの件を洩らすリスクもそうとう低下する。結城の注意をひかなかったのも、連中がただ呆然として突っ立ってたからだろう。このへんを計算できるだけ、中心になったやつはプロに近いといえるな」

大原はしばらく考えこむふうだったが、やがて顔をあげた。

「でも課長のふれていない重要な点がひとつありますよ。もしそういういきさつであったとしても、取締役は一時、完全に回復する見込みだったでしょう？　現実に死亡したというニュースが流れるまで、かなり時間もあった。彼、もしくは彼らは、殺意があったにもかかわらず、その時点では目的を果たせなかった。もちろん、顔も見られている。それなのに即座に逃亡した。計算していたにしては、ちょっと手順が悠長にすぎません？」

「そこが、おれにもよくわかんないとこなんだ。連中が、夜もおちおち眠れない状態のまま柿島を放置するってのも、妙といえば妙な話だ。プロの仕事でないと思う理由のひとつでもあるんだけどさ。おれの考えじゃ、目撃者が接近してきたとき、やつらは事をすべて終え、ちらっとだけ姿を残そうとする狙いが当初、あったんだと思う。ところが突発事態が発生した。ひょっとしたら、そんな場合も想定して凶器を用意していたが、それを使用する余裕さえなかったのかもしれない。まあ、これも憶測だが、そのあたりはわからんな」

「じゃあ、課長。憶測にせよ、わからんにせよ、その話はいつ警察にするつもりなんですか。彼らにとっても参考になるでしょう?」

「なにいってんだ。警察は、おれの考えてるようなことは、もうとっくに想定して関連の調べにはいってるさ。ある程度はすませて、もう一定の結論をだしてる可能性もある。おれは周回遅れのランナーなんだぜ」

ふと関根の顔を思いうかべた。あの刑事もなかなか狸だ。

頭をふりながら、大原がふたたび歩きはじめた。私もうしろを歩きはじめると、彼女が声をかけてきた。

「それなら課長はこれからどうするんですか」

「さあ、どうするか。そういや、柿島の葬儀はそろそろ終わってんのかな」

「そろそろどころか、もうお骨になってるころでしょう」

私は時計を見た。四時半だった。柿島の葬儀は、午後一時からと聞いている。彼女のいうとおりだ。柿島はもう骨になっている。

空をふり仰いだ。大原と話しているうち、いつのまにか夕暮れの気配がわずかに忍びこんでいた。陰りはじめた青さのなか、うっすら雲がたなびいている。そのひとつが、だれかの骨のかけらのようにもみえた。

16

応接室へとおされたあと、私と大原は調子をあわせるように周囲に視線をめぐらせた。スペースはないがおちついた部屋である。

「わりに質素ですね」

うなずくと、彼女の目が私とおなじところでとまった。

「あの油絵、本物かしら。クレーでしょう？」

「たぶんな。会議室にもクレーがあった」

「じゃあ、三上社長の趣味なのかな。聞いている彼の伝説とはイメージがそぐわないような気もするけれど」

「外見とももまったく似あわんぜ」

そこへ秘書が茶を運んできたので、私は口をつぐんだ。大原が丁重に礼をのべ、私も軽く頭をさげた。

三上はもうすぐまいりますので、中年の彼女がもの静かにそういって立ち去ると、大原はいままで何度もそうしたように、また自分のTシャツを見おろした。こういう部屋にいると、白地に派手なオレンジの絵柄がいっそう目立つ。ため息が聞こえた。

「まさか、こんな恰好でサンショーフーズの社長に顔をあわせるとは思ってもみなかった……」

「気にするなといったろ。ここの商品はオレンジを素材につかってるものもある。そのシャツ、パッケージの拡大版だと思ってくれるさ」

「でも課長のクライアントなんでしょう?」

「きょうは仕事の話をするわけじゃない」

ふたたびこのサンショーフーズにやってきたのは、ある疑問にヒント程度のものさえ与えてくれそうな人物をほかに思いつかなかったからである。多忙な三上が、身体の空いていることもまずないだろう。予想はできたものの行き詰まり、ほかに方法がなかった。四谷でどうするか考えていたとき、ふと彼にもらったポケットの名刺を思いだしたのは、スーツを一着しか持っていないおかげかもしれない。駄目なら元々の気分で電話したのだが、あの言葉だけが頼りだった。老人相手に柿島さんとの昔話をされたいという気分にでもなったら、いつでもこちらにご連絡ください……。

直通番号には、本人がすぐにでた。用件を切りだすと、短い沈黙があり、受話器をふさぐ気配がつづいた。秘書にスケジュールを確認していたのかもしれない。それから、六時からは空いておりますのでよろしかったらその時間に、との意外な返事がかえってきた。

そのとき気づいたのが、首をかしげて私を見つめる大原の視線だった。きょう一日のことを思いかえした。彼女が朝の七時から待機していたことも思いだした。あのホストの青年相手に奮闘する姿を思いだした。ひとり相棒がいるんですが、同伴してもいいでしょうか。自分でも思いがけない言葉がでた直後、これまたどんな人物かさえ問わず、どうぞ、と即答がかえってきた。

あのとき、これからサンショーフーズの社長に会いにいく、おまえさんもいっしょだ。伝えると彼女の顔面が驚愕にあふれ、ついで喜色に輝いた。三上は、飲食品業界ではだれもが知る立志伝中の人物である。この業界の人間なら興味を持たないわけがない。少人数での面談など、幹部クラスでもめったにない経験だろう。だがそのあとふたたび、彼女の表情が一変した。自分のT

シャツとジーンズに目をおとし、今度は真っ青になったのである。

「どうしよう。サンショーフーズのトップにお目にかかるというのに、こんな身なりじゃあ……」

私は時計を見た。「六時のアポだ。本社は浜松町か大門が近い。家にもどって着替える余裕はないのか」

彼女は首をふった。亭主と別居し、いまどこで暮らしているか、私はたずねなかった。

「なら、そのままでいいさ。恰好なんか、気にするような相手じゃないと思う。たぶんな。それで機嫌がわるくなるようなら、それはそれでいい。だいたいおまえさん、権威主義はきらいなんじゃなかったか」

「権威主義というより、基本的なビジネスマナーでしょう……」

辞退したいとしり込みする大原を説得した。だが渋る彼女にああはいったものの、やはり非常識だったか。おれはもうその程度の分別さえない人間になっているのか。そもそもたった一度、仕事で接触しただけなのだ。最初から甘えがある。クレーを眺めながらぼんやり考えているとき、当の相手、スキンヘッドの三上がのっそり部屋にはいってきた。鋭い眼光はきのうと変わらない。

われわれが立ちあがると、三上は伏せた両手をひろげた。

「まあ、お坐りください」

「きのうのきょうで突然、不躾な電話をさしあげ、申しわけございませんでした」

「私も自分の言葉くらい覚えておりますよ。いつでも、と申しあげたでしょう」それから彼の視線が隣の大原に移った。「堀江さんのおっしゃった相棒でいらっしゃる?」

大原が両手で名刺をさしだした。

「尾島飲料の大原真理と申します。本日はこんな非常識な恰好で申しわけございません。いささか事情がございまして……、お許しいただければ幸いかと存じます」

「尾島飲料？」三上が名刺と彼女の顔を交互に見つめた。「尾島さんの宣伝部係長でいらっしゃる。すると……」

私は口をはさんだ。「私がタイケイ飲料の宣伝部に在籍していたころ、彼女は部下の立場にありました」

「なるほど」三上がいった。「相棒という呼称からは、こういう美女は想像できなかった。私が古いというより、堀江さんの国語能力に問題がありそうですな」

冗談なのか皮肉なのか、表情からはどちらとも読めない。こんな際、われわれの関係を相手がどんなふうに考えるか、おおよそ察しはつく。いくら誤解されようとそれはどうでもいい。これはビジネスではなく、私用だ。それも転がりこんできたようなチャンスだ。図々しい私用でここの仕事を失うなら、それはそれでいい。自分にいい聞かせたときノックがあり、さっきの女性秘書がはいってきた。三上は、彼女からわたされたメモ用紙にチラッと目をおとし、無造作にポケットにつっこんだ。

秘書が去ってから私は口を開いた。

「お忙しそうですからさっそくですが」

私の切りだした鼻先を三上がさえぎった。

「それより堀江さんのほうこそ、このあとのご予定は？」

「私なら、なにもありませんが……」

「大原さんは？」

「ご覧の失礼な恰好です。私は本日、有休をとっております」

「それならちょうどよかった。食事にでもまいりませんか」

私と大原は顔を見あわせた。われわれはさっき、食事をすませたばかりだった。大原が昼食をとってなくて、お腹がすいたといったからである。その旨を告げると三上は「それは残念」といった。

私は大原に顔を向けた。「おまえさんがチャーシューメン食いたいなんていうからだ」

三上の口もとがわずかに緩んだ。

「ほう、チャーシューメンですか」

「彼女はシューマイまで追加しました。まあ、それなりに空腹の理由はなくもないんですが」

「課長。なにも三上社長のまえで、そんなことまで……」

大原の顔が真っ赤になった。彼女がこんなふうに赤面したところを見たことはあったっけ。考えているうち、三上の笑い声が聞こえてきた。コントラバスをかき鳴らすような笑いだった。あらためて気づいた。この大入道が声をあげて笑うこともあるのだ。同時に思いもよらなかった言葉が三上の口からでた。

「それなら、どこかでお酒でもどうでしょう」

「……われわれはいっこうに構いませんが、社長はこのあとよろしいんですか」

「いや」三上は顎に手をやった。「そのごようすだと、ひと仕事をもう終えて、このあとどこかでお飲みになる予定だとの印象をうける。私も同様です。もしそうなら、お相伴させていただくというわけにはまいらんでしょうか。それならゆっくりお話ができるかと思う」

ふたたび、大原と私は顔を見あわせた。どうせ、偶然に恵まれただけだろうから、長くても一時間足らずで終わる。そのあとは、おまえさんの慰労を兼ねてナミちゃんの店にでもいくか。そんな話をこの社屋にはいる直前、彼女にしたばかりだったからである。すくなくともこの企業のトップは人の心理を読む術《すべ》には長けている。

願ったり叶ったりです。では近くのホテルのバーにでも……。口を開きかけたときだった。横からおずおずといった感じの声が聞こえた。

「あのう、非常にユニークなお店でもよろしかったら……」


ドライバーが白い手袋で開けたドアから、私につづき三上が降り立った。

「権之助坂か。久しぶりだ」

「こちらです」

周囲に視線をめぐらせている三上を大原が案内した。地下への階段をおりていく途中、「ほう、店の名はブルーノですか」三上がつぶやいた。

飲むのはいいが、私の考えでは、こんなところへ三上を案内するのは論外だった。だいいち、ナミちゃんと彼の会話など想像もできない。私の知るかぎり、彼女は肩書のある人間を嫌悪する。ふたりのあいだに、なんらかのかたちでトラブルが起きることも懸念される。だが、口出しするチャンスがなかった。私たちの行きつけの店ですが、という大原の話に三上が、ぜひ、と身を乗りだしてきたからだ。そもそもなぜ、大原がこの店のことを口にしたのか、その意図がわからない。問いただすチャンスもなかった。ここへの車中、彼女は携帯電話できょう店が開いているかどうか確認さえした。

私は一応、釘をさした。

「さほど変哲もない店ですが、オーナーがくせ者です。ひょっとしたら気分を害される事態の発生も予想されます。そのあたりは覚悟しておいてください」

「なるほど」三上が無表情に答えた。

客はほかにだれもいない。ナミちゃんはふだんと変わらない顔つきでわれわれを迎え、例のごとくうなずいただけだが、店内に流れる音楽はいつもの静かなものとはちがっていた。ジョン・コルトレーンの、噴きあがっていく悲鳴みたいなサックスが響きわたっている。なんだかふだんとは異質な店と思えるほどだ。

カウンターのいちばん奥に三上、大原をはさんで私というかたちでスツールに腰をおろした。なにくわぬ顔で大原が口を開いた。

「社長はなににされます？　ここは日本酒もありますよ」

「ほう、こういう店に日本酒ね。私はそれをお願いします」

「冷やかロックしかないわよ。それでもいいの」ナミちゃんがはじめて口を開いた。

店側のぶっきらぼうな応対は三上をおどろかせたようだが、「なら私は冷やのほうで」と彼は冷静に答えた。

ナミちゃんは、私と大原の注文をたずねなかった。いつもおなじ返事ではあるものの、一応、オーダーを訊くことは訊く。どうやら不機嫌でいるらしい。理由は想像がついた。三上はこの店で見たこともないようなダブルのスーツを身につけている。おまけに、社長という言葉を彼女はいま聞いたばかりだ。コルトレーンは、大原の問いあわせでこういう客を予想した彼女なりの皮肉かもしれない。

ナミちゃんが一升瓶から、みっつのグラスに中身をそそぎ、テーブルの上に並べるまで一分とかからなかった。

三上はこの国の勤労者の習慣にはしたがわなかった。お疲れさま、の唱和はせずグラスを軽くかたむけただけで口をつけた。

ややあって「ふむ」と彼はいった。「いい酒だ。これはどこの地酒ですか」

「知らない。秋田かどっかじゃないの」

切り口上みたいな返答を耳にして、ふしぎなことに三上の目には、なにかをおもしろがるような光が浮かんだ。そして彼は人指し指を宙に立てた。

「これは、コルトレーンの『マイ・フェイバリット・シングス』だね」

私は思わず、三上の横顔を見つめた。有名なアルバムとはいえ、企業の経営者、それもこんな魁偉《かいい》な風貌をした人物がまさかジャズメンの名と曲名を知っているとは思いもよらなかったからである。だがナミちゃんは「そうみたい」と無愛想きわまりない答えをかえしただけだった。

「なるほど。くせ者だ」三上がつぶやいた。

ナミちゃんが咎《とが》めるような声をあげた。「くせ者？　だれが？」

「いや、なんでもない」

三上が微笑した。私と大原は、これからはじまる西部劇の決闘を待つ野次馬同然だった。黙りこみ、固唾《かたず》を呑んで見守るしかない。そのうち三上がもう一度、指を立てた。

「コルトレーンはアルトを吹いている。テナーはファラオ・サンダース。アルバムタイトルになっているほうではなくて、ヴィレッジ・ヴァンガードのライブだ」

「そうだけど、それがどうかした？」

「いや、それだけ。どうもしない」

ようやく私は目が覚めたように自分の立場を自覚した。三上の話のおかげである。三年まえ、開店時にナミちゃんにたずねようとして忘れ、以後、きっかけを失ったままの質問をはじめて口にした。

「そういや、ここ、なんでいまはジャズしか流してないんだ。もうポップスは飽きちまったのか」

ナミちゃんは私のほうへ向きなおった。「人は思い出だけを頼りにしてちゃ、生きてらんない」

私はうなずいた。だが、三上には説明の必要があったろう。前身の六本木の店で流していたBGMはすべて、六、七〇年代のポップスだった。それはすべて彼女の母親が愛好し、生前よく口ずさんでいた曲だ。あるいはその母親が幼い彼女を連れて渡米し、黒人男性と再婚したいきさつまで話す必要があったかもしれない。

三上は、抑えた呻《うめ》きのようなサックスの音色に耳をかたむけ、ふしぎな目のいろでナミちゃんを眺めていた。そのうち彼女の短い言葉だけで彼も深く納得したかのように、ぼそりとつぶやいた。

「ふむ。いい店だ」

ナミちゃんが唇をとがらせた。「なんでいい店なのよ」

「誉められて反論する人もめずらしい。いい酒と、いい音楽と、いいオーナーがいる。それだけでじゅうぶんいい店ではないのかな」

「あんた、そこにまだ十分しか坐ってないじゃない。なのになんでいいオーナーだと思うわけ？」

「シンプルで力強い」

「…………」

「皮肉ではないよ。十分でわかることもある」

「……ねえ、おじさん。あんた、社長らしいけど、なにしてるとこの社長なの」

「社長はやめてくれないかな。盗賊の親玉みたいなものだから」

「盗賊？　社長が、なんで盗賊の親玉になっちゃうのよ」

「企業は妙な生き物なんだよ。利益を追求するが、行動原理をそのひとつしか持たない奇態な生き物といってもいい。ほかの要素、たとえば道義とかきれいごとのはいる余地は、皆無とはいわないが、さほど多くはないんだ。すくなくとも世間でいわれているほどにはないね。であれば、企業なんぞという組織は一種、盗賊集団に似たところがあるといえはしないだろうか。私はたまたまその集団のひとつをたばねているにすぎない」

「そんなことというんなら、人間なんてのも、みな盗人《ぬすっと》になっちゃうじゃない。自分の利益しか考えないもん。おまけに嘘までつくから詐欺師にもなっちゃう」

「そのとおり」三上がうなずいた。「まったくそのとおりだ。人はみな多かれ少なかれ、盗人であり詐欺師だ」

「ふうん。おじさん、坊さんみたいな頭のくせして、けっこうニヒルな性格してんだ。人嫌いなわけ？」

「そうかもしれない。ただ人は比較的ましな盗人である詐欺師と、非常に悪質な盗人である詐欺師。このふたつにわかれるとは思う」

　ナミちゃんは三上の顔をしばらく眺めていたが、やがてそれとはわからないほどの笑みが唇のはしに浮かんだ。

「なんだ。おじさん、ガキなのか」

「ガキ？」

「自分の考えてることとべつの強がりいうのって、カッコつけたがるガキの習慣じゃない。ムキになるのもガキの習慣」

三上は一瞬の沈黙のあと、わずかに首をかしげた。「私の言い分は、考えていることとまったくべつというわけでもないんだよ。染みついて変わらないものもある。ただ、年甲斐もなくムキになったことは事実かもしれない。ふだんの癖がこういうとき、ついでてしまうのはやはり齢のせいなのかな」

「まあ、好きにしたら？　あんまし興味ない」

ふたりの会話の展開を、私はハラハラしながら聞いていた。大原も同様らしく、目を丸くしてかすかに首をふっている。

三上が一気に冷や酒を飲みほした。空いたグラスをテーブルにおくと、ナミちゃんの細く白い手がのびた。

「お替わりする？」

「ああ、お願いしたい」

ナミちゃんは、ふたたび一升瓶からグラスに酒をそそいだ。ただその態度はうってかわったものとなっていた。今度はふだんよりよほど丁重なしぐさで、グラスがカウンターにもどされた。

「ありがとう」三上がいった。

私は時計を見た。ナミちゃんの時間の感覚は正常だ。わずか十分。そのあいだに彼女の態度は一変した。もし三上が詐欺師そのものになったとしても非常に優秀な詐欺師にはなったろう。ひょっとしたら、ニヒルなガキであることが詐欺師に必要な条件のひとつなのかもしれない。

私は口をはさんだ。

「ナミちゃんも柿島のことはよく知っていますよ」

三上が思いだしたように私のほうを向いた。「ほう。彼女はナミちゃんという。本名は？」

なんとなく笑いだしたくなる衝動を私はこらえた。理由は見当もつかなかったが、どうやら大原の目論見は成功したらしい。

「私も本名は知りません。目のまえの本人に訊いてください」

ちらとナミちゃんに目を走らせたあと「いや、失礼しました」と三上はいった。「話がいつのまにか脱線していた。堀江さんとは、本来の目的があってやってきたんだった。そういえば、柿島さんもここへはよく顔をみせていたんですか」

「ごくたまにですが。しかし、ナミちゃんの数少ないお気に入りのひとりではありましたね」

「なるほど。柿島さんはだれにでも好かれるタイプであり、それでいて傑物だった。しかし、そういう人ほどごく少数の強力な敵をつくりやすい」

どうしようかと考えた。これまでのいきさつ、四谷できょう経験したばかりのあれこれを三上に話すべきかどうか。こちらが質問しても、彼はいちいちその理由をたずねかえしてくるかもしれない。その場合、この三上の追及には耐えられないかもしれない。もしそうではないとしたら、今度はこちらに後ろめたさが残る……。

見すかしたかのような三上の声が聞こえた。

「おふたりの装いを拝見すると、きょう、柿島さんの本葬にはいらっしゃらなかったようですな。理由は察しのつくような気がしないでもありませんが」

ようやく決心がついた。

「いまおっしゃった少数の強力な敵は、たしかにいたようです。きょう電話をさしあげたのは、そのだれかを探しあてる目的のためでした」

17

手短にとは考えたものの、これまでのいきさつを要領よくまとめるのは私の手にあまった。話が長くなった。

鋭い眼光をとりもどした三上はいっさい質問をさしはさむこともなく耳をかたむけていたが、聞きおえたとき「ふむ」と顎に手をやった。「ずいぶん大胆なことをなさる人だ。こちらの大原さんも……。おおよその事情はわかりました。で、堀江さんは私になにをおたずねになりたいのかな」

「私は勤め人を辞めてから、柿島とはまったくといっていいほど仕事の話をしておりません。その点、三上社長は立場を異にしていらっしゃる。彼との関係を考えれば、仕事にまつわる話やその周辺が中心だったかと思われます。なんでも結構です。柿島のかかわっていた仕事の内容や彼の関心事をご存じでしたら、そのあたりをお聞かせ願えませんか」

三上は小首をかしげ、耳の穴に小指をやった。ふいにみせたそのしぐさは風貌にそぐわず、あまりに子どもっぽかった。ナミちゃんのいったガキという言葉がよみがえり、私は思わず口もとを緩めたと思う。

「いくらか知っていることはないでもない。しかし、そのまえに」そこで、三上がなぜか時計を見た。「堀江さんが求めてらっしゃる情報のひとつに、柿島さんが襲われた当日、彼が会っていたというかつての部下。これがだれなのかという疑問が当然あるはずだ。そうではないですかな」

「もちろん」と私はいった。「警察が教えてくれそうもないその点こそ、いまは最大の関心事ともいえます」

「当の相手がわかるかもしれません」

あまりにあっさりした口調だったので、その意味を理解するまで間の抜けたような時間があった。三上に再度、接触をこころみた理由は、周辺情報からいくらかなりともその疑問のヒントが得られればいい。その程度のものだった。だからまさか、そんなストレートな返事がかえってくるとは思わなかったのだ。だが三上は、ポカンとしている私にいっこうかまわず携帯電話をポケットからとりだした。そのとき、ふいに彼の目のまえにさしだされたものがある。コードレスの受話器だった。

私と三上の視線が同時に動いた。カウンターのなかから、ナミちゃんがぶっきらぼうな声をかけてきた。

「ここ、携帯の電波がほとんどはいんない」

「ありがとう」三上が受話器をうけとりながら私を見た。「私の秘書はまだ在席していますよ。有能です」

ふと気づいた。コルトレーンのＬＰが終わり、いつのまにかキース・ジャレットの「ケルン・コンサート」に切りかわっている。音量も低くなっている。かぼそく高音を駆けのぼるソロピアノの調べに、三上の「すまないが、名刺ファイルを呼びだしてほしい」との声が割りこんだ。それから間があった。パソコンに、名刺交換――といっても三上はたいてい受けとるだけだろうが――した人物が入力してあるのだろう。

また三上の指示が聞こえた。

「メイマートの人間は数十人いるが、今年になって会ったのは十人程度だと思う。フルネームを全部読みあげてくれないか。とくに曜日に留意してほしい」

会った人間を社別、日付け、それも曜日までふくめ、エクセルあたりで管理しているらしい。茶を運んできたときには意識もしないほど目立たない中年女性だったが、三上のいうとおりたしかに有能な秘書だ。すくなくともそうとう苦労の多い作業をこなしていることはまちがいない。

「二月初旬の土曜ね」彼がうなずいた。「それだ。彼の部署、肩書、電話番号を」

彼がポケットに手をいれ、なにかを探すしぐさをみせた。すると間髪をいれず、メモ用紙とボールペンがカウンターにさしだされた。三上が微笑し、ナミちゃんにうなずいた。

私は大原の鼻さきまで頭を突きだして、メモ用紙に達筆で綴られていく文字を眺めた。株式会社メイマート、FC事業本部・総務部付課長、丸山忠彦《まるやまただひこ》。電話番号、Eメールアドレスがそれにつづく。

書きおえると三上は受話器に向け、さりげなくつけくわえた。

「ああ、それから忘れていたが、スケジュールが変更になった。きょう十時の予定もキャンセルしておいてくれないか」

十時の予定も？　すると三上はべつのアポイントもキャンセルしていたことになる。大原が私を見た。顔を見あわせているうち「ありがとう。ご苦労さま」そういって彼は受話器のスイッチを切り、私にメモ用紙をわたしてよこした。

「当夜、柿島さんと会っていたのは、おそらくその丸山課長でまずまちがいないと思いますよ」

どういう人物なんですか。断定される根拠は？　問いかけようとする機先を三上が制した。

「そのまえに堀江さん。柿島さんが、なぜ、メイマートを新たな仕事先に選んだのか。その理由はもちろん、ご本人から聞いてらっしゃるでしょう？」

「メイマートの高柳会長から懇請されたとは聞きました」

「私もその話は、高柳会長の周辺から聞いていますが、業界でも噂になりましたね」

高柳豊久は、メイマートという巨大量販店を拠点とする流通界のカリスマのひとりである。経済関係の雑誌で、そんな大物が乗りだした点について、あれこれ憶測を呼ぶような書き方のちいさな囲み記事は私も読んだことがある。

三上は念をおすようにたずねてきた。

「しかし、それだけですか」

「それだけです」私は答えた。「柿島も私もほぼ同時期にかつての勤務先を辞め、以後、ほとんど仕事の話はしなくなったのは、さきほど申しあげたとおりです。いかに高柳会長直々の懇請とはいえ、それ自体は柿島の意思にさほど影響を与えたとは思えない。彼が自分の新しい仕事について動機や内容をオープンにしなかったのは、当時、私が業界紙にエッセイの連載コラムを持っていたことが影響したのかもしれませんね。小なりとはいえ、メディアへの情報流出は役員にとっちゃ重要な留意事項でしょうから」

「ちがうでしょう」三上は即座に首をふった。「その程度のことを理由に、柿島さんの堀江さんへの信頼が揺らぐとは思えない。それより柿島さんにはある種の理想があった。このご時世、というより柿島さんの性格からして、理想を親しい友人に語るのには一種の照れがあったのではないかと思う。事情は、まずそのあたりではなかったでしょうか」

ふいに思いだしたのはそのときである。すっかり忘れていた。あれは、まだきのうのことだ。

ＣＶＳに絡んだ話の流れで、この三上が話題にとりあげたのだった。柿島さんはこの流通システムの変革を目指して、メイマートグループの申し出をうけられたようですな。あのときは不意打ちのように切りだされたので違和感が残ったものの、私が気づかなかっただけなのかもしれない。立場を考えると、あまりに抜けていたのは、この私かもしれない。記憶の底からたちのぼり、意識の表面まで浮かびあがってきた柿島とのやりとり。それがいま、おぼろな輪郭を結びつつあった。

「率直にいえば一度だけ、きのう三上社長のおっしゃった話に関連する彼の言い分を聞いたことはあります。ただメイマートに移るという具体的な話自体が表面化するずっと以前のことなので、さほど気にすることがなかった。営業を経験した人間として、一般論にすぎるようなところもありましたし」

「どんな話でした？」

「記憶に残る範囲でいえば、彼の言動はたしかこんなふうでした。この国の流通システムはかつて暗黒大陸といわれ、現在、ようやくそのシステムの後進性は解消されたかのようにみえる。だが、新たに別種の負の側面が顕在化しつつある傾向は、きみなら気づいているだろう。これを抑制し、流通の本来あるべき姿を実現するためには、内部から改革する視点も必要じゃないかと思う。抽象的ですが、これは柿島のいった言葉そのままで、かつすべてだったように思います。私はその件については、以後、なにもたずねはしなかった。いかにも書生っぽい柿島らしい話ですが、当時は夢物語に近い一般論として私は聞き流した。それに、おっしゃったとおり、彼はこの理想論を口にしたあと、ひどく照れたようすをみせたんです。だからその話を蒸しかえしたことは一度もない。そんなふうだったもので、彼がメイマートを新しい職場に決めたと聞いたときも、記憶からすっぽり抜けおちていて話題にすることさえなかった。ですが、いわれてみると、この話は新しい仕事に一定の影をおとしていたかもしれません」

「やはりね」三上がうなずき考えこむふうだったので、私は黙ったまま彼の横顔を眺めていた。そのとき「あのう」おずおずといった声が三上と私のあいだに割りこんできた。大原だった。

「この業界にいて素人みたいな愚問かもしれませんが、柿島取締役のポジションからいえば、その理想論って、ひょっとしてコンビニがかかわってはいないでしょうか」

「なんだ。おまえさん、いいとこ突いてるじゃないか。宣伝部なんかにいても、CVSを意識することあるのか」

「CVSというより、コンビニという言葉をつかってもいいですか。私はそっちのほうが慣れているから。尾島の宣伝部じゃ、タイケイとちがって流通向け販促資料の制作あたりも守備範囲になっているんです。ところで、最近の新製品の流通向けブローシャーでは、テレビCMのGRP――総視聴率ですね――そんなものまで制作上の明記必須項目になっちゃってる。GRPで一定レベルを確保しないと、コンビニ本部で門前払いされるからとの営業要請で。そのたびに愚痴も聞かされていますよ。千点の新製品があるとすれば、そのうちコンビニのシェルフに並ぶのは五十点もなく、生き残るのはほんの数点。それもサイクルがどんどん短くなっている。メーカーサイドにはシビアな話だけど、それでも流通内部のフランチャイジーの立場、コンビニよりはまだマシだとの冗談めいた話はよく営業から聞くことがあるんです。詳しくはないんだけど、その話がいつも気にかかっていて」

三上が微笑しながら彼女に声をかけた。

「大原さんは総合職のようだが、営業を経験なさったことはないのかな」

「ええ。ありません」彼女は首をふった。「こんな時代だというのに、まだ女性にとって営業の門は旧態依然で、ごく狭いまま残っていますから」

「営業経験がなければ、メーカーでもそのレベルの知識を持っている社員はあまりいませんよ。しかし宣伝部在籍だけでは、接触する情報に限界がありますね。堀江さん。その方面について、一応の業界事情を彼女に説明してあげてくれませんか」

「なぜでしょう」

「その話が柿島さんの件に絡んでくるかもしれない」

三上を見かえした。いまはその目にあった鋭い光が、いくらか穏やかなものに変わっている。私は素直にうなずいた。疑問はあとで彼が説明してくれるだろう。この三上には、たしかに人心を掌握する力がある。考えながら、私はCVS、大原の言い方にしたがうならコンビニ業界の内情を話しはじめていた。

われわれにとって現在、当たりまえのように存在しているコンビニエンスストアは、この国で一号店が誕生してからまだ三十年に満たない。かつての急成長はもちろん、それまでになかった利便性——二十四時間、至近距離での身近な商品購入——を消費者にはじめて提供したからであることはいうまでもない。巨大流通産業として成熟した所以でもある。だがあらゆるジャンルの産業が成熟期とともに迎える問題から、コンビニも無縁ではあり得なかった。

コンビニの場合、それは消費者の側からすると、あきらかに目に見えるところで一部が進行し、陰になった部分で病巣が大きく根をひろげたといえるかもしれない。目に見えるところでいうなら、オーバーストア状態、つまりは過当競争がある。だれが見ても、コンビニの数は多すぎる。都心なら第一次商圏半径五百メートル以内に、数軒のコンビニが乱立している光景は、いっこうにめずらしくもない。

一方、消費者の視界のそとで進行している病巣は、当然のことながら、このオーバーストアに直接由来する個別店の売上減がそのひとつである。だが、それ以上にフランチャイズ（ＦＣ）システムそのものの持つ問題がここにきて、さまざまなかたちをとり、矛盾を露呈させはじめた点が大きい。いいかえれば、一見きわめて合理的にみえる契約システムが綻びはじめている。これは結果として、とくにフランチャイジー、つまり個々のコンビニオーナーが劣悪な境遇におかれている現状に集約されるといってもいい。この内部事情が一般にも知られはじめたのは、九〇年代半ばから頻発しはじめた集団訴訟によってである。大手チェーンに加盟したオーナーたち——その多くは、かつての小規模酒販店などの店主や脱サラした元サラリーマンだ——がＦＣ本部を提訴しはじめたのだった。

こういった訴訟は、加盟を勧誘したリクルート時の本部の過大な売上見込み提示、約束されたノウハウやサービスがＦＣ本部から提供されないといった契約不履行、さらには加盟店の不満を抑圧しようとする本部の横暴な行動が直接の訴因となっている。だがそもそも、ＦＣ本部と加盟店の交わす契約内容自体が当初から不平等をはらんでいるのだ。ＦＣ本部とチェーン加盟店相互の共存共栄を謳ってはいるものの、ＦＣ本部はいっさいのリスクを負ってはいないからである。

たとえば、あるチェーン加盟店が赤字続きでも、オープンアカウントの原則で本部に毎日の売上金が送金されるため、本部サイドは契約上のロイヤリティを百パーセント確保できる一方、諸経費を差し引いた赤字分はそっくりそのままその店の負債となって残る。負債だけが膨らんでいくこんな状態が継続し、加盟店が見切りをつけ廃業しようとしても、その場合は膨大な違約金が発生する。したがって加盟店は廃業さえ困難な状況におかれ、毎日赤字営業を——結論の先送りにすぎないのだが――つづけざるを得ない。そしていよいよ切羽詰まり、最終的に支払い不可能な事態となった際、今度は連帯保証人に請求がいく。

つまるところ、ＦＣシステムはコンビニオーナーだけがリスクを負う構造を持ち、順調に営業をつづける店舗のロイヤリティはもちろん、加盟店の新たな出店、廃業、いずれがあったとしてもＦＣ本部は利益を確保できるという前提が契約の骨格となっている。

「だから」と私はいった。「極端にいえば、どこのＦＣ本部も加盟店を増やすだけの単純な店舗拡大戦略をとるだけでいいんだ。量の拡大を面にひろげるのは小売りでの競争原理の基本だからさ。おまけにどんな無理をしても赤字にはならない仕組みときてる」

「でも最近は、もうそんなにコンビニの数は増えちゃいないでしょう？　立地に無理があって飽和してるんじゃないんですか」

「そりゃもちろん、新規開店とおなじ数だけ、廃業する店があるからじゃないか。加盟を勧誘する側にとっちゃ、集客の困難な立地条件とか周辺の競合店乱立があったって、どちらでもいいんだ。いま話したようにオーナーが廃業して、その個人がどんな悲惨な目に遭おうと、本部に打撃はなにもない。だから生存率が二〇パーセント程度という噂のチェーンもある」

「生存率って？」

「オーナーがずっと替わらないで、そこそこの利益を得ながら営業を維持できている店の割合。ほかは店をたたむか、来店客がまったく気づかない場合でも、オーナーが替わってたり、直営店になってたりはする」

「オーナーの替わらない店の比率って、そんなに低いんですか」

「まあ、最悪の例だろうけどさ。どこも企業秘密でオープンにはしてないから、確実なことはいえんが、ふつうはもうちょい高いのかな。メイマートのアルスあたりは比較的マシだとは聞いてるよ。しかし何割か、おそらくは半分以上の加盟店オーナーが、夢破れて廃業していくケースが多いのは事実だ。自己破産する場合もふくめてさ。けど、問題はそれだけで終わらない。店舗の存続や安定した利益の有無だけじゃない。オーナーの労働時間なんかも、契約で拘束範囲が細部まで全部規定されている。そういう点はアルスもふくめて、どこもさほど変わりはしない」

「聞いたところでは、ちいさい店舗だと、人件費を節約するためにアルバイトを雇わないで、オーナー夫婦のどちらかが一日十数時間働くようなことも多いらしいですね」

「アルバイトを雇える場合でも、そのアルバイトが休みゃ、二十四時間労働ってこともめずらしかない。だから夫婦そろって旅行するなんてのは夢物語だ。それどころか、おれの聞いた話じゃ、親が死んだのに夫婦のどっちかが店にいなくちゃならないんで、片方だけしか葬式にでられなかったってケースがあったぜ」

大原が首をふった。「緊急の際なら、一時、店を閉めるのは仕方ないんじゃないかしら」

「そりゃ最大の契約違反になる。三百六十五日二十四時間営業してますという大前提の建前が崩れるじゃないか。本部にしてみりゃ、消費者に嘘をついたことにもなる。当然、一発で契約解除だな。廃業のうえ、違約金が待ってる」

「そんなにひどい契約がベースなんですか。全然知らなかった」

「一応、公平にいっとけば、本部との関係も良好で、かつ営業がうまくいってけっこうな利益を継続してあげてる加盟店ももちろんあるさ。ただ、おれの知ってるかぎり、そっちは少数派だな。細かいことは省略するけど、はじめてチェーンに加盟するオーナーはだいたいが小売りの素人だから、リクルート時点で提示した数字の詳しい説明がないとか、経営指導するＳＶ、スーパーバイザーの質のバラツキがひどいとか、決められたサービス、納品が履行されないとか、問題をあげていけば切りがない。けどいちばんの元凶は、高額すぎる本部への上納金、つまりはロイヤリティ問題だといわれてる。で、ＦＣ加盟店連絡会議が結成された」

「なんですか、それ」

「チェーン加盟店のオーナーが、それぞれの本部からはなれて独自に横につながった組織だよ。本来はおたがいが競合するライバルの店舗どうしなのに、そういう組織が生まれざるを得なかった。この一事をとってみても、だいたいの業界事情は想像がつくだろう。この組織が誕生した背景には、どの本部にも共通して一方的に有利な契約条件の改善要求と個別の訴訟対応があった。しかし、本部と敵対して事をかまえようというんじゃないんだ。根っこでは、ＦＣ本部との関係をより良好なものにしたうえで、チェーン全体の風通しをよくしようという発想がある。それが個別の加盟店の利益にもつながるわけだからさ。コンビニをめぐる現状を説明すりゃ、とりあえずまあ、こんなところになるのかな」

　私はそこで言葉を切った。こういうやっかいきわまる説明はどうも苦手だ。だいたいが愉快な話でもない。ため息をつきながら三上のほうを向いた。

「個人的な偏見も混じったかとは思いますが、なにか補足していただくところはありますか」

「いや、客観的だし、しごく公平な内容だったと思いますよ。大原さんには長かったかもしれないが、いま堀江さんが話した以上の端的な説明はないと思う。だいいち、こういった説明自体、だれにでもできる芸当ではない。そもそもＦＣ本部のほとんどが、メーカーの営業が加盟店に直接、個別訪問することを禁じているんです」

「加盟店への直接訪問を禁じている？　なぜなんでしょう」

私は口をはさんだ。「すべてを本部が仕切るってことだろ。べつの言い方をすりゃ、一元管理ってやつだ」

「じゃあ、課長はなぜ、いまのような話を知っているんですか」

「まあ、蛇の道は蛇ってやつかな。けど長くなりすぎた」

「堀江さんの知識には、私も感心しました」三上がいった。「しかし細部にわたれば、たしかに切りがない。あまりに複雑な業界であり業態ですからね。ひと晩では終わらんでしょう」

「おっしゃるとおり、ひと晩も聞く気にはなれませんね。結局、どんな業界にも光と影があるってことなのかな」

「そう、光と影がある。どんな業界にも、どんな人間にもある」

私もまたつぶやいたあと吐息をつき、ようやくグラスに口をつけた。長く話しすぎて身体の芯がくたびれたせいか、アルコールが胃壁に沁《し》みわたっていった。三上の声がつづいて聞こえた。

「二年ほどまえになるか、堀江さんはご自身のコラムで一度、そのFC加盟店連絡会議を支援したいとのニュアンスでエッセイを書いておられましたな。公平かつ客観的ではあっても、ああいう内容なら、FC本部、ひいては流通業界の大部分から反発が予想される。われわれメーカーの人間では、ひそかに溜飲をさげたものも多いでしょうが、仕事に差し支えは生まれるはずだ。あれを拝見したとき、ずいぶん勇気のある人だと思った記憶があります」

「私みたいな零細業者には、失うものはなにもありません。そもそも直接お誉めいただいたのだって、いまの三上社長のお話がはじめてだ」

「直接ではなくても、あのエッセイの趣旨にひそかに快哉をおくった関係者は少なくなかったようですな。柿島さんもそのひとりでしたしね」

18

私は唖然として三上の顔を見かえした。

「柿島が？」

三上はうなずいた。「昨日、いつか柿島さんとお会いしたとき、堀江さんのコラムの件を話題にしたと申しあげたでしょう。じつは、あれはあのエッセイがきっかけになったんです」

「しかし、柿島からすれば、あれは結果的には彼の立場を攻撃する内容であったはずでしょう？　そもそも、あんなものを彼が読んでいるとも思わなかった。もし読んでいたなら、なんらかのかたちで反論か弁明があると思っていたのに、それもなかった」

「それは当然、柿島さんもあの趣旨に賛同したからでしょう。しかし当時の立場上、公に認めるわけにもいかない。率直にいえば、あのころ、ある程度は柿島さんと親しい口をきく関係になっていたので、私がいささか冗談めいて、おもしろいエッセイを読んだが、お読みになったかとたずねると、あれは友人が書いたものだとの返事がかえってきた。意に反して、柿島さんが非常にうれしそうだったのには私もおどろきました」

「柿島がうれしそうだった？」

「そうです。柿島さんはFC本部の統括者という立場にありながら、彼個人もフランチャイズシステムの現行の契約内容には問題が多すぎる。そういう思いをお持ちだったということではないでしょうか」

「しかし、メイマートの高柳会長はちがいますね。強硬派だったはずだ。訴訟問題が頻発していたとき、あえてその件でのインタビューをうけ、現システムの共存共栄の理念は万全で、遺漏はいっさいない。訴訟はたんに運用上の問題でたまたま行き違いが起きたにすぎない。他チェーンの問題が多かったのに、みずから矢面に立ったうえ、例証をあげてのそんな強気の発言が載ったなにかの記事を読んだ記憶があります。あれはあれで、経営者としてはそれなりに立派な態度だったと評価できるかもしれない」

「私もそのインタビュー記事は読みました」

抑制のきいたその口調で、彼がさっきナミちゃんにいったばかりの言葉がよみがえってきた。企業なんぞという組織は一種、盗賊集団に似たところがあるといえはしないだろうか……。ついで昨夜、通夜の会場にいた際、受付でチェックした名刺を思いうかべた。ほんの三カ月まえまで柿島が在籍していたのに、当のメイマートに属するものは、専務と平取の二枚の名刺しか見つけられはしなかった。

「すると、あの記事から判断しても、高柳会長と柿島の意見は、流通内部というより、社内で両極にわかれることになりますね。それならふたりは、必然的に衝突せざるを得なくなるんじゃないでしょうか。そういう成りゆきは容易に想像できるし、もしそうなら柿島が去年暮れにメイマートを退職した理由もかんたんに説明がつく」

「そのあたりの事情は、私にはわかりません。退職事情については柿島さんから直接、話を聞いたことはないし、高柳氏は私などからみれば雲の上の人物だから、あいさつさえしたこともない。真意を知る術もありません」

「高柳会長が雲の上の人物とおっしゃったが、三上社長のほうで敬遠されているんじゃありませんか」

「とんでもない。こちらはたんに二部上場企業の小物ですよ。先方が歯牙にかけるわけもないでしょう」

三上はそういったが、本音かどうか見当はつきかねた。サンショーフーズは、財務内容ひとつとってみても、現時点では二部上場企業だが、いずれ東証一部にまで昇格するだろうという観測は、関係者のあいだで周知のものである。事実、株価もそれを証明するほどに高い。

「ただ」と彼はいった。「企業内の構成員がすべて所属企業トップに忠誠を誓うわけではないし、金太郎飴のようにおなじ考えを持つ時代でもありませんね。じっさい柿島さんだけでなく、柿島さんの考えに同調する社員はメイマート内部にもいた」三上は私の手元にあるメモ用紙を指さした。「たとえば、そこに名のある丸山課長はそのひとりのようですな」

私はいったんメモ用紙に目をおとした。柿島が襲われた当日、彼の会っていた人物をなぜこの丸山と断定したのか。考えながら、私はふたたび顔をあげた。

「三上社長は、どうしてこの丸山氏をご存じなんでしょう。彼の考えが耳にはいるほど、仕事上での接触がおありだった？」

「仕事ではありません」三上が首をふった。「いや、純粋にはそうでないというべきかな。ところで、私の自宅は高輪なんですよ。こういうときに自分の話をするのは場ちがいのように思われるでしょうが、一応、かんたんな話を聞いていただくのが、物の順序というべきかもしれない」

三上の申し出はいささか意外だった。彼はこれまで、私生活だけはオープンにしたことがないはずだ。これはサンショーフーズからはじめて仕事の依頼があった際、事前のリサーチで知った点のひとつである。私が調べたかぎり、新聞や雑誌の取材をうけての言動には、経営と私生活は別物だとの強い印象が漂っていた。このため娘婿の専務、矢谷の存在を除き、名前ほどにはその生活の素顔は知られていない。

三上は、私の疑問には頓着することなく話しはじめた。

私はいたって無趣味な人間です。最初にそう切りだしたものの、絵画と読書だけは例外かなとつけくわえた。そこで大原がちらと私を見た。クレーの油彩の件を納得したからだろう。三上は休日、散歩ついでに図書館へよく足を向けるのだという。画集を眺めたり、絶版の書物を見つけたりする時間が彼のもっとも好む休日の過ごし方だと彼は説明した。私はこのスキンヘッドの大男が、図書館でクレーの画集のページをのんびりめくっている姿を想像したが、あまりうまくいかなかった。だがそういう光景をじっさい目のまえにすると違和感がなくなるのかもしれない。

ところで、彼がよく足を運ぶさきは高輪図書館である。高松宮邸近くにあって、五階建てビルの二フロアのそれぞれ半分を占め、ほかには区役所の分室や区民の使用する会議室なども設けられているらしい。

この二月初旬、土曜のことである。その日、彼が三階にある図書館からでてきたとき、たまたまおなじフロアにあった会議室から、会合を終えたらしい数十人の集団が廊下に姿をあらわした。ほとんどが中年以上の男性であるその群れがエレベーターに移動するのを待つうち、なかに見知った人物がいることを彼は発見した。おどろいたことに、すでに仕事上では縁のなくなっていた柿島の姿がそこにあったのだ。

声をかけようとして、三上はふと躊躇した。なぜなら、浪人生活をおくっているはずの柿島がどんな会合に出席していたのだろうと不審に思い、確認するため会議室ドアにある張り紙を見たからである。そこには、ＦＣ加盟店連絡会議とあった。

「FC加盟店連絡会議？」大原が素っ頓狂な声をあげた。

「そうです」三上がうなずいた。「さきほどの、堀江さんのコンビニの業界事情説明でその名がでましたね。もし柿島さんがそのころまでメイマートに在籍していたとしたら、敵対とはいわないまでも、微妙な位置にあった組織ですな。いや、柿島さんが退職してまだひと月ほどの時期だから、当時でも微妙だったかもしれない。その会合に出席していた主だったメンバーは、もちろんチェーン加盟店のオーナーが中心だったようですから……。当然、メイマートグループのアルスのオーナーもいたことでしょう」

たしかに微妙だ。声をかければ、柿島がバツのわるい思いをするかもしれない。だが三上がためらっている時間は、それほど長くなかった。なぜならエレベーターを待っていた柿島のほうで、三上に気づいたからである。目があうと、柿島は躊躇することなく、笑みを浮かべながら三上のそばにやってきた。そして屈託なく、これはまた思わぬところで、とあいさつしたという。さすがの三上も状況が状況であるだけに、当初は戸惑いがあったものの、自宅が近所で、とその場にいあわせた理由を説明するうち、立ち話は自然なものに移行していった。

三上が、いつのまにか柿島のそばに所在なげに立っている三十代の男に気づいたのは、数分もたったころである。休日のラフな恰好をしている柿島と対照的に、スーツにネクタイ姿だった。柿島もすぐその男に気づくと、気軽に声をかけた。丸山くん、こちらがサンショーフーズの三上社長だよ。あ、サンショーフーズの……、お世話になっております。男はぎこちなくちょっと言葉を詰まらせたあと、私、丸山と申します、と名を名乗った。それはためらいのあるあいさつでもあった。ビジネス上の恒例にしたがい、スーツにあるはずの名刺をさしだすかどうか、迷っている気配がうかがえたのである。察したように柿島がふたたび声をかけた。大丈夫だよ。三上社長は信頼できる方だ。すると、なにかを決断するような大仰な雰囲気を漂わせ、彼は名刺をさしだしてきたのだった。

おかげで、三上のほうでは疑問がふくらんでいった。柿島が、こういう内気でおどおどした態度をとるメイマートの社員と、なぜいまになっても接触しているのか。するとこれまた察したように柿島は、かつて何度もみせた人懐こい笑顔を浮かべたという。私が退職してから、かつての同僚はだれひとり顔をあわせようとはしてくれません。みずから電話して声をかけてくれるのは、この丸山くんくらいのものなんですよ。

「そのあと、われわれはすぐ別れました」三上がいった。「お茶に誘ってもよかったが、なにしろ、微妙な状況ではあった。話題次第では迷惑をかける領域に踏みこまないともかぎらない。柿島さんの言葉が、そのあたりの事情を説明しているような印象もありましたしね。で、私はまた図書館のほうへもどった。しかし結局、あの土曜日が柿島さんの姿を見た最後になりましたな」

「奇妙ないきさつですね。でも、いまお聞きした話からすると、おっしゃったことにまずまちがいはないでしょうね」大原が興奮を抑えかねたような口調でいい、問うように私に目を移した。「柿島取締役が襲われた当日に会っていたのは、現在メイマートに在籍する社員だと警察はいったんでしょう？　その情報を前提にするなら、該当する人物はこの丸山課長以外、考えられない」

「だろうな」私も大原に向けてうなずき、また手元のメモ用紙に目をおとした。「柿島が同僚だといったとしても、肩書から見れば、たぶんかつての部下にあたるんだろう。けど、ちょっとやっかいな事態があるかもしれない」

「やっかいな事態って？」

「この丸山課長と連絡をとるのが、やっかいってことだ」

「連絡をとるのが？　どういうことですか。セクションも電話番号も、メールアドレスさえわかっているのに」

「第一に、もう警察は彼に事情聴取をすませてる。事は殺人に関係してんだ。いまさらおれが電話で連絡をとってみたところで、どこの馬の骨ともわからん人間に会おうって気になるとは思えんな。三上社長の話を聞いたかぎりじゃ、こういう事態を迎えたいまの時点で、リスクの予想されるような大胆な行動をとるほどの人物ではないんじゃないか」

「その点は同感です」三上がいった。「私から見ても、ご当人には失礼だが、そういうひ弱な性格だとの印象を拭えないものがありました。しかし堀江さんはいま、第一に、とおっしゃった。第二があるんですかな」

私は思わず声をだして笑った。場ちがいだが、笑わざるを得なかった。きょうの昼間、私が大原にいったのとまったくおなじせりふを聞いたのである。

「三上社長。私ごときが僭越至極かと思いますが、三上社長と私は非常に似かよった発想をする傾向があるかもしれません」

三上が怪訝な顔で私を見た。そのとき横あいから声があがった。ナミちゃんだった。

「つまりおんなじガキの発想するってことでしょ。まあ、似たようなとこはたしかにあるね。このおじさん、齢をとったら、あんたみたいになるかもしれない」

三上が微笑し、まぶしそうな目で彼女を見つめた。

「ナミちゃん、と呼んでいいかな」

「いいよ」

「それならナミちゃん。きみの指摘は非常に鋭いし、聡明な視点を持つとは思うが、その点だけはどうだろう。堀江さんが気分を害するかもしれない」

私は齢をとった自分を想像してみた。いままで、そんなことは考えたことさえなかったが、ふと想像してみた。自分の頭をこんなふうにスキンヘッドにする勇気はあるだろうか。いや、たぶんないな。私は頭をふりながら真面目な顔をとりもどすよう努力した。

「いや、ナミちゃんの話は光栄で、私の身にあまります。ところでおっしゃった第二の理由ですが、これは彼の肩書にあるようです」

「肩書？」

私はメモを三上のまえにすべらせた。

「FC事業本部・総務部付課長。独立したセクションの課長ではありませんね。一般的には、該当する社員になんらかのトラブルがあり、その決着をみるまで、上層部から一時的に与えられる席であるケースが多い。もしそうなら、この丸山氏は三上社長がお会いになった時点で、すでに勤務先から目をつけられていたと判断できます。それなら当然、本人もその事実にはとっくに気づいているはずだ。行動についてはいっそうナーバスになっているとも考えられる。この点から見ても、私が連絡をとったとして、社長もお考えのような結果になると思いますよ。彼が積極的に協力してくれる姿勢は、まず期待できないのではないでしょうか」

「ふむ。いわれてみると、それもそうですね」

「そうか」今度は大原がつぶやいた。「もしそうなら、Eメールのほうはもっと駄目ですね。このアドレスは会社のサーバを経由しているから、チェックされている可能性がじゅうぶんある」

私はうなずいた。そのとき三上の声が聞こえた。

「それなら、こういうことでどうでしょう。私が電話してみるということでは？　微力ながら、私が連絡係になれば、いくらかは効果があるかもしれない」

「三上社長が？　連絡係を？」

私と大原は同時に声をあげ、顔を見あわせた。

19

指定された場所は、市ケ谷の駅から三分ほどのところにあるこぢんまりした上品なホテルだった。

約束の時間は十二時だが、まだ三十分以上もある。早くにやってきたのは、それまでにどこかで食事をすませておこうという算段だったからである。ホテルの近辺には、昼食時、サラリーマンの大勢やってきそうな飲食店の密集する通りがあった。どこかに立ちよろうと思ったが気が変わり、そのままホテルのラウンジにはいった。

カレーのランチセットは十分で食べおえた。

三上から電話があったのは、けさ十時ごろだった。昨夜の件でのあまりに早い反応にはおどろかされたが、朝一番にメイマートに連絡をいれ、話をつけたらしい。当の相手、丸山がいまどんな心境にあるとしても、サンショーフーズ社長からの直接の電話となれば、まず無下には拒否できないだろう。その驚愕《きようがく》も容易に想像できる。可能なかぎり早急に、との三上の申し入れで、きょうの昼食時になったという。

このホテルは、メイマート本社のある麴町からひと駅で、さほど目立たない。これにも丸山本人が人目、とくに社内の視線を気にするだろうという懸念への三上の配慮があったにちがいない。

それにしても……。まだひと気のないラウンジで、昨夜の成りゆきを思いうかべ、思い出し笑いが自然に洩れた。柿島の話が一段落し雑談に移ったあと、三上が、なにか腹にいれるものはあるのかな、とナミちゃんにたずねたのだ。そのときになってようやく私と大原は、三上が夕食をとっていないことを思いだしたのだった。

「なにが食べたいの」ナミちゃんが問いかえした。

「そうだな。チャーシューメンがいいが、もちろんメニューにはないだろうね」

三上の答えに、私と大原はまた顔を見あわせた。何度目になったか。もう忘れるくらいおなじ動作の繰りかえしである。

「だいたいメニューなんか、ここにはないもん」そういってナミちゃんがわれわれにたずねてきた。「あんたたちは？」

私は首をふった。「おれたちはそのチャーシューメンを夕方に食ったばっかりなんだ。もうなにもいらない」

さすがに、大原が要望したいきさつや彼女のシューマイ追加の件は、今度は口にしなかった。あとでどんな攻撃をうけるかわからない。

「オーケイ」ナミちゃんはひと言つぶやくと、店の奥にはいりすぐもどってきた。「じゃあ、きょうはこれで店じまい」

宣言するように告げ、プラスチックの巨大なかたまりをふたつ、彼女はカウンターにごろんと放りだした。真っ赤な塗料の曲面がピカピカ光を放っている。

「なんだ、それ」

「見りゃわかるじゃない。メット」

「そりゃわかるが、なんでふたつもあるんだ」

彼女は三上のほうを向いた。「おじさん。チャーシューメンなら青山にいい店あるよ。もしいくんなら私のバイクになっちゃうけど、うしろに乗ってくでしょ」

「ほう。バイクね。懐かしいな」

「懐かしいって、どれくらい懐かしいの」

「きみが生まれるまえには、よく乗る機会があった」

彼はヘルメットのひとつをおもむろにとりあげ、しげしげと眺めた。「頑丈だな。大昔、私の乗っていたころは、こんな大げさなものをかぶらなくてすんだんだが」

そのつぶやきのあと、私は仰天した。三上はすぐにそのかたまりを頭にすっぽりかぶせ、顎ひもをしめたのである。スキンヘッドの艶がプラスチックの無機的な光にとって代わった。高価なダブルのスーツを身につけ、地味なネクタイをしめた六十過ぎの男。だれにもひと目で社会的地位があるとわかる初老にさしかかった男が、真っ赤なごついフルフェイスのヘルメットをかぶっている……。

私と大原が唖然と見守るうち、三上がナミちゃんにたずねた。

「どうだろう。似あうかな」

「似あうよ。うん、すごく似あう。盗賊の親玉みたい」

「みたいではないよ。盗賊の親玉そのものだといいはしなかったかな」

私はかねがねナミちゃんの美意識に疑問を持ってはいたが、これまで口にしたことはない。それでもやはりひと言、口出しせずにはいられなかった。

「あのですね、三上社長。お齢のことをいうのはまことに失礼ですが、夜中、バイクで走るのは運動としていささか過激かと思われますが、いかがなものでしょう。お酔いになってもいる」

「私はアルコールに強いほうです。それに運転するわけではない。堀江さんは、ナミちゃんの運転するバイクに同乗されたことがおありになる？」

「二度あります」私はナミちゃんの顔色をうかがいながら注意深く言葉を選んだ。「彼女の運転は、なんというか、操作が巧みにすぎるというか、技術が超絶的というか、そのせいで走行に奔放な傾向があるというか、えーっと、つまりそういった深甚かつ一般常識を凌駕するレベルに達したものなので、その分、うしろに乗っけてもらうだけでも、刺激が通常の水準をはるかに超えるものだとお考えください」

「なによ。やたらまわりくどい言い方して」ナミちゃんが口をとがらせた。「要するに、運転が上手なんだっていえばすむじゃない」

「いや、まあ、そうなんだけどさ」

もしこれまでの生活で、もっとも恐怖を感じた体験をひとつあげろといわれれば、私はまず彼女のドゥカティのタンデムシートにまたがり疾走したときのことを最初に思いだすだろう。なにしろ、コーナリングの際は、ふつうの路上で四十五度以上、身体がかたむくのだ。彼女の弟、あのマイクでさえ、たった一度の経験でまったくおなじ感想を口にし、同乗は二度と御免だと明言していた。

「ほう。そういう話を聞くと、なおさら興味がわいてくる。では、ナミちゃん。バイクのうしろに私を乗せてくれますか」

「いいよ」

短く答えた彼女がさきに立ち、店の出口に向かった。

そのあいだ、私はどう三上を説得すべきか懸命に考えていたが、どんな名案にも思いいたらなかった。大原も首をかしげているが、彼女はあの暴力的かつ凶暴きわまるナミちゃんのバイク操作を知らない。三上社長のちょっとした気まぐれによる事故の可能性を懸念しているくらいのものだろう。

ナミちゃんが私を気にする気配はいっこうなかった。店のまえに停まったドゥカティのスタンドを蹴ると、すぐエンジンをスタートさせ回転を極端に上下させた。音量の高低が通りを流れていく。そのときになって彼女は顎をふり、三上に合図した。

「乗っていいよ、おじさん」

三上が、齢のわりに身軽な動きで後部シートにまたがると「しっかり私を抱えんのよ。ちょっと飛ばすからね」彼女の声が聞こえてきた。その言葉どおり、ダブルのスーツの腕がナミちゃんの腹をがっしりととらえた。

夜目にふたつの真っ赤なヘルメットが輝いた。プロレスラーがきゃしゃな人形を抱えているようだ。生きていると、こういう奇異な光景を目のまえにすることもあるんだな。考えたとたん、ドゥカティが急発進した。後部に重心が偏っているため、前輪をあげてウイリーするのではないかと思ったほどである。エンジン音とともにわれわれが路上にとり残されたとき、ドゥカティはもう赤に変わった信号を越えていた。直後、さらにスピードをあげ、車列を縫う凄まじい蛇行をくりかえしながら権之助坂を駆け登っていった。そのたび、バイクは極端に傾斜する。周囲のクルマからあがるクラクションがいっせいに響きわたった。そしてその姿がすぐちいさくなり、視界からすっかり消えるまで、三十秒とかからなかった。

「シュール……」大原のつぶやきが聞こえた。

私はようやくわれにかえり彼女に声をかけた。「なあ、大原。おれ、全財産賭けたっていいぜ」

「なににですか」

「三上社長がチャーシューメン食おうとしたときにゃ、完全に食欲が失せてる」

ナミちゃんのバイク操作をはじめて目の当たりにした大原は、納得したようにうなずいた。

けさ、三上から電話があった際、その話はでなかった。

まだ、三上も丸山も姿をみせない。ラウンジは閑散としている。

だが、そのあとの大原の話を思いうかべ、私は思いだし笑いを引っこめた。彼女たちの消えた目黒方向を眺めながら、それまでずっと疑問に思っていた点を彼女にたずねたこともまた思いだしたからである。

「なあ、大原。おまえさん、なんで三上社長をナミちゃんとこへ連れてくる気になったんだ。社長に向いた店なら、ほかにいくらもあっただろうに」

「三上社長には、私くらいの年代のいろんなタイプの女性を紹介したほうがいいかと思って……。最初のうちこそ、よけいなことに気をまわしすぎて逆効果だったかなとすごく後悔したけれど」

それから彼女は急いでつけくわえた。「いえ、ヘンな意味じゃないですよ。理由には全然べつのものがあるの」

「どんな理由なんだ」

「サンショーフーズが創業されたころ、二十数年まえに三上社長は火事で奥さんと娘さんのひとりを亡くしているんです。ふたりいた次女のほうだったかな。とてもお転婆な女の子だったらしくて、なんと家のなかで、ひとりで花火遊びに興じていたそうです。その火がなにかに燃え移っちゃった。その事故さえなければ、そのお嬢さんはいまごろ私やナミちゃんとおなじくらいの年齢になっている」

「なんで、そんなことを知ってんだ。おれが調べたかぎりじゃ、どこにもそんな話は載ってなかった」

「亭主」と彼女はいった。「数年まえ、彼が現代の旗手たちという企画をたてて、各界で脚光を浴びている何人かのひとりに三上社長を選んだんです。それで、いろいろ調べた結果、いまの話を関係者から聞きだしたらしい。結局、その企画はボツになったけど、私のほうは当時から注目していた人物だったんで、その話だけはよく覚えていたんです」

数年まえか……。彼女の亭主がちょうど週刊誌のフリーライターとして職を見つけたころになる。私はそれ以上たずねなかった。

「おまえさん。これからどうする？」

「タクシーで帰ることにします。朝から動きつづけて、なんだか疲れちゃった」

私はうなずいた。「そうだな。朝っぱらから夕方まで、ほとんど立ちっぱなしだったもんな」

彼女がタクシーをつかまえ、乗りこもうとしたとき、ふとこちらをふりかえった。「私はあしたから勤務を再開します。きょうの話の後日談、わかり次第、知らせてくれます？　とくに三上社長のバイク同乗の感想」

「ああ、そうするよ」

彼女はかすかな笑みを浮かべてタクシーにもぐりこんだ。

そのテールライトが遠ざかるのをしばらく眺めていた。

それから私は目黒の駅に向かい、権之助坂を歩きだした。

「お待たせしました」

声がして目をあげると、三上が立っていた。きのうの赤いヘルメットをかぶっていた面影はいま、もうどこにもない。時計を見ると、十二時十分まえだった。

「丸山さんはまだですかな」

「ごやっかいかけて、ほんとうに申しわけありません。お忙しいのに、わざわざ同席いただいたご配慮にも感謝しております」私は電話でも口にした礼をくりかえした。「丸山課長はまだですが、流通でも本部の昼食時間は厳格に規定されている。ですから十二時までの外出でさえ、丸山課長はなにか理由を考えだすのに苦労しているのではないでしょうか」

「でしょうな」

彼がソファにすわると、大原の注文どおりさっそくたずねてみた。

「きのう、ナミちゃんのバイクに乗られた感想はいかがでした？」

「爽快でした。痛快きわまりなかった」三上の表情がほころびた。「こんな時代になっても、あれほど刺激的な経験ができるとは思ってもみませんでしたよ。彼女の紹介したチャーシューメンも秀逸でしたしね。追加して、ふたりでわけあったほどですから。ナミちゃんは、さまざまな方面で優れた感覚を持ったお嬢さんですね」

私は絶句した。この世界はひろい。私の想像では推し量れない趣味趣向を持った人物もいる。

そのうち三上が紙袋から種々のカタログを引きだしはじめたので、ようやく私はたずねてみる気になった。

「それはなんでしょう」

「バイクのカタログです。いや、私も久々にバイクに乗りたくなったものでね。午前中、秘書に近くのディーラーまで足を運んでもらったばかりです。ハーレーの一二〇〇ccあたりを購入しようかと考えているんだが、堀江さん、どう思われます？」

自動二輪には中型までの限定があるのではなかったでしょうか。たずねると、私がクルマの免許をとったころ、二輪免許も自動的に付随してきたし、そもそも排気量などという野暮な制限さえありませんでしたよ。そんな答えがかえってきた。

嬉々としてカタログを検討する三上を眺め、以後、私は口をきけなかった。

20

丸山がラウンジにやってきたとき、顔さえ見たことがないのに、そのようすですぐ本人は識別できた。

三上の姿をすでに確認してはいるらしいが、それでもしばらく注意深く周囲を確認したあと、ようやく彼はわれわれの席までやってきた。

その姿を見て「わざわざお呼びだてして恐縮です」三上が声をかけると、丸山はていねいに腰を折った。

「いつぞやは失礼いたしました。一度、ごあいさつしただけなのに、直接お電話いただいたときには、ほんとうにおどろきました」

なんの用件か、質問のつづくまえに三上が機先を制した。

「じつを申すと、私は仲介の労をとっただけなんですよ、丸山さん。あなたにお目にかかりたかったのは、じつはこの方です」そういって、彼は私のほうへ片手を向けた。「堀江雅之さんです。亡くなられた柿島隆志さんの親友でした」

丸山が目を丸くした。同時に、おおよその事情を悟ったらしい。私が名刺をさしだしあいさつすると、丸山忠彦です、生憎、名刺を切らせておりまして、との返事がかえってきた。やはり予想どおりか。考えたとき、意外なことに彼はソファに腰を降ろしながら微笑を浮かべた。

「じつはいま、私は閑職にありましてね。名刺を使用する機会がさほどないものだから、切れたあとも総務課に新たに要求するのをつい忘れていた。申しわけありません」

「いえ、お気になさらずに」と私はいった。

「しかし、三上社長からまさか堀江さんをご紹介いただけるとは思ってもみませんでした。おふたりはどういうご関係なんでしょう」

「ほう」と私はつぶやいた。「三上社長とは仕事上の関係ですが、それにしても意外だな。丸山さんは、私の名をご存じだったんですか」

「ええ、柿島本部長からお名前は何度かお聞きしていたし、本部長のスクラップされていた『飲食料品ジャーナル』のエッセイもすべて拝読しましたから」

「柿島があれをスクラップしていた?」

彼はうなずいた。「あの現場感覚は、やはり営業とマーケティング双方の経験者でないと持てない視点でしょうね。私のように同一セクションが長く、一面的にものを考えていた人間には非常に勉強になりました」

目のまえの丸山は、きのう三上から聞いたばかりの人物像とはかなり印象がかけはなれていた。内気な性格とはさほど思えない。おどおどしたようすなら、そちらの気配は微塵もうかがえない。

三上も怪訝に思ったらしく、眉をよせながら黙って彼を眺めている。

その丸山のほうからたずねてきた。

「ところで、堀江さんはなぜ私に会いたいと思われたんでしょう」

「柿島は長年の友人でした。だから彼が襲われた日、その直前までにどのようなことがあったのか、そのあたりの事情を知りたいと思いまして。だから、彼と最後に会った方のお話をぜひ、おたずねしたかった」

「しかし堀江さんは、柿島本部長と最後に会った人物が、どうして私だと思われたんですか」

「いいだしたのは私ですよ」三上が口をはさんだ。柿島さんはメイマートさんを退社後、かつての同僚で、あの時期に接触があるのはあなただけだという意味のことをおっしゃった。その言葉から推察しただけですが、もし間違いであれば、お詫びしたい。事実とは異なっておりますか」

「いいえ、ご想像どおりです。柿島本部長に最後にお会いしたのは、おそらく私にちがいありません。犯人を除けばでしょうが……。しかしなにをお訊きになりたいんでしょう」

「おそらくは」私がいった。「警察からさまざまな質問をうけられたと思いますが、似たような点をおたずねすることにもなろうかと思います」

丸山は顎に手をやり、考えこむしぐさをみせた。

「おっしゃるとおり、警察には嫌というほど話を訊かれました。もちろん私自身、犯人逮捕には積極的に協力したいものの、私の話程度ではあまり役にたちそうになかった。時間をとられもしました。正直に申しあげて、いささか閉口しております。あのような質問とあれば、できればご勘弁願いたいのですが」

「柿島に彼らしい意識があった最後のころの話をお訊きしたいと考えるのは、友人としてごく自然な感情ではないでしょうか。煩わしいとお思いになるかもしれませんが、きょうのところは、いますこしがまんいただければ幸いかと存じます」

「私の友人でもありましたな」三上がつけくわえた。「私も柿島さんが襲われた当日の出来事には、深い関心を持っております。世の中に必要なものは、なにもビジネスや時間の制限だけにかぎったものではないと思いますよ」

「なるほど」丸山が予期していたようにうなずいた。余裕さえある。

「失礼いたしました。そういうことでしたら、さきほどの言は撤回いたします。お気持ちは痛いほどわかりますので、なんでもお訊きください」

「ありがとうございます」私はいった。「ではさっそくですが、事の始めからおうかがいしたい。四谷で会いたい旨、柿島の自宅に電話されたのは丸山さんご自身でらっしゃいますか」

「ええ、私です。先方の電話にもご本人が直接おでになりました」

「なんのご用件だったんでしょう」

「柿島本部長と久しぶりに話をしたかったのがひとつ」丸山はそこで考えるように間をおいた。

「もうひとつは、少々複雑ですが、こちらのほうに重点があるかもしれません。三上社長とご関係がおありなら、堀江さん。私が本部長とともに、FC加盟店連絡会議の会合に顔をだしたという事実はお聞きおよびですか」

私は黙ってうなずいた。

「それなら話はすこしは早い。じつは義兄が埼玉で、ハートイン——ご承知のとおり、アルスの競合チェーンです——に加盟し、コンビニオーナーをやっております。三年ほどまえに退職し、とはいってもご多分に洩れずリストラの憂き目にあったわけですが、退職金でコンビニ経営をはじめたというわけです。なぜ弊社のチェーン、アルスでないのかと当然の疑問を持たれるでしょうが、私と義兄はむかしからあまり折りあいがよかったとは申せません。ですから義兄のほうでも、私と無関係に事業をはじめたかった。そういう意地のようなものがあったかと推測しております。ところが、昨年末から経営不振が極端に深刻になりはじめた。理由は、ごく近辺に三店も新規出店があったこと。このうち、一店はアルスです。さらにハートインのスーパーバイザーが無知な新人に替わったうえ、さまざまな納品遅れが目立つようになったという契約違反めいた諸点が主因でした。この段階になって、ようやく義兄も私に相談を持ちかけてきた。まあ、私はそちらの業務管理を専門にしておりましたから、義兄も背に腹はかえられず、といったところでしょうか。いくらハートインの本部に訴えても改善の方向がないので、本部を提訴したいという趣旨の話でした。私事でごやっかいをかけるものの、これを本部長に相談したかった。そのためにお会いしたい旨、電話をさしあげた次第です」

「しかし、柿島はもうメイマートを退社したあとだし、そもそも他チェーンの問題ではなかったんですか」

「堀江さんは、もちろん本部長の退社理由をご存じでいらっしゃるでしょう?」

柿島本部長から、すっかり本部長だけになった。やはり、この男もサラリーマンだ。大原がおれを課長と呼びつづけているのとおんなじだ。考えながら、いえ、われわれはほとんど仕事の話はしなくなっていたので。そう答えようとしたときだった。三上が横から口をはさんできた。

「業界では、高柳会長と確執があったとの噂が流れているようですな」

私は三上の横顔をちらと眺めた。きのうの話とはすこし趣きが異なっている。私が、ふたりは衝突せざるを得なかったのではないかといったとき、高柳会長の真意はわかりませんと答えたのは三上自身だった。だがひそかに感謝したのは、三上の口出しが、質問する私の立場がどうあるべきか、心得たうえでのものだったからである。あるいは、きょうの話の流れ、もしくは丸山の態度から姿勢を微妙に変えたのかもしれない。

丸山が三上に目を向けた。「まことに僭越ながら、確執という言葉には、やや抵抗を感じますが」

「いや、失礼」三上がいった。「たしかにメイマート社員としてのお立場上、丸山さんに向けてふさわしい言葉ではなかった。するとこういう言い方ではいかがでしょうな。高柳会長は優れた流通経営者でいらっしゃる。これは衆目の一致するところだ。しかし合理主義者として名を馳せてもいらっしゃる。そこでコンビニ問題が社会的に浮上しはじめたころ、合理主義者が理想主義者をスカウトし、フランチャイジーとの融和、さらには関係の再構築を図ろうとしたところ、結局、両者の乖離《かいり》はなくならなかった。もしくは見解の相違がよりひろがっていった。そういう話が流れていないでもないということになるでしょうか。じつはこの話は、堀江さんからお聞きした言葉でもあるんですよ」

これまた事実とかなり異なるが、私は黙っていた。

「そういうご指摘でしたら、その構図を否定する材料を私は知らない。それだけはいえるかと存じます」そういって丸山はつづけた。「これは個人的感想にもなりますが、私の知る事実から想像するところを申しあげると、本部長は流通業界にはいられてのち、徐々にFCチェーン加盟店サイドの考えに傾斜されていった。会長の考えと対立したとか、社に反旗を翻《ひるがえ》したとまではいいませんが、そういった傾向が強くなったあまり、道義上、退社の決断をなさるにいたった。やはり事情はそのあたりではないでしょうか。事実、退社後はFC加盟店連絡会議の会合に出席されるようにもなりましたしね。じつは三上社長にお会いしたときも、私は本部長から誘われ、好奇心からあの会合に出席していたんですが、やはりFC本部側社員としての立場から少々軽率だったと後悔いたしました。ですからあのとき三上社長は、常の私とはいささか異なる印象をお持ちになったかもしれません。本部長は、私にも詳細な思いを吐露されることはありませんでしたが、本部長の潔癖な性格から考えて、社とご自身の考え方のギャップが退社の引き金となった。やはりこれが真相でないかと私は考えております。堀江さん、いかが思われます？」

弁のたつ男だ。丸山の印象は、三上の話から想像していたものとすでに一変していた。あるいは警察への質問の答えで慣れたのかもしれないが、彼の指摘は、一部を除けば、おおよそ私の想像とも一致する。ただその一部は想像以上に大きいかもしれなかった。

「さあ、どうでしょう。人の行動や決断については複雑な要因が絡みますから、一概に要約しかねるところもあるのではないか。私はそう思いますね。たとえ、友人から本音を聞いたところで、その友人自身にもわかっていない陰になった部分がないともいえない。それより、話がずれたように思いますが。私は、丸山さんが柿島に、お義兄さんの件を相談される気になられた点について、詳しい理由をうかがっている最中でした」

「ああ、そうでしたね。申しあげたように、本部長はFCチェーン加盟店サイドの気持ちがおわかりになる。義兄の件については、ごく親しくしていただいていた関係上、本部長の知恵をお借りし、ご相談しようと考えたのは、事情が切羽詰まっていたからなんです。なにしろ、義兄は自殺をほのめかすようなことまで口にしており、私自身、手に負いかねる状況になっておりましたので」

「丸山さんはさきほど、お義兄さんがハートインFC本部を提訴する意向があるとの話で相談をうけたとおっしゃった。これはあくまで一般論ですが、コンビニオーナーが本部の提訴を考えるような場合、そのオーナーは戦闘的、という言葉がいいすぎなら、未来を前向きに考える姿勢の人が多いのではないでしょうか。そういう方が、失礼ながら、折りあいのわるい義理の弟さんに自殺までほのめかされたんですか」

「むずかしいところですね」丸山は首をかしげた。「ですが、やはりそのお考えは一般論かと思いますよ。もちろん私より、極端な経営不振からくる義兄の動揺は当時、非常に激しいものがありました。さまざまな方向へ気持ちが揺れ動いても不思議ではないし、義兄も背に腹はかえられず、私に相談したほどだとはさきほどお話しいたしましたでしょう？」

「なるほど。諸事情から考えると、当事者でないとわからないところが多々あるかもしれません。で、お義兄さんはいまも経営を継続なさっている？」

「ええ、現時点では」丸山は額に皺をよせた。「しかし私の見るところ、提訴の問題とはべつに、廃業はさほど遠くない将来かと考えております」

「ご苦労が絶えませんね。ではもう一度、話をもどしますと、四谷で柿島とお会いになったとき、その件について、彼はどのようなことをいっておりました？」

「細かい事情を検討して勝てるようなら、提訴の方向でいいのではないか。弁護士は、FC加盟店連絡会議のほうで紹介してもらえるからと、そういうアドバイスをいただきました」

「ご承知かと思いますが、柿島にはきわめて聡明なところがあります。この問題にかんしてはすでに判例がいくつかある以上、ある程度の事情さえ説明すれば、弁護士の意見を待つまでもなく、彼には民事での勝敗などその場で判断がつくはずなんです。どうしてお義兄さんを同伴されなかったんでしょう」

「これもさきほど申しあげました。義兄がコンビニを経営しているのは埼玉です。時間の融通ではなかなか苦しいものがある。堀江さんもコンビニオーナーのおかれた種々の環境は、ご存じでいらっしゃるでしょう?」

「なるほど。たしかに」私はいった。「するとレストランで食事しながらの相談ということになりますが、じつは私、その店を一度のぞいてみたんです。なかなか洒落たレストランでしたね。あの店をでたあと、ふたりは別れられたと聞いております。で、丸山さんは、JRの四ツ谷駅に向かわれた。失礼ですが、丸山さんのお住まいはどちらでいらっしゃる?」

「戸越です」

「都営浅草線の?」

「ほう。よくご存じですね。路線まで知っている人は少ないんだが」

「私の住居は五反田ですから、戸越銀座にはときに足を運びます」

「そういうことですか。五反田なら、たったひと駅ですからね。私も戸越銀座をとおって通勤しています」

「なら今後、偶然、お会いする機会があるかもしれませんね。ところで、柿島のほうなんですが、レストランからの帰りに彼はなぜ、あの通りをとおったんでしょう。彼の自宅がある三宿から考えれば、靖国通りにでたうえでタクシーを拾うというのはわからないでもないが、それなら新宿通りのほうが近い。まあ、靖国通りでもいいんですが、それならもう一本、脇ににぎやかな道がある。なのに、なぜ、わざわざあいうひと気のない通りを彼が選んだのか。それがわからない」

丸山は首をかしげた。「われわれは、ワインを飲んでいました。たいした酔いではありませんが、本部長は夜風に吹かれたいとはおっしゃっていました。ただ、ほかの通りでなく、なぜあの通りだったのか。その点は、私にもわかりかねます。なにしろ、あの通りを選んだことさえ知らなかったものですから。私は本部長とわかれたあと、ふりかえりもしませんでしたので」

「なぜあの通りだったのか、とおっしゃるからには以後、現場に足を運ばれた？」

「いえ、刑事から聞いた話です。四谷近辺の繁華街は、私もよく徘徊するのでおおよそ想像はつきます」

「その刑事はひょっとして、関根という刑事ではありませんか。あと若いほうで砂子というのも、たしかいたと思うが」

「そのとおりです。よくご存じですね」

「私もずいぶんしつこく話を訊かれました。ですから最初におっしゃった、警察には閉口したという丸山さんのお気持ちは、よくわかるような気がしますよ。とくにサラリーマンというお立場ではたいへんだったでしょう」

丸山は笑いを浮かべた。たしかに警察のやり方は強引すぎますね。そんなふうに調子をあわせる感じの笑いだった。

「しかし、夜風に吹かれたい。柿島がそういったんですか。私はあの夜、柿島の奥さんから連絡をうけ、病院まで駆けつけたので記憶が鮮明なんですが、寒のもどりで非常に冷えこんだ夜じゃなかったのかな」

「そうでしたでしょうか。寒さは、私にはさほど気にはならなかったような記憶があります。それに本部長は分厚いコートを着てらっしゃいました」

「まあ、そのあたりの感覚は、個人差が大きいのかな。ところで丸山さんは、あの通りの柿島が襲われた場所、駐車場をすぎると、そのさきにアルスの店舗があるのは当然、ご存じでいらっしゃいますよね」

「いえ、それは知りませんでした。なにしろ、アルスの店舗展開は全国で六千店を超えていま
す」

丸山がちらと時計を見た。「あのう、まことに失礼ですが、そろそろ時間が……」

「これは失礼」私はいった。「ではあと一点だけ。丸山さんは、私のスクラップを見せられるほど、柿島と近しくいらっしゃった。そういうご関係なのに、なぜ、通夜にお見えにならなかったんでしょう」

丸山は怪訝な表情を浮かべた。「いえ、私はまいりましたよ。本葬のほうは失礼しましたが」

「じつは私、受付の名刺を拝見させてもらったんです。その際、メイマートグループの方の名刺は、役員おふたりのものしか見つからなかった。その点で奇異な思いを持ちました」

丸山はまた笑いを浮かべた。「社の上層部の方針については、私の立場ではわかりかねます。ただ私にかんしていえば、さきほど、名刺は切らしていると申しあげなかったでしょうか。ですから名刺はおかなかったものの、香典はさしあげました。もしなんでしたら、そちらをお調べいただければ、ご確認いただけるかと存じます」

「ああ、なるほど。そういうことでしたか」

「そろそろ失礼しないと……。堀江さんは、サラリーマンのおかれた環境やプレッシャーをよく理解いただけるご経歴でらっしゃいますでしょう？」

「おっしゃるとおりです」

「私の話はささやかなものだったかもしれませんが、これでもすこしはお役にたちましたでしょ

うか」

「いや、たいへん参考になりました。おかげさまで、柿島がなぜ四谷に向かったのか。ずっと疑問だったんですが、そのあたりの事情が腑におちました。どうもありがとうございました」

「それはよかった」丸山は、三上のほうへ顔を向けた。「三上社長からきょう電話をいただき、かけつけた甲斐があったというものです。三上社長にもこういう場ではあるもののふたたびお会いできて、うれしいかぎりでした。ただ……」

「ただ、なんですかな」

「本日、私がここへまいった件は、ご内聞に願えませんでしょうか。とくに社には。後ろめたいことなどまったくなくとも、噂というものは、ときに独り歩きいたします」

「その点は重々、承知しております」三上が答えた。「当方こそ、あまりに急な話をお願いしたのに、ご足労をおかけし、あいすみませんでした。お詫びします」

「いえいえ、三上社長にそこまでいっていただいては、逆に立つ瀬がございません。それでは私、これで失礼させていただきます」

丸山はすぐ立ちあがると、足早に立ち去っていった。

21

丸山が姿を消したあと「さてと」つぶやきながら、三上が私を見た。「連絡係の私はお役にたてましたかな」
「非常に」と私はいった。「三上社長から電話していただけなければ、丸山課長はここに姿をあらわさなかったと思いますよ。ましてや、あれほど雄弁に語ってはもらえなかったはずです」

「かもしれませんな。私がはじめて会った丸山さんときょう、ここで見た人物はまったく別人でした。私はどうも人を見る目がないらしい」

そうはいうものの、この三上には、おおよそがわかっているのだ。私は手帳をとりだし、メモしたページを彼に向けた。

「いま私が話にだした通夜出席のメイマートグループ役員ですが、このふたりなんです。ご存じでいらっしゃいますか」

「小峰専務と北島取締役。なるほどね。ご両名とも面識はあります」

「どういった方たちでしょう」

「そのまえに堀江さん。メイマートの高柳会長は数日まえから、ヨーロッパに出張中です。けさ、調べてみました」

「どういう意味ですか」

「さきほど私は、丸山さんに高柳会長が合理主義者として名を馳せていると申しあげた。ですが、あれは丸山さんの知識の範囲にあわせたにすぎません。もし会長が柿島さんのお亡くなりになったことを知り、なおメイマートが通夜でこの程度の礼儀しかつくさなかった、この事実を知ったのなら、激怒されるでしょうな。むしろ、国内にいたのなら高柳会長ご自身が、通夜に出席されたと私は思いますね」

「しかし、三上社長は昨夜、会長とあいさつさえかわしたことがないと……」

「そのこと自体は事実です。ただ私も業界にそれなりの人脈は持っている。会長に近しい知人もいて、その人から、さまざまな話を聞いたことはありますよ。これは失礼ながら、丸山さんクラスの役職では、まずご存じない。たとえば、そのひとつにこんな話もあります。高柳会長のかつての仇敵であった某大手流通企業の代表者——会長はこの方とは口もきかないという噂が業界でよく知られておりました——が業績不振から代表者の座を追われ、いまは病床にいらっしゃいます。その方のところへ、会長はひそかに三度も見舞いにいかれたそうですよ。知人によると、合理主義者というのはとくに対社内に向けてつくられた仮面で、本質は人情家という側面も強いらしい。まあ、聞いた話なので即断はできませんが、そういった複雑で微妙な顔、こちらはたしかに社内で、さほど浸透してはいないようですな。灯台、もと暗しということでしょうか。この合理主義強調は、おそらく社内的には経営上、非常に効果を発揮している。ただ、強調のあまり、誤解さえ招いているところがあるといえるかもしれません」

「すこし混乱してきました。ご説明願えませんか」

「旧来からの各種産業と異なり、流通一般、なかでもとくに量販店は規模が拡大するにしたがって、つねに外部から適材適所の人物をスカウトするといったかたちで成長してきました。メイマートグループも例外でない。この役員おふたりもメイマート社内ではかなり新参の方々です。丸山課長を真似るわけではありませんが、個人的感想を述べると、このおふたりは、会長の合理主義的な側面を忖度《そんたく》しすぎたということではないかと思いますね」

「すると、こういうことになるんでしょうか。つまり、柿島は会長と敵対して退職し、それも二カ月以上経過している。そういった人物であるからには、その通夜の出席には、役員ふたり程度がふさわしいだろう。高柳会長でなく、周囲が、会長自身がそう考えるであろうと判断した。その結果、名刺二枚しか残らなかった。そういうことですか」

「念のために申せば」うなずきながら三上がいった。「私がそう考えるということですよ。よけいなお節介かもしれませんが、堀江さんには、その点に留意していただいたほうがいいかと思い、一応、お話ししておきました」

「なるほど」私はうなずいた。「迂闊でした。いわれてみると、企業全体の姿勢と思われたものが、その一部の意向の反映でしかなかった。こういう可能性は排除すべきではありませんね。通常、逆のケース、いわゆるトカゲの尻尾切りが近ごろやたら目立つもので、たしかにご指摘の事情は盲点でした」

「経営者というのは権力を持つようにみえて、権力が大きくなればなるほど、視野から隠れる陰も大きくなる。いわゆる裸の王様ですな。高柳会長でさえ、例外ではなかったかもしれない。私も常々、もっとも自戒するところです。もっとも管理責任だけはまぬかれませんが」

私は黙りこみ、しばらく考えていた。私がかつて勤務した企業のトップの姿である。彼も会長職にあった。だが彼は裸の王様ではなかったはずだ。ただ、おそろしく孤独ではあったろう。すくなくとも社内的には。その孤独のことを思った。

「それにしても」三上の声が聞こえた。「堀江さんの質問はきわめて巧妙でしたな」

「そうでしょうか。そういえば、ひとつ三上社長におたずねしたいことがあった」

「なんですかな」

「一般企業とちがい、流通だけはほとんどすべてが二月決算でしたね。しかし人事異動は他業種同様、四月一日付というのは比較的多いんでしょう？」

「もちろんそちらのほうが圧倒的に多いはずですよ。新入社員の入社があるし、子どもたちの学校問題もある。しかし……」

「しかし、なんでしょう」

「これは仮定の話ですが、万一、企業の一部の意向であったとしても、ああいったたぐいの事件を引きおこす事態など、私にはとうてい考えられない。さまざまな角度から検討する必要がありそうですな」

「同感です」私はにやっと笑った。「最初におっしゃられた点もじゅうぶん承知しております。社会的ダメージの大きさを考えれば、一部であったとしてさえ、企業が関与するにはリスクが大きすぎる。それに丸山さんのいったとおり、役員をふくめたサラリーマンの発想や行動原理は、私の身体にも染みついていますよ。丸山さんほどではないかもしれませんがね」

「堀江さん。この問題に、私は非常に興味が生まれました。といえば、柿島さんにはまことに失礼にあたるが、以後、なにかわかれば私にも話を聞かせていただけますかな」

「もちろん」私は答えた。「きょう、非常に大きな手がかりを得られたのはすべて、三上社長のご助力のおかげですから。ただし交換条件があります」

「ほう。なんでしょう」

「バイクを購入される際には、ナミちゃんの乗るスポーツタイプのドゥカティだけは避けていただけますか」

三上が笑った。「そうしましょう」


三上とわかれたあと、私は近くの路上で携帯電話をとりだした。

先方はどれも、ふだんの口調のまま気軽に話せる相手とはいいがたい。ちょっとした抵抗を覚えながら最初に呼びだしたのは、最近もっとも接触のなかった相手だった。だが番号はまだ記憶に残っていた。かつて一年にわたり、しょっちゅうかけていたものだったからである。

「はい、飲食料品ジャーナルです」

「小島さんでいらっしゃる？」

「あ、堀江さんですか。お久しぶりです。いやあ、いきなりでびっくりしました。ようやくその気になっていただけたんですか。例のコラムの続編開始」

「いや、その話はまた今度にしましょう。じつはおたずねしたいことがあるんですが」

「また今度って、その言葉、十回は聞きましたよ」

「じゃあ、十一回目になって申しわけない。じつは人事異動の件なんですが」

「人事異動？」

「一般経済紙に載る会社人事は、早いものなら発令日が二週間ほどさきの日付になってるでしょう。あれはプレスリリースが送付されて、その情報を載っけるんでしたよね」

「社長クラスの人事なら記者会見をやりますが、ベタで載るのは、まあ、百パーセントそうですね。各社月一回はくるから、ほとんど毎日、業界各企業からどさっと舞いこみます。この三月はとくに多い」

「リリースでは、どの役職クラスまで記載されているんですか」

「ふつうは課長以上ですね。経済紙が載せるのは部長以上ですが、われわれ業界紙は全部載っける。それがどうかしました？」

「じゃあ、ひとりでけっこうですから、最近きたリリースに異動の記載がなかったかどうか、ちょっと調べていただければ、ありがたいんですが。あったとしても、飲食料品ジャーナルのように週刊紙の場合、まだ記事になっていない場合も想定されるので」

「どこのだれでしょう」

「メイマートです。もし古い肩書が載っているなら、ＦＣ事業本部・総務付課長。名前は、丸山忠彦」

「どの社も旧肩書は載っけていますよ。最新のからいくつか、メイマートのものを調べときましょう」

「勝手なお願いで恐縮ですが、できるだけ早くお願いできますか」

「わかりました。携帯にかけなおします。ただし、これは貸しになりますからね。あのコラム、ほんとうに人気高かったんだから」

「前向きに検討します。じゃあ、よろしく」

電話を切ってから、私は政治家がいかに便利な用語を使用するか、ようやくわかった。こういう際、前向きに検討という言葉ほど気楽なものはない。

次の番号は、手帳を調べる必要があった。

「四谷西署刑事課です」

最初の返答は、あんがいていねいな口調のものだった。最近の警察は、不祥事の頻発をこういうところでカバーしているのかもしれない。

「堀江と申しますが、関根警部補はいらっしゃいますか」

電話の向こうで、相手はすぐ替わった。

「関根です。堀江さん、留守録聞いてくれたんですな」

気づかなかった。丸山と会っていたとき、携帯は切っていたのだ。電源をいれなおしてから留守録をチェックするのを忘れていた。だが知らないうち、こちらには好都合な展開になっていたらしい。メッセージは、電話をほしいというところだろう。

「ええ」と私はいった。「なんの話でしょう」

「いろいろおたずねしたいことがあります。これから、そちらへおうかがいしたいんだが、ご都合いかがですかな」

私はできるだけ、迷惑がっているような声をだすように努力した。

「どういうご用件なのかな」

「いや、堀江さんご自身のことをうかがいたいわけじゃない。ちょっと一般的な知識をお教え願いたくてね。堀江さんからなら、もっとも公平な立場で話していただけそうなもんで」

「仕方ありませんね」私は時計を見た。一時四十分だ。「それなら二時半に私の事務所で、ということでどうでしょう」

「わかりました。では二時半に」

電話が切れた。電話にも能率的な切り方がある。そんなふうに思わせる唐突な終わり方だった。

それから携帯を眺めながら、私はため息をついた。関根の話ではなく、次の電話のことを考えたからである。私が臆病なだけかもしれないが、なぜか抵抗を覚える。その番号も手帳に載ってはいるが、それはもっとも古いページにあった。番号をプッシュするあいだ、いくらか落ち着きがなくなっていくような気がした。呼び出し音が鳴るあいだも同様の感覚がつづいた。やがてそのやわらかな声が流れてきた。

「柿島ですが」

彼女の声は、ずっと遠い過去からとどいてくる。そんな響きをともなってもいた。

22

　チャイムが鳴った。事務所にもどり、アニタ・オデイのCDを聴いていたときだ。訪問者がだれかはわかっている。ちょうど「君去りし後」にさしかかっていたところなので、私はひそかに笑いを嚙みしめた。

「鍵はかかっていません。どうぞ」

　手元のインターホンで答えると、ドアが開いた。

「お邪魔します」

　のっそり顔をみせた関根は、きょうもひとりだった。組織のルールを逸脱して行動するのが、この刑事の趣味なのかもしれない。

　このまえと同様、形ばかりのテーブルに私がデスクの椅子を移動すると、関根は心得たように壁に立てかけてあったパイプ椅子を自分でひろげた。そして前置き抜きで、ぼそっと声をあげた。

「不用心ですな」

「なにが？」

「新聞くらい読んでりゃわかるでしょう。このご時世だ。在宅されているときでも鍵はかけておいたほうがいい」

「今後はそうしましょう。犯罪をあつかうプロがそうおっしゃるんなら」

　私は立ちあがり、コーヒーメーカーをセットした。自分が飲みたくなったからだ。それからすこし迷ったあと、コーヒーの受け皿だけをテーブルに置いた。

「毎度、すいませんな。これはなんですか」

「特別サービスですよ、灰皿代わりの。先日もこうしてさしあげたんじゃなかったかな」

「いや、そうではなくて、この曲です。これは、いわゆるジャズの一種ですか」

「一般的には、そう呼ぶようですね。いわゆるジャズボーカル」

「なにか気だるい感じがする」

「これを気だるいというんなら、関根さんにとっちゃ、世の中全部が気だるいんじゃないのかな」

「そうかもしれません。いや、最近とみにそういう感じのすることが多くなっている。うんざりせんでもないですな」

関根は、テーブルをはさんですわった私になんの断りもなく、ごく当然のようにハイライトをとりだし、これまた当たり前のように火を点けた。自分で灰皿を提供したくせに、私もうんざりした。この刑事を殴りたくなったが、かろうじて耐えた。

「ところでさっきの電話では、一般的な知識を教えてほしいとの話だったような覚えがありますよ。わざわざ、たずねてみえたのは、どんな件でのことでしょう」

「コンビニ・チェーンの仕組みについてお教えを乞いたい。経営全体を管轄する会社の本部と、フランチャイジーといいましたっけ、契約している町なかの店の関係について、話をおうかがいしたかった。ごく一般論で結構。イロハからお願いできますか」

私はため息をついた。きのうのきょうだ。大原に話したあれをまた繰りかえす事態が予想されたのなら、ＩＣレコーダーを携帯して録音しておくべきだった。それに大原に説明した内容は、すくなくとも基礎的知識を前提にしてのものである。

「無理です」私はいった。「イロハからなら、百時間かかる」

「そこをなんとか一時間にまとめてもらえませんか」

「それなら本を読んだほうが早いでしょうね」

「本を読むと眠くなるクチでね。わたしゃ、人の話を聞くのが商売だから、プロの堀江さんに説明していただくほうがありがたい」

「関根さんにとって一方的にありがたい要求が、結果的に他人の時間を奪うことになる。そんなふうに反省されることが、ときにありはしませんか」

「要求ではなく、要望だと思っとりますが……。まあ、ざっくばらんに話しましょう。堀江さんはわたしらの真似事やったでしょう。それも、わたしらのまえにやっちまった。そいつが理由だといや、納得いただけますか」

角度を変えた物言いのあと、関根は黙って私を見つめた。コーヒーメーカーの沸騰音がやんだので、私は立ちあがりサーバーからコーヒーをカップに移した。

「なんのことだろう」

コーヒーを目のまえにさしだされ、関根は軽く頭をさげた。

「柿島さんの通夜」と彼はいった。「あのとき堀江さんは、受付で名刺を調べたと聞きました。ありゃ、いったいなんのためですか」

「調べたんじゃない。拝見しただけです。要求と要望くらいには、意味あいにちがいがある」

「なるほど」と関根はいった。「なら、そういうことにしておきましょう。しかしどっちにしろ、堀江さんはわたしらとおんなじ疑問を持たれたはずだ。要望の理由はおわかりいただけるでしょう」

なるほど、と私も口にしそうになった。予想どおりだが、この点だけは、私がたぶん警察よりさきをいっている。もっとも、すべては三上のおかげだ。

「柿島が勤務していたメイマートからの参列者の名刺がふたり分しかなかった。あのことですか」

「そうです。柿島さんは執行役員だったでしょう？　辞めちまったにしろ、それほどの役職だった人の通夜にしちゃ、解せん話じゃないですか。世間一般の礼儀作法から見りゃ、冷たいとか、礼を失しているとか非難されかねん真似だ」

「かもしれませんね。警察から礼儀作法を教えられるとは思ってもみなかったが……」短い時間をおき、私はつづけた。「で、あれこれ調べるうち、柿島の以前の職務内容から、コンビニ問題に警察も興味を持ちはじめた。そういうことになるのかな」

「そういうところかもしれません」関根が無表情にいった。

「しかし参列者は三名という話もある」

「三名？」

「通夜がはじまるまえ、私は関根さんと砂子さんが仲よく同乗していたクルマを訪問したでしょう。さほど歓迎されはしなかったようですがね。あのクルマは、刑事コンビが通夜の参列者チェックのためにあの位置に停まっていたはずだ。で、率直にうかがいたいんだが、あのときメイマートの丸山さんの姿は、ご覧になりましたか。柿島が暴漢に襲われる直前まで会食していた丸山忠彦さんのことですが」

最近とみに世の中に気だるさを感じはじめている関根の表情が、ようやく動いた。丸くなった目がまじまじとこちらを見つめた。長い沈黙のあと、やっと彼が口を開いた。

「丸山さんの名前をどこでお知りになったんでしょう。マスコミでさえ察しちゃいないはずなんだが」

「それならどこで、コンビニの話は私に聞けとお聞きになったんでしょう」

「あちこちで。流通問題に詳しく、こういう問題を客観的に話してもらうには、堀江さんがうってつけの人だと聞きました」

「私も丸山さんの名前はあちこちで聞きました」

関根はまた黙りこみ、しばらく私の顔を穴の開くほど見つめていた。狭い1Kで、中年男どうしが腹を探りあい、顔をつきあわせている。さほど歓迎したくなる光景ではない。

「妙な人だ」関根がゆっくり首をふった。「ご存じでしょうが、堀江さんのような民間人とちがい、地方公務員には守秘義務がある。とくにわたしらみたいな商売では、これがいっそうガチガチだってことはよく知ってらっしゃるでしょう」

「お言葉ですが、民間でも守秘義務のあるケースは少なくないですよ。しかしどんな規定にも例外はある。セオリーを無視して、関根さんがこんなふうに単独で行動されているようにね。ついでにいうなら、人間のつくったもので例外のないものはない。私は勝手にそう決めこんでいます。でなきゃ、例外という言葉は生まれなかったんじゃないでしょうか」

関根は大きなため息をついた。「わたしゃこれまで、堀江さんみたいに口の達者な人には、お目にかかったことがありません。それなら、丸山さんご本人にお訊きになったら、どうでしょう」

「いま目のまえにいる人から聞くほうが、手っとり早い。それに関根さんから邪魔するなと文句をいわれたくもない」

注意深く言葉を選んだつもりだった。すでに本人に会い、通夜にいったとの話を耳にした事実は口にはできない。三上に迷惑がおよびかねないし、今後に影響をきたす恐れもある。

関根は首をかしげていたが、やがて口を開いた。さほど重要な問題ではないと判断したのかもしれない。

「あの通夜の日、丸山さんは見かけませんでしたよ」

「なるほど。たしかですか」

「それなりの経験を持った人間ふたりが、飽きちまうくらいの時間、ずっと寺の門を眺めてたんですがね」

「失礼」と私はいった。「すると、きのうの告別式も欠席だったんでしょうね」

関根は黙ってうなずいた。

「当然、本人に理由はおたずねになったんでしょう?」

「ふたりの関係を考えりゃ、たしかにちょっと不自然ですからね。今度の事件の直前まで居あわせた人だし。そりゃ一応、電話はしてみましたよ」

「ならきのう、電話されたわけだ」

「いや、ご本人がつかまらなかったもので、ついさっきです」

すると私が会って以降のことになる。丸山にしてみれば、よもや、警察の目があるなどとは思ってもみなかった。そういうことだろう。嘘八百はべつの点で承知していたものの、当初、私が関根に電話して質したかった疑問は、これでとりあえずの回答を得たことになる。だが、先方からわざわざ答えを持ってやってきてくれたのに、このチャンスを利用しなければ、間抜けといわれても仕方がない。

「ご本人はなんていってました?」

「あのね、堀江さん。わたしゃ、堀江さんの話をうかがいにここへきたんですけど」

「その電話の内容に関連する情報を提供できるかもしれないといったら？」

「……わかりましたよ。たいしたこっちゃない。仕事が急に多忙になり、どうしても抜けられなくなったからだ。ご本人の話ではそういうことでした。それに儀式めいた場所に出席してもさほど意味を感じないともいっていたかな。冥福を祈るのは、どこでもできると。しかし、この言い分はきれいごとにすぎやしませんか」

「同感です」と私はいった。ナミちゃんの顔を思いうかべた。そんな言い分はけっして口にさえしない人物を知っている。だからこそ、なおさらわかるといっても意味は通じないだろう。「で、警察、いや、関根さんご自身は、丸山氏が通夜も告別式も欠席された理由をどんなふうにお考えなんだろう」

「会社の目を気にしたってとこじゃないでしょうかね。個人的には、まあ、そのあたりだろうと考えてますよ。ご承知でしょうから、あえていうが、メイマートという会社と柿島さんの意見に食い違いがあったってことはもちろん、わたしらも知っている。会社に歯向かうとこまではいかないとしても、ご機嫌を損ねる恐れはある。そいつを無視できるほど骨のあるサラリーマンは、世間にさほど多いとはいえんでしょう」

「たしかに想定される選択肢のひとつだ」

「選択肢というと、ほかになにがあるんでしょう。そいつが、さきほどおっしゃった情報提供と関連するんですか」

あまり彼らの注意を丸山に引きつけたくはなかった。さて、どうするか。考えていると、関根は燃えつきた煙草をコーヒーの受け皿で揉みつぶし、間をおかず新しい一本に火を点けた。おかげで罪の意識がいくらか薄らいだ。だがこれまで関根が話してくれたあれこれを考えれば、やはり一定の見返りを提供するのは礼儀だ。

「さっき聞いた丸山氏の言い分は、あながちでたらめではないかもしれない。仕事が急に多忙になったという点だけは、おそらく事実でしょうね」

「どういうことですか」

「丸山忠彦氏は、異動を内示されているからです」

「異動？　人事異動ですか」

私はうなずいた。関根がやってくるまえ、飲食料品ジャーナルの小島から電話があった。問いあわせていた件の回答である。メイマートから該当する記載のあったプレスリリースがとどいたばかりだというその内容を受け売りした。

「現在、丸山氏の肩書はFC事業本部・総務部付課長ですが、四月一日付でおなじ本部の第3エリア統括課長になるようです」

「ほう。そいつはなにを意味するんだろう」

「肩書はおなじ課長職ですが、格も権限もまるでちがう。まあ、閑職から花形セクションへの異動といえばいいのかな。警察内部にだって、似たような事例はいくらもあるでしょう」

「わかります」関根は即座にうなずいた。どの世界もおなじだ。「しかし、堀江さんはその話を、どうしてご存じでらっしゃる？」

「それなりのルートがあれば、こういった情報はわりに楽に入手できますよ。遠からずオープンになることだし。耳にしたのが私の場合、数日早かったにすぎない。いずれ、関根さんもご本人の口から聞いたはずだ。ふつうのサラリーマンなら、百パーセント公になった時点で、みずからいいふらしたくなる話ですしね」

「ほほう」関根がつぶやいた。「会社の覚えがめでたくなった。そういうことかな。で、その第3エリア統括課長というのは、どんな仕事をやるとこの課長なんですか。まあ、いまの部署より暇にゃならないってことくらいはわかりますが」

「メイマートでは、都下南西部のフランチャイジー、アルス全体を統括するセクションのようですね。だから当然、異動まえに各店を見まわって店舗展開の状況を把握しておく必要があるでしょう。そのために外回りで多忙だったんじゃないのかな。SV管理も兼ねる部署の長ということにもなるし」

「SV？　なんですか、そりゃ」

どうやら条件闘争が終わったらしい。ようやく私はいった。

「では、せっかくお見えになったんだから、関根さんのご要望どおり、僭越ながらコンビニのシステムについて話をはじめることにしますか」

犯罪の検挙率低下がいわれて久しいが、警察の能力を甘くみるのはまちがいである。構成員個々の質にバラツキがあるのは、どんな組織体も変わらない。だが優秀な警官は、じつに優秀だ。その部分だけにかぎれば、民間の優良企業以上かもしれない。なぜなら、一般企業に属する社員の場合、優秀であればあるだけ、すみやかに管理職に登用されていく。残った現場には、白紙の新人が注入されるからだ。新聞記者がいい例だろう。ところが警察では、しかるべきベテランがしかるべき現場に長期間とどまるケースが少なくない。べつの見方をするなら、とどまらざるを得ない体質を持っているせいかもしれない。

その点をあらためて思い知らされたのは、関根の呑み込みの早さにおどろかされたからである。イロハからといったくせに、ちいさな矛盾をとらえての質問も鋭いものだった。やりとりするうち、くたびれた中年刑事のべつの側面を彼は隠そうとしなくなった。質問から察するに、警察としても、柿島の件をもはやオヤジ狩りの一種とは考えていないようだった。もちろん可能性を排除してはいないだろうが、すくなくともいまは、柿島の過去の仕事の内容との関連を追及しはじめている。関根の質問には、犯人といわないまでも関係者にメイマートグループの社員まで視野にいれている気配がないでもなかったが、私はあえてたずねなかった。

「ありがとうございました。いやあ、非常に参考になりました。堀江さんに話をうかがおうと考えたのは正解だった。どうやら、わたしの勘もまだそれほど鈍っちゃいないらしい」

私が話しおえ、関根がそういったとき、時計を見た。話をはじめてから一時間ぴったりだった。

関根が首をかしげた。「それにしても複雑怪奇な業界ですな」

「複雑怪奇です」私は答えた。「だから個々のケースでは、私など部外者にわからない点も数多いでしょう。そのあたりは、もう当事者に訊いていただくほかないと思いますよ」

「あるいは裁判に持ちこむか」

「そうですね」ちょっと迷ったが、結局、私は口を開いた。「そういえば、おたずねしたいことがある。さきほど話にでた丸山さんですが、彼の義理のお兄さんが、埼玉でコンビニ経営に携わり、トラブルを抱えているという噂もあるようです。あれは事実なんでしょうか」

関根の眼が光った。「丸山さんの名は、話にでたのではないでしょう。堀江さんが話にだしたんです」

「そうだったかな」

「噂の出所は、見当がつかないでもありませんよ」

関根の眼光は変わらず鋭い。踏みこみすぎたか。この中年刑事には、すでにおおよその察しがついているだろう。あるいはこのあと、ふたたび丸山に電話してみようという気になるかもしれない。考えたとき、ふいに彼の口もとがゆるんだ。

「しかし出所がどうであれ、その噂はおおむね事実じゃないですかね。いま、堀江さんから聞いた話と照らしあわせても、まずそうなる」

「なるほど。おおむね事実、か」私は関根に笑いかけた。「きょうは、関根さんのお役にたててよかった。もう一杯、コーヒーをサービスしましょうか」

「では、遠慮なく」

関根はまた断りなく新しい煙草を一本とりだしたが、もう不快な気分からは遠かった。丸山が話した義兄の件は、時間はかかるだろうが、個人にも調べはつく。それに丸山は、私があの業界にいくらか通じていることも知っている。そういった人物が近親のトラブルにかんして、まるっきりのでたらめをいうとは思えなかった。義兄が自殺をほのめかしたという話さえ、そこだけとりあげれば事実かもしれない。いずれ誇張はあるだろうが、警察組織が調べ確認したという事実を教えられたのは、やはりありがたかった。手間のひとつが省けることになる。そのめんどうを考えれば、コーヒー一杯をいれる時間などとるに足りない。

新しいカップをテーブルに置いたとき、関根がなにげない口ぶりでたずねてきた。

「話は変わりますが、堀江さんは館林浩康《たてばやしひろやす》という人物をご存じでらっしゃるでしょう?」

「館林さん? いえ、心あたりはありませんが」

「最近じゃない。大昔といっちゃ失礼だが、堀江さんの子ども時代の話になる。中学生のころなのかな」

考えてようやく思いあたった。中学時代、私は週一回、所轄の武道場にかよっていた。剣道の稽古のためだった。あのころ、われわれを指導していた助教がたしか館林といった。

「ひょっとして墨田署の館林警部補、ですか」

関根はうなずいた。「わたしは若いころ、墨田署にいたこともあるんですよ。じつはつい先日、大先輩の館林さんと飲む機会があってね。なにかの拍子にひょこっと堀江さんの話がでた。剣道の素質がずいぶんあったのにと残念がっておられた」

「残念がってというからには、その理由もお聞きになった？」

「ええ。父上の立場が立場でなかったら、堀江さんはわたしらの仲間になっていたかもしれないという話でしたな」

「そりゃ、ちがいますね」私はいった。「やくざの組長の息子なら、採用試験を受ける以前に結果はわかっているが、館林さんがそんなふうに空想しただけの話だ。そもそも最初から警官になるなんて発想なんぞ、私にはまったくなかった。館林さんはいまどうしてらっしゃいますか」

「本社に移って、最後は生活安全部の警部で退官しました。そのあと、民間企業に籍をおいたが、そこも退いていまは悠々自適ですな」

警視庁の警部で退官したのなら、警備会社あたりどころか、歓迎する再就職先は星の数ほどあるだろう。ふだんならその特権の話を聞いただけで不快になったろうが、この瞬間にかぎれば、権力が持つ固有のシステムも館林の優雅な老後も、責める気にはなれなかった。

「そりゃよかった」と私は素直にいった。

関根が時計を見た。「おや、思いのほか時間がたっちまった。わたしゃ、そろそろ失礼します。コーヒーをどうもごちそうさまでした。堀江さんのお話もありがたかった。感謝に堪えません」

そのまま立ちあがり「いずれまた」そういって、関根はのっそりとでていった。彼の背後で閉まったドアを眺めながら、私はしばらくぼんやりしていた。ＣＤが何回転かして、いまアニタ・オデイが歌っているのは「酒とバラの日々」だった。なぜ、関根は私の中学時代の話など口にしたのだろう。なぜ、私の素性を知っているると私に伝えたかったのだろう。その点を考えてみた。答えはわかっている。関根は私を牽制したのだ。

23

この不況下、午後八時だというのに駅前の繁華街は思いのほか賑やかだった。雑踏を抜け、しばらく歩くと、街並みは徐々に閑静な住宅街に変化していった。

凝ったつくりの一戸建てが並んでいる。そのなかにあって瀟洒《しょうしゃ》だがシンプルな外観のひとつのまえに立ったとき、ふと気づいた。私はサラリーマン時代、この柿島の自宅どころか、どんな同僚の家も訪れたことはない。私はそういうサラリーマンだった。そしてその事実を知ったのは、ようやくいま、サラリーマンにもどることもなくなった柿島の死後だ。

インターホンを押すと「はい。柿島です」と声がかえってきた。

名を告げてから間をおかず、ドアが開いた。

柿島奈穂子は、通夜の日と同様、似たような黒いワンピースを身につけていた。

「遠いところをご苦労さまでした」彼女が丁重に頭をさげた。

「きのうは告別式に参列しなくて失礼しました」

私が答えると「いいえ」と彼女は首をふった。「こうして、ひとりでお見えいただいて……、こちらのほうが、柿島の期待した堀江さんらしさだと思っておりますが、まちがいでしょうか」

なんと答えていいのかわからなかった。柿島の自宅を訪問したのは、これが最初だとさっき気づいたばかりだ。彼女もその事実を知りながら話している。おまけに彼女の声は、きょう電話した際に覚えたのとおなじ印象をともなっていた。遠い過去からとどいてくる。彼女の問いは、どんなふうに答えたところで、その内容が意味を失う。そんな世界からのもののようだった。そういう声があり、声の響きがある。

「どうぞ、こちらへ」彼女がそう告げたとき、私は救われたような気分になった。

奈穂子がさきにたち案内したのは、一階のひろいリビングだった。二十畳近い洋間の片隅に白木の台があり、そこに祭壇が設えてある。

「あいにく日本間がこの家にはないんです。なんだか、印象がチグハグだとお思いになりません？」

「すこしは」ようやく率直な感想が口から洩れた。「しかし、どんな家だって、こういう事態を最初から想定しちゃいないでしょう」

「おっしゃるとおりです。私が柿島とふたりで新しく住む家の間取りをいろいろ相談していたころは、たしかにそのとおりでした」

私には縁のない話だが、家庭を築く際、その崩壊を前提にする人間がいるとは思えない。いっそ、海にでも散骨すべきだったかとの思いはいまもぬぐえません。通夜の席で彼女のいった言葉がよみがえった。そうすべきだったかもしれない。彼の祭壇を目のまえにして、やはりそちらのほうが似つかわしかったという思いがやってきた。もし以前から柿島奈穂子を知っていたとしたら、この家を一度でも訪れたことがあったとしたら、私は彼女の考えが赴くまま、事を進めるよう助言したかもしれない。だがそれはすでに仮定の話になっている。

彼女が、祭壇のまえに私を案内した。それから数歩、身体を横へずらせた。あのときとおなじだと気づいた。柿島が息を引きとったという連絡をうけたとき、ベッド脇に駆けつけた私に、彼の死に顔をみせるため、彼女はこれとおなじしぐさをみせたことがあった。

立ったまま、祭壇の写真を眺めた。通夜のものとは変わっていた。こちらは、セーター姿のラフな恰好をした柿島隆志だった。私とおなじ職場にいたころ撮られたものにちがいない。サービスサイズのちいさなスナップだった。だが思い出のよすがは、写真のサイズなどとは関係しない。ぼんやりしたどこか外国の通りを背景に、柿島はかなり若い時代の顔で笑っている。

私は数珠を持ってはこなかった。香立てのそばに線香がおいてあったが、それに火を点けもしなかった。瞑目もせず、ただ柿島の写真を眺めていた。どれくらいのあいだ、おなじ姿勢のまま、そこに立ちつくしていたのかはわからない。

やがて顔をあげると、すぐ横につきそっていた奈穂子が深々と辞儀をした。

「どうも、ありがとうございました」

それから「どうぞ」との彼女の勧めにしたがい、部屋の中央にあるソファに腰を降ろした。

「なにか、お飲みになります？」

「いえ、お気遣いなく」

「さほど気はつかってはおりません」彼女はそういって微笑した。「せっかくですから、柿島のためにワインでもいかがでしょう」

「じゃあ、もしあるようなら、ミュスカデをいただけますか」

ふいに彼女の微笑がひろがった。「私も昨夜、おなじものを飲んでおりました」

立ち去ったあと、奈穂子はしばらくしてワインクーラーとグラスの乗ったトレイを運んできた。

彼女は向かいのソファにすわり、自分の手でワインの栓を抜き、両手をそえてふたつのグラスに瓶をかたむけた。

「そういえば、柿島は堀江さんと飲むとき、このミュスカデしか頼まないお店があるといっておりましたが」

「ナミちゃんの店」と私はいった。「あそこでは、柿島用にこれしかおいてないんです。だから私もワインの銘柄なんぞ、柿島から教えられたこれしか知りません」

「そうでしたね。ナミちゃんの店といった。話はよく聞いております。そのナミちゃんって方、とてもユニークな女性らしいですね」

「ユニークです」私は答えた。ほかに彼女を端的に表現する言い方を探そうとしたが、私の貧弱な語彙《ごい》では該当するものがなにも見つからなかった。

彼女が目のまえにそっとグラスをさしだしてきた。その白ワインに口をつけると、まだ冷えてはいないものの、ナミちゃんの店で飲むものとは、いくぶん味のちがうような気がした。ワインをはじめて、うまい酒だと思ったのである。

「なんだか、いつものより深みのあるような気がする。これは錯覚なのかな」

「レ・オート・ノエルの九三年物です。あまり関心を持たれない銘柄ですが、すこし内容はちがうようですね」

この白ワインは、安価でかつ幅広く普及したと聞いている。九三年は当たり年なのだろうが、こういうものにまでいろんな種類があるのだとは知らなかった。私はちびちびそのワインを舐めた。このまえナミちゃんの店で飲んだときのように正体を失いたくない。くわえて、向かいにすわった女性のひっそりした微笑と声がこたえる。いや、ワインより、はるかに腹に沁みてこたえる。

「私たち……」グラスに口をつけた彼女から、その沁みるように静かな声がとどいてきた。「柿島と私が、よく食事をともにするようになったころ、いつもこれを飲んでおりました。高価なものでもありませんし」

ふいに気づいた。私は柿島と彼女の出会いさえ知らない。その後、なにがどういう経過をたどったのかさえ、ほとんど知らない。あとになって、思わぬところから彼女が一度、旧姓を持ったという事実を教えられただけだ。柿島とつきあいのあったあいだ、関心を持ったことがなかった。いま彼にたずねたら、あいつは答えたろうか。考えたときには口を開いていた。

「不躾なようですが、奈穂子さんが、はじめて柿島と会われたのは、いつごろだったんでしょう。いま、よく食事をともにするようになったとおっしゃったが、それはそのころと同時期ではなかったんですか。つまり……」

そこで言葉に詰まると、彼女が目をあげ私をじっと見つめた。

「柿島は周りの方たちに、私のことを内密にしていたらしいですね。だれひとりとして知らせようとはしなかった。だれひとり、堀江さんにさえも」

「ええ」私はうなずいた。「だから、そのあたりの事情についてはまったく存じあげていません。無遠慮なことをおたずねしたとしたら、申しわけありません」

「気になさらないでください。私にとっても、いまは懐かしい記憶ですから」それからわずかな沈黙をおき、彼女はほのかな笑みをたたえた。「私が柿島と知りあったのは、一九八七年の冬でした」

「八七年？　そのころ、柿島はたしか社内制度で派遣され、海外留学していたはずだ。すると……、お会いになったのは、向こうでのことだったんですか」

彼女はうなずいた。「おっしゃるとおりです。私たちが最初に出会ったのは、ニューヨークです。彼の留学していたマンハッタンの、コロンビア大学構内にあるそのカフェテラスでのことでした」

彼女のまなざしが、どこか遠くへ去っていくような印象を帯びた。私も記憶をたどっていった。あいまいではあるものの、柿島と私は同い歳だから比較的、時期の特定は容易だ。

「……しかし、それならおふたりが結婚するまでに五年の期間があった」

「ええ、そのあいだに私は向こうで、結婚と離婚を経験しましたから。それほど長い時間、あまりお利口さんといえない私を柿島はずっと待っていてくれたようです」

さりげない淡々とした口調だった。その分、深い後悔がにじんでいるようにも思えた。

そして私も理解した。さっきふと浮かんだ疑問について納得したのだ。私が柿島の立場であったとしても、私が柿島に彼女の話をすることはけっしてなかったろう。そもそも、われわれのあいだで女性の話題があがることはほとんどなかったのだ。ちらと大原の顔が頭をかすめた。

いくつか事務的な質問をし、すぐに辞去するつもりだった。その用件をすませようと考え、私はワインのグラスを空けた。口を開こうとしたとき、またひっそりした声がとどいてきた。

「一九八七年」と彼女はふたたびいった。「私は二十三歳でした」

彼女の話の行方は過去に向かっている。喪失とは、そういうものなのかもしれない。そしてその聞き手も、いまは目のまえにいる私しかいないのかもしれなかった。私は口をつぐんだ。

彼女の、過去を追想する口調は独り言のようだった。

「当時、私はこちらの大学を卒業し、ワシントンに留学したばかりでした。ジョージタウン大学です。経営学修士をとるつもりでおりました。いま考えてみれば、ずいぶん無謀な考えだったように思えますけれど……」

　おそらく自費留学だろう。そういう発想自体、私のころには想像もつかなかった。それもMBAを取得するために……。だが人にはそれぞれ固有の動機があり環境がある。そんな要因を忖度しても意味はない。無謀な考えといいながら、事実、彼女もMBAを取得したのだ。私は黙りこみ、耳をかたむけた。

「でも……」彼女の声がふたたび聞こえた。「でも現実はちがいました。私は途方に暮れていたんです。ひどく淋しかった。憂鬱な日々がつづきました。だれしも経験することでしょうが、まず語学ですね。英語はできると思っていたのに、これも無邪気な錯覚にすぎなかった。じっさい、いってみると理解できないことがあまりに多かったんです。あの日は、そんな時期の最初の冬のことでした。ポトマックに一面氷が張って、ひどく寒い曇り日だったことを覚えています。その早朝、数少ない友人である、日本からの留学生から電話があったんです。彼女も気が晴れなくて、ニューヨークまで日帰りでふたりで遊びにいこうとの誘いでした。たまたま彼女は友人のクルマを借りていた。私は誘いに乗りました」

「ワシントンからニューヨークまで、クルマではどれくらいかかるんですか」私がたずねたのは礼儀のためだけではなかった。クルマで移動できる距離だとも知らなかったからだ。

「およそ、三時間くらいでしょうか。シャトル便なら一時間足らずですが、もちろん裕福な学生ではありませんでしたから、飛行機など論外です。向こうに到着したのは、昼ごろだったかな。観光地には興味がなかったし、お昼の安いところということで、私たちはコロンビア大学のカフェテリアに立ちよりました」

「そこで柿島と出会った？」

いくらか性急だったかもしれない。だが彼女はうなずいた。そしてワインに口をつけると、なにかを思いだすような笑みがその表情にひろがっていった。

「ごめんなさい」首をふりながら、彼女はグラスの向こうから私を見つめた。「身勝手な思いだし笑いなどして」

「いえ」と私は短く答えた。その表情を見つめているだけで、私のなかにもなにか呼び覚まされるものがあったからである。こいつはいったいなんだろう。自分でも訝しい思いを覚えつつ、彼女が口を開くのを待った。

「私が笑ったのは、そのときの柿島の態度を思いだしたからなんです。いささか不作法といえなくもない柿島でした」

「営業時代から、私は彼とつきあいは長かった。柿島はむかしからその場にふさわしい態度でふるまう術を知っていたはずなんだが、それほどおかしかったんですか」

「ひどくおかしいものでした」彼女はまた笑みを浮かべた。「あの大学のカフェテリアは、ほかと同様、ピックアップしたメニューをレジで精算したあとテーブルにつく。そんなデリカテッセンスタイルでした。ただ予想どおり、たしかにどの料理も安かったけれど、あまりおいしいとはいえませんでしたね。私も友人も大量に料理を残しました。というよりひと口かふた口食べただけなんです。正直にいえば、それ以上、口にいれる気にはならなかった。するとそのとき、ふいに隣のテーブルから声がかかりました。ここ、おそろしくまずいでしょうって」

「それが柿島だった?」

「ええ」彼女はくすくす笑いながら、口に手をやった。「隣のテーブルに東洋系らしい男性がいることには気づいていたけれど、日本人だとは思いませんでした。それにおじさんでしたし、あまり気にかけていませんでしたから、少々おどろきました」

「当時、柿島はまだ三十代半ばでしょう。おじさんはひどいんじゃないのかな」

「でも二十代前半の小娘にとって、じゅうぶんにおじさんだとはお思いになりません？」

「異議はなくもないですね。人によりけりじゃないのかな」

「ごめんなさい。いまの私なら、そういう感想を持った自分をおバカさんだと客観的にはなれるんですが」

彼女は目をおとし、空になった私と自分のグラスを手元に引きよせ、ふたたびワインを注いだ。両手で瓶をかたむけるその姿を、私は黙ったまま見つめていた。私のグラスがもう一度さしだされ、私は礼をいった。彼女が顔をあげた。

「そのあと、柿島はなんといったとお思いになります？」

「さあ」

「私たちの残した料理を見て、それをもらってもいいかって」

「そういえば柿島はあのころ、食欲旺盛でしたね。太ることはなかったが」

「彼はこちらのテーブルに移ってきました。そして、ここはあらゆるメニューがマンハッタンで最悪です。そんなふうにさんざん悪態をつきながらも、私たちの料理を次々、お腹にいれていった。気持ちのいいくらいの食べ方でした。私と友人はビックリして、ただ眺めているしかなかった。それがはじめての出会いでしたが、あの光景はいまも忘れられません」

「柿島にも意外なところがあったんだ」私はいった。「海外生活のせいかもしれませんね。そのあとは、どうされました？」

「満腹のお礼にといって、メトロポリタン美術館に案内されました。私にははじめて訪れる場所だった」

　メトロポリタンくらいなら私も知っている。「それまでは、観光スポットとして敬遠されていた？」

「そうです。ほんとうに無知だったんですね。たしかに観光スポットではありませんもの。雑談するうち、メトロポリタンにいったことがないというと、彼は非難するような顔つきにさえなりました。五点も所蔵されているフェルメールを観たことがないのかって」

　今度だけは素直に答えることができた。「フェルメールなら私も好きです。ニューヨークに五点もあるとは知らなかったが」

「私が無知でおバカさんだったというしかありませんね。私も友人も案内されて、はじめて彼の知性に驚嘆しました。美術の造詣だけでなく、さまざまな方面で教養があまりにひろくて深かったものですから。それで、私の友人が彼にぼうっとなっちゃいました」

「柿島にぼうっとなった女性は、ずいぶん多いんじゃないのかな。奈穂子さんは例外だったんですか」

　彼女ははじめて声をあげ笑った。私がはじめて聞くタイプの笑い声でもあった。自然で素直な笑い声にも、想像さえしなかった深みと奥行きがあることを私は知った。

「好意は持ちました。でも、そのときはそれっきり。名刺はもらったし、こちらも連絡先は伝えましたけれど」

「率直にいって」私は口を開いた。「これが下世話な好奇心だといわれりゃ、それは否定しませんが、再会されたのはいつだったんだろう」

「三年後です」

私はため息をついた。「柿島は仕事は早いのに、こういう件にかんしちゃ悠長にすぎる」

「そうでもありませんでしたよ」

「どういうことでしょう」

「彼がその半年後、ＭＢＡを取得したあと、帰国するので会いたいと電話で連絡がありましたから。その際、プロポーズされました。いきなりだったし、おまけに電話でしょう？　ほんとうにおどろきました」

私は首をふった。「わからないな。まったく、柿島らしいといえばいえるし、そうでないともいえる」

「同感です。でもそれが結局、本来の柿島だったんでしょう。ＭＢＡ取得に集中していた時期でもありますし」

「そうかもしれませんね。で、そのとき、奈穂子さんは電話でなんて答えたんです？」

「お断りしました。当時、もう私には婚約者がいましたから」

そういって彼女はワインのグラスをひと息に空けた。その飲み方は、はじめて彼女に見るいくらか投げやりなしぐさにみえた。

24

「堀江さん、アメリカへは何度くらい……」口を開きかけ、柿島奈穂子は小首をかしげた。「ごめんなさい。柿島が申していたことを思いだしました。堀江さんは特殊な経歴をお持ちでいらっしゃいましたね。海外旅行は一度もなさったことがないとか」

私は苦笑した。「特殊な経歴を持っているというより、常識的な経験を持っていないというべきじゃないのかな」
「なにかポリシーでもおありなんでしょうか」
「そんなたいそうなものなんかありませんよ。ただめんどうだっただけなんだから。私はこれま
で、成りゆきでやってきた人間なんです。たぶん、人並みの好奇心が欠けているんでしょう」
いってから気づいた。そういうことだ。おれはなんで、いままでこういう生活しかできずにい
たんだろう。遠くまで足をのばそうなどという興味が動いたことは一度もない。若いころですら、
彼女のようにしかるべき場所へでかけ、なにかを獲得し、何者かであろうという意志も関心も持
つことはなかった。目のまえにある小石を右から左に移し、後悔してふたたび左から右にもどす。
これまでのおれの生活は、そんな無意味な作業の繰り返しであったにすぎない。一瞬、索漠とし
た思いにとらわれ、愕然とした。そんな気分を覚えたのは、はじめての経験だったからである。
彼女はワイングラスを両のてのひらで支え、ひっそりと笑みを浮かべた。
「堀江さんは自然体で生きてらっしゃるんですね」
その言葉を反芻するうち、通夜の際、顔をあわせたときの印象がよみがえった。目のまえにい
る女性は、静かでやわらかな春の雨を思わせる。さきほど覚えたばかりの気分が和んでいった。
「物は言いようですね。それも明晰な人にしか可能でない言い方があることを教わりました。お
心遣いは感謝すべきなんでしょうが、どうも私は私自身にあまり興味が持てないようです。差し
支えがなければ、話の続きを聞かせていただけませんか。のんきな柿島が半年ぶりに電話してプ
ロポーズしたとき、奈穂子さんはもう婚約していたとおっしゃった」
黒いワンピースの襟からほっそりした白い首がのぞいている。その正面で白ワインが揺らめき

ながら淡い光を放ち、向こう側にある彼女の笑みと溶けあった。

「そう。たしかにのんきでしたね。私の身勝手な言い分ではあるのでしょうが、あとになって心底、柿島を責めたくなったほどです。彼はのんきにすぎました」

「婚約された相手は、どういう人物だったんですか」

「私の専攻していた財政学の教授です」

「教授？」

彼女はうなずいた。「四十過ぎのおじさん。ジェイムズ・ファレリーという名でした。ですから私はかつて、ナホコ・ファレリーであった時期を持っています」

「……おじさんで教授、か」

ナミちゃんの弟、マイクが帰米するまえに話してくれた向こうの留学事情を思いだした。日本の大学を卒業したばかりでＭＢＡの取得を目指すには、並大抵の語学力では間にあわない。ロールプレイというらしいが、架空の役割分担を決めておこなうディスカッションの授業では、会話の機微や議論の流れのニュアンスを理解したうえでの説得能力まで採点の対象になるという。それで資格を取得したのだから、彼女は当然、非凡な学生ではあったのだろう。とはいえ、国内での社会経験さえ持たず、留学したばかりの世間知らずの女の子にとって、教壇に立つ人物は権威の象徴に映るかもしれない。財政学がなにを教えるのかは見当もつかないが、彼女が環境の影響をうけやすい、白紙の立場におかれていたことくらいは想像がつく。

「堀江さんがなにを考えていらっしゃるのか、察しがつかないでもありませんよ」

「じゃあ、私はなにを考えているんですか」

「右も左もわからない女の子がいきなり異質な世界で暮らしはじめた。そんな環境にあって人間関係を錯覚し、一種の判断ミスを犯した可能性があるのではないか。そういうお話を想像されてらっしゃるのではないでしょうか」

「正直にいえば」彼女の直観に脱帽して、私は素直に答えた。「まあ、似たようなことを考えました。しかし恋愛関係であっても、ふつうなら留学後、もう少し間があっておかしくないでしょう。失礼ながら、慎重な性格とお見受けしたもので、早々の婚約のお話には違和感を覚えました」

「時代背景がありましたから」彼女がいった。「私が留学したちょうどそのころ、全米のあらゆる方面でセクハラがクローズアップされていました。この問題にまつわるさまざまな個別訴訟も頻発し、不当な行為への抑止力が急速に高まりはじめていた時期です。とくに大学ではいわゆるキャンパスセクハラ、教える側と教えられる側の不透明な関係排除といったかたちで波紋がひろがっていました。だから彼も、学内で妙な疑惑を招かないよう、婚約という公的な形式を急いだみたいですね」

他人事のように話した彼女は、具体的な事例まであげ、ひとしきり当時の向こうの世相について説明をつづけた。私はといえば、耳をかたむけながら、間抜け面をさらしていたにちがいない。アメリカの国内事情など、これまで海の向こうの話どころか、火星の地殻構造とおなじ程度に関心がなかったからである。だが彼女の聡明さを考えれば、よけいな話で回り道しているような印象があった。そのうち、気づいた。たぶん、彼女はこのあとの話をできるだけ、先送りしたい気分でいるのだ。だからこその迂回にちがいない。黙って待った。彼女がいったん口をつぐんだとき、ようやく私は口をはさんだ。

「すると、向こうでは大学の先生と在籍している学生どうしが、婚約するとか結婚するのはめずらしくないんですか」

「ポピュラーとはいえないでしょうが、それほどめずらしくもありません。ジョージタウンだけでも、私以外に教職にある人物をパートナーにした学生は二、三、知っておりましたから」

彼女は顔を伏せ、グラスのワインに口をつけたが、やがて猶予の期限切れを悟ったように顔をあげた。視線がわずかに揺れた。

「結婚したのは、婚約数カ月後、私の在学中のことでした。彼は、大学近辺のポトマック川沿いの新居を探してくれました。ジョージタウンは、全米でも最古の街のひとつで、古めかしいおちついた家並みの美しさはちょっと類がありません。おまけにそのころは桜の季節で、花が満開だった。あの光景だけで、当時、私の夢は大きく膨らんだものです。それまで夫は温厚で包容力のある男性だと、かたく信じておりましたし」

そこで彼女が言葉を切ったので、私が話を継いだ。

「それまでというと、以後はちがうように聞こえますが」

「おっしゃるとおり、結婚後、彼はがらりと変わりました。あるいは本来の姿をみせたというべきでしょうか。結婚生活をおくりはじめてすぐ、彼はワイフビーターに変貌しました」

「ワイフビーターというと……、暴力をふるわれたんですか？」

彼女がうなずいた。「私に人を見る目がなかったといわれればそれまでです。またご想像されたように、人間関係を錯覚するミスを犯したといわれても、反論しようがありません。ですが、信じられないほどの変わりようでした。具体的に話すだけで、いまも苦痛を覚えるほど凄まじいDVの横行があった。そういって過言ではありません。生半可でない暮らしが一年以上、つづきました。あの時期には、嵐の渦中にいるような季節だったという最悪の記憶以外、なにも残っておりません」

「DVって、ドメスティック・バイオレンスでしたっけ」

「そう。いわゆる家庭内暴力ですね。過去の夫を非難するのは醜悪なふるまいのひとつでしょうが、この件にかんするかぎり、私はどんな罪悪感も覚えません。彼は私を妻ではなく、依然、学生として扱いつづけたんです。有難迷惑なことに毎夜、私に講義もしてくれましたよ。そんな折り、私が回答ですこしでもミスをすると、無能者、売女といった罵倒を浴びせられ、あげくに殴打されました。力のかぎり、それも人目につかないところを計算して彼は打撃を与え、やむことがなかった。いまも私の身体の一部には醜い痣《あざ》が残っています。こちらは当時に較べると、かなり回復はしたものの、精神的損傷は癒えてはおりません」

自嘲めいた笑いを浮かべ、そこで彼女は息をつくようにワインに口をつけた。私は黙って続きを待った。

「何日か寝こんだこともあります。あとになって思ったことですが、リベラルな土地柄への反動もあってか、教授という職種の権威に由来する満足感を、彼は家庭で確保したかったのかもしれない。毎日の帰宅は、私にとって地獄へ帰るに等しかった。なぜ、すぐに離婚を考えなかったのかと、当然の疑問をお持ちでしょうが、当時はおそらく教授の権威という一種の呪縛にとらわれていたのだろうと考えております。いまの私なら即刻、訴訟を起こすでしょうが、そのころ、幼い私の頭にあった選択肢はとても貧弱だったようです。離婚という形式はなぜか思い浮かばず、それ以外のどんな方法で彼のもとから脱出するか。それだけしか頭になかった。わが事ながら、いまだにこの点が不思議でなりません。皮肉なことに、この脱出願望が強力な動機になり、歯を喰いしばってMBA取得に努力する結果となったわけです。卒業後はすぐ、ウォール街の証券会社にリクルートされました。ブラックマンデーを経験して、徐々に市場が活気をとりもどしはじめていた時期です。予想どおり、夫からの凄まじい仕打ちはあったものの、最終的に私はひとりでニューヨークへの移住に成功しました。私の経験は奇態きわまるものかもしれませんね。堀江さんは、こういう話をどんなふうにお考えになります？」

語りつづける彼女を眺めていただけの私は、グラスをいじりながら口を開いた。

「似た例はなくもないでしょう。それどころか、あちこちに転がってるんじゃないのかな。たとえば、カルト集団の信者がなにかトラブルのさなかにあって教祖を非難することなく、自身をどのように集団から切りはなすか、その手段のみを考えるといった思考形態に似ていなくもない。奇態ともおっしゃったが、複数の相対的な価値基準がない環境なら、そういう事態の存在しないほうが不自然なくらいだ。夫婦でいうなら、それが一種の閉ざされた関係である以上、心理的にいってもさほどめずらしくない事例だと私は思いますね」

彼女が目を丸くした。「柿島もまったくおなじようなことを申しておりました」

「あいつと私の思考形態も似てるのかな。ところで、お勤めになった証券会社はどちらだったんですか」少々後ろめたさを覚えながら、私は質問をつけくわえた。大原から聞いた斉藤という男の話をしてもよかったが、いまは話が複雑になるだけだ。「向こうじゃ転職は日常茶飯事だし、キャリアアップの手段と聞いています。いまいらっしゃるハンプトンズ証券ではなかったんでしょう？」

「デクスターサリヴァン。ご存じでいらっしゃいますね」

私は納得してうなずいた。彼女にはほかの勤務経験がない。

「金融の大御所ですね。最初からああいうところで働く新人は、大学でも成績がきわめて上位の少数に限られると聞いています。すると、さきほど、あまりお利口さんでなかったと謙遜されたのは、ワシントンにいらっしゃったその学生時代を指してのことですか」

「それだけではありません」彼女は力のない笑みを浮かべた。「事はそれだけで終わりませんでした。事後に起きた、私にとってはより重要な事件のまえにお話しておきますが、市場にかかわる仕事は、私には天職のように思えました。アメリカへ留学した当初以上の新鮮な刺激がありましたから。ルーキーにしては、私は多忙をきわめていましたが、たとえ二十代半ばの娘がかつて経験したことのない仕事を発見して有頂天になっていたといわれても、その指摘は甘受したいくらいです。ちょうどそんな折り、別居して間もないころ、ある事実に気づきました。妊娠でした」

「妊娠？」

彼女はうなずいた。そしてそれ以上の質問はうけつけないといったようすで、話をつづけた。

「これは自分でも不思議なんですが、夫がどのような人物であれ、いざ自分のお腹が動くとなると、まったく異なる感情を覚えるものですね。いつかやってくる子どもとの、ふたりだけの生活を私は夢想しはじめました。じっさい生まれてみると、ほんとうに可愛かった。男の子でした。ジョージと名づけました。日米双方で通用するように考えた名ですが、この息子と仕事。私には生き甲斐がふたつ生まれたともいえます。赤ん坊の彼とともにすごした日々は、ほんとうに充実していました。ところで、そんな生活に満ち足り、ようやく離婚を本格的に考える精神的な余裕ができたそのころ、夫は週に一度ほどニューヨークの自宅——家賃の捻出には苦労したものの、私はなんとかマンハッタンにフラットを見つけていました——にやってくるようになっていたんです。別居となると、さすがに彼が暴力をふるう余地もさほどなく、息子に会うという口実なら、来訪を拒絶する理由にも限界がありましたから。彼がそんなふうにして、私の住居を訪れていたある週末の午後のことです。息子が事故死しました」

私はその話をぼんやり聞いていた。妊娠、誕生、事故死……。波瀾の連続を聞いても、私はさほど衝撃をうけなかった。目前にいる女性の語った物語がなぜか遠い風景のようだった。彼女には母親である一時期があった。その一点だけが強い印象を残したにすぎない。おれは冷たい人間なのかもしれないな、と考えた。あるいは母親の赤ん坊への愛情を想像する能力さえ欠落しているのかもしれない。

彼女の視線が下におちた。ふたたび彼女が顔をあげたとき、その目から涙があふれていた。拭われることもなく、静かに頰を流れていく。その涙を私は黙って見つめていた。やがてしずくは彼女の膝に音もたてず染みをひろげた。

「お子さんがおいくつのときだったんですか」と私はたずねた。

「生後四カ月でした」

私は手にしたグラスをふたたびいじった。その丸みを確認するように何度かなぞってみた。

「お気の毒に……。申しわけありません。こういう話を聞いたとき、どういう言葉をかけていいのか、よく知らないんです」

「どなたでも、そうでいらっしゃるでしょう。もっとも、私の口からこの話をしたのは、柿島以外、堀江さんがはじめてです」

沈黙がおりてきた。柿島の家にやってきてからはじめて居心地のわるい沈黙だった。

「失礼ながら、あえておたずねしますが、どういう事故だったんでしょう」

彼女はうなずいた。自分に向け、自分を納得させるようなうなずき方だった。「きょう堀江さんがお見えになると聞いたときから、この件はお話しようと考えておりました。結論を最初に申せば、ほとんどすべての責任は私にあります。私が彼を抱きながら部屋のなかを移動したとき、蹴つまずいて転倒した。それが直接の原因です。彼は私の腕のなかから放りだされました」

「部屋のなかで転倒して？　一般的に、赤ん坊の骨はやわらかいでしょう？　それが原因になったのなら不運としかいいようがない。お子さんは、頭を打ったんですか」

「そのとおりです。最悪のケースでした。彼は書物の角に頭部をぶつけました。書物が災いしたんです」

「書物？」

彼女はじっと私を見つめている。最初そんなふうに考え、すぐ思いちがいに気づいた。その視線はどこかはるか遠くを向いているようだった。表情に虚脱がある。どこか遠くは、たぶん彼女の過去だったろう。

「ジム・ファレリーです」唐突に彼女はそういった。「夫はその前夜、すでにマンハッタンにおりました。私が部屋に泊まることを拒絶したため、ホテルをとっていました。その翌日の日曜午後、息子に会うため私のところへやってくるという経過をたどった。そのころは、そういう習慣が定着しつつあったんですね。彼の来訪時、息子はべつの寝室で眠っておりました。その旨を告げると、彼は、起きるまで待つ、と申しました。同席するのがいやで、私はリビングルームをはなれました。この判断が、結果的に致命傷になったかもしれません。私はベビーベッドのすぐそばにいて、ずっと息子の寝顔を眺めていました。いつもそれだけで幸せな気分になれた事実を思いだすと、やはり私は母親であったのでしょう。一時間もたったでしょうか。目覚めて泣きはじめた息子にミルクを飲ませ、抱きあげて夫のいるリビングルームに向かいました。ほんの短時間、彼に顔を見せるだけのつもりで。ところが部屋にはいったとたん、室内の光景に私は唖然としました。床一面、書棚にあった書物、それもそうとう重い書物までもが乱雑に散らばっていた。理由がまったくわからず、おそらく私は混乱していたはずです。呆然としていると、彼の声が聞こえてきました。きみの読んでいるものはすべて無内容なガラクタだ、私の授業は忘れたのか、と。ようやく私は事態を悟りました。もちろんたずさわる仕事の関係上、参考に読む書籍は、彼の授業とはまったく無関係のものです。そのまま私は踵をかえすべきだった。ですが、過ちを犯しました。彼を問いつめるため、二、三歩、足を踏みだしたとたん、床に散らばった本のひとつに足をとられ、私は前のめりに倒れていきました」

そこで彼女は口をつぐんだ。

「で、息子さんが奈穂子さんの腕からはなれていった？」

「そうです。私が投げだしたように宙を飛んでいきました」彼女はそういって静かにうなずいた。

「あれは、とりかえしのつかない光景でした。わるい偶然が重なったとしか思えません。リビングルームにはシャギーカーペットを敷いていました。息子が歩きはじめるころのことを考えて敷いたカーペットです。なのに、床に散らばった書物のなかでもっとも重いひとつの角に、あの子の頭は衝突した。夫が直前にやってきてさえいなければ、そして私が彼から目をはなすことさえなければ、書物が床に散らばる事態はあり得なかった。たまたまその書物が堅牢な角を持つ立派なハードカバーでさえなければ、ダメージは軽いものですんだかもしれない。その書物が、テーブルの足に密着さえしていなければ、ある程度のクッションがあり得たかもしれない。私が向きあって息子を腕に抱いていなければ、あの子は後頭部に打撃をうけることがなかったかもしれない……。息子が意識を失った直後、即座に救急車を呼びました。診断は硬膜下血腫。緊急の開頭手術がおこなわれましたが、その三時間後、私は息子の死を告げられました」

彼女が話し終えると同時に、静寂が訪れた。彼女は身じろぎしなかった。私も動かなかった。沼の底のような静寂のなか、周囲のなにものも動く気配がなかった。唯一の例外といえば、彼女の涙だった。彼女は声もなく、ふたたび涙を流していた。私は黙ってその姿を眺めていた。私にできることはなにもない。

どれくらいの時間がすぎたのかはわからない。

「ごめんなさい」静かな声が聞こえた。「みっともないところをお見せして」

それから彼女はそばにあったティッシュペーパーをとり、目と鼻を拭った。そのときになって、はじめて気づいた。化粧が崩れていない。ということは最初から、彼女はほとんど化粧していなかったということだ。ふと、奇異な自責の念を覚えた。ひとりの女性が語る最悪の記憶を聞いたばかりだ。なのに、彼女の息子の事故でなく、なぜこんな瑣末なことをおれは考えるのだろう。私は突然、自分がいやになった。そして近くにあるワインクーラーから露をまとった瓶を抜き出し、彼女のグラスにかたむけた。彼女は、黙って私のしぐさを眺めていた。

長い沈黙がつづいたあと、私はようやくその気になった。彼女を過去の追想から切りはなすべきときだ。

「ところで」と私は部屋の片隅にある祭壇に目をやった。「奈穂子さんが柿島と再会されたのは、最初に出会ってから三年後とおっしゃった。だいたいそのころになるんじゃないんですか」

「ええ」彼女がうなずいた。「息子が死んだ日の三日後でした」

「三日後？」

「私から電話したんです。するとお願いもしていないのに、彼はすぐ東京からやってきてくれました。有給休暇をとって」

「電話されたんですか。三年間、会ってらっしゃらなかったんでしょう？」

「ご説明しませんでしたね。話は前後しますが、じつは私が働きはじめたころ、こちらから一度、電話したことがあるんです。デクスターサリヴァンをふくめ、金融企業にとって日本市場の魅力には捨てがたいものがあります。八七年のブラックマンデーによる世界恐慌の恐れを喰いとめたのも、東京市場でしたから、当時は低迷している現在より関心が高かったといえるでしょう。なのに、日本語を話せる専門家は少数でした。私が就職できた背景にも、この有利な条件があったことは、わきまえております。私はアナリストとして、ニューヨーク市場でＡＤＲ――こういった専門用語は無視してください――を発行している企業分析を中心におこなっていたのですが、なにしろ学生上がりですから、入会したニューヨークの日本クラブの会員以外、日本企業社員の方々をあまり存じあげません。そのため、就職のごあいさつを兼ね、名刺をいただいた人たち全員に連絡を差しあげたいきさつがありました。柿島はそのひとりですが、彼だけと以後、何度も電話で話す機会が生まれておりました」

「それは、いつもあいつのほうから電話してきたためでしょう？」

彼女の表情にかすかな笑みが浮かんだ。どれくらいの時間、この表情を見なかったろうと、私は考えた。

「おっしゃるとおりです。週に一度くらいの頻度で、彼から連絡がありました。息子が亡くなったときも、すぐ報告しなければいけない人になっておりました。いえ、報告すべきは親族以外、彼ひとりであったといったほうが正確かもしれません」

「遠距離恋愛にしちゃ、ちょっと距離がありすぎるな。いや、遠距離恋愛というより、柿島の片思いか。で、柿島は即座にそちらへ飛んでいったというわけですね」

「ええ。でもそのおかげで、ほんとうに助かりました。彼が私の代わりになにもかもやってくれましたから。その際、それまで彼には電話で話せなかった、さきほど申しあげた事情もすべて打ちあけました。すると彼はすぐ私の弁護士に会い、私がぐずぐずしていた離婚の手配にまで手をつけてくれたんです」

私は首をふった。いったん留学したとはいえ、いま現在暮らしていない異国の地でそんなところまで気配りできたのは、やはり柿島であったからこそだろう。おれには、というよりだれにもとうてい真似できない。

「しかし、再会されてから結婚まで、たしか二年あるでしょう？　やつならすぐまたプロポーズしたと思うんですが、なぜ、すぐ結婚なさらなかったんですか」

彼女は首をかしげた。「やはり仕事がおもしろかったからでしょうね。でも、いまはそれをもっとも後悔しております。そのときすぐ承諾していたら、二年、あと二年長く柿島といっしょに暮らせる期間があったのに。それだけが残念でなりません」

私は彼女の表情を見つめていた。柿島奈穂子の胸中には、柿島以外、ほかのだれもはいる余地がないのだ。これからもずっとそうだろう。

「なるほど」と私はいった。「それならそろそろ私は失礼しましょう。奈穂子さんはやはり、柿島の思い出といっしょにいるほうがいい」

「もうお帰りになるんですか」

「ええ。ただ事務的な質問を二、三させていただけますか」

私はグラスのワインを空にしてそういった。だが、たいして収穫はなかった。疑問を確認できたものの、ほぼ予想どおりの答えがかえってきたからである。電話ですますべきだったな、と私は考えた。

25

九時半だ。三時間がすぎた。

第二京浜の向こう側にある出口からまた集団が吐きだされ、通りの両脇に流れていった。目当ての人物は見あたらない。

最初の三十分は、コンビニで雑誌をめくりながら外を眺めていたものの、さすがに気が引け、以後、ときおり位置を変えながら表の通りに立ちつづけた。まだ人出は絶えていないが、あと一時間もすれば、事情は変わるだろう。レンタカーを借り、クルマのなかで待機すべきだったかとも考えたが、こんな場所にクルマを停めていればそちらのほうが目立つだけだ。要するに待つしかない。

丸山は、戸越銀座をとおって通勤しているといった。東急池上線にも戸越銀座駅はある。だが自宅を戸越と聞き、都営浅草線の？　と私が問いかえしたとき、よくご存じですね、路線まで……、彼はそう答えた。駅に出口は三つあるが、戸越銀座をとおるなら、商店街のすぐ脇にあるこの出口以外、考えられない。

メイマートの終業時刻は六時だった。きょう株主と名乗り、ＩＲ部門に電話して、四季報にも載っている社員の平均給与や資格を問いあわせた際、ついでに訊きだした。麹町の勤務先からこの駅まで最低四十分はかかる。戸越には夕方やってきて、周囲を一時間以上は見てまわった。ここで待機しはじめたのは六時半である。

丸山の帰宅がおそいのは、飲んでいるせいか、社内で残業しているせいか、四月からの役職のために担当エリア内のフランチャイジーをチェックにまわっているせいか、あるいはその組あわせか。まず、そのどれかだろう。現在の丸山の立場なら出張は考えにくかった。やっかいなのは、タクシーで帰宅するケースだが、終電までならほぼ電車をつかうはずだ。三千円以上のタクシー代をしょっちゅうつかえるほど優雅な身分とも思えない。きょうがはずれなら、あすもう一度、待機するつもりだった。

今夜は寒気がもどっている。コートのポケットに手をいれながら待ちつづけた。地下鉄出口に降りていく人影はまばらだが、階段をのぼってくる集団の出現には、十分ほどの定期的なインターバルがある。途切れをみせないのは、こちら側と地下鉄出口を隔てる第二京浜のクルマだけだ。

十時をすぎたころ、徐行した大型のコンテナ車が視界をさえぎった。車体が消えたとき、出口に人の群れがあった。その先頭に、コート姿の丸山の姿がみえた。交差点に向かい歩いていく。その背後に私は目をこらした。警察の行確の対象になっている可能性を考えたのだが、どうやら杞憂らしい。

マンション駐輪場の壁際に私は移動した。戸越銀座の商店街も第二京浜と垂直に交差している。向こうにいくか、こちらにくるか。眺めていると、丸山は青に変わった交差点をわたりはじめ、人波にまぎれて商店街のこちらの入り口に姿を消した。私は急ぎ足になった。可能性は低いが、自宅が商店街からはいってすぐのところにでもあれば、事はめんどうになる。交差点から曲がり角を三つほどのところ、パチンコ屋の手前で、数メートルの距離まで追いついた。前かがみになったコートの背中を見ながら、私は歩きはじめた。

商店街はこの時間、帰宅を急ぐサラリーマンか、なにをしているのか皆目、見当のつかない若い連中以外の人種はかなりへっている。丸山は、道路の左側を歩いていた。なら左に曲がるいつもの通りということだ。通勤にも目に見えない獣道《けものみち》がある。サラリーマンを辞めた人間でないと気づかない獣道だった。

三分ほど歩き、丸山はラーメン屋がある角で左に折れた。あとを追って曲がると、急にひと気の絶えた住宅街になった。さっきこの周辺をうろつきまわり、ある程度、環境は頭にはいっている。少し先では、視界のひろがった位置から新興住宅街の一角が遠くに見わたせた。この近所からそのあたりの建て売りまで、どのへんに住んでいるのかはわからない。いつ自宅に到着するかどうかがわからない以上、さほど余裕はない。

最初のゆるやかな曲がり角をすぎたあたりで、背後から声をかけた。

「丸山課長」

ぎくっとしたように足をとめ、丸山はふりかえった。街灯の薄明かりの下で、顔が蒼ざめてみえる。ようやく私を認めたらしく、目を丸くしてつぶやいた。

「堀江さん、でしたか」

私は彼に追いついた。

「いやあ、奇遇ですね。ついきのう、お会いする機会があるかもしれないとお話したばかりなのに、これほど早いとは思わなかった。さっき、そこのラーメン屋にいたんですが、窓のそとに丸山さんの姿をお見かけしたもので、おどろいて店をでてきました」

「ほほう」と彼はいった。その顔には驚きというより、こちらの言い分を信用していない気配が見てとれる。「なにも、食事を中断されるほどのことはなかったのに」

「いえ、ちょうど食べ終えたばかりだったので。それに私も食後、ぶらぶらしようかと考えていたところでした。きょうは冷えるが、この程度のほうが散歩には気持ちがいい。途中までご一緒してよろしいでしょうか」

丸山は躊躇する素振りをみせた。それからすぐその素振りは、露骨なしかめっ面に変化した。気づかないふりをして私はさきを歩きはじめた。すると、途中までならあきらめるかといったようすで、首をふりながら渋々、彼も横を歩きはじめた。

「丸山さんのお宅は、このご近所ですか」私はたずねた。

「いえ、まだ十五分ほど歩かねばなりません」

「ここから十五分ですか。それなら駅からけっこうな距離になる」

「まあ、そうですが、駅近辺の戸建ては安サラリーマンには無理ですよ。いまの住まいも、ローンはまだずいぶん残っております」

「ローンか。私のように安定しない自由業だとローンも組めない。そういえば、メイマート社員のみなさんも高給ながら、能力給でしたね。その点、失礼ながら安定という意味では磐石とはいえないかもしれない。おなじ課長職でも五十パーセント以上の給与格差があるという」

「ほう。よくご存じで」

向こうからやってくる人影がみえた。近所の主婦らしい。彼女をやりすごしてから私はいった。

「能力給はいまでは常識ですが、メイマートさんの導入はかなり早かった。先鞭《せんべん》をつけたともいえるころじゃなかったかな。当時は、私もサラリーマンでしたが、新聞で大きな記事になったでしょう。内容もずいぶん大胆なものだったので、これも時代の流れかと考えた記憶が鮮明に残っております」

「いわれてみると、そうですね。かなり早期の導入でした。そうか。堀江さんはあのころ、まだサラリーマンでいらっしゃったのか」

またわずかのあいだ、私は答えないでいた。通りの両側には古い住宅が並び、ひと気はまったく絶えている。たしかこの先に個人の住居らしい工事現場があったはずだ。と思ううち、現場の青いビニールシートが視界にはいった。私はふたたび口を開いた。

「ですから、サラリーマンの気持ちはいまでもよくわかるつもりでおります。その点、丸山さんの今後の見通しはいかがですか。この四月一日付の異動で、給与はやはり大幅なランクアップになりそうなのかな」

丸山は足をとめた。

「どうして、私の異動をご存じでいらっしゃる？　内示段階で、正式にはまだ発表されていないはずですが」

「配付済みの報道用プレスリリースには、もう記載されているようですよ。丸山さんが第3エリア統括課長に異動される件は、二、三日うちに業界紙あたりには載るんじゃないんですか」

丸山は眉をひそめ、私を見た。だがおちついた声で答えた。

「そうか。堀江さんはそういう情報ルートをお持ちなのか。しかし、いまのお言葉、異動の件はともかく、給与の話はいかがなものかと思いますよ。率直にいわせていただけば、いささか礼を失しているのではないでしょうか」

「失礼を申しあげたのならお詫びします。たしかに、私には社会的常識が欠如しているのかもしれません。嘘八百を並べたてる人に対しても、社会人ならやはりそれなりの礼儀は必要かもしれない」

「嘘八百？　それは、私が嘘をついたという意味ですか？」

「そのようですね。丸山さんの話のデタラメさ加減は、一般の勤め人ならだれにでもわかるレベルのものでしょう。サラリーマン感覚のない警察がどう思っているかは知りませんが」

「堀江さん。なにか含むところでもあるんですか。そもそも、こんなところで接触された偶然も疑わしいと私は思っておりますよ。嘘というなら、なんのことをおっしゃっているのか、具体的に指摘していただきたい」

丸山の口調は、はっきりした怒気を帯びていた。

「いくつかあります」と私はいった。「きのうの段階で異動の件を伏せられたのは、内示という点から、まあ、おいてもいい。ですが、丸山さんは柿島の通夜に参列したとおっしゃった。名刺は切らしていたが、香典はおいてきたとね。そのようにお聞きしたが、私が確認したところ、これは事実ではありませんね」

「そんなバカな。私はきちんと参りましたよ。池ノ上の禅輪寺という名も覚えている。なんなら、香典袋を調べてもらえればわかるはずだとお教えしたと思うが」

「ほう。寺の名前まで覚えてらっしゃる。丸山さんの記憶力はたいしたもんだ。じつは私、昨夜、柿島の自宅を訪問したんです。その際、不躾ながら未亡人に香典をいただいた人物のリストを拝見させていただきました。受付のつくったリストのようですが、たしかに丸山さんのお名前はありましたね」

「それならなにも……」

「しかしリストに名があったところで、禅輪寺まで足を運んだという証明にはならない。丸山さんもサラリーマンなら、よくご存じでいらっしゃるでしょう。忙しくて時間がとれないときなど、香典を人に託すことなど、しょっちゅうある。私はきょう午前、ハンプトンズに電話してみました」

「なにをおっしゃりたいのか、まったく脈絡がないように思うが」

「まあ、お聞きください。通夜の受付を担当した女性に当日のことをたずねてみたんです」

「受付の女性？」

丸山は眉根をよせた。街灯の薄明かりのもと、表情に浮かんだかすかな不安のいろを私は見逃さなかった。すくなくとも最初の入り口はまちがっていない。

刑事の関根から聞いた話、当日に参列者をチェックしていた彼らが、丸山の姿を見かけなかったという事実を話すつもりは最初からなかった。あの夜、受付にいた者へさまざまな指示を与えていたのは柿島奈穂子の秘書、長浜という若い男だ。彼の話を聞きたかったが、たまたまきょう、彼は有休をとっていた。だから問いあわせたとき電話にでた若い女性にたずねるしかなかったのだが、偶然の幸運にめぐまれたのかもしれない。柿島奈穂子の名をだすと、彼女はていねいに応対してくれた。

「その女性ははっきり記憶しておりました。それというのもメイマートの会葬者があまりに少なかったのが理由らしい。役員おふたりがみえたが、そのふたりが香典を三つさしだしたのは、はっきり覚えていました。そのひとつが記帳された名でない丸山という姓だったそうです」

私も嘘をついた。彼女がなぜそんな些細な点まで覚えていたかという、ほんとうの理由だ。彼女の名前もまた、丸山という姓だったからである。だがそれだけで、目のまえの丸山には一定の効果があった。彼の口調がいくらかあらたまった。

「事実を申せば、たしかにご指摘のとおりです。その程度のことをなぜわざわざお調べになったのか、これについては強い疑問を持つものの、結果的に偽りを申したことにはなりました。この点、深くお詫びしておきます」

私は彼を見た。表情が変わっている。いまはふたたび、きのうとおなじ流通大企業に勤務する一課長の能面の顔だった。口調まで、慇懃《いんぎん》さを基調とするものにもどっている。

「ならなぜ、ああいうたわいもない嘘をつかれたんでしょう」

「自分が情けない。そういう思いがあったからではないでしょうか。柿島木部長には、あれほどお世話になった。その詳細は、堀江さんと三上社長に縷々《るる》申しあげましたね。である以上、通夜にさえ顔出しもしなかったとはとても口にはできなかった。欠礼の理由を申せば、通夜に出席すれば、また会社から目をつけられかねないという恐れがあったからです。もちろんあのとき、私はすでに異動の内示をうけておりました。サラリーマンの私にとって、大いに歓迎すべき異動です。その取り消しを恐れました」

「それなら、香典まで託す必要もないと思うが」

「矛盾しているようですが、これもまた、せめてものという思いからというほかありません。さすがに私も忸怩《じくじ》たるものがあり、悩んだあげく、私の直属部長に率直に相談しました。すると、彼のいうことには、役員ふたりが参列するので香典を託せばいい。私が故人と親しかったことはある程度知られているから、そのあたりが適当だろう。そんな助言がかえってきた。部長自身が役員に話を繋いでくれるともいってくれました。その結果があういう事態になったわけです。しかし責められても仕方ないとお考えなら、これはお詫びするしかありません」

「その場しのぎの嘘に嘘を重ねると、どうしてもボロがでる。丸山さんのお話にもう、私は辟易《へきえき》しているんですが」

「しかし、通夜に参列したかどうかくらいで……」

「それなら、そんな些細なことでなぜ、事実を粉飾しなければいけないんでしょう。これなど、疑問のひとつにすぎない。ではうかがうが、丸山さんの直属部長はなんとおっしゃいます？　私が直接、彼に事実関係を確認してもいい」

「堀江さん」と丸山は私に目をすえた。「なぜ、その程度のことで私に干渉されるんですか。私にもサラリーマンとしての立場がある。部長とのあいだにあった話は、プライバシーの領域でしょう。自分の性格の弱さを認めるにやぶさかではないが、なにもそこまで私を追及する権利などだれにもない」

私は丸山の顔を眺め、次いで全身を眺めた。それから口を開いた。

「いま丸山さんは、性格の弱さを認めるにやぶさかではないとおっしゃった。すると殺人の片棒をかついだのも、性格の弱さからでしょうか」

丸山の見ひらかれた目がまじまじと私を見つめた。

「なにを根拠にそんなことを」

直後、憤激したように彼は身をひるがえした。

「非礼きわまる。私はここで失礼する」

その動きを見たとたん、私の身体も動いていた。丸山の背後に密着した。ふり返ろうとする直前、彼のコートとスーツをうしろから引きはいだ。ずりおちた二重の衣類が、背中で丸山の両腕の自由を奪う。コートとスーツを左手で固定し、同時に右手を肩ごしにのばした。肘から先で丸山の首を絞るようにしめあげた。この男には、この仕打ちが値すると考えた。考えるようつとめた。悲鳴のあがりかかった呼吸がとまり、喘ぎ声さえ洩れなくなっていく。その姿勢のまま、もがく身体を押しやり工事現場まで、半ば抱えて運んだ。

青いシートをくぐると、丸山の尻ポケットを探った。ハンカチの感触があり、それを引きぬいた。一枚では不足だ。自分のそれも引き抜き、丸山の身体を正面に向ける。驚愕と自失の同居した表情は無視し、二枚のハンカチを丸めてあわせ、その口に押しこんだ。無意識のうちに身体が動いている。いつかの暗い衝動がどこかで動いている。私はほとんど意図せず、さらに動いた。丸山の左手をとると、そのてのひらを眺めた。精気のないホワイトカラーのてのひらだ。中指だけをのばし、てのひらを拳のかたちに包みこむ。一瞬あと、虚空を指す中指を手の甲の方向へ九十度、折り曲げた。骨の折れる音が夜気のなか、かすかに響きわたった。

呻き声は聞こえない。丸山の目がまばたきを忘れている。その目はやがて、ぶらぶら揺れる自分の左の中指にとまり、それから私に移った。

丸山は、自分の身に起きた事態をまだ把握できないといった目つきで私を見つめている。私は目をそらし、周囲を眺めた。この一戸建ては従来工法によるものだった。ひろい長方形の土台に柱、それに梁。柱のあいだには、剝き出しになった分厚い板の筋交《すじかい》が、壁になるはずの空間の中央で斜めに交差している。まだ棟上げ式のまえだ。地面に角材がロープで束ねてある。ロープをゆるめてその一本を引きぬき、目のまえの影に近づいた。丸山はいつのまにか地面に腰をおとし、うずくまっていた。

「柿島の痛みはこの程度のものじゃなかったでしょうね。どっちにしろ、中指一本なら当面、パソコンのキイボード操作に苦労する程度だ。よろしいですか、丸山さん。これからさき、大声でもあげるおつもりのようなら、そのまえにあなたのすべての指が折れることになります。そうなると、当面ではなく生涯、パソコンなどとは縁がなくなるかもしれない。もうすこしいうなら、あの柱のあいだにある筋交ね。あの交差する位置は、首を吊るのに絶好のポジションなんです。

私のいいたいことを理解してもらえたでしょうか」

丸山は呆然と私を見つめている。ふたたび声をかけた。

「じつは私は、人の殺しあうところを間近で見つめていたことがある。ふたりが死にました。拳銃で人の足を撃ち抜いたこともある。申しあげておきますが、これは丸山さんお得意のでまかせや嘘八百ではない。もう一度おたずねするが、私のいったことは理解していただけたでしょうか」

今度は丸山が激しく首を縦にふった。私も腰をおとし、その口からハンカチを引き抜いた。唾液にまみれ、二枚の区別がつかなくなっている。そのまま地面に放り投げた。

丸山の喉をとおる息が濁った音をたてた。惚《ほう》けたように彼は自分の指を見つめた。痛みが襲ってきたのか、抑えたような呻きが洩れた。

「丸山さん」と私は呼びかけた。「話はこれからが本番なんです」

26

丸山の目にようやく焦点が生まれた。ふたたび自分の指に目をやり、顔がゆがんだ。現実をとりもどしはじめたらしい。指一本、他人に折られた効果がどれくらい持続するのか、私は知らない。

「私も終電で帰りたいが、まだ時間はありますす」彼に声をかけた。

「さてと、きのう、丸山さんは私と三上社長にお会いになった。あのときの話にでた嘘について、ご説明いただけますか」

地面についた丸山の腰が、私を恐れるようにうしろにずれた。

「ど、どの話でしょう」

「粉飾、脚色などいくらもあったと思うが、とりあえず、それはおいてもいい。きょうのところは一点でけっこう。警察の事情聴取でも話されたフィクションの主要部分について再度、詳しくお話し願いたい」

「フィクション？　お、おっしゃっている意味がよくわかりませんが」

「丸山さん。あなたはさきほど直属部長のことをおっしゃった。ＦＣ事業本部に部長は何人いらっしゃいます？」

丸山はきょとんとした目で私を見た。質問の意味を図りかねているのかもしれない。だがようやく答えがかえってきた。

「十二人です」

「部長と課長のあいだには、部次長の存在がありますね。部次長は何人ですか」

「えー、十八人です」

「それなら課長は？」

「四十人強、いえ、五十人近いと思いますが、正確には数えてみないと……」

「なるほど」と私はいった。「しかし、たいしたものだ。部長、部次長の人数は即答された。やはりサラリーマンでいらっしゃる」

「そ、それはもう、二十年以上、サラリーマンを務めてきたわけですから。その程度の数字の心得がなければ、課長失格です」

「では、そのサラリーマンの丸山課長にうかがいたい。私は昨日、丸山さんが柿島と会った当夜、柿島が帰路になぜ、ひと気のないあの通りをとおったのか疑問に思い、おたずねした。この質問への丸山さんのお答えは正確に覚えております。こういうものでした。『その点は、私にもわかりかねます。なにしろ、あの通りを選んだことさえ知らなかったものですから。私は本部長とわかれたあと、ふりかえりもしませんでしたので』。いま思いだされてもこのとおりですか」

「え、ええ、そのとおりです。なにかおかしいでしょうか」

「おかしいと私は思いますよ。きょうは何度、丸山さんの口からサラリーマンという言葉を聞いたかわからない。ですから丸山さんもおかしいと思うのが当然であるはずなんです。柿島は、執行役員兼ＦＣ事業本部長でした。いまの話からしても、変動はあったかもしれないが、柿島と丸山さんのあいだには、およそ三十人の上司がいた。かつてそういう役員の立場にあったほどの人物が帰宅の途につく際、行方も見おくらないということが、サラリーマンの心得としてあるでしょうか」

「………」

「さきほど申しあげたとおり」私はつづけた。「不心得者ではありましたが、私もかつてサラリーマンでした。だから断言してもいいが、ふつうそれだけの地位にあった上司が帰宅する場合、一定の距離ができるまで、その後ろ姿を見おくらないという振舞いはあり得ない。じつは私などバカにしていたクチなんですが、私の周囲の同僚はみな、上司がタクシーに乗った場合に限らず、どのような場所であれ、必ず一定時間見おくるのが習慣になっておりました。メイマートさんは、会長の性格を反映してか、縦の関係をきわめて重視する体質だと聞いている。そういう職場にいて、花形セクション課長職への異動を命ぜられるほど優秀な人物の口から、ふりかえりもしないなどというたわごとを聞いても、とうてい信じられないんです。ましてや、丸山さんは二十年以上サラリーマンで、課長の心得は知悉《ちしつ》されているのではなかったんですか」

「そ、それは、本部長がもう社をお辞めになり、上司でなくなってらっしゃいましたから」

「ほう。ずいぶんドライでいらっしゃる。しかし丸山さんは、義理の兄上のトラブルについて相談されるため、わざわざ柿島を呼びだされたんじゃなかったのかな。ついでにいえば、私もかつての勤務先のOBどうしの接触はよく目にしました。その際、彼らの態度、物腰にはまずまちがいなく辞める以前の関係が反映しておりましたね。呼び方も自然、以前の肩書になるようです。じっさい、私をいまだに課長と呼ぶものもおります。事実、丸山さんご自身、いま柿島のことを本部長とおっしゃった。呼称と振舞いのあいだには、強力な相関関係がある。長いサラリーマン生活をおくられて、それでもこの考えに異論はおありでしょうか」

「い、一概には、必ずしもそうとは……」

「わかりました」

「な、なにがわかったんでしょう」

「丸山さんとの問答にはさほど意味がないということです。ひとつの嘘をつく人間は、百の嘘を重ねてひとつを糊塗《こと》する。どうも丸山さんの性格は、この期におよんでも変わらないらしい。いや、長々と話すまえ、もっと早くに悟るべきだった。時間の無駄でした」

地面におちていたハンカチを私は拾いあげた。土にまみれたそれを再度、丸山の口に押しこんだ。その寸前、極限まで見ひらかれた目に恐怖のいろが浮かびあがった。やくざか、それに近い存在を相手にしたとき、飽きるほど見てきた目だ。ごくふつうのサラリーマンに見るのははじめての経験だった。なのに、なにも感じない。やくざよりタチのわるいサラリーマンもいるだろう。

ハンカチをとおして洩れる、荒くなりはじめた呼吸を聞きながら、ふたたび地面に目をやった。角材を束ねていたロープがほどけ、横たわっている。それを拾いあげ、しばらく眺めていた。それから丸山に近づいた。コートの襟をつかんで全身を引き起こす。その身体を柱のあいだ、交差して十字になっている筋交まで運ぼうとしたとき、丸山は渾身《こんしん》の力を引き絞り、懸命にもがきはじめた。その顔は、必死の形相で私を見つめている。あらわな恐怖がその目に浮かんでいる。私は無視した。

丸山の左手首を分厚い板が交差する位置に、ロープで固定した。結び目はがっしりしているが、ひとりでも時間をかければ、残った右手でほどけないほどではない。作業が終わると、いったいこれからなにが起きるのかといったようすで、彼は首だけをこっちにひねった。

「丸山さん。無分別な未成年ならともかく、ふつうの常識あるおとななら、暴力にも限度を心得ているだろう。そんな想像をめぐらされているかもしれない。もしそうならその考えは少々、甘いといわざるを得ませんよ。あいにく、私は常識あるおとなではない。いまからその事実を身をもって経験していただきます。指を一本一本折っていくのは、いささか悪趣味のように思えてきたんでね。趣向を変えました。これでも私は、剣道の心得があるんです」

異世界の生物の話を聞くとでもいうように、問うような視線がこちらを凝視した。私は角材を手に距離をとった。にぎりの感触はよくないが、気にはならない。その角材を構えてから、丸山に呼びかけた。

「これから丸山さんの左腕が折れます。一瞬で終わるので、ご安心を。ギプスの装着は三ヵ月から半年程度でしょう。ただし、事と次第では、残った腕はもう一本あるし、両足もある。その筋交から身体をはなしてもらえますか」

丸山の視線は、喰いいるように私にそそがれている。私がどういう顔つきをしていたのかは知らない。だがはったりでないことを彼は悟ったようだった。そのとおり、私は本気だった。身体の芯で青白い炎がチロチロ燃えていた。

いきなり丸山が身体をまわし、筋交に密着した上半身が自分の左腕におおいかぶさった。半身になった肩ごしに、首だけが不自然な角度でこちらにねじまげられている。肉体が損傷をうける恐怖。いま丸山の筋肉と骨を操っているのは、唯一その本能だった。常識の通用する相手ではないことを悟ったのだ。全身が、踊るようにがくがくと揺れはじめた。なにか叫びをあげようとするかのように口もとが震えている。だが、荒い呼吸音がハンカチの脇から洩れるだけだった。その光景はいっこう終わらず、果てしなくつづくように思われた。

その姿を眺め、濁った喘ぎを耳にするうち、私は徐々に力が抜けていく感覚を覚えた。いやになったのだ。彼がみずからロープをほどいてくれることを願った。自由になった丸山が動こうとすれば、私のなかでもなにかが動くはずだった。そのとき角材を振りおろす。十代のころの自分を思いうかべた。バイクを転がし、出会ったやくざすべてを木刀で襲撃してまわっていたあのころ。だが目のまえで、そのことは起こらなかった。彼の表情が徐々にあきらめのいろを帯びていった。

それでも私は静かに声をあげていた。

「ロープをほどいていただいてもけっこう。できればそうして、自分の意志で動いてもらったほうがありがたい。抵抗の姿勢をみせてもらえば、さらにありがたい。そうすれば、私も自由に動ける」

いやいやをするように彼は激しく首をふった。人の目に浮かぶ恐怖にも、さまざまな種類がある。だが、常識的な社会人と呼ばれる人種の目のなかで、恐怖に哀願が入り混じりはじめる変化を見るのははじめての経験だった。すくなくとも私にははじめてだ。

「正直に話す気になったんですか」

声をあげられないまま、彼は懸命なしぐさでうなずいた。

「全部を？　もしそうでない場合……」

彼の首の動きがいっそう激しさを帯びた。

暴力への衝動がまだ燻っている。私はかろうじてそれを抑え、丸山に近づいた。手首に結んだロープをほどくと、彼の身体は意志のない人形のように、尻から地面にどさりとおちた。私はそのまえにしゃがみこんだ。惚けた表情が虚ろに私を見かえしてくる。

「率直にいえば」私はいった。「ちょっと残念な気がしないでもない。なにが残念かは、ご想像にまかせるが」

「わ、わかるような気がします」

「あんたごときにわかってほしくはない。わかりもしない」

「い、いえ、それでもわかります。すくなくとも堀江さんは本気だった。それくらいははっきりわかります」

「……ああ、本気だった。殺すつもりはなかったが、どういったやり方がふさわしいか、それをいつのまにか考えてたよ。いっとくがそいつはいまも変わらない。ふつうの勤め人にはわからんさ」

地の話し方にもどっている自分に気づき、私は丸山を見つめた。その表情から、さきほどまでの世間向けの虚勢がはがれおちているような気がした。どんな釈明も、もういっさい意味がないと悟ったように肩をおとしている。妙なことに、これでやっと重荷がおりるといった安堵をともなっているようでもある。錯覚かもしれない。

「あんたがまともなことを話す気になったのか、そうでないのか、まあ、おれにはどっちでもいい。ただ毛筋ほどでも嘘が混じったら、おれにはわかると思う。こいつは承知しておいてくれ」

丸山はまばたきもせず、私を見つめたままだった。

「オーケイ。話をもどす。さっきのところまでもどすんだ。柿島とわかれたあと、ふりかえりもしなかったと、あんたはいった。けど、そいつは事実ではない。そうなんだろ」

丸山の喉がごくりと鳴り、そのあとはっきりした答えがかえってきた。

「事実ではありません」

「で、あの駐車場まで柿島を案内したのは、あんた自身だった。この通りのさきにあるアルスの店舗をチェックしませんかとか、そのあたりの適当な口実をつけて、いっしょに移動した。そういうことだな」

彼は首をふった。私の目を見て急いで言葉をついだ。

「あの通りにはいっていく本部長のうしろ姿は、おっしゃるとおり、見おくってはおりました。ですが、私は同行してはおりません。バトンタッチしたにすぎません」

「バトンタッチ？　だれに」

「弊社の取締役、北島です」

ひっそりした声ながら、丸山はあんがい、おちついて答えた。その静かな響きは、偽りや不用な混じり気を感じさせないもののように聞こえた。

名刺を思いうかべた。取締役、北島清治。通夜に参列したふたりの役員のうちのひとりだ。三上は、量販店はつねに外部から適材適所の人物をスカウトするかたちで成長してきたといった。そして私のさしだした手帳にあるメモの名前を見ながら、この役員おふたりも新参の方々ですとつけくわえた。

「なら、柿島を呼びだすよう、あんたに指示したのも、北島か」

ふたたび静かな返答があった。「そのとおりです」

「バトンタッチって、具体的にはどんなふうにやったんだ」

「八時半近くになり、レストランをでるまであと十分ほどになったころを見はからい、私はひそかに携帯で、北島取締役の携帯を一回だけ呼びだしました。いわゆるワン切りと同様ですが、番号で私の携帯からだとわかります。北島取締役は近くの喫茶店で待機しておりました」

大企業の役員が喫茶店で携帯のワン切りを待機か。思いつきの嘘であるとすれば、突飛すぎる。そのため、逆にリアリティーはあった。次いで、即座にこんなでまかせは思いつけないなと考えた。世間はおそろしいスピードで変わっているのだ。私がため息をつくと、勘違いしたのか、丸山はさらに急いでつづけた。

「じつは私と柿島本部長は最初、新宿通りのほうへ向かおうとしたんです。そこへ――あの通りにはいる角のあたりですが――さらに近くに待機場所を移していた北島取締役が姿をあらわした。もちろん偶然、出会ったという体裁をとるためです。そのあと北島取締役が本部長に声をかけて誘い、ふたりはいっしょにあの通りの奥に向けて歩いていきました。ですから、通りにはいったところまで確認はしましたが、それ以降、後ろをふりかえることはなかった。そのまま私がその場を去ったという点、これだけは事実です。そのあと私は寄り道せず、この戸越までまっすぐ帰ってきた。そんなわけで、翌日、朝刊で本部長が暴行をうけたという記事を読んだときには心底、驚愕を覚えました。あそこまでの事態が起きたなど、想像もしておりませんでしたから」

「あそこまでのって、どういう意味だ。ある程度は、暴力沙汰を予想してたのか。もしそうなら、なぜ警察に通報しなかった。事情聴取で、なぜその話をしなかった」

「ご説明します」間をおかず、丸山は答えた。「なぜなら、おふたりとわかれたあとの夜中、十二時ごろでしたか、北島取締役本人から電話があったためです。取締役はこんなふうに申しました。きみとわかれたあと、柿島元本部長とともにいるとき暴漢、若者の集団に襲われた。数人に難癖をつけられたのだが、身の危険を感じて私ひとりがなんとか逃げだしてきた。しかしこの話は私の名誉、といえば大げさになるが、ひとりで逃げだしたという話はあまりにみっともないので、事が公になった場合、私の名はどんなことがあっても伏せておいてくれないかと。さほどの被害は考えられない状況だったので、警察には私からも通報していない。万一、元本部長がけがを負ったとしても軽いものだろう。彼の自宅へ電話するのも、奥さんが逆に、ご心配なさるだろうから、これは控えたほうがいい。話の内容はそういうものでした。さらに翌日早朝、朝刊が配達されたころにも念押しの電話がありました。意外に重傷だったようだが、昨夜の話はそのまま有効だと考えてほしい。いや、元本部長が重傷であるだけに、私にとってよけいに重要な依頼になった。きみの胸だけにおさめておいてくれるよう、よろしく頼む。そういう連絡です」

「面妖な話だな。あんた、電話でそんな素っ頓狂な話を聞いて、なにも思わなかったのか」

「奇態きわまる話だと、私も思いました」

「けど、あんたは問いただしはしなかった。なぜなら、ついでに、わるいようにはしないからとの話もあったからだ」

「おっしゃるとおりです。しかし、もし電話がなければ、記事を見て迷ったあげく、おそらく私から北島取締役に相談したにちがいありません。サラリーマンにとっては、役員がなにをどう考えているか、その意向を仰がなければ、命取りに等しいときがある。このあたりの事情は、堀江さんならお察しいただけるでしょう。率直に申しあげれば、私は電話があって安堵さえしました。

さらに先方、取締役が指示というより、一課長への依頼という形式をとった以上、私の選択肢は事実上、その時点で消滅したといえます」

「で、今度の辞令になった。あんた、嬉々として役員の指示に従ったことを、いい判断だったと思ってんだろうな」

「本部長が亡くなられるまで、そうであったことは否定しません」丸山は淡々と答えた。「ですが、ずいぶん悩んだのは事実です。こういう状況だからいうわけではないが、事実です。とくに警察の執拗な追及をうけたときには、危うくほんとうのところを打ちあけそうになった。しかし、いったん嘘からはじめた以上、もうあともどりはできない。さっきおっしゃったが、ひとつの嘘は百の嘘で糊塗しなければならなくなる。あれはほんとうですね。毒喰らわば皿まで。泥沼です。もう一点、これも正直に打ちあければ、ここでがんばれば報いられるだろうとの期待があったこともまた否定しません。打算とお考えいただいてけっこうです」

「……けど、おかしいとは思わなかったのか。柿島は、事件翌日のあの時点では重体だが、回復する見込みだと報道されていた。北島がなんといおうと、いずれ事の次第、北島の名前がでる程度のことは自明だったはずだ。なんでそっちを不安に思わなかったんだ」

「その点が、私にも最大の疑問でした。事実、記事を読んだ直後に電話がかかってきたとき、取締役には勇を鼓して率直にたずねました。するとその点は絶対に安心していいからとの返事がかえってきた。いまだにこの点は不思議でなりません。ですが結局のところ、私は取締役の命に従ったわけです。軽蔑されるかもしれませんが、ひとつ申しておくと、北島は現在の私の上司にあたるものの、本部長はすでにそうではありません」

私は丸山の顔を見つめた。それから視線をそらし、空を仰いだ。四方のシートで、夜空が方形に切りとられている。だが都会の明かりのせいか、雲がかかっているせいか、星はひとつも見えなかった。

それにしても……。

絶対に安心していいから、か。空を見あげながら、私はしばらく考えていた。北島も、まさかあの時点で、柿島の容体が急変し、死にいたるとは考えてもみなかったろう。すると、柿島が襲われ負傷したという事実は手当てをうける以上、公になるとしても、その前後の事情、北島の名さえ柿島自身が周囲に伏せておくことについては絶対の自信があったということになる。なぜだろう。だがいままでのところ、数多い疑問点を残すものの、丸山は事実を話している。愉快にはなれないが、おそらく事実ではある。あれほど虚勢を張っていた男が、自分は唾棄すべき人間だとみずから告白するわけがないのだ。はじめて会ったとき内気でおどおどした印象をうけたという三上の見立ては、まちがってはいなかったのかもしれない。それ以降、この男は変質したのかもしれない。どんな人間もちょっとしたきっかけで呆れるほどの振幅をみせることがある。様変わりした男はこれまで何人も見てきた。

私は目をおとした。

「なら訊きたいんだが、なんで北島はそんなふうに偶然に会ったという体裁をとりたかったんだ。その点はあんた自身も当然、疑問に思ったろう。本人にもたずねたんじゃないのか」

「思うに」そういったまま、丸山は考えこんだ。だが、その態度にはこれまでとはちがい、自分の納得のために考えこんでいる気配があった。「思うに、こういうことではないでしょうか。じつは柿島本部長は、かねてから北島取締役を警戒している傾向がうかがえました。警戒という言葉がすぎるなら、すくなくとも敬遠はしていた。この印象は、さほどまちがってはいないと思います。たとえば、私と本部長がともに廊下を歩いていて、北島取締役が向こうからやってきたとする。そんな折り、本部長がいきなり私に話しかけてくることがありました。そういうときの話の内容はたいしたものではなかった。本部長にはそぐわない世間話のたぐいが多かった。あれは北島取締役から顔をそむけるための方便だったとしか考えられません。そういうことが、たしか三度ほどありました」

「あんた自身は、その理由をどんなふうに考えてんだ」

「私にはわかりません。ただ北島取締役の前職が、執行役員兼FC事業本部長だった経歴は影響しているかもしれない」

「ふうん。つまり北島は以前、柿島とまったくおなじ役職にあったってわけか」

丸山はうなずいた。「私は、本部長からはなにも聞かされていませんが、一般論として前任者と新任の相いれないケースは、ままあることでしょう？」

「そういう場合、パターンはだいたいふたつか」私は独り言のようにつぶやいた。「ひとつは、おなじ担当の役職経験から発生する路線、考え方の対立。もうひとつは、新任が前任者の在任当時の不正を発見したような場合だろ。ほかになにかあるか？」

「一般的には、そのふたつ以外、考えられないのではないでしょうか。それにしても説明がつきません。前者でいえば、考え方の相違はたしかにありました。いわば、フランチャイジーへの強硬路線と柔軟路線の姿勢の差です。ですがそういう対立があったにしても、本部長はあそこまで他人を露骨に敬遠する人ではなかった。後者についても、前任者の北島取締役は、切った張ったの商社出身ながら潔癖な人物との定評がありましたし」

「商社って、どこだ」

「明和物産です。本部長と年齢はおなじで、明和では部長でしたから、破格の待遇で社に移ったということになります。以前の職場でもやり手で、高柳会長が三顧の礼で迎えたという噂も聞きました」

「三顧の礼で迎えたってんなら、柿島も同様だ」

「そうでした」

「話をもどす。あんた、最初からその北島に頼まれて、柿島のスパイやってたのか」

「いえ、ちがいます」丸山は激しくかぶりをふった。「最初、私は純粋に本部長のお考えに心酔しておりました。ところが、途中からいろいろ周囲の雑音がはいってきた」

「たとえば、柿島と高柳会長の対立の噂？」

「それもひとつです。さらに私の不遇時代、北島取締役から直接のアプローチもありました。酒の誘い程度ですが、これには私自身、おどろくほかありませんでした。しかし、当初は私も適当にその場を濁す余裕はあった。ですが、やはり自分の限界、弱さを知るはめになった。そういうことかと思っています」

「不遇時代って、総務部付課長時代のことだな」

丸山は目をおとした。私が中指を折った左のてのひらを見つめている。痛みは当然、激しいのだろうが、さきほどからこの男はその点にいっさいふれていない。態度にもみせてはいない。意識しているのかいないのか。その表情は見えず、見当がつかなかった。やがて、ひっそりしたつぶやきが聞こえた。

「私は所詮、サラリーマンです。目のまえに社員として出世の展望をちらつかされると、やはり心が揺れ動く。信用していただけないかもしれないが、じつは内心、そう考える自分への軽蔑さえ覚えたものです。ところが本部長が退社された。これが決定的でした。気がつくと、お考えどおりのかたちになっておりました」

「ちょっと待ってくれ。柿島は退社後、かつての同僚で会ってくれるのは、あんたひとりだといってたそうだ。となると、柿島が退社したあとも北島は、まだあんたに柿島と接触をつづけるように指示してた。そういうことなのか」

「そうです。なにかを探れと露骨に指示されたわけではありません。一方、なにか具体的なことを知らされていたわけでもありません。ただ密な連絡は絶やさないこと。そんな漠然とした意向をしめされていただけなんです。私はその意向をくみました。この背景については、ずっと疑問には思っていたものの、たずねる勇気がなかった。取締役は、その気配を察するたび、私の今度の処遇をちらつかせた。そういう事情もありました」

「なら確認するが、そういう関係を維持した結果、あんたが四谷に柿島を呼びだすのに成功したってことになる。成果はそのひとつしかなかったと判断していいのか。あんたの話を聞くかぎり、そういうことにしかならないだろ」

「そのとおりです。私が本部長に電話したのは、前日、取締役から指示をうけてのことです。本部長の了解をいただくと、取締役にはただちに報告しましたが、私が具体的に行動したといえば、約束をとりつけた点、さらにバトンタッチの連絡をいれた点。このふたつにすぎません」

「会う約束を報告したときの北島の反応は？」

「ご苦労さまと、それだけですが、満足されているとの印象はうけました」

「話を聞けば聞くほど、疑問が増えてくな。あんた、北島が偶然を装って柿島に会ったあと、ふたりであの通りに消えたといったよな。柿島は北島を嫌ってた。ならなんで、そんなあいつが、北島の誘いに乗るんだ。あんた、そのときそばでふたりの話を聞いてたんだろ。どういう話だったんだ」

「いえ」と彼は首をふった。「おふたりは、私を遠ざけるようにちょっとはなれたところで話していらっしゃったので、内容については判然としません。たしかに本部長は、あきらかに渋るようすがうかがえました。ただ、耳にはいる会話の断片はなくもなかった。散歩でもいかがでしょう。取締役のその言葉はかろうじて聞こえました。それに、病院、という単語だけは、聞いたように思います」

「病院？」

「確実なことは申せませんが、たしかそうでした。あとになって本部長は事実、病院に運ばれることになったわけですから、いま考えても奇異な感をぬぐえません。ひょっとしたら美容院かもしれませんが、男どうしで美容院もおかしい。いずれにせよ、そのあと本部長は、取締役の話を了承されたようでした」

「けど、そのあとふたりで消えるとき、あんたに声をかけるくらいのことはしたんじゃないのか」

「取締役は、われわれはこれからすこし散歩するから、と。本部長は、じゃあ、また、と軽く手をあげられて。それだけです」

「そのとき、あんたが気づいたことはほかになにか、なかったか。たとえば、妙な人物がうろついてたとか。クルマが近くに待機してたとか、なんでもいい」

「気がつきませんでした。私はおふたりを見おくっていただけですから。あのあたりはひと気がないので、もし妙な気配でもあったら、おそらく記憶には残ったと思います。ですが、それもなかった」

私は黙って丸山を見つめた。諦念にも似た気配を漂わせている。話すべきことを話した。表情には、そんな印象すらうかがえる。この男は根っからのサラリーマンだ。なのにその規範から、いま通常の範囲を超えて逸脱した。ふだんの生活とは異質な領域にいるせいかもしれない。いつもの生活にもどれば、またいつものこの男にもどるのかもしれない。だがいまのところ、それはどうでもいい。これで丸山は中指一本をあわせ、これまでの代償を支払っただろうかと私は考えた。おおよそは支払ったと結論した。私はたずねた。

「これが最後の質問だ。なんであんたは、柿島の通夜に香典を北島に託した」

「これだけは信じていただけませんか。さきほど、忸怩たるものがあったと申しあげた。私の本心はあのとおりです。いえ、通夜にはなんとか参列したかったが、無理だった。これが真相です。ただご想像どおり、脚色はしました。私が相談したのは、直属部長でなく、北島取締役本人です。取締役も、社内的なきみの立場としては、参列が妥当なところかもしれないが、いろいろ問題は予想される。まったくの欠礼も不自然だし、香典を私に託すということでどうだろう。社内的には、きみは参列したことにしておきたまえ。いずれメイマート関係者は少ないのだから。そんな返答があった。結局のところ、私は彼のその言葉に唯々諾々としたがったわけです」

「わかった」と私はいった。「なら、この質問は付録だ。あんた、奥さんと子どもさんはいるか」

「おります。子どもはふたり。八歳と五歳です」

「最初にそいつを聞いとかないでよかった。おれにとっちゃあってことだけどさ」私は時計を見て立ちあがった。「じゃあ、これでおれは消える。そろそろ終電だ。あんた、おれの顔は当然、もう見たくはないだろ。ならアドバイスしとくが、いまからどっかの交番にでも駆けこんで、傷害罪でおれを告発すればいい。傷害なら親告でなく刑事事件だ。それならこんな時間、病院探しに苦労することもない」

私はそのまま、背を向けた。ビニールシートをはねのけて表にでようとしたとき、背後から声がかかった。

「堀江さん」

私はふりむいた。丸山が左手を押さえ、一瞬、痛みに耐えるように顔をゆがめたあと、怪訝な面持ちになり私を見つめた。

「堀江さんがこういうことをなさったのは……、暴力まで辞さず私を問いただそうとされたのは、ただ柿島さんのためなんですか。友人のためだけに、こんなことをなさったんですか」

「さあな。おれにもよくわからん」

丸山は不思議な目のいろで私を眺めていたが、やがて口を開いた。

「では私もおたずねしたいが、たったいま、堀江さんに話した内容は、警察にも話すべきでしょうか」

「そいつはあんたの判断だろう。いいおとななんだから、自分で考えりゃいい。どうせ、おれの暴行を訴えるんだろうから、事のついでってこともある。好きにしてくれ。ただ、いっとくが……」

「なんですか」

「当面、おれは傷害なんて否認するぜ。たんなるけんかってことでさ。いまは勾留されたかないんだ。時間がもったいない。ただ事が終わったら、全部、おれは今夜のことを白状する。そのときは、全面的にあんたの言い分を認めることにするよ」

丸山は首をかしげ、私を見つめた。長いあいだ、そうしていた。

「なんだ。どうかしたのか」

丸山の視線がそれ、周囲を探るように動いた。それが地面におちていたハンカチをとらえた。彼の手がのび、それを拾いあげた。

「これを」そういって丸山は手を私にさしのべながら、笑みを浮かべた。「こんなものを残しておけば、刑事事件の場合、物的証拠になります」

私は丸山の目をつかのま見かえしたあと、それを黙ってうけとった。よじれた二枚のハンカチは、唾液と泥で汚れている。

声をかけず、うなずいただけで私はシートをくぐり表にでた。夜気はさらに冷えこんでいる。コートのポケットに、手にしたハンカチをつっこんだ。それから駅に向かい、暗い夜道を歩きはじめた。

27

「どうしたのよ。浮かない顔してんじゃない」

ナミちゃんがグラスを磨きながら声をかけてきた。背景には、サラ・ヴォーンの「マイ・ファニー・ヴァレンタイン」が流れている。客はまだ私ひとりだった。

「いろいろ迷うことが多いんだ。この齢になると」

「四十って不惑というんじゃなかったっけ。あんたがそんな齢、経験したの大昔じゃないの」

「不惑なんて二千年以上まえのセリフだ。時代は変わってる。それに孔子は大昔の人間かもしれないが、その時代に較べりゃ、九年まえはそれほど大したむかしでもない」

「どうでもいいけどさ。どっちにしたって、迷子になってどうしていいかわかんない間抜けたガキの顔してる」

「まあ、そうかもしれないな」

私はため息をついた。

きょう一日は長かった。待ちつづけたせいだ。

ひとつは警察だった。警視庁のホームページで調べると、戸越近辺の所轄は荏原署だったが、そこの署員は自宅にも事務所にもやってはこなかった。朝一番から事情を聞かれたところで、不思議はなかったのだ。関根からの連絡もなかった。

すると丸山は、昨夜、私のとった行動を警察に通報しなかったということになる。あれはどんな角度から見ても傷害と脅迫に該当しないわけがない。それも偶発事でなく、計画されたものと判断されて反論できない。そして彼は被害者の立場だった。

丸山は上司の取締役、北島清治の名を口にしたことを慮《おもんぱか》ったのかもしれない。無自覚で間接的ではあるとしても、ある種の犯罪に加担した可能性が明るみにでるのを恐れたのかもしれない。あるいは医者のもとに出向き、時間がなかったのかもしれない。だが私にはそのどれとも思えなかった。私が立ち去るときの彼のしぐさを思い浮かべたからだ。刑事事件の場合、証拠になります。そういって丸山は、私が彼の口に押しこんだ二枚のハンカチをさしだしてきた。あの目のいろ。妻とふたりの子どもがいる。そういった口調もまた記憶に残っている。家族を持つ感覚は、私にはまるでわからない。だが、彼は折られた指一本を家族にどんなふうに説明したのだろう。その想像は、とうてい愉快になれるものではなかった。きのうまで、私は丸山を追及する手段しか考えてはいなかった。なのに、待ちくたびれたいまは、借りのできたような気分さえ生まれつつある。

丸山の立場にまで一定の配慮をしなければならなくなったという思いが、我ながら奇妙だった。これまでの彼の態度、言い分からは想像もしなかった事態だ。ひとつの事実を知るにいたり、またべつのやっかいな要因が生まれた。そういうことになる。丸山とのやりとりを伏せ、北島と接触することが可能かどうか。

きょう、もうひとつ待ちつづけたのは『飲食料品ジャーナル』の小島からの連絡だった。

午前中にオフィスに電話したところ、食品メーカー工場の取材で茨城まででかけているという。携帯にも電話したが、電源は切ってあり、留守録に伝言を残した。結局、連絡があったのは午後二時だった。申しわけないと彼はいったが、申しわけないのは、こちらだと私は答えた。また仕事上の件で調べてほしいことがある、と依頼の趣旨を告げたのだ。

北島清治の周辺を三上にたずねるのは論外だった。丸山との昨夜のいきさつまで話さなければならなくなる。ネットで調べても、該当する北島清治はメイマートの役員一覧に連ねた名前しかヒットしなかった。考えあぐねた結果、ようやく思いついたのが『飲食料品ジャーナル』である。業界紙なら、彼のプロフィル、経歴の詳しい資料を保管しているかもしれない。

「北島清治？　元明和物産の？」小島はその名を知っていた。

「そうです。北島取締役は明和の部長からメイマートの執行役員に迎えられたと聞いている。それなら当時のプレスリリースに彼の経歴程度は記載されていたと思うんですが」

「メイマートほどの大企業なら、役員人事でふつう略歴は載っています。おまけに外部からの招《しょう》聘《へい》の常として、通常よりもっと詳細なものだったかもしれませんね」

「それなら、なおさらありがたい。帰社されたら調べてお教え願えませんか」

「それはいいが、あの時期のリリースまで保管してあったかな。探してはみますが、社に帰るのは夜になります。時間もいつごろになるかわかりませんが、それでもよろしかったら」

「もちろん、けっこうです」

「堀江さん」小島の声に含み笑いが混じった。「じゃあ、取引といきませんか」

「取引？」

「もし北島清治の経歴がわかってお知らせできるようなら、堀江さんには例のコラムの続編を再開していただく。この条件でどうでしょう。たしか先日、丸山課長の件で貸しもできていたように思うんですが」

私は観念した。「わかりました。うけざるを得ませんね」

そして彼の回答が何時になるかわからないため、携帯が通じないことを考え、ナミちゃんの店の電話番号を伝えておいたのだ。

ちらと時計を見た。七時過ぎだ。いずれにせよ待つしかない。

「ガキといえばさ」私はナミちゃんに声をかけた。「きみがこのまえそんなふうに呼んだ三上社長を覚えてるだろ。彼もバイクを買う気になったんだとさ。あの次の日会ったんだが、そのとき大量のカタログを持ってきて、おれにどれがいいか訊いてたよ」

「知ってる」とナミちゃんはいった。

「知ってる？　なんで」

「きのう、ここへきたもん」

「ここへきた？　ひとりで？」

「うん。おとといもきた」

「おい、ちょっと待てよ。すると三上社長は三日連続して、ここにやってきた。そういうことになるじゃないか」

「そうなるね。きょうも顔をだすんじゃないの。いっつも遅くだけど。わたし、バイク選びの相談に乗ってあげてるから」

私は呆然とナミちゃんの顔を眺めていた。それこそ、間抜けた子どもの表情でいたかもしれない。しばらくしてやっと声がでた。

「すると、この店の物好きな常連がひとり増えたってことか」

「物好きがそういってんなら、そうかもしれない」

「で、きみが推薦してるバイクはどういうタイプなんだ？」

「いっとうスピードがでるやつ」

「あのさ。それ、べつの言い方すりゃ、もっとも凶暴で危険なタイプということだろ」

「バッカみたい。バイクに凶暴もなんにもありゃしないじゃない。ライダーが凶暴で危険な運転するかどうかってだけじゃない」

きみがその代表選手じゃないかという言葉を私は呑みこんだ。

「そういえば、あんた、あの人にスポーツタイプのバイクはよせって、常識はずれの忠告したんだって？」

私はまたナミちゃんの顔を見かえした。常識の概念が一瞬、混乱したせいである。くわえて「あの人」という常識的な呼称を彼女の口から聞くとは思ってもみなかったからだ。おまけに三上はそんなことまで彼女にしゃべっている。

私が口を開きかけたとたん、電話が鳴った。

「あんたに」

ナミちゃんがコードレスの子機をさしだしてきた。

「堀江さんですか」

私はちいさな安堵の吐息を洩らした。待ちわびた小島の声だったからだ。これで常識的な会話ができる。

「おそくなって申しわけありませんでしたが、ようやく北島清治がメイマートに移った当時のリリースが見つかりました。どうもうちは整理がわるくて」

「いや、予想より早かった。お手間をとらせて申しわけないが、彼の経歴があれば、その部分を読みあげていただけますか」

「いえ、それがけっこう分量があるんですよ。そっちにファックスはありませんか」

「そんなに量があるんですか」

「A4二枚ですが、電話だと時間はかかりますね。メイマートの広報室はこの種の情報開示が異常に緻密なんです」

一瞬、事務所に帰ろうかと考えたが、量があると聞き、逆にできるだけ早く読みたくなった。送話口をふさぎ、ナミちゃんに声をかけた。

「この電話、ファックスついてないよな」

「電話にあんな目障りなもんつけてどうすんのよ」

私は電話にもどった。「ここにはないが、すぐそばにコンビニがあります。ファックスサービスがあると思うので、折り返し番号をご連絡します」

返事も待たず、私は席を立った。

そのコンビニは、ナミちゃんの店のすぐそばにあって、いつも明るい外観が目立っている。設置されたファックス番号を携帯で連絡し、店員に声をかけると、二、三分後に用紙が吐きだされてきた。料金は五十円。このときだけは、消費者にとってコンビニほど便利な小売店はないと断言したい気分になった。ざっと眺めても、小島の言い分はすんなり納得できた。A4二枚には、メイマート本社としての北島清治招聘の趣旨説明と、北島本人の経歴が半々でびっしり記されている。写真も添付されており、ファックスでかすれていたが、端正な顔だちの男だと見てとれた。ナミちゃんの店のカウンターにもどり、ゆっくり目をとおして読んでいった。

北島の経歴のある部分に目がとまった。

〈一九八七年から明和物産の米国現地法人、明和USAに出向。ニューヨーク本社食材担当マネージャーを経て、バイスプレジデントに。九二年に帰国後、明和物産物流部課長〉

バイスプレジデントは直訳すれば副社長だが、ビジネスマンなら多くが知っているようにアメリカではやたら人数の多い部課長クラスにすぎない。目を引いたのは、彼がアメリカにいた時期だった。

手帳をとりだし、私は西暦を時系列で記入しはじめた。柿島奈穂子から聞いた話と年齢から換算し年譜をつくっていったのだ。一九八七年に柿島奈穂子は二十三歳でワシントンに留学し、ニューヨークまで足を運んだ際、柿島と出会っている。そのほぼ一年後、彼女は大学教授と結婚。八九年には別居して単身ニューヨークへ移住したうえで証券会社社員として働きはじめた。翌九〇年に出産、数カ月後にその長男が事故死する。知らせをうけてニューヨークにわたった柿島と再会。離婚後、彼と再婚したのは、九二年のことになる。

北島の経歴の一部になぜ目がとまったか、ようやく理解した。柿島奈穂子と北島清治。両者のアメリカ東海岸にいた時期がぴったり重なっていたからだ。もっとも、これだけではなにもわからない。接触があったなどとは、考えにくい。逆のケース、東京にいるアメリカ人どうしがおたがい知りあう確率に等しい。

そこまで考えて思いかえした。そう単純ではないかもしれない。条件さえ整えば、顔を見知っていた程度の可能性はある。たしか柿島奈穂子は、証券会社デクスターサリヴァンに入社後のことをこういった。〈私はアナリストとして、ニューヨーク市場でＡＤＲ――こういった専門用語は無視してください――を発行している企業分析を中心におこなっていたのですが、なにしろ学生上がりですから、入会したニューヨークの日本クラブの会員以外、日本企業社員の方々をあまり存じあげません〉。逆にいえば、日本クラブに所属していた人物なら、面識のある可能性は高いということになる。

私はカウンターの向こうへ声をかけた。

「ナミちゃん。もう一度、電話を貸してくれ」

電話先の小島は「ファックス、とどきましたか」とたずねてきた。

「いただきました。ありがとうございました」私は答えた。「いま拝見していたところです。それにしても、広報室によっては、よくある手なんですよ」

「それ、広報室によっては、よくある手なんですよ」

「よくある手とは？」

「企業が広報に熱心だというポーズをつくるためです。だからこういう人材登用みたいにマスメディアにとりあげてほしいケースは、必要以上に詳しい情報を提供する。そのくせ、不祥事が起きたような場合には、通り一遍の月並みな文面しか送ってこない。まあ、記者会見をやるほどの問題が起きたらべつですけどね」

「なるほど。それなら北島取締役の、これよりさらに詳しい履歴を知りたい場合にはどうすればいいんでしょう。とくにニューヨークの現地法人に出向していたころに興味があるんですが」

「それはご本人に会って訊くしかないんじゃないですか」

「やはりそうか」

「もうひとつ、現法出向時代なら、ちょっとした別手段がないでもありませんが、そっちはあまり意味ないし入手がむずかしいかな」

「別手段、とおっしゃると？」

「私もいまこのリリースを読んでいて、思いだしたことがあるんですよ。北島取締役はむかし、ニューヨーク時代についてエッセイを書いたことがある。堀江さんみたいに独立されてからではなく、明和物産に在籍時、趣味レベルで書いたものでした。一回切りだったが、素人さんにこういう依頼があった場合、多々ある傾向で、かなり力のはいった長いものだったことを覚えています」

「ほう。エッセイね。どんな媒体に、何年ころですか」

「帰国後、わりに早くニューヨークの生活をふりかえってのものだから、九三年か、遅くても九四年ではないでしょうか。掲載は、雑誌の『月刊ロジスティック』です」

「ロジスティックって物流の意味でしたっけ。出版社はどこでしょう」

「比叡出版です。当時はうちでもとっていたんで、目にとまった。昨今はご多分に洩れず、経費節減で購読は中止しましたが」

「まさか、当時のバックナンバーは残ってないでしょうね」

いですか」

「さすがにそれはありません。それにエッセイの内容は、経歴にはあまり関係はしないんじゃないですか」

「どんな内容のエッセイでした？」

「勤務のかたわらだから、仕事に差し支えのないよう、プライベートな話ばかりだったんじゃないのかな。たしかジュリアーニがニューヨーク市長になるまえで、当時はあそこも物騒な都市だった。だから日常生活中心とはいえ、友人が強盗に出会ったとか、交通事故にあったとか、そういう刺激的なエピソードが綴られていた。商社マンのニューヨークの生活記録などめずらしくもないから、記憶に残っているのはやはりそれだけ内容がものめずらしかったからでしょう」

「強盗とか交通事故ね。タイトルは覚えてらっしゃいますか」

「いえ、それは失念しました」

「そうでしょうね。もう十年近くまえになる」すこし考えてから私はいった。「話はまったく変わりますが、小島さん、ADRってご存じですか」

「ADR？　なんですか、それ」

「証券用語らしいんですが、私も不案内なんです」

「パソコンで検索すればすぐわかるでしょう。調べてみましょうか」

「いえ、小島さんにそこまで迷惑をかけるわけにはいかない。帰宅したら、自分で検索してみます」

「しかし最近、堀江さんがおたずねになるのは、メイマートにかんするものが多いですね。どういった仕事をされているんですか」

「そのあたりは企業秘密でね。説明は勘弁してください」

「わかりました」そういったあと、小島は単刀直入に切りこんできた。「では、堀江さんご自身の例のコラム再開は、二、三カ月後くらいからスタート。そういうことでよろしいですか」

私は了解し、近々打ちあわせするということで電話を切った。

日本酒をひと口、啜ってからナミちゃんをちらと見た。無関心な表情に油断はできないが、次の携帯番号をプッシュした。こちらの数字は頭にはいっている。

「はい」とうけた返事の背後にあるざわめきは、むかしよく馴染んだものだった。残業中の社内の気配だ。彼女はまだ職場にいる。

「大原か」

「なんだ、課長か」と彼女はいった。「いったいどうしたんですか、こんな時間に」

「頼みたいことがあって電話した」

「まあ、課長から電話がかかるときってたいがいその種の話ですね。それで、今度のは？」

「おれがいうのもなんだが、かなりかんたんな依頼だと思う。尾島食品の宣伝部を担当してる広告代理店はどこなんだ」

「東邦広告、弘宣、新広エージェンシー」

「さすが尾島だな。業界ベストスリーが勢ぞろいだ。それならどこに頼んでも大丈夫だと思う。雑誌のバックナンバーのコピーを手にいれてくんないか」

「雑誌のバックナンバー？　どこのですか」

「比叡出版の『月刊ロジスティック』。九三年か九四年。何月号かはわからない。タイトルも不明だが、書き手が北島清治という人物のエッセイが載っている。そいつを読みたいんだ。現物は出版社でも、たぶん一部程度しか保存してないだろうから、コピーでも手にはいればありがたい」

「『月刊ロジスティック』って物流のことですか。専門誌だな」

「けど、比叡はたしかいまパソコン誌中心だから、そこそこ健闘してるだろう。たぶん代理店と関係もあるはずだ」

「広告が載ってるかぎり、いまの三社ならどこに依頼してもなんとかなると思いますよ。雑誌出稿のいちばん多い弘宣に頼むかな。おそらく二、三日はかかるけどいいですか」

「いや、それじゃおそすぎる。あしたじゅうに頼む。ファックスつかや、かんたんにすむじゃないか」

「あのね、課長。これ、仕事上の関係を私が個人的に利用しようとしているんですよ」

「ルール違反はわかってる。けど、おれにとっちゃ非常に重要な問題なんだ。だからこいつは個人的な借りにしておいてくれ」

かすかなため息が聞こえた。「貸しを返してもらったことあったかな。ところで、その北島清治って、どういう人物なんですか」

「これは礼儀だからいっておく。九三年当時の肩書は、明和物産の課長。現在はメイマートの取締役だが、そのまえは執行役員兼FC事業本部長だった。つまり柿島の前任者だ」

「……課長、いまどこにいるんですか」

「ナミちゃんの店」

「一時間後、そっちにいきます」

これ以上、説明するつもりはない。そうことわろうとした寸前、いきなり電話が切れた。私はそのまましばらく受話器を眺めていた。

28

大原は口にしたことを必ず実行する。姿を見せたのは、ちょうど一時間後だった。

「日本酒」ナミちゃんに告げてすぐ彼女は私に向きなおった。「さて、説明してもらいましょうか」

「そのまえに教えてくれ。エッセイ入手の件はどうなった？」

「今晩中に、現物のコピーが私の手元にとどくよう手配しました」

「今晩中？　おそろしく仕事が早いな。けど、どうしてファックスにしなかったんだ」

「比叡でお目当ての号はすぐ見つかったそうです。九三年の十一月号。でもファックスならつぶれる恐れのあるほど活字がちいさいらしいんです。で、先方、弘宣の営業マンが気をきかせて、比叡の広告部員経由でコピーを運んでくれるって」

「バイク便をつかやいいのに」

「私用で会社の経費をつかうんですか」

「なるほど。おまえさんの勤務姿勢には感心する。おれならボーナス査定はワンランク、アップするな」

「課長に褒められてもあまりうれしくありませんけどね。たまたま担当者が目黒経由で帰るんで、駅前あたりで受け渡しすることにしました。だからここの電話番号も伝えてある。ただいっときますが、仕事が早いんじゃないですよ。個人的な依頼なんだから。ついては、課長のおかげで私には借りができちゃったんです。この意味はわかりますね」

「うん、わかる」我ながら力なく答えた。公私混同を平然とおこなう企業宣伝部の社員は少なくない。とくに目立つのは、手にはいりにくいコンサートや各種国際試合のチケット手配を広告代理店に依頼するケースだ。主催なり後援なりで、たいていメディアが絡むからである。だが大原は、その種の行為を嫌悪するタイプだった。

私も一時間を無為にすごしたわけではない。どんなふうにどこまで彼女にいきさつを説明するか。それをずっと考えつづけたのだ。なのに、なんの結論も妙案も思い浮かばなかった。先日この店で三上とともに話したあと、大原とは一度しか連絡をとっていない。彼女が、三上の仲介で丸山と会ったときのことをたずねてきた際、私はなんの収穫もなかったと答えただけだった。

だがいま新たな問題がまたひとつ浮上した。大原が気をまわして手配してくれた今晩中のコピー入手は非常にありがたいものの、それならここでずっと待たなければいけないということでもある。するとナミちゃんの予言した、三上が顔をだすかもしれない遅い時間にかかり、彼にまで説明の必要の生じる可能性がある。三上には、丸山との仲介の労をとってもらった際、新しい事情がわかれば話すと約束してある。その場合は昨夜、私のとった行動の説明は避けて通れず、それこそ進退きわまるだろう。もうすこし時間をおき、しかるべき筋書きを考えたかったのだ。

そのときだった。恐れていたその声が耳にとどいてきた。

「おや、これはこれは。おふたりおそろいで」

大原が背後をふりかえり、驚愕したような声をあげた。「三上社長、いまごろなぜ、ここに……」

私は即座に口をはさんだ。「社長は、これで四日連続の来店ということになるようですね」

大原が目を丸くしてこちらを見た。「四日連続？」

私はうなずいた。これで問題を先のばしできる可能性が生まれた。我ながら姑息《こそく》だとは思うものの、最悪のケースを逆用し、話をそらすことができるかもしれない。

「さっきナミちゃんに聞いたんだ。社長にも、われわれと同様の趣味ができたらしい」

「物好きがひとり増えただけなんでしょ」ナミちゃんが私にいった。

「いや、まあ、物好きにもいろんな人種がいるじゃないか。爬虫類をペットにする人間もいるし、ガラクタの蒐集が生きがいという人間もいる」

「そう。物好きには他人の介入できる基準はありませんからね」

「するとなに、ここは蛇とかトカゲとかガラクタなんかの巣窟だといいたいわけ？」

「そういうことではない。一種のたとえだよ」

三上が声にだして笑いながら、大原の向こう側に腰を降ろした。

「それにしてもきょうは、やたら早いね」ナミちゃんが注文も聞かず、三上に日本酒のグラスをさしだした。

「うん。仕事が早くに終わった」

「で、車種は決めたの」

「ああ、やはりハーレーの一二〇〇ccにしようと思う。正式にはディーラーで現物を見て決めようと思っているが」

三上がカウンターの上にカタログをどさっとおくと、大原は事情が飲みこめないといった風情で問うような目を私に向けた。電話では、三上がバイク購入の意図を持ったという話はしていない。

ふたりの会話は、われわれを無視してつづいた。

「なんだ、これ。ツーリングタイプじゃない。オジンくさい」

「忘れないでほしい。私は、オジンそのものなんだ」

私は横から散らばったカタログをのぞきこみ口をだした。「それ、いいんじゃないですか。風格があって、堂々としている。四輪も敬意をはらってスペースを譲るでしょう」それからナミちゃんのほうを見た。「おとなの選択というものもあるんだ。きみも覚えておいたほうがいい」

「なに生意気いってんのよ。この齢になると、いろいろ迷うことが多いとさっきいったの、だれなのよ」

私は反論しなかった。ナミちゃんと三上が、最大トルクとか圧縮比の細かいスペックの議論に没頭しはじめたからだ。

大原がふたりを眺め、ひと言だけ介入した。

「三上社長はバイクを購入されるご意向なんですか」

「そうです。だからナミちゃんに相談に乗ってもらっている。通勤につかってもいいかなと考えているんですよ」

「社長が通勤に……」

大原は絶句し、首をふりながらゆっくり私に目をもどした。

「そういうことだ」私は短くいった。多様な個性がある。バイク選択の相談相手については問題なしとしないが、われわれはそのなかでもきわめて特殊な見本である初老の男と同席しているわけだった。後段の主観的意見は差しひかえたが、彼女は暗黙のうちにもろもろの事情を悟ったにちがいない。

大原は、飛行機が目のまえに墜落する現場を目撃したとでもいうような面持ちでグラスの酒を大量に飲みほした。それからようやく理性を徐々にとりもどしはじめたらしい。

「さて」と彼女は私に目をすえた。「では私たちのほうは、さっきの話にもどりましょうか。大昔にメイマートの取締役が書いたエッセイの入手がなぜ必要なのか、課長からの説明はまだでしたね」

「前提がある」私は小声でいった。「このまえの電話じゃ、かんたんにしか話せなかったろう。三上社長にやっかいをかけて、メイマートの丸山課長と会ったときの話だ。まずそいつの詳細を話しておくよ」

時間稼ぎのつもりでそういったものの、三上はナミちゃんとの会話に集中しているようだった。彼の耳にはいってもいいように適当な省略をまじえながら報告すると、大原がいった。

「すると課長は、丸山課長が事実に反した内容でおふたりに対応した。そう判断したわけですね」

「そうだ。だからきのうの晩、おれはもう一度、彼に接触をこころみた。さいわい友好的に面談することはできた。その際、彼が名をあげた北島清治に興味を持つことになった。そういうことだ」

「課長」大原がいっそう鋭い目で私を睨みつけた。「その話、あまりに省略がひどくありません？　千ページの小説を数行で要約したに等しい。いや、なにも説明していないといっていいくらい。おまけに絶対、脚色があるんだから。疑問をさらに拡大させる言い方でしかないんです。自覚してます？」

「えーっと、つけくわえれば、丸山忠彦課長は四月一日付で本部内の第3エリア統括課長に異動する。同格の課長でもいわば花形セクションだ。これはそろそろオープンになる」

「あのね、くりかえしますけどね。どんな優秀な人間でも、一千ピースのジグソーパズルをつくるとき、たった十ピースのかけらから全体の絵柄をイメージすることは不可能なんです。課長がいま話したことだって、十が十一に増えたにすぎない。人に妙な依頼した場合、説明責任があるというおとなの常識を知らないんですか」

「これ以上、話すことにはちょっとした抵抗があるんだ。いまのところはさ。だから勘弁してくれ。そもそも、おれにもまだ全体の絵柄はいっこうに見当がつかないでいる。だいたいの構図がわかれば、いずれ話す。きょうのところは、そのあたりでいいだろう」

「いずれ話す、か。なのに、私には夜になって妙な雑誌のバックナンバーを手にいれろと要求してくる。それも早急に」

「その種の手配が可能なのは、おまえさんしか心あたりがなかった。それに申しわけないが、そのバックナンバーでさえ、パズルのピースになるかどうか、読んでみないとわからないんだ」

大原は私を睨みつづけたままでいる。当然の話だ。沈黙が私と彼女のあいだに横たわり、だんだん分厚い壁になっていくような気分を覚えた。

「大原さん」ふいに三上の声が聞こえた。「なにも訊かないというのもおとなの判断ではないでしょうか」

私はおどろいた。三上はナミちゃんと話しつつ、われわれの話にも耳をかたむけていたのだ。大原が向こう側へ顔を向けた。「三上社長。お言葉ですが、こういう場合にかぎっていえば、私はいまだに、おとなになりきってはいないんです」

「その点はわからないでもない。しかしおとなでなければ、想像を楽しむという手段もありますよ。たとえば、私も丸山課長が第3エリア統括課長に異動する話は、たったいまはじめて聞いた。さらに北島取締役の名も、私は堀江さんのメモで一度、ちらとしか拝見したことがない。しかし彼が丸山課長の異動についてどういう役割を果たしたか、いま仄聞《そくぶん》した話からだけでもさまざまな想像をめぐらせることはできます」

大原は反論できないでいる。思いもよらぬ救いの手だった。私は心中、三上に深く感謝した。あるいは彼は昨夜、私がどういう行動をとったのか、おおよそ見当までつけているのかもしれない。三上がやってきた場合に想定した事態とは、まったく逆のコースをたどっている。あらためて、たいした人物だと思わざるを得なかった。たったひとつ、年齢とバイクの関係を除いて。

私は三上に向け告げた。「丸山課長異動の話は、じつは私が以前、コラムを連載していた業界紙の記者から聞いたんです」

「さっき、べつのファックスももらってたじゃない」

ナミちゃんがめずらしくよけいな口をはさみ、私は観念した。しまっていた二枚のリリースを大原と三上にまわしてから、それを入手するため、コラム再開の取引をした旨、ふたりに話した。

「ほう。堀江さんが例のコラムを再開されるのですか。それは楽しみですな。瓢簞《ひょうたん》から駒がでたようだ」

さきにリリースに目をとおしていた大原はしばらく考えていたが、やがて声をあげた。「なんだ、そういうことか」

「なにがそういうことなんだ」

「課長がこの北島取締役のエッセイを読みたかった理由。この人、明和物産のニューヨークの現地法人に出向してるじゃないですか。たぶんニューヨークのことについて書かれてあるんでしょ」

私はひそかに緊張した。一昨夜、柿島奈穂子から聞いた話はだれにも告げてはいない。

「どうしてそう思う」

「この北島氏が出向した年、一九八七年。まだ柿島取締役が社内留学していた時期にあたりますよ。取締役が帰国したのは、八八年だから一年前後、重なっている。なにか接点があったようなことが書かれてあるんですか」

私は自分の愚かさを呪いたくなった。柿島奈穂子のことばかりが頭にあり、その点に気づくことがなかった。北島と柿島は、海外へ出向した社会人と、学生とはいえ社内留学した社会人だ。一年程度の同時期、ふたりともニューヨークに住んでいたし、おまけに同年齢である。大原の憶測も、可能性はまったく否定できない。

「読んでみないとわからない」私は自分の失点を隠して答えた。「ただその業界紙の記者によると、エッセイではニューヨークの私生活が綴られていたそうだ。だからひょっとしたら柿島を見知っていて、彼にふれている可能性はなくもない。それほど強い期待を持てはしないが、読んだって無駄じゃないだろう」

「課長」と大原はいった。「最初からそういえばいいのに、そうでないのは、なにか隠していますね」

「さっきの三上社長の言葉を聞いてなかったのか」

大原の直観に感嘆と閉口の入り混じった思いを感じつつ、私は苦しまぎれに答えた。大原は三上にリリースを手渡し、今度は三上が目をとおしている。真剣な表情だなと考えたとき、電話が鳴った。

「あんたに」ナミちゃんが子機をさしだしたのは大原だった。

彼女は短いやりとりのすえ「ではＪＲの目黒駅の東側に大きなバス停があります。そこへは、十分足らずでいけますので。ほんとうにご苦労かけて申しわけありませんでした」そういった。

電話を切ると彼女は立ちあがった。

「コピーが到着しました。とりにいってきます」

いい残し、彼女はすぐでていった。

三上が読んでいたリリースから顔をあげ苦笑した。「堀江さん、苦戦していましたな」

「おっしゃるとおりです」

「お相手が手ごわい。大原さんほど鋭くて優秀な女性は見たことがありません。スカウトしたくなるほどだ。ところで具体的な詳細はお答えいただかなくてけっこうですが、きのう丸山課長に会われたんですか」

「ええ。会いました」私は素直に答えた。「本来なら、お約束どおり新たに判明した諸事情をご説明しなければいけないんですが、現時点では、少々憚《はばか》りがある問題があって、これがまだ未解決なんです。この点、ご理解のうえ、お許しいただければ幸いです」

「おおよそ想像はつきますよ」

そのとおり、三上にはたぶんわかっているのだ。

「ただひとつだけ申しあげておくと、いささか彼の印象は変化しました。私にとってはということですが」

「ほう。あの丸山さんがね」

「ところで話は変わりますが」と私はいった。「証券用語のＡＤＲってどういう意味なんでしょう。三上社長はご存じでいらっしゃるでしょう？」

「アメリカでの預託証券ですよ。国内でいう上場とは異なります。ごくかんたんにいえば、米国外企業がドル建ての株式だけをアメリカ国内で流通させる仕組みといっていい。もっと乱暴にいえば、株取引の一形態です」

「なんだかよくわかりませんが、じゃあ、日本企業ではどれくらいの社がそのＡＤＲを発行しているんですか」

「およそ、三十社程度でしょうか。敷居はさほど高くないが、ほとんどが超一流企業です」

「明和物産はそのなかにはいっていますか」

「はいっています」

「さすがお詳しい。ならついでにおうかがいしますが、三上社長は、明和の米国現地法人は社員何人くらいの組織か、ご存じではないでしょうか」

「明和の個別事情は知りませんが、あのクラスなら一般論としては、二、三百人程度かと思いますよ」

　すると最初考えたとおり、柿島奈穂子と北島清治が顔見知りであった可能性は否定できない。北島は経理、総務関係ではないから、当然、窓口ではなかったろうが、すくなくとも彼女の話から考えて、彼女が明和ＵＳＡを訪れた経験を持つのは、ほぼまちがいないと思われた。

「堀江さん」

「なんでしょう」

「ニューヨークにも、日本企業の商工会議所があるのはご存じですか」

「いえ、知りません。商工会議所というからには、日本企業の支社や現地法人が加入している。そういうことですか」

「ええ、そのとおりです。日本クラブとおなじビルのなかにある」

「……日本クラブというのは、どういう性格を持つんでしょう」

「商工会議所がビジネスの現場であるのに対して、現地に在住する日本人の幅広い社交の場といったところでしょうか。もちろんこちらのほうがよく知られています。さまざまな趣味のクラブがあって、活動も盛んなようですね。柿島奈穂子さんも出入りされていたかもしれません」

驚愕を覚えた。なぜ、柿島の細君の名を……、そうたずねようとしたとき、ドアが開き大原がもとの席にもどってきた。無言のまま茶封筒をさしだした彼女に「ご苦労さん」と私はいった。

さっそく開くと、一ページ一枚のコピーで六枚もある。原稿用紙にしてどれくらいか見当はつかないが、そうとう長い。活字はたしかにちいさかった。タイトルは「ニューヨーク疾風録」。気合のはいったネーミングだ。パラパラめくると、写真も各ページにそえられている。そのうちの一枚が目にとまった。私はしばらくそれを眺めていた。そして最初のページにもどり、ぽつりとつぶやいた。

「やっぱり、現物のコピーをもらってよかった」

「活字がちいさいでしょう?」

「うん、それもある」

「それも?」

私は答えないまま、北島のエッセイを読みはじめた。

29

北島のエッセイの最初のページを読んでから顔をあげると、待ちかまえていたように大原がその一枚をとりあげた。

「おまえさん、ボトルマンとかケチャップマンとか知ってたか」

「なんですか、それ」

「おれもその種の話は聞いたことあったけど、そんなとぼけた呼び名だとは知らなかった。そこに書いてあるよ」

最初のページを読むかぎり、北島清治の文章は、彼がニューヨーク在住時に見聞したさまざまな世相、とくに犯罪にふれたもののようだった。当時の犯罪の多発は私もよく耳にしたものだが、その具体的な話が綴られていた。紙袋に安物のワインをいれ、街角でわざと人にぶつかり紙袋をおとす。瓶が割れると、千ドルもするこの高価なワインをどうしてくれるんだと相手に詰め寄り、なにがしかの金銭を巻きあげる。これがボトルマン。スーツの背中にケチャップがついてますよと忠告し、じっさい付着したケチャップを親切に拭いとってくれるのをケチャップマンというらしい。だがあとで気づくと、スーツの財布が抜きとられている。

ニューヨーク赴任当初、同僚が教えてくれ、想像を絶した手口で非常におどろいたと北島は書きはじめていたが、これがなかなかおもしろい。

二ページ以降には、彼がマンハッタンで暮らしはじめてから本人や周囲が見聞したいろんな事件が連ねてあった。もっとも日本人の興味を引くだろうとの意図で記されたものばかりで、事件というより犯罪の周辺というべきかもしれない。私には位置関係がまったくつかめないが、とくにタイムズスクエアから四十二丁目のあいだでドラッグディーラーにしょっちゅう声をかけられるのには閉口したという。ちなみにそのころ、大麻は隠語で「スモーク」、コカインは「ジョイント」とか「トット」と呼ばれていたらしい。国内で流通する隠語とは若干、趣きが異なっている。

私がさきに進んでいると、手わたしたそのページを読んでいた大原の感に堪えたようなつぶやきが聞こえた。

「そういえば、タイムズスクエアも劇的に変わったなあ。あんなにあったポルノショップでさえ、まったく見あたらないし、いまはずいぶん安全になりましたね」

「おれにとっちゃ、宇宙の話と大差ないな」

大原は私に答えず、向こう側へ顔を向けた。「三上社長。課長はアメリカどころか、海外へ一度もいったことがないんですよ」

リレー式に彼女のまわした一枚めを読んでいた三上が声をあげ笑った。

「そういう経歴はこの時代、逆に希少価値と呼ぶべきではないでしょうか」

「このエッセイ、犯罪を一掃したジュリアーニが市長に就任するまえの話ですよね。この時期の市長はなんといいましたっけ」

「たしかディンキンズではなかったかな。ジュリアーニはあまりに厳格だったので、当初はイタリア系でもあり、ファシストとかムッソリーニと呼ばれたそうで……」

ふたりの会話を聞き流しながら、私はコピーを読みつづけた。さきほど引っかかった写真も今度はちらと眺めただけでさきのページに進んだ。

さまざまなエピソードにまつわり登場しはじめた知人の名前は、すべて頭文字の表記になっている。最後に近くなると、犯罪からアメリカの一大産業、弁護士業界の話題に移った。救急車を追いかける底辺の弁護士——アンビュランス・チェイサーというらしい——の話があり、興味深くはあるものの、この部分はあまり愉快になれなかった。交通事故に関連した仕事を得るため、病院の食堂あたりにたむろし、被害にあった依頼主を鵜の目鷹の目で探している弁護士の悲哀をエリート商社マンの見くだしたような視点で綴っていたからである。

やがて次の一節に目がとまった。

〈病院といえば、イーストサイドに日本語の通訳もいるベス・イスラエルという病院があって、私の同僚K君もこのような交通事故の被害にあい、幸いたいした怪我ではなかったが、そこへ入院したことがある。そこで週末の日曜、K君を見舞ったところ、在留邦人随一の美貌を謳われた夫人、N・Fさんに出会ったのはまことに奇遇であった。病院に有りがちな光景ではあるが、全身を震わせ悲嘆に泣きくれる彼女の姿に私は一驚した。折りも折り、なんとN・Fさんは生後半年に満たない赤ん坊の息子さんを亡くされたばかりだったのだ。白人のご夫君によると、お二人がセントラルパークを散策中、自転車に乗った黒人が凄まじいスピードで夫人に激突し、夫人の抱いていた息子さんの身体はあえなく母親の腕から離れてしまったのである。実に不幸な事故で息子さんは水飲場の角で頭を打ってしまい、ついに帰らぬ人となったのであった。比較的人出の少ないセントラルパークの北側とあって黒人はすぐさま逃げ去り、市警もいまだ到着せず、怒りをどこへぶつけていいやら憤懣《ふんまん》やるかたなしとの話であった。親しくお付き合いさせていただいたN・Fさんの不幸極まる事件は、私がニューヨーク在住時に経験した最大痛恨の悲劇であったと言えよう〉

文章はそこでべつの話題に移り、最後は、日本にもどると安全を痛感するが、ニューヨークの刺激的な生活も強烈で貴重な体験となったと結ばれていた。十年近くまえに書かれた商社マンのエッセイである。さすがに仕事上、支障をきたすような内容は書かれていない。読み終えたあと、黙って私はそのページを大原にまわした。

酒を飲みながら考えていると、予想どおり彼女が目を丸くしてつぶやいた。

「おどろいた。このN・Fさんは、ナホコ・ファレリーとしか考えられないでしょう」

「そうだろうな。おまえさんが通夜の夜、特攻で手にいれてくれた最初の貴重な情報だった」

「特攻？」

「いや、なんでもない」

カウンターの向こうのナミちゃんをちらと眺めたが、彼女は無関心な顔つきで、アニタ・オデイの「サテン・ドール」に耳をかたむけているだけだ。

「でも彼女にお子さんがいたなんて……、ふたりに面識があったことより、もっと意外だった。それも亡くなっていただなんて……。びっくりしちゃった」

「ナホコさんとは、柿島さんの奥さんの奈穂子さんですか」

手わたされた最後のページに目をおとしながら、三上がたずねてきた。

「ええ、ファレリーという姓は、向こうで結婚されたときの、彼女の最初のご主人のもののようなんです」大原が答えた。

「ほう。奈穂子さんのほうは再婚でいらしたんですか」

「あ、三上社長にはお話していませんでしたか」

失態に気づいたような調子の声を彼女はあげた。私も気づいたのは、ようやくそのときである。迂闊だった。そういえば、三上にはこれだけの助力を仰ぎ、ずいぶん会話をかわしているのに、柿島についての彼との話は、これまで仕事にまつわるものに限定され、細君についてふれることはほとんどなかったのだ。

「失念しており、まことに失礼しました」丁重に詫び、大原は通夜の夜、ハンプトンズ証券日本支社からライバルのデクスターサリヴァンへ転職する男から聞きだした話を説明しはじめた。

興味深げに聞いていた三上はやがて「なるほど。そういう経緯があったのですか」とつぶやきカウンターに目をやった。「ナミちゃんは、その話を知っていた？　私はきみから聞いた記憶はないのだが」

「このふたり、ここで話してたから、耳にははいってた。頭にも残ってる。けど私、噂話の拡声器じゃないもん」

「ふむ。わかる」三上がうなずいた。「きみの世界観はじつにまっとうだね。いまどきめずらしい」

「そういうの、世界観っての？　酔っぱらいっていやいいのに、泥酔者というみたいなとこあるね」

三上は微笑した。「それなら的確な判断力と控えめな性格の持ち主だといっておこう」

控えめな性格……。私は驚愕のあまり、思わず口につけようとしたグラスをとめた。だが三上はいっこう構うことなく、こちらに顔を向けた。

「しかし、そういう話を聞くとさらに奇異な感を抱かざるを得ない。このエッセイには、出来は別として目立った特徴があるでしょう」

「人名の頭文字ですね」大原が答えた。「たとえばこの最後のページの同僚K君に代表されるように、ほかの人名はアルファベット一文字なのに、奈穂子さんだけが姓と名の二文字になっている。なにか意図的なものがあるんでしょうか。私には、向こうでの北島氏の生活を知る人物が読んだ場合、容易に人物を特定できるようにしたと、そんなふうに思えて仕方ないんですが」

三上が私に声をかけてきた。「さっきから、堀江さんは黙りこくってらっしゃいますね」

そのとおりだった。考えていたのだ。先日、柿島奈穂子が私に話してくれた過去の経緯は、だれにも口外できない。あれは彼女が私だからこそ話してくれたのだ。だが北島のエッセイには、あきらかに彼女を特定できる記述とともに、彼女の息子の死にもふれてある。それも奈穂子の話とはまったくべつのかたちで死にいたったことになっている。私は、このエッセイを即刻入手するため、夜になってから大原がかたむけた苦労を考えた。

「じつは」と私は肚を決めた。「一昨日の夜、私は線香をあげるために柿島の自宅を訪問したんです」

ふたりは黙って私を見つめた。私はつづけた。

「その際、故人を偲び、自然な流れで奈穂子さんとの話はさまざまな方面におよびました。以前のご亭主との関係や柿島との出会い、さらに生後四カ月の息子さんを亡くしたいきさつまで。ひとりの女性の半生です。長い物語だし、波瀾に富んでもいた。ただその詳細については、現時点でお話しするのはご勘弁願えませんか。理由は、ナミちゃんの世界観と似たようなものがあってのことです」

大原は黙りこみ、私の顔つきをうかがうようすだったが、三上は「ふむ、わかります」とうなずいた。「堀江さんがお持ちの節度はよく心得ておりますから」

「課長には、つごうのいいときしか節度はないんですけれど」

大原の不満げな横槍を無視し、私は三上に告げた。

「ただ一点だけ、ご報告すべきことは生まれたかもしれません。これも詳細は申せませんが、彼女から聞いた息子さんの死因は、このエッセイに書かれたのとはまったく異なる状況下でのものでした」

「どんなふうにですか」

単刀直入な質問に、私はようやく大原に目を向けた。

「輪郭だけをいや、彼女の話はかなり奇妙な偶然が重なって、一般的な感覚ではそうとう違和感を覚えるものだった。このエッセイにあるような、だれもがわりにすんなり納得できるようなシンプルな事故じゃなかったな」

「課長の話は大雑把《おおざっぱ》すぎるけど……」大原は三上の節度という言葉を配慮したようにふだんより抑制した声でつづけた。「それなら奈穂子さんか北島氏、どちらかが嘘をついているという結論になるじゃないですか。抵抗感の有無はとりあえずおくとして、奈穂子さんの話がそれほど奇妙なものなら、彼女のほうが事実を粉飾した可能性はどうなんでしょう。自分の子どもをケアする、母親の監督責任もあることだし」

あるいは両方が嘘、ないしは虚構という可能性もある。さらにこのエッセイを信じるなら、北島に説明したのが、奈穂子とはすでに軋轢する関係にあった亭主のジム・ファレリーのほうであったという側面も見逃せない。だがその思いつきは肚におさめたまま私はいった。

「けど、偶発的な事故の場合、死因は常識的なものばかりとは限らないんじゃないか。病気以外の人間の死因には、ときどきおどろくほど突飛なものがある。人の生き死にに関係なくたって、一見もっともらしいほうが事実に反する例なら、おれは何度も見てきた」

三上が口をはさんだ。「すると堀江さんは、このエッセイに疑問をお持ちでいらっしゃる？」

「わかりません。ただこれは直感というか、印象レベルにすぎませんが、柿島の細君が話してくれたいきさつのほうがより事実に近いと思いますね」

「近い？」

私はうなずき、また考えた。三上や大原にはニューヨークにそうとう詳しい知識はあるようだが、訪問するだけの人間にわからないことも多々あるだろう。そもそも私自身、東京に数十年住んで、知らない都内事情のほうが圧倒的に多いのだ。

手元には、ふたりが読みおえた北島のエッセイのコピーが全部、もどっていた。目をおとしてからまた顔をあげ「ナミちゃん」と声をかけた。

彼女が私のほうに顔を向けた。「なによ」

「ニューヨークはいま何時ごろなんだ？」

「こっちが十時だから、向こうは朝八時」

「きみの弟はもう起きてるかな」

「なに？　マイクに電話かけるつもり？」

私はうなずいた。「ああ、久しぶりに声を聞きたくなった。起きてたらの話だけどさ」

「向こうの学生、わりに朝早いよ。もし寝てりゃ、叩き起こしゃいいだけの話じゃない」

彼女はおどろくほどのスピードで番号をプッシュした。そして私に受話器の子機を手わたすまで、十秒とかからなかった。

呼び出し音が鳴っている。

やがて「ハロー」と軽快な声が聞こえた。すでに起きていたらしいが、英語のまったくわからない私にも懐かしい声音だった。何年ぶりだろう。

「おはよう。マイクか？」

「やあ、おじさん。生きてたのか」

「まあ、なんとか」

「その後、真理ちゃんとはどの程度、進展した？　このまえ彼女は離婚が秒読み段階にはいったといってたけど、あんたとのほうはかたつむり以下だって。ひょっとしたら、後退してんのかもしれないくらいわかんないって」

つい先日わかれたばかりという調子の声だった。それにしてもおどろいた。大原真理はマイクとけっこうな頻度でずいぶん親密に話しているらしい。マイクは姉とはちがい、噂の拡声器であることをまったく気にしないタイプだ。ナミちゃんの耳に、大原の別居の話のとどいた理由がはっきり腑におちた。

「あのさ。そのあたりは今度、ゆっくり話すことにしないか」

「あんた、変わんないね」

「そうかな」

「自覚ない？」

「ない」

「じゃあ、教えてあげるよ。想像力の欠如が全然、改善されてない。とりわけ女性心理にかんする想像力が貧困すぎるわけ。よくそんなで、いままでやってこられたね」

「たぶん運がよかったんだろう。そのへんの追及は後まわしにしてくれないか。それより、きみに訊きたいことがある」

「どんなことだい。経済関係でわかんないことでもあるの」

「いや、ニューヨークに居住する留学生一般としてのきみに訊きたい。いまからある文章を読む。長いものじゃないが、その記述中、もしなんかおかしいところやきみが疑問に思うようなところがあったら、なんでも指摘してくれ」

「へえー、妙な話……」

「おれだってそう思うさ」

私は、北島のエッセイのさきほど目にとまった一節を読みあげた。読みおえたあと、なぜ違和感を覚えたか、あらためて気づいた。大原が指摘した頭文字二文字の問題にくわえ、〈私がニューヨーク在住時に経験した最大痛恨の悲劇であったと言えよう〉というわりには、長いエッセイ全体——たぶん二十枚くらいだ——に占めるウェイトがあまりにちいさいし、その後についてのフォローもない。

返事がかえってきた。「疑問はなくもないね。念のため、PCで確認するからもう一度、読んでくれる？」

くりかえした。すると今度は即座にマイクの声がかえってきた。

「その文章には、おかしなとこがひとつだけあるよ。勘違いか故意か、どっちかは知らないけどさ」

「どういうとこなんだ。セントラルパークには自転車なんか走ってないんじゃないのか」

笑い声がとどいてきた。「あの公園、通路はコンクリートだから、自転車とかスケボーなんかバンバン走りまわってる。そうじゃなくて、病院のベス・イスラエル。こいつがあり得ない」

「なぜだ。日本語の通訳がいるってとこか。それとも、そもそもそんな病院なんか存在しないのか」

「いや、あそこは実在するし、通訳もちゃんといる。ぼくもたまたま見舞いにいったことがあって知ってんだけど、でっかい病院だもの。それより、ベス・イスラエルの住所は、一番街の十六丁目なんだ」

「なあ。おれはニューヨークなんかいったことないんだ。まったく白紙の人間にもかんたんにわかるように説明してくれ」

「いい？　事故が起きたのは、セントラルパークなんでしょ。それも北側っていうじゃないの。そんなら救急車が、重傷者をあんな南の遠い距離にある病院までわざわざ運ぶことはあり得ない。アージェントケアセンターなら、近くにいくらでも大病院のがあるんだから。あ、アージェントケアセンターってのは、救急センターってことね」

「いくらなんだって、それくらいの単語はおれにも見当がつく。けど、どこも満員でたらい回しにされたってことも想定できるじゃないか」

「あのね。ここ、東京じゃないんだよ。裁判王国なの。万が一、救急車がそんなたらい回しにされたんなら、すぐ市が提訴されて、最低数百万ドル単位の賠償金を支払わなきゃいけなくなっちまう可能性がかなり高いの」

「ああ、なるほどな。じゃあ、ついでにこういったケースで、負傷者が運ばれそうな大きな病院がセントラルパーク近くにあったら教えといてくんないか」

マイクはたちどころに病院の名を五、六あげた。私がメモをとる以上のスピードからしても、彼の指摘にはリアリティーがあった。

「わかった。ありがとう」と私はいった。

マイクの口調がいくらか変化した。「ねえ、柿島さんが死んじゃったんでしょ」

「死んだんじゃない。殺されたんだ」

「そうだった。この電話、それに関係してるわけ？」

「なんでそう思う」

「あんたの性格、単純だから。で、ぼくの話は役にたったの」

「非常に役にたった。礼をいっとく」

「これにかんしちゃ、彼女、真理ちゃんもお手伝いやってんでしょ」

「そうかもしれない」

「ひょっとしたら、いま隣にいたりして」

「おれとちがって、きみは想像力がたくましすぎるぜ。この件では、また電話するかもしれない。じゃあな」

私は電話を切った。ナミちゃんに子機をかえしたあと、マイクから聞いたばかりの話を三上と大原に告げると、ふたりはともに考えこむようすだったが、やがて大原が「もし」と口を開いた。

「もしマイクの言い分が正しいとしたら、なぜこの北島氏はそんな嘘をあえて記す必要があったんでしょう。この雑誌はきわめて特殊な専門誌だし部数もすくないはずだから、読者はかなり限定されるでしょうに」

「しかし、エッセイのコピーを人に見せることはできますな」三上がいった。「ちょうど、われわれが読んでいるようにね。こういう立場の人がエッセイをはじめて商業雑誌に発表したような場合、一般的には周囲の人たちにも読んでもらいたくなるのが人情といえませんか。最低限、人名が頭文字で登場した人々全員には、自費で買った雑誌そのものかコピーが配付されたと考えるのが妥当でしょう。すると特定の人物に対しては、いつでも事実をこんなふうに公にできる能力を持つと誇示することが可能になる。あるいは、その人にあえて虚構を記したと信号を送ったのかもしれない」

「同感です」答えて私はもう一度、手にしたコピーに目をおとした。

また三上の声が聞こえた。「さきほどから堀江さんは、その三ページめの写真を何度か眺めてらっしゃいますね。どなたか、ご存じの方が写っているのかな。十人くらいの集合写真で子どもたちもいた。右端が北島氏、キャプションは『日本クラブの仲間とともに』だったと思うが」

三上の観察眼に私は脱帽した。

「おっしゃるとおりです。ここにはずいぶん多様な人物がいますね。知ってる人間がいるような気もするんですが、はっきりとはわからない。事務所に帰ってからルーペで調べてみることにします」

「ルーペなら私が持っていますよ」

三上がポケットから折り畳み式の小型のものをとりだしたので、私は仰天した。

「なぜ、こんなものを持ち歩いてらっしゃるんですか」

「近ごろ、商品のライフサイクルは一日単位で短くなっている。私ども食品業界はとくにその傾向が顕著です。したがって流通で競合する新製品を見かけた場合——最近はほとんど毎日ですが——すぐ買って、成分表示をチェックする習慣が身につきました。ところが、表示がちいさくて読めないことがある。あれなら若者でも苦労するでしょうな」

三上の経営感覚にあらためて敬意をはらいながら、私はルーペをうけとった。ドイツ製のものだ。開くと、コの字型の直方体になった。機能的でかっちりしている。その底辺をくだんの写真に接し、上方からレンズをのぞきこんだ。

しばらく眺めているうち、ため息が洩れた。三上も大原も気づかなかったのは無理もない。だが私は、世間は狭いな、と口のなかでつぶやいた。

30

サンショーフーズの応接室にあらわれたとき、青年は深々と頭をさげた。あいかわらず礼儀正しいが、あきらかに緊張が見てとれる。入社たった二年目で、一部とはいえ、上場企業の社長から名指しでの来社依頼があれば当然だろう。名刺交換のため、三上はソファから立ちあがった。

青年は恐縮した体で、名刺に両手を添えさしだした。

「ハンプトンズ証券の長浜明です。本日はわざわざお招きいただき、誠にありがとうございました」

「三上です。ご足労かけて申しわけありません」彼も名刺をさしだしたあと、紹介するようにてのひらを私に向けた。「こちらは、堀江企画の堀江さんです。長浜さんをご存じらしいが、あなたが覚えてらっしゃるかどうかはわからないとおっしゃっています」

青年ははじめて気づいたように私に目を向けた。無理はない。スキンヘッドの大入道の横にすわっていれば、象の足元にうずくまっている小猿のようなものだ。

彼は首をかしげかけたが、それもほんの一瞬だった。

「あ、柿島氏の通夜の際にいらした……」

「その節はお世話になりました」私も立ちあがった。「長浜さんが受付をなさっていたとき、会葬者の名刺を拝見させていただきました。あのときも申しあげたが、故人の柿島隆志と私は長年、デスクを並べる関係でした」

あらためて私が名刺をさしだすと、彼も丁重に名刺をかえしてきた。肩書に、副社長秘書はない。たんにハンプトンズ証券日本支社アナリストとなっている。もっとも、名刺交換はしたものの、なぜ私がここにいるのか、疑問には思っているだろう。

「まあ、おすわりください」三上がとまどっている青年に声をかけた。「長浜さんにご足労願った理由は、お聞きおよびですか」

「ええ。副社長からは、御社資産運用のリスク分散にかんして、海外投資に知識のある若年層の意見をおたずねになりたい。おおよそはそういったご意向と聞いております。ベテランですと、過去の経験からどうしても一定のパターンにはまりがちな傾向があるとのお考えからだともうかがっております。アナリストどころか、いまだ副社長の秘書をつとめている私のごとき若輩者が、その任に耐えうるかどうか、いささか緊張しております。ただ不躾ながらおたずねしたいのですが、なぜ私をご指名になられたのでしょう」

「じつはそのために、堀江さんにも同席いただいたんですよ。外資系で仕事のできる若い人を知らないかとおたずねしたところ、彼が即座に長浜さんの名をあげられた。それでけさ、御社の副社長に連絡をとっていただいた。副社長は、ちょうど本日から出社されているそうですね」

「ええ、さようですが」

長浜がさらに困惑した返答をかえしたので、私は口を開いた。

「長浜さんとは通夜のあとの席でも、別室でお会いしたでしょう。奈穂子さん、いえ、柿島副社長に用件を伝えにこられた。あのあと、副社長が非常に優秀な青年だとおっしゃってましたよ」

「それだけの理由で……」

私は彼に笑いかけた。「じつのところ、失礼を承知でいえば、三上社長に質問されたとき、ほかに適当な人が思い浮かばなかった」

長浜は気をわるくしたようすもなく、ようやく腑におちたような笑みを浮かべた。

「なるほど。そういう事情でしたか。光栄ですが、それならなおさら緊張いたします」

「なにもテストしようなどというわけではありません」三上がやわらかい声でいった。「ごく気軽に闊達なご意見をうかがいたいだけですから。弊社の財務内容は、お調べになっていらっしゃいますか」

とたんに長浜は深くうなずいた。「きょうの午前に聞いたものですから、二、三時間程度しか勉強する余裕はありませんでした。ですが驚嘆しました。この不況下、あれほどすばらしい純利益の数字を見るのは稀な経験です。いずれ一部に移行されるでしょうが、弊社が主幹事、副幹事証券でないのが残念でなりません」

「ありがとう。では、お調べになった内容から資産運用は今後、どういった方向が望ましいか、社としてではなく長浜さん個人の意見をお聞かせ願えませんか。とりあえずは、あくまで参考にさせていただくということで」

長浜がちらと私を見た。企業秘密に関係するかもしれない以上、部外者の同席でどこまで踏みこむべきか疑問に思うのは、評価すべき態度だろう。

察したように三上が口を開いた。

「ご安心を。堀江さんには、弊社の経営コンサルタント的な立場からアドバイスもいただいております」

「さようですか。重ね重ねの失礼をお詫びいたします」

安心したように、長浜は話しはじめた。経営コンサルタントという言葉を聞いたとき、私は内心、苦笑した。私の能力からはあまりに遠い。事実、長浜は折り目正しく理路整然と話していたが、その専門用語と内容は、私にとって古代の呪文に等しかった。ただ青年の顔をしげしげと眺めていただけである。

長浜は金融関連企業の社員にしては長髪で、これは外資の自由な社風が影響しているのかもしれない。だがそれ以上に、若さがまぶしかった。肌の滑らかさ、清潔さがひどく印象的だ。顎の右下の黒子が目立つのは、そのせいもあるだろう。だがそのおかげで私は確信したのだ。北島が書いたあのエッセイの写真に写っていたのは、この青年にまちがいない。

雑誌に掲載されていた日本クラブの会員家族写真では、中央でピースサインを突きだしている十代半ばの若者がいた。最初はどこかで見たようなおぼろな記憶しかなかったものの、やがて徐々に焦点を結びはじめたのが、通夜で見かけたこの長浜である。ルーペを使用し、さらにその印象は強まったが、いまは確信に変わっている。コピーにあった写真にも、顎の近辺にある黒子がくっきり写っていたことは覚えている。

三上の声が聞こえた。

「すると、ユーロ債がもっとも望ましいとお考えなのかな」

「私はそのように考えます。現在のドルの不安定、ユーロ圏の今後のひろがりから考えても、個人的には、資産配分のウェイトをいっそう高くしてしかるべきかと存じます」

わけのわからない会話の脈絡を無視して私は口をはさんだ。「失礼ですが、長浜さんはおいくつでいらっしゃるんですか」

彼は不安げな面持ちで私を見た。「二十五歳ですが、やはり申しあげた内容は、若造の生意気な独断に聞こえたでしょうか」

「いえ、その逆です。年齢をお聞きして、専門知識の豊富さと考察の深さに驚嘆しました。やはり世評どおり、ハンプトンズには優秀な人材がそろっている」

「たしかに長浜さんのご指摘は一考に値しますな」

三上が口をはさみ、ちらとこちらを見た。私はうなずいた。三上も、長浜が写真と同一人物であることを認めたのだ。

「お褒めにあずかり恐縮です」長浜が深々と頭をさげた。

「ところで」と三上がいった。「その若さで独自のご意見をお持ちの点には感心せざるを得ないが、大学を卒業後、ストレートにハンプトンズに入社されたからには、もちろん英語もネイティブ並みでいらっしゃるんでしょう？」

「ネイティブ並みかどうかはわかりませんが、幼いころから海外生活が長かったのは事実です」

「ほう。どちらに」

「転々としましたが、やはりニューヨークがもっとも長かったでしょうか。六年ほどおりましたので」

「お父上のお仕事の関係ですかな」

「ええ、商社勤務でした」

「私どもも食材関係では、商社の方々といろいろおつきあいさせていただいております。どちらでいらっしゃったんですか」

「明和物産です」

私はひそかに唸った。勤務先は北島清治とおなじだ。すると長浜の父親は、北島と先輩後輩の関係にあったことになる。ただどちらが年長なのかはわからない。三上も同様の疑問を持ったらしい。

「明和さんとも若干の取引はあるが、もちろんお父上を存じあげるほどではなかった。あれほどの企業だから、社員数が社員数ですしね。お父上は、いまなにをなさっているのでしょう」

「昨年、他界しました。明和の子会社に専務として転籍したばかりで、これからも長く仕事がつづけられると喜んでいたのに、明和の定年にも満たない五十九歳でした。皮肉なものです」

「それはそれは……」

三上はやや間をおいた。礼儀もあろうが、私と同様、計算していたのかもしれない。北島の略歴では、彼はいま四十九歳ということだった。すると長浜の父親は北島の先輩にあたる。

「長浜さんは、お父上と仲がおよろしかったようですな」

「ええ、一般的なものよりかなり緊密な関係だったかと思います」

「では、お父上のお仲間もよくご存じでいらっしゃる？」

「それはもう。とくに海外にいると、同胞意識が芽生えて家族同然になった人たちもおります。それがなにか？」

「さっき、ニューヨークが長かったとおっしゃったから、その同胞意識を想像したまでですよ。私もあの街並みが好きでね。ヨーロッパの重厚なものより、雑駁《ざっぱく》さがいい」

「ニューヨークをお好きな方は行動派という説がありますね」

「私はどうかな。この齢ですから。長浜さんはいつごろニューヨークにいらしたんですか」

「十二歳のときからなので、一九八八年から九四年までです」

ならば赴任は、北島が一年早かったことになる。ニューヨークの生活について、社の先輩のめんどうをみる機会はすくなくなかったろう。あの写真が撮られた時期とも重なる。いずれにしろ、海の向こうの話がつづくかぎり、私の出番はない。三上にすべてをまかせようと考えたとき、長浜の声が聞こえた。

「三上社長はよくあちらにいらっしゃるんですか」

「ええ。ミュージカルが好きですから、話題作があるときなど、ブロードウェイまで飛ぶときがある」

「優雅な趣味をお持ちでいらっしゃる」

「優雅かどうかはわかりませんが、音楽は好きですね。カーネギーホールにもわりに足を運びます。そういえば、カーネギーホールの向かいには日本クラブがありましたな。一度、知人に連れられてあそこで食事したことがあります。クラブの入会審査は厳しいと聞いているが、もちろんお父上は立場上、会員でいらしたんでしょう？」

三上の知識と巧妙さに感心しながら、私は黙って聞いていた。私にはとうてい真似のできない芸当だ。

「ええ」長浜はうなずいた。「日本食を食べるときは父に連れられ、よくあそこのダイニングルームにまいりました」

「そういえば柿島奈穂子さん、いえ、柿島副社長もちょうどおなじころ、会員でいらっしゃったのではないんですか」

「いえ、柿島は当時、おなじビルにある商工会議所を訪問していただけで会員ではありません。三上社長とおなじように知人の……」そこでふと気づいたように、長浜の表情が変化した。「社長はなぜ、当時、柿島がニューヨークにいた事実をご存じなんでしょう」

「ほう。副社長の経歴はそれほど知られてはいないんですか」

「この経歴にかんするかぎり、ほとんど、だれも知らないはずなんです」

「なぜでしょう」

「なぜ、といわれましても……。本人が口にしたがらないものですから……。秘書を兼ねる私としても、詳細にわたる話には躊躇いたします。誠に失礼ながら逆におたずねしますが、どなたからお聞きになったのでしょう」

「こういった話はそれとなく耳にはいってくるものですよ。副社長のご夫君が例のような目に遭われたあとですし」

つかのま、沈黙が流れた。どうしようか、私は迷った。ナミちゃんがゴミ箱に捨ててしまった名刺の名前を思いだすのに苦労したせいもある。ようやく記憶がよみがえったので結局、私は口をはさむことにした。

「三上社長は、私に気をつかってらっしゃるんですよ。じつは昨夜、私がその話を披露したばかりなんです。私に奈穂子さんの経歴を教えてくれた人物というのは、たしか斉藤さんとおっしゃったかな。たまたま通夜でいっしょになった人ですが、帰りが同方向だったもので、電車内で話題があれこれ、さまざまな方向に飛びました。奈穂子さんの過去もそのひとつでしたが、いわれてみると、この話はあまり知られていないとおっしゃっていたような覚えがある」

「なるほど。そういうことですか」長浜が納得したようにうなずいた。「斉藤正人という人物ですね。彼はあの直後、デクスターサリヴァンに転職したんです」

「そうそう。ライバル企業に移るので、この通夜が最後のご奉公だとおっしゃっていたような記憶もあります」

長浜が年齢に似あわない、深いため息をついた。「外資系証券に勤務する私がいうのもなんですが、やはりドライな世界に生きる人間の性《さが》なんでしょうね。はじめてお会いした人に、そんなに安直に社内事情を打ちあけるなんて」

「個人の性格にもよるでしょう」私はいった。「それはそれとして、さっきの話からすると、長浜さんは当時から柿島副社長をご存じだったわけですね」

「ええ、まあ」

いかにも不承不承という調子の肯定だった。彼がここにきてはじめて見せた態度の変化である。私は質問を重ねた。

「それなら、柿島奈穂子さんが長浜さんの上司になられたのは、きわめて稀な偶然による結果ということになるのでしょうか」

「いえ」と彼は首をふった。「そういうことでもないと思います。もともと私は過去の経験――といっても語学程度ですが――をいかすため、外資系企業を希望しておりましたが、いまもっとも活気があるのは金融関係でしょう。就職活動は何社もおこないましたが、そのうちの一社にたまたま柿島が日本法人の現副社長として赴任していた。これには、私もおどろきました。しかしいまになってみればわかるのですが、ニューヨークと東京の往来など、現代では日常茶飯事のひとつにすぎません」

「そうか。やはりたいした世界的企業だ。私の想像を超える。では就職される際には、奈穂子さんの口添えもあったんでしょうね」

「おそらくありました。もちろん直接の面接担当ではありませんが、向こうにいたとき、かわいがってもらっていたので、あえてお願いにあがりましたから。彼女が社内でどんなふうに推薦してくれたのか、これは詳しく聞いておりませんが、採用については私自身、有利な条件を備えていたとは思います」

「私の聞きおよぶところ、奈穂子さんがニューヨークに在住していたのは、八九年から九〇年にかけてという。すると当時、長浜さんは十三、四歳でいらしたわけだ。それほど親しく頻繁な接触があったわけですか」

長浜がちらと腕時計を見た。サンショーフーズの社長からの呼び出しとなれば、次の予定をいれているはずがない。あったとしてもキャンセルしているはずだ。あるいは、話が妙な方向に動いているのに疑問を持ちはじめたのかもしれない。

「父と日本クラブで食事をするときなど、何度か同席したことがあります。年齢差はありましたが、話は弾みましたよ。金融に興味を持ったのは、あのときからかもしれません」

「ずいぶん早熟でいらっしゃる」

長浜は苦笑した。「そうかもしれませんね。ませた子どもだと、周りからよくからかわれたものです」

彼はふたたび腕時計を見た。そのようすを見て三上が声をかけた。

「いや、ずいぶんお時間をとらせて申しわけありませんでした。現在、金融業界の若い人たちがどういった考えをお持ちなのか、非常に参考になりました。ありがとうございました」

「いえいえ、社長にそういっていただくと恐縮いたします。こちらこそお目にかかれて光栄でした。生意気な意見をさまざま申しあげたかと存じますが、その点、お許しくださいませ」

「私もプライベートなことをおたずねしすぎたかもしれませんね。ご勘弁ください」

謝罪した私を見て、長浜がにこっと笑った。魅力的な笑顔だ。若い娘に向けてなら、さぞかし多大な効果があるだろう。

「お気になさらずに。当方こそ、このような時期に奇跡的な成長をとげる企業について、さまざまな勉強をさせていただきました。おふたりともに、今後ともよろしくお願いいたします」

長浜は立ちあがると、最初に訪れたときと同様、丁重に深々と頭をさげた。応接室のドアを静かに閉める動作も自然なものにもどっていた。そのドアが閉まりきったあと、私は時計を見た。午後三時まえ。それから三上にたずねた。

「彼は何分後、エレベーターに乗っているでしょう」

「二分もあれば、じゅうぶんでしょう。ここは四階だ。階段をお使いになるといい。階段を降りきった位置は、エレベーターの正面から死角になるポイントですよ」

「わかりました。それにしてもおどろいた」

「なにがでしょう」

「社長がミュージカルをお好きだとは、まったく意外でした」

三上はにやっと笑った。「あれはでまかせです。私はミュージカルなど、一度も見たことがない。国内でさえね」

私は首をふった。企業経営者にも想像以上の役者がいる。私はドアまで移動した。そっと開いて廊下をのぞくと、エレベーターのまえから長浜の姿は消えていた。「では、のちほど連絡します」とだけ三上に告げ、私は階段に急いだ。

31

息を切らせて一階まで駆けおりたとき、長浜はちょうどサンショービルの玄関をでるところだった。

ハンプトンズの日本支社本部オフィスは、証券会社にしてはめずらしく兜町ではなく、品川のビルにある。ここは都営浅草線の大門とJR浜松町駅が近いが、社に直帰するようなら、まずJRの山手線をつかうはずだ。もし品川へ向かうのなら、きょうのところはあきらめるしかない。考えながら、玄関をでようとしたときだった。長浜が歩道で立ちどまった。私もかろうじて玄関の内側にとどまった。

彼は携帯をとりだし、ボタンを押しはじめた。やがて会話に集中しはじめた。歩きながらではなく、立ちどまったままである。ビルをでたばかり、一階ロビーのガラス越しにその姿が見える位置だ。最初は用件が終わった旨、社に連絡をいれているのかと考えたが、そうではないようだった。短時間で終わらないいし、表情も深刻にすぎる。若手社員が成長企業のトップと面会し、高く評価されたあとにあるはずの晴々とした表情からはほど遠かった。

結局、十分近く電話で話したあと、長浜はようやく浜松町の駅に向けて歩きはじめた。私もサンショービルをでた。そのときはもう覚悟を決めていた。きょう一日、可能なかぎり、彼を観察する必要が生じた。電話内容には、今晩だれかと会う相談のあった可能性がある。下手をすれば、きょう一日では終わらない。

昨夜、三上と大原に写真の人物について疑問を口にしたときのことを思い浮かべた。ふたりともわずかながらこの少年に接触したかもしれないと私が口にしたとき、彼らはひどくおどろいた。もっとも通夜の受付など、親類縁者でもないかぎり、関心はまるでないだろう。だが両者の反応は対照的だった。大原は、十年ほどもたっているんですよ、少年期からはずいぶん変わっていると思うけどな。そう首をかしげたが、私は、男の顔は女ほどには大化けしないんだ、面影が色濃く残っていると反論した。私はそれほど化けてはいませんよ。大原とのこの応酬を聞いていた三上は、それならあした確認すればいいだけの話ではないですか。あっさりそういって事をおさめたのだ。きょうの呼び出しもその結果だった。協力を申しでた三上への借りは、すでに返済不能なレベルに達しているかもしれない。

さいわい駅のプラットホームは混んでいた。キオスクで入荷したばかりの夕刊を買い、紙面を折りたたんだ姿勢で顔を隠し、長浜の背中を眺めつづけた。だがおそらくその必要はなかった。彼はなにかを考えこんでいるようすで微動だにせず、おなじ位置に立ちつくしていた。視線もどこへも移動しない。

おなじ車両になれば、混みぐあいでどういう位置関係になるかわからないため、とりあえず、プラットホームにいるあいだに接近してみる気になった。かなり近づいても、長浜の気配は変わらなかった。周囲にまったく無関心でいる。すぐ斜め後方から眺めているうち、ホームに電車がはいってきた。はなれたドアの入り口まで移動しようとしたときだった。突風が吹いた。長浜の長髪がなびき、首筋があらわになった。そのとき目にはいったものがある。長浜の耳たぶに、痣が浮かびあがっていたのだ。すでにやや黒ずみ、耳の下半分をおおっている。清潔すぎる肌を罰する刻印のようにもみえた。

結局、私はおなじ車両へはなれたドアからはいり、彼の姿が視界にはいる位置に立った。あいかわらず彼は考え事にふけっている。若者のそういった瞑想的な姿は、古風にすぎて久しく見ない。そんな気がするくらい彼は動かなかった。

ハンプトンズは、品川駅からソニー通りにはいって五分ほどのところにある。それまでの長浜の態度から、私は大胆になりすぎていたかもしれない。十メートル程度しか距離をおかず、彼の背後を歩きはじめたのだ。再度の強風を期待したためだが、あいにく風はすっかり絶えていた。

ハンプトンズがテナントとして入居するビルへ長浜が接近したころだった。ビルの玄関から軽い足取りででてきたばかりの若い女性がひとり「あら、長浜くん」と声をあげた。気軽な呼びかけにもかかわらず、その声がはっきり聞こえるくらいの距離だった。

物陰に隠れる時間さえない。後悔しつつ、私は足をとめた。いざというときの言い訳をとっさに考えた。思いついたのは、柿島奈穂子に礼をいうため、会いにきたというくらいだ。約束をしてはいないが、タクシーをつかったといえば、長浜が去った時間との差は創作できる。なんとか取り繕うことはできるかもしれない。そこまで考えて無理があるかもしれないなと思いなおした。タクシーのほうが時間がかかる。おまけに、長浜は奈穂子の秘書を兼ねている。

　会話が耳にとどいてきた。

「ねえ、長浜くん。今晩、時間ない？　また同期のみんなで青山にご飯食べにいくんだけど、いっしょにいかない？」

「わるい。先約があるんだ」

　この通りにはいればクルマは少なく、女性の声は明瞭に聞こえるのに、長浜の返答はひどく低いものだった。位置関係のためだけではないだろう。

「その言い訳、もう十回くらいは聞いたわよ」

「だって事実だから仕方ないだろう。ごめん。先を急ぐから」

　長浜はそのままビルにはいっていった。若い女性はしばしその背中を見つめていたが、やがてため息をつくようなしぐさを見せ、こちらに向けて歩きはじめた。私はほっとしたものの、すぐ横を向いた。ちょうど中華料理屋の横で、ガラス窓の向こうに食品模型が並んでいた。もっともこの時間、準備中の表示も掲げてある。

　黙って立っていると、背後を足音がとおりすぎていった。ああいう若い女性にとっては、くたびれた中年男など眼中にないはずだ。どうしようかと考え、彼女のあとを追うことにした。仕事での外出ではないと考えたせいである。ブリーフケースも書類袋もなく、ハンドバッグと小振りの雑誌しか手にしていない。ハンプトンズ社員の生態を観察するにはいい機会だ。それになにしろ、勤務の終了まで時間がありすぎる。

　彼女は二、三分、私のとおってきた道を歩き、品川駅に近い喫茶店にはいっていった。いま猖《しょう》獗《けっ》をきわめているチェーン店のひとつだ。彼女のあとから私もはいり、コーヒーのトレイを持って、ひとつ空席をおいた場所にすわった。予想どおり、彼女はこちらに目もくれない。だが、彼女の外出の理由だけはわかった。バッグからすぐ煙草をとりだしたのだ。おそらくハンプトンズのオフィス内は禁煙になっているのだろう。そして、雑誌をパラパラとめくりはじめた。雰囲気は、なんらかの理由をつけて自発的にとった休憩というところだ。煙草を吸いおわれば、彼女はたぶん席を立つ。

私は夕刊を読むふりをしてすわっていた。一面トップは、外務省職員の機密費流用問題である。子細に読もうかと考えたとき、男の声が聞こえた。

「なんだ。また喫煙休憩かよ。ここいいか」

「あなたの勝手」即座に彼女の返答があった。

ちらと視線を向けると、ブリーフケースを持った若い男が冷淡な答えを無視して、女性の向かいの席にすわるところだった。彼もスーツのポケットから煙草をとりだしながら、口を開いた。

「なんだよ。さっきは長浜にすげえ愛想笑いしてたのにさ。態度に差がありすぎやしないか」

私の目は記事の文字を追えなくなった。いきなりその名前が耳にはいってきたのである。こういうチェーン喫茶の特徴のひとつは、客どうしの会話が周囲に筒抜けになることだ。もっともそれをデメリットと判断するかどうかは、時と場合による。ただ、いまの私に限っていえば、あきらかに歓迎すべき環境だった。

若い女性のとがった声が聞こえた。「なによ、あなた。さっきから私を観察してたわけ?」

「いや、おれも社をでようとしてたとこだったからさ。これから出張なんだ。羽田までまだ余裕があるんだけど、どこへいくと思う?」

「興味ない」

私も夕刊に興味をなくし、頭をあげた。彼らはまったくこちらを意識していない。男が頭をふりふり、舌打ちした。

「ほんと、頭にくるほど差をつけるよなあ。なんでだよ」

「そんなの私の勝手でしょ」

「ねえ、きみさ。忠告してやるけど、そろそろあきらめたらどうなの。あいつ、絶対無理なんだから」

「知ってるわよ。副社長でしょ」

「そう。けど、きみが知ってる以上にあいつはキモイ」

「キモイ、ねえ。あなたの話し方、会社の知的イメージを数段、下げてない？」

「こうみえて仕事先にいったら、ＩＱ二〇〇の話し方できんだぜ。それよか爽やか青年のオバコンの話、聞きたくないか」

「オバコンって、おばさんコンプレックス？」

私はコーヒーを飲みかけていたが、その手がとまった。男がうなずくのが目にはいった。

「じゃあ、私も見込みあるな。だって私も長浜くんより、半年上だもん」

「そうかよ。けど、この秘密を聞いたあとはどうなるかな」

「なによ、キモイとか秘密とか。あんまり気を持たせるんなら、その席を立ってくれない？」

私はまた記事に目をおとした。秘密という言葉を口にしたとき、人は周囲を眺める習性を持つ。

男は声をひそめたが、それでも中身ははっきり聞こえた。

「あいつ、財布に副社長の写真いれてんだ」

絶句の気配があった。しばし間があって、彼女の声が聞こえた。

「なんで、あなた、そんなこと知ってるのよ」

さらに間があった。あとの言葉を聞いたのち気づいたが、それは考えさせる余裕を与える時間だったかもしれない。

「このまえ、あいつが副社長の電話で呼びだされて飛んでったとき、デスクに財布おきわすれてたんだよ。そんで俄然、興味がわいてさ。中身、調べてみたの」

「なによ、それ。仕事中に人の財布をのぞくなんて、それこそキモイったらありゃしない」

「おばさんの写真、財布にいれとくよかキモイかよ。あいつ、毎晩、副社長の写真眺めてんだぜ」

「そんなことどうして、あなたにわかるのよ」

「なんせ、写真は三枚もあったからさ。それも盗み撮りしたようなやつ。これをキモイといわずして、なにをキモイっていうんだよ」

「……ちょっと待ってよ。長浜くんは、なんで仕事中なんかにデスクに財布を残したのよ」

「電話するために、だれかの名刺を探そうとしてたんだよ。あいつ、もらった名刺、いっつも財布にいれてたからさ。そんで、長浜が帰ってきたあと横目で眺めてたんだけど、財布が残ってんのを見てあわててた。だれかが手にとった気配がないか調べてるようすもあったぜ。おまけに何日かたって、あいつは名刺入れ、財布とはべつに持ち歩くようになったんだ」

「あなた、そんなところまで観察してるの」

「観察力が鋭いって、この業界じゃ重要な資質じゃないの」

「よくいうわね。私が気分を害してるってことがわからない程度の観察力で。おまけにあなた自身を私がキモイと思ってるってことも想像できない？」

「わかった。わかりましたよ。じゃ、おれ、これから福岡までいってくるから。明太子買ってきてやろうか」

「私、明太子は嫌いなの。あなたの観察力はじゅうぶんわかったからさっさともういって。ついでに飛行機が墜落することを祈っといてあげる」

男は薄笑いを浮かべながら立ちあがった。この若い娘をからかうのが最初からの目的だったのかもしれない。あるいは長浜の評判を下落させる意図があったのかもしれない。こういうタイプの社員は老若男女を問わず、どんな企業にもいる。

彼女はトレイを持って去った男のうしろ姿を追いもしなかった。もう雑誌を開きもせず、悄然《しょうぜん》としたまましばらくすわっていたが、やがて彼女も立ちあがり店をでていった。

私は席にすわったまま考えていた。彼女の心境の変化についてではない。長浜の同僚が口にした話は、すべて虚構だとも考えられる。その場合は、あの娘の話から想像できる公然の秘密が理由になるだろう。長浜が、柿島奈穂子にひそかな憧憬を持っており、その事実は社内でも評判になっているらしい。きょう長浜と名刺交換した際の光景を思い浮かべた。たしかに専用の名刺入れだった。私自身は財布と兼用しているが、ああいうものはエリートのあいだでとくにめずらしいものでもないだろう。

私も立ちあがった。とりあえず大きな借りのある協力者に一定の報告をするのは義務だ。質問もある。表にでてから、携帯で三上を呼びだした。

「おたずねしたいことがあるんです。どうも私には観察力が欠けているようなんで」

「なんでしょう」

「きょう、長浜くんは腕時計を見たでしょう？　それも二回も。あれにお気づきになったから、社長は彼を解放されましたね」

「ええ。あれ以上の質問は困難と判断しました」

「ではあの時計のベルトは金属製だったでしょうか、それとも革のものだったでしょうか。ご覧になりました？」

「金属製でした」

「そうですか」私は落胆を覚えた。「やはり私の注意力は散漫にすぎる。社長と較《くら》ぶべくもありませんが、それなら私の思い過ごしかもしれないな」

「どういうことでしょう」

浜松町のプラットホームで見た長浜の耳の痣について私は話した。

「ふむ」と三上がいった。「それは金属アレルギーがもたらした痣と考えて、まずまちがいないでしょうな」

「ですが、いま社長は長浜くんの腕時計のベルトが金属製だとおっしゃった」

「あの時計メーカーのものは、ベルトがすべてチタン製なんです。チタンは極端に溶解性が低く、金属アレルギーの人が唯一、身につけることのできる金属素材といっていい」

「へえー」私は三上の知識と観察力に感嘆し、我ながら間抜けた声をあげた。「しかし自分が金属アレルギー体質であるかどうかは、一般的に自覚があるものではないんですか」

「金属アレルギーは、縁がないと考えている人でも思いがけないとき突然、発現することがよくあるんです。たとえば皮膚との密着度がもっとも高いピアスなどをはじめて使用するような場合には、とくに多いようですね。その点はご想像どおりだと思いますよ」

32

ハンプトンズ証券の終業時間は六時と聞いている。それまでに品川駅にもどり、駅ビルの商店街を物色した。そして素通しの伊達眼鏡とヘアムースを買った。トイレに立ちより、髪形をオールバックに変えた。変装というにはほど遠いが、この程度なら万一の場合にも、弁解にさほど困難はない。身につけたコートはきょう、長浜の目にはいっていないはずだ。

ハンプトンズが入居するビルにもどり、日の暮れかかったころ、私は向かいの歩道に立った。

ビルの表玄関からでてくる社員は、五時半ごろから急に増えはじめた。六時をすぎると、さらに大量の退勤者が流れでてきたが、ほとんどは他のテナントの社員と思われた。外資は一般に定刻退勤が多いものの、ハンプトンズならアメリカ本社との連絡や海外の各種取引業務のため、定時に退社する社員はそれほどいないだろう。だが、きょうのあの青年はたぶん例外になる。

予想どおりだった。長浜が姿をあらわしたのは、終業時間を十分もすぎないころだ。声をかけた同僚に、先約があると答えたのは事実だったにちがいない。ただ少々困ったことに、彼は駅に向かわなかった。そのまま歩道の端に立ったのである。タクシーをつかまえるため顔を車道の右に向けているので、私をまったく意識してはいないが、こちら側でタクシーを拾っても、この通りがUターンできるのかどうかはわからない。

私は賭けることにした。品川方面に急ぎ、信号をわたってハンプトンズ側の歩道に立った。長浜がタクシーに乗れば、私のすぐ横をとおっていくことになる。だがサンショーフーズから帰社途中の彼のようすから見て、いまも周囲に関心を払う余裕はさほどないはずだ。

長浜がタクシーに乗りこんだ。彼の横顔がすぐまえをすぎていった。視線はやはりどこか遠くにある。直後やってきた空車に向けて私も手をあげた。

「あのグリーンのタクシー、追いかけてくれますか」

「へえー、なんか映画みたいですね。こういうのははじめてだ」

気のいい中年の運転手だった。気軽に答えると、それ以上なにも訊かずすぐ走りはじめたが、夕方の道路の混雑はこちらに都合がいい。追跡にさほどの苦労はなく、三十分ほど走った。第一京浜から泉岳寺経由で飯倉方向に向かい、アークヒルズのまえで細い道を左折した。赤坂のはずれでまえをいくタクシーが停まり、やりすごしてから、うしろを眺めていると、長浜が引き戸を開け、はいっていく店がみえた。

私もタクシーを降りた。どうやら運転手によく知られている近道らしく、人通りは少ないが、タクシーは頻繁にとおる。その店の正面に立った。「ひさご」という小体な看板がかかり、敷居の高そうな小料理屋だ。二十五歳の青年がひとりで飲むための店ではない。だれかと会う予定があるとしか考えられない。周囲を眺めわたしたが、黒塗りのクルマは見当たらなかった。もっとも約束した相手が社用車をつかえる人物であっても、きょう、それは避けるだろう。それよりまだ到着していない可能性が高い。

三分待ってから、私はその店の引き戸を開けた。

案の定、長浜の姿は見当たらなかった。店をはいったところからL字型の白木のカウンターがつづき、その奥に個室がいくつかある。長浜は当然、そっちに向かったろう。私は戸口そば、壁際の奥まったコーナーのカウンターにすわり、品書きを眺めた。常識的な品揃えだが、このデフレの時代、値段のほうは常識的とはいいがたい。いくら外資が高給とはいえ、まだ若い長浜には荷が重いはずだ。私にしたところで、事情は似たようなものである。

女店員がやってきたので、私は熱燗と奴を注文した。彼女は愛想よく、もっとも単純なオーダーを復唱した。

酒をちびちび飲んでいるうち、戸が開き、いらっしゃい、と声があがった。はいってきたのは、恰幅のいい中年男だった。北島清治その人である。すぐわかりはしたものの、さすがに雑誌に載っていた写真から時間がたっている。十年で、彼の頭髪はかなり薄くなっていた。

お連れさんがお待ちでいらっしゃいます。女将らしい中年女性のあげた声に軽くうなずき、彼は案内とともに奥の個室に消えた。

時節柄か、この店の通常の姿なのか、席はずっと三割方の埋まりようで変わらなかった。何度か酒だけをお替わりし、私は持参した夕刊を読んだ。二時間ほどすぎたころには、すべての記事と謝罪広告にいたるまで暗記するほどに目をとおしていた。

長浜が北島とともに奥の廊下から姿をあらわしたのは、ようやくそのころになってからである。気配を覚えると同時に、私は顔のまえに新聞の紙面をかざした。

北島は女将に軽くあいさつしただけで店をでていこうとしている。もちろん請求書をまわす常連扱いになっているのだろう。黙りこくったふたりの足音が聞こえ、彼らは玄関をでていった。

私は立ちあがり、勘定、と愛想のいい女店員に告げた。

表にでると、ふたりはもうわかれていた。今度はさすがに長浜も背中を見せ、地下鉄の駅に向けて歩いている。北島はタクシーを拾うらしく、道端にたたずんでいた。私は彼の背後にあるコンビニに向けて直行した。長浜の住所は奈穂子に訊けばわかるかもしれないが、北島の場合、この機会を逃せば苦労は目にみえている。

私を気にもとめない北島の脇を抜け、コンビニにはいろうとしたとたん、彼がタクシーをつかまえたので私もUターンした。またすぐに空車がやってきた。この不況にメリットはないでもない。運転手は同意しないだろうが、かつて私がサラリーマンであったバブル時、タクシーをつかまえるのにしょっちゅう苦労した悪夢が残っている。走りはじめたときそう考えはしたものの、声をかけると今度はさっきの運転手と対応がちがった。

「え、あのタクシー、尾けるんですか」

「なんか、まずい？」

「会社から、そういう不審な指示にはなるべく従わないようういわれてるんです。ほら、最近流行《はや》ってんでしょ。ストーカーとか」

一応、追いかけはじめながらも初老の運転手はそういった。

「うん。それは妥当な指示だと思う」私は答えた。「でもさ。なるべくというのは乗車拒否に近いからでしょ。だいたい不審といったって、あの客、おっさんじゃないの。頭見てごらんよ。禿げてんじゃない。おれ、週刊誌の記者やってんだけど、ちょっとした件であのおっさんに取材したいんだ。協力してよ」

「そうですか」

中年男の言い分を信用したのかどうかはわからないが、とりあえずタクシーは不承不承といった感じで目標を追跡しはじめた。私はやっとひと息つき、座席に身体をあずけながら考えた。予想してはいたものの、きょう話したばかりの長浜が会った人物を確認できたのは、すくなくとも収穫だった。さて、これからどうするか。

北島のタクシーは目黒方向に向かっている。見知らぬ通りにはいったので、私は運転手に声をかけた。

「これ、何通り？」

「三田通り。ほら、港区のほうにもおなじ名前の通り、あるでしょ。あっちのほうが有名だから当然そうだと思ってたら、ここしか知らないお客さんに文句をつけられたことがありますよ」

「そりゃ客がわるい。苦労しますね」

「まあ、商売ですから」

そう答えた運転手の声はいくらか和んでいる。私はといえば、苦笑を洩らしていた。かつての勤務先での営業時代、営業車で都内を走りまわっていたころの、道路を覚える習慣がいまだ消えていないことに気づいたからである。

北島の乗ったタクシーが右折した。あとを追って右折すると、閑静な住宅街にはいった。すこし走ったのち今度は左折した。スピードはおちているし、あとはいくらもないだろう。

「あの角を越えたところで停めてもらえますか」

運転手がそのとおりにすると「釣りは結構」と数百円を残してメーターを超えた料金を支払い、即座に私はタクシーを飛びだした。角を曲がるとほんの数十メートルもないところでタクシーが停まり、のんびり勘定をはらっている北島の姿が目にはいった。ほかに人影はない。私はゆっくり歩いていった。

邸宅というほどでもないが、ほどほどの一戸建てだ。タクシーが去り、北島が玄関まえの門扉を開こうとした。私は表札を確認してから、声をかけた。

「北島取締役でいらっしゃいますね」

ぎょっとしたように彼がこちらを見た。

「あなたは？」

「堀江と申します。きょうの長浜くんとの話では、私の名前もでたのではないでしょうか」

「……なにをおっしゃっているのか、さっぱりわかりませんな。失礼ながら名前さえ存じあげませんが、そもそも、どうしてこんなところにいらっしゃる？」

「『ひさご』から追いかけてきたんです。長浜くんからきょうあなたに会うと聞いたものでね」

絶句する気配があった。私はつづけた。

「用件をおたずねになりたいでしょうから、最初に申しあげておきますが、柿島隆志のことでお伺いしたいことがある」

「……柿島さん、ね。あなたが彼とどういう関係か存じませんが、もう夜もおそい。またいずれということにしていただけませんか。私はこれで失礼しますよ」

門扉が開きかかったので、私は北島の腕を抑えた。かなり力をいれたせいか、彼は顔を大きくしかめた。こちらをふりかえったその目に不安げないろがよぎるのを私は見逃さなかった。

「夜もおそいとおっしゃるが、まだ九時過ぎですよ。メイマートさんではまだ残業している社員が大勢いるでしょう」

「あなたね。こんな時間になんの断りもなく人の家に押しかけて、それで失礼とは思わないんですか」

「失礼をどう考えるかにもよるでしょうね。人殺し以上の失礼があるとも思えないが」

北島の目が正面から私をとらえた。

「失敬な。警察を呼びますよ」

「どうぞ」私は自分の携帯を彼にさしだした。「ご自由に呼んでください。ただ忠告しておきますが、私には連行されるほどの理由はさしてない。それより、ある捜査本部に連絡して、私は私の知るかぎりの情報を彼らに話さざるを得なくなるかもしれない。その損得を考えてからにされたほうがいいんじゃないでしょうか。穏便にすむケースも考えられなくはないと思いますよ」

北島は黙って私を見つめている。長い時間がたったあと、いったん目をそらし自宅をちらと見た。揉め事を家族に知られるリスクを考えたのかもしれないが、べつの算段を思いついた可能性もある。私は、情報や穏便という言葉を口にしたこちらの肚を探ろうとする彼の目論見に期待した。

「わかりました」ようやく彼が答えた。「こんなところでもなんだから場所を移しましょう。この先にちいさな公園がある」

「公園は寒くありませんか。この時間なら、まだたいていの店は開いていますよ」

「駅近くまでもどるのが億劫でね。それに時間もない」

「北島さんさえよろしければ、私に異存はありません」

たしかにちいさな公園だった。だが周到に計算されている。人はだれもいないし、正面奥は背のある金網のフェンスに面している。その向こうには小学校か中学の暗い校庭がひろがっていた。右側は一戸建ての壁で窓がない。さらに左の一面もなにかのビルの壁面がそびえ、どの窓も暗かった。これなら会話がだれかの耳にはいることもないだろう。

フェンス際には、木のベンチと照明灯がそれぞれひとつ。だが、われわれは立ったまま、公園の中央で向きあった。私の方針に変更が生まれたのはそのせいかもしれない。

「長浜くんとは長いおつきあいのようですね」私はいった。

彼はコートのポケットに両手をつっこんだまま答えた。

「彼がサンショーフーズで、父上のかつての勤務先のことを話したとは聞きましたよ。私の先輩にあたるが、そのためにあらぬご想像をされたのでしょうが、私から話す必要はなにも感じませんな」

「ほう。サンショーフーズで話した内容を彼からお聞きになったんですか。それなら、さきほどの私の名前を知らないという話と矛盾しませんか」

「……想像したまでですよ。社長以外に、経営コンサルタントを名乗る人物が同席していたと聞きました。あれが、あなたではないんですか」

「そのようですね。これは長浜氏にもおわたししました」

私は名刺をさしだした。彼は片手でそれをうけとったが、目もくれず、一瞬のち手といっしょにポケットにしまいこんでいた。

「で、柿島さんのなにをお知りになりたいのかな」

「全部です」

「全部？　なにの全部でしょう」

「北島さんが長浜くんと共謀して柿島を襲い、殺害にいたったいきさつ、およびその理由の全部です」

「ばかばかしい。やはり時間の無駄だったようだ。私はこれで失礼する」

北島が背を向けた。公園の出口に向けて歩いていこうとする。私は伊達眼鏡をポケットにしまうと同時にその両肩をつかんだ。ちょっとした力だけで、彼の身体がこちらに向きなおった。憤《ふん》怒《ぬ》のいろを浮かべながら彼はひと言、声をあげた。

「カネか？」

その言葉を聞いたとたん、私は右の拳を突きだした。それが腹にめりこむと、かすかな呻きとともに彼はゆっくり崩れていった。身体をかたむけながらも北島は一瞬、呆然とした顔で私を見かえした。わずかに目をとめたあと、地面に転がったその腹に向け、私は足を蹴りだした。靴先にあばらの感触を覚えた。低い悲鳴が夜の公園に流れたが、私はもう気にもとめなかった。さらに胃を直撃した。咳きこんだ彼の口から吐瀉物が洩れ、地面に流れでた。呻き声がさざ波のようにひろがったが、助けを呼ぶ気力にまでいたる気配はない。

私はじっと足下を見おろしていた。

「これで柿島が味わった気分のいくらかはわかるでしょう。しかしそれでも、まだほんの一端にすぎない。かなり手加減しましたからね。彼の場合と比較すれば、蚊に刺された程度です。ところで、ここはあなたが吐いた夕食で、あまり居心地のいい場所ではなくなった。移動しましょう」

私は北島の襟首をつかみ、全身を引き起こした。それからぐったりし、なんの抵抗も見せようとはしないその重い身体を木のベンチまで引きずっていった。

私の発想は貧弱らしい。北島に向けても、丸山への仕打ちと同様の真似をくりかえす手順しか思いつかなかった。手軽な暴力が効果的な人種はいるが、彼はその典型だったからである。だが、私も学ぶことはある。今回は自分のハンカチをつかいはしなかった。北島のポケットから引き出したものを彼の口に詰めこんだのだ。ただあのときより、容赦はしなかった。手始めに彼の腕を私の膝に乗せた。抵抗する彼をねじ伏せるのはかんたんだった。拳をつくらせて押さえ、人指し指と中指だけを宙に突きださせた。そして手刀を力の限り、降りおろした。関節が許さない方向へその指がおちた。夜の公園に硬い音が響きわたった。北島の手は、人間の身体の一部ではなく、ビニール製の付属物みたいなものが二本、ぶらさがったものに変化した。彼は声もなく惚けたようにその手を見おろした。

「これも軽いあいさつの一種と考えていただきたい。さて、本題にはいりましょうか」

私の頭では、柿島奈穂子が口にした逸脱、暴走という言葉が鳴り響いていた。だが無視するようにうつとめた。もう一本、指をへし折ると北島は丸山ほどの抵抗も意地も見せなかった。あっけなくそれまでの姿勢が崩れた。くぐもった声で泣きはじめたのだ。私は彼の口からハンカチをとりはずした。そして柿島が襲われた夜の疑問から問いただしていった。地位と矜持《きょうじ》は比例しない。彼は事の次第をぼそぼそと話しはじめた。

フィクションに捏造《ねつぞう》されそうなところは、私の知る事実を背景に、修正をくわえさせた。北島も私の指摘が意外なところにまでおよぶのにおどろいた気配があった。やがて、話は一貫性を帯びていった。すくなくともそう思えた。おかげで当日夜のおおよその事情はわかった。ほぼ想像していたとおりだ。偶然に恵まれたのだ。この調子ならきょうじゅうに全貌がすべて把握できる。丸山からも話の一部を聞きだしたと悟られるかもしれないが、事ここにいたれば、それはいたしかたない。丸山に影響がおよぶ以前にこの男を除去すればいいだけの話だ。

「あんた、柿島に病院といったそうだな」

「病院……、そんな言葉は口にしたかどうか……」

彼が虚ろにつぶやきかえした。そのときだった。急に声高な騒ぎ声がわき、耳にとどいてきた。公園にはいってくる学生らしい四、五人の集団が目にはいった。酒瓶を何本も抱えている。いずれ、なかのひとりが近所に住んでいるのだろう。彼らはわれわれからもっとも遠い位置でじかに地面にすわった。いかにも学生の酒宴らしい。そのうちやっかいなことに、彼らの視線がちらちらとこちらに向きはじめた。私が我知らず、只事でない気配を発散していたせいかもしれない。

北島は彼らに声をかけようともしなかったが、それは私を恐れていたせいか、すでに所業の一部を披露してしまった自分の後悔のせいかはわからない。

やがて学生のひとりが立ちあがり、こちらに近づいてくる姿が目にはいった。彼はベンチのすぐそばで声をかけてきた。

「そちらの方、ご病気のようにみえますが、大丈夫ですか」

大丈夫です。私が答えようとしたとき、先回りして北島の声が聞こえた。

「いえ、ちょっと怪我をしましてね。ただちに救急車を呼んでいただけませんか」

老人めいた弱々しい声は、北島の最後の気力だったろう。その声を耳にしたとたん、青年はポケットから携帯をとりだした。

彼が通報を終えたあと、私はおもむろに立ちあがった。

「きみは好青年だね。近ごろ、ほとんど見なくなった。ただ僭越ながら忠告しておくと、世間をまっとうな姿にしたいときには、なにかを放置すべきときが、まれにあるかもしれない。私はこれで失礼するが、あとの処置はきみの好意に甘えることにするよ」

青年はきょとんとした目で私を見た。軽く手をふり、私はその場をはなれた。公園の出口に向かい歩いていると、背後からすすり泣く声がとどいてきた。

私は、罪の意識を覚えなかった。

33

「なるほどね。そういういきさつがあったのですか」

三上が酒を口にふくむのを見て、私は答えた。

「柿島が襲われた当夜はそういうことです。しかしいま申しあげた事情で、全貌がまだはっきりしたわけではありません。やはり事前になにもリサーチしていない限界を覚えました」

「成りゆき上、それは仕方ないでしょう。しかし堀江さんも大胆なことをなさる人だ」

三上の反応は想像以上にゆったりしたものだった。もっともおどろいたのは、私の行使した暴力沙汰について、いっこう意に介するようすがなかったことだ。この人物には、人を見さだめる能力がある。その程度のことは予測していたのかもしれない。あるいは彼自身、私が想像もおよばないほどの修羅場を経て、その経験が反映しているのかもしれない。

あれこれ考えていると、ナミちゃんの声が聞こえた。

「大胆ってんじゃないでしょ。このおじさん、しょっちゅう自分の居場所と他人との境目がわかんないだけじゃない。そういうの、ただの世間知らずっていうんじゃないの」

「そうかもしれないな」私は認めた。

真夜中の一時だった。私は公園をでた直後、三上に電話したのだ。大手流通トップのひとりとああいうやりとりがあった以上、早急な経過報告とともに詫びておく必要があった。長浜を呼びだした時点からの流れを考えれば、ビジネス上、三上に多大な迷惑のかかる恐れがある。緊急事態と判断せざるを得なかった。夜十一時の電話は非常識かと考えたものの、彼はまだ在社していた。そして、十二時にこのナミちゃんの店でおち合うことになったのだ。

先日の丸山の件もふくめ、私は三上にこれまでのいきさつを洗いざらい伝え、頭をさげた。ただし、柿島奈穂子の告白を除いてである。唯一の救いは、大原の不在だった。彼女がいれば、どんな罵倒に見舞われたか、ほぼ想像がつく。そもそも私自身、べつの観点から自分を罵倒したい気分だった。

「いや、ほんとに世間知らずというか、無分別そのものだな」ため息とともに独り言のように声が洩れた。「ああいう事態が想定できた以上、最初にもっとも肝心な点から北島を問いただすべきだった」

「そうともいえんでしょう。警察の取調べも、堀江さんのとった手法と同様のステップを踏むわけですから。それに一点を除けば、おおよその輪郭はつかめたのではないですか」

「その一点というのが、もっとも肝心でしたね。さきほど申しあげたように北島個人は、柿島に二、三週間ほどの療養が必要な負傷を与える意図しか持ってはいなかった。事実、病院に運びこまれたときはそういう診断でした。なら、柿島は彼らに襲われた事実を絶対に公にせず、告発もしないはずだとの確信が北島になかったはずがない。こんな奇妙な話は、聞いたことがありません」

三上は黙ってうなずいた。

私はふたたびため息をついた。

「しかし今後のことを考えると、向こうに防御の壁をつくる余裕を与える結果になっちまった」

「でもさ」とナミちゃんが口をはさんできた。「彼は犯人のひとりだったわけだから自白したとおんなじじゃない」

「いや、それは少々ちがうね」三上が彼女に向け首をふった。「いま聞いた話は、現段階で堀江さんと北島取締役とのあいだにあったもので終わっているだろう？　彼は告白を書面にして署名したわけでもないんだ。したがって第三者になにかを証明する証拠の入手にまではいたっていないんだよ。証人として丸山課長がいるが、彼は出会いのセッティングを指示され、その任を果たしただけで、現場にいあわせての目撃者ではない。決め手には欠けるし、今後、圧力のかかる可能性もなしとはしない」

「でも警察にチクれば、連中、なんとかしてくれんじゃないの。わたし、そういうのあんまり好みじゃないから、自分では絶対したくないけど」

三上が微笑した。「堀江さんの好みもナミちゃんとおなじじゃないだろうか。いや、この人なら、ナミちゃん以上にそういうやり方を好むとはとうてい思えない」

彼らの会話を聞きながら、私は公園で聞いた北島の話を反芻していた。結局のところ、いままでいろんな人物に聞いた話に修正すべきところはなにもなかったのだ。丸山の話も、ホスト勤めの結城の記憶もすべて正確なものだった。

こういうことである。

北島の話を信じるなら、柿島を襲う計画は最初、長浜から提案されたという。それもいったん口にしたあとは執拗と思えるほどの熱心さで、彼は北島の説得につとめようとした。当然のことながら、すでにメイマート役員の職にあった北島は、こんな単純な暴力沙汰の計画には当初、拒絶反応さえ示し、叱りもした。だがそんな姿勢でいた彼に、最終的には心境の変化をもたらした相応の理由が生まれたのだ。事件があった数日後の日曜、ＦＣ加盟店連絡会議の全国大会が開催される予定だった。このスケジュールは以前からつかんでおり、重大な関心をよせてはいた。だが、意外にも長浜がどこかで入手し、持参したプログラムのゲラを目にして、おどろかざるを得なかった。基調講演する人物の名が柿島隆志だったからである。

コンビニのアルスを全国展開するメイマートグループにとっては悪夢に等しいプログラムだった。フランチャイジーが原告となった、フランチャイザー本部を被告とする提訴が頻発している時期である。メイマートを辞した柿島が、かつて全国六千店を超えるアルスを統括する中枢にあった立場から、本部側の内情をどんなかたちで暴露するかわからない。おまけに辞めた理由は、カリスマとして知られる会長、高柳との確執にある。講演が鬱憤晴らしの場になり、高柳への個人攻撃にまでいたらないという保証はなにもない。社内で天皇と呼ばれる会長、高柳の名誉が傷つけられる事態だけはなんとしても阻止しなければならない。悩んだあげく北島は、長浜の提案によってしかその目的は果たせないだろうとの結論にいたった。

部外者からはばかばかしい判断ともみえようが、それは高柳に見こまれ、役員にまで登りつめた企業社会に生きる人物の義務感——かつての私の経験からいえば、サラリーマンの悲哀といえなくもない——だった。さらにこの結論につけくわえる理由があるとすれば、コンビニ問題にかんし北島の経営陣の一員としての考え方は、強硬路線を走っていたころの高柳に近いものだったという点もある。その高柳が融和路線に転じたポーズを見せ、柿島をメイマートへ招聘した時点で、ふたりの対立は約束されたようなものである。

ところで、北島と長浜のつきあいはやはり長期にわたる親密なものだった。長浜の父親がニューヨークに赴任したときから、家族ぐるみでの交際がはじまったという。これについては北島が疑問に堪えかね、なぜそのような事情を知っているんですか、と問いかえしてきた。『月刊ロジスティック』にエッセイを書かれた際、ふたりがいっしょの写真が載っていたじゃないですか。そう答えると彼はひどくおどろいた。あんな八年まえの雑誌をどうやって手にいれたんですか。さらにたずねてきたが、それ以上、私は答えなかった。

長浜の提案は北島サイドに立ち、今後、コンビニ問題で柿島がどのような動きをみせるかわからないため、いまのうちに痛めつけておく必要があるという趣旨のものだった。若者らしい無思慮の暴走というより、あの知性をそなえた長浜にしては幼稚すぎる発想だ。訝しくは思ったものの、北島にとってはべつの角度からの意味を持ちはじめた。彼にとって当面の最大の関心事は、FC加盟店連絡会議での柿島の講演をなんとか阻止すること以外、なにもなくなっていたからである。そのため、彼自身も無思慮の陥穽《かんせい》におちいったのだ。柿島が入院加療する事態にいたれば、すくなくとも全国から参集した数百人のフランチャイジー、つまりはコンビニ店主に対しての講演はあり得ない。それにともない、マスコミ対策を巧妙にまっとうできる。じつのところ、こちらのほうが大きな意味を持つのだが、大会を取材するメディアに向け、各種のマイナス情報がオープンになるリスクが完全に消滅する。高柳への評価がネガティブになる可能性が排除できるうえ、コンビニのマイナスイメージが一般にひろがる恐れを回避できる。長浜の提案は、発想が幼稚でありながら、実行段階における細部は緻密で、いかにも成功しそうに思われた。きょう、いや、すでにきのうになったが、サンショーフーズの財務分析から資産運用にいたる彼の語り口を聞いていた私は、その話が信用するに足ると考えた。彼にとってはさいわいなことに、いざというときを見越し、一種のスパイとして飼い馴らしてきた丸山という存在もある。

事件が起きた夜の発端までは、丸山から聞きだした話とさほど相違はなかった。丸山が柿島を四谷まで呼びだし、近所の喫茶店で待機していた北島が偶然、出会った素振りで現場となった駐車場がある通りへ柿島を誘う。その駐車場には三人が待機していた。長浜、それにかつて北島が明和物産に在籍していた当時、彼が海外で手厚くめんどうを見た部下のふたりだった。もちろん顔を知られているか、知られる可能性のあるメイマートの社員を立ちあわせることはできない。北島は、長浜の助言にしたがい事前に、これは友人をサプライズさせるジョークの一種だとふたりに告げていた。海外で何度か経験したそういう冗談に慣れ、北島に恩のあるふたりはこれを信じて当夜、からかう対象にオヤジ狩りの恐怖を与えるため、髪の毛を金髪にまで染める、かつての忠誠ぶりをよみがえらせたのだった。もっとも、彼らにとってこのほかに理由はないでもない。現在、リストラを推進中の明和物産で、もし自分の身になにか災難があった場合、北島が庇護者になってくれる……。

北島が、クルマを停めてあるという口実で柿島を駐車場内部への誘導に成功したとき、彼は入り口そばのフェンス際にとどまり、そこで待機した。長浜の、あとは全部ぼくにまかせていただけませんか、という言葉どおり彼にバトンタッチしたからである。その時点からは完全な脇役で、駐車場に出入りするクルマを見張るのが、彼の役どころとなった。当初、長浜の演技はたいしたものだと北島は感心した。その日はじめて見たピアスを身につけた長浜の風体、態度、口調すべてが無軌道に暴走する現代の若者そのものだったからである。柿島はおちついて対応した。きみが金銭を要求しているのなら、これを持っていきたまえ。財布をさしだすと、長浜は即座にひったくったあと、いきなり最初の拳を柿島の顔面に叩きこんだ。いあわせたふたりは突然の意外な展開におどろいて、北島に問うような目を向けた。ジョークのはずが、これは大幅な脱線といえるのではないか。だが、これでいいんだといった調子で、彼はうなずきかえした。あとは柿島が病院に運ばれ、二、三週間の入院加療の必要のある程度まで、長浜の暴力を放置すればいい。ふたりへの説得は、手ちがいということで穏便にすませられるはずだ。もしそれが不可能な場合であっても、暴力行為に加担したという事実は、彼らは隠しとおすにちがいない。

長浜の殴打は執拗にくりかえされた。そのうち無抵抗だった柿島が地面に倒れこんだ。すると長浜は横たわったその身体を、小動物をさらにいたぶるように蹴りはじめたのである。柿島は動かないサッカーボール同様だった。あとのふたりは年かさでいて、なにがなんだかさっぱりわからないといった思考停止の状態だった。呆然とそばに突っ立ったままでいた。なかのひとりがいったん長浜をとめようとする動きをみせたが、声を呑み思いとどまった。そのときすでに長浜の姿が、鬼気迫る様相を帯びていたからである。彼が地面に倒れた身体を蹴りつづける光景は、常人の想像する域をはるかに超え、柿島が死にいたっても問題ないのだと考える気配さえ漂っていた。

北島にも、暴力と負傷の相関関係は詳しくわからない。彼も啞然として眺めるまま時間がすぎた。それでもすでに必要なレベルの圧力行使は完全に終わったはずだ。そう考えたときである。音もなく、ふいにクルマが一台、駐車場にすべりこんできた。結城のクルマである。北島が気づいたとき、運転席に見えるドライバーの姿は、すでに彼の立つ位置より深く駐車場の内部にはいりこんでいた。クルマは停車し動きをとめたが、躊躇するような時間がすぎたあと、ヘッドライトが点灯した。駐車場内の一部が光のなかに浮かびあがった。とたんに長浜の柿島を蹴る動作がいっそう激しいものになった。北島は驚愕を覚えた。この青年は、ほんとうに人間を蹴り殺そうとしているのではないか。柿島を痛めつける行為自体を楽しんでいるようにみえた長浜が、唐突な光に晒《さら》され、事をすみやかに終結させようとする明確な殺意を持ったように映った。なお時間がすぎた。あとになって考えてみると、二、三分にも満たないごく短い時間だったはずだが、そのときは永遠につづく悪夢を見ているような思いにとらわれた。そのうち長浜もあきらめざるを得ないと判断したらしい。彼は瞬時にして身を翻した。あとのふたりもあわてたようにあとにつづいた。目前にくりひろげられる光景に呆然としていた思考停止の状態からようやく目覚めたのだろう。彼らの無事な逃亡を見さだめてから、北島も自分の位置をはなれたのだった。運転席にいる若い男の視界からは後方にあり、前方に気をとられていたドライバーはサイドミラーを見る余裕もなかったろう。駐車場の入り口からなんなく通りにもどった彼の存在は気づかれることがなかったはずだ。

話がそこまで進んだところで、あの青年たちが公園にやってきたのだ。あと一時間ほどの猶予さえあれば、すべてが解明できていたかもしれなかった。

三上の声が私の思いを破った。

「さきほどの堀江さんの話からすると、北島取締役は長浜くんによって、結果的に傷害致死の共犯に仕立てあげられたことになりますな」

私はうなずいた。「北島が事実を語ったのだとしたら、おっしゃるとおりかと思います」

「直接かかわっていないので僭越な感想かもしれませんが、若干の齟齬《そご》はあったとしても、話の主体部分はおそらく事実か、事実にきわめて近いものだと私も思いますよ。堀江さんのお考えどおりにね。丸山課長、さらにお聞きしたホストの青年の話と矛盾するところがどこにも見あたらない。非合理な話のようでいて、見事に一貫してはいる」

「じつをいえば、私はもう北島の話を完全に信用できるものと考えています。傷害致死の共犯という点ではあとの人物、かつて北島の部下だったというふたりも同様ですね。彼らは柿島が死んだとわかったいま、戦々恐々とした心理状態にいることは容易に想像がつく。自首するほどの勇気があればべつだが、北島の話からすると、彼らにそれがあるとも思えない。北島自身が出頭していない以上、なんらかのかたちで彼は説得につとめ、抑えこんでいるんでしょうが、そのあたりも訊けなかった。返す返すも時間のなかったのが悔やまれてなりません」

「指紋は？」ふいにナミちゃんの声が聞こえた。

私は彼女に顔を向けた。「おれはね、一年ほどまえ、事務所にどろぼうにはいられたことがあるんだ。例のピッキングだよ。部屋は荒らされてたけど、盗るものがなにもなくて、被害はおれの後片付けの労働だけだった。そのときはさすがに警察に連絡したけど、刑事がたったひとりでやってきて事情を訊かれただけで終わった。指紋なんか採ろうとする気配もなかったぜ。警察もコスト効率を考えるんだ。今後は鍵をとり替えて注意してくれだとさ」

「けどこっちは事件が起きたときだって、もう傷害だもん。指紋くらいとってんじゃないの」

「こういう場合の連中のやり方はどの程度か知らないけど、たぶんそうだろうな。でなきゃ柿島が急死して、あわてて再調査したとも考えられる。とはいえ、北島の指紋なんかはまず期待できない。彼はたんに立って見張ってただけなんだから。おそらく両手は、コートのポケットにつっこんだままだったんじゃないか。それがやつの癖みたいだから。それよか可能性があるのは、三人が逃げたときに越えたフェンスだな。ふれて越えた以上、傍観してたふたりのは、おそらく残ってるだろう。けど連中に前科があるとは考えられないから、逮捕したあとは証拠になるかもしれないけど、いまの時点じゃ警察も人物は特定できないさ。長浜のほうは、五分五分といったところか。あいつは頭がいいから、なにかの布、たとえば、頭のバンダナとかハンカチあたりをつかって指紋なんか残さなかった可能性は高い」

「咄嗟《とっさ》にそんなことできんのかな」

「あいつなら、きっとできると思う。いや、事前に想定の範囲内で計算くらいしてたんじゃないか」

「私もそう思いますね」三上も同意した。「しかし考えれば考えるほど、さきほどおっしゃった一点の疑問が膨らんでいく。負傷レベルにおく意図を持ちながら、柿島さんがそんな事件を公にせず、北島取締役を告発しないと、なぜ北島取締役本人が確信できたのか。これが理解不能です。この点が今度の事件の全貌を解くカギになりそうですな」

「おっしゃるとおりでしょう」

「しかし、こうなった以上、堀江さんは彼からも長浜くんからもなにかを訊きだす可能性はなくなったと判断せざるを得ない。そろそろ警察に事態を委ねる時期ではないでしょうか。堀江さんご自身も、傷害の科《とが》で若干の返り血を浴びるかもしれないが、肉を切らせて骨を断つという言葉もある」

「返り血は、まったく気にしていません」私は答えた。「ただもう少しだけ、ひとりで動いてみたい。選択肢はきわめて限定されましたが、絶無とは考えたくないんです」

三上とナミちゃんは顔を見あわせた。

34

デスクのまえにすわりコーヒーを飲みながら、薄汚れた壁をぼんやり眺めていた。頭痛を覚えるのは、前回いつだったかを忘れるほど久しぶりである。二日酔いと寝不足のせいだ。こめかみをずっと指で揉んでいるが、もちろんいっこうに効果はない。

昨晩というより、きょうナミちゃんの店をでたのは、夜中の三時過ぎだった。三上は、私のあとも店に残った。彼がいまどうしているのかは知らない。時計を見ると、午前九時半。あれこれ考えながら、うつらうつらしただけで、思いついた電話一本のため事務所に顔をだすことにしたのだが、少々早すぎた。会社勤めの人間にとって、仕事以外の朝一番の連絡は多くの場合、迷惑以外のなにものでもない。すくなくとも私の経験ではそうだった。それでもサラリーマン時代の記憶がうすれつつあるせいか、最近、私はさほど遠慮しなくなっていた。なのに、いまはためらいがある。

電話するのは三十分後にしよう。そのころには頭痛もいくらかは緩和しているだろう。考えたときである。目のまえの電話が鳴った。受話器をとりあげると「おや、もう事務所ですか」と気軽な調子の声が流れてきた。こういう朝にはもっとも聞きたくない種類の声だ。刑事、関根のものだった。

「これから、そちらにお伺いします」

「これから？」

彼にしてはめずらしく、私のつごうをたずねようとしない。嫌な予感がした。関根の声がつづいた。

「十分後だから、そんなにお待ちいただかなくて結構ですよ」

「十分後？　ひょっとして……」

「いえね。お宅にお邪魔したんだが留守のようなので、確認してみる気になったんです。こんな時間から働いてらっしゃるのは、お忙しいためでしょうが、ご同慶の至りですな。では、のちほど」

拒絶を口にしかかったとき、もう電話は切れていた。彼らにとっても聞き込みにはかなり早い時間だ。関根が私の自宅を訪れる理由で考えられるものは多くない。彼の携帯に折り返し、断りの連絡をいれようと考えはしたが、結局あきらめた。どこにいても早晩、彼らは私を探しだすのだ。それが警官の仕事だ。

だいいちもう姿を隠す時間がない。私の自宅の１ＤＫは、ＪＲ五反田駅の東口にある。山手線を横切って西口にでれば、すぐこの事務所に到着する。

チャイムはきっかり十分後に鳴った。ドアを開けると、頭痛がいっそうひどくなった。関根がひとりではなかったからである。砂子がいっしょだった。ということは、彼らにとってこれは公式訪問ということだ。

私はデスクにあった事務用チェアを応接テーブルまで移動した。関根は私に断りをいれてから椅子にすわった。来客用はその一脚しかない。砂子は、柿島が襲われた翌日やってきたときそうしたように関根の横に立った。私は事務所備品の不備について、詫びの言葉を口にはしなかった。常識でいえば、この部屋がいくら狭いとはいえ、来客用の椅子はあと二、三脚用意すべきなのだろう。だが砂子を見ているかぎり、そういう気分は失せる。

その砂子がいきなりたずねてきた。

「堀江さん、あなた、昨夜の夜九時ごろから十一時ごろはどこにいました？」

私は立ちあがり、デスクに残したコーヒーカップを手にテーブルにもどった。きょうは彼らにもコーヒーをいれようという気にはならない。私はひとりでコーヒーを飲みながら、立ったまますでに手帳を開いている砂子を見あげた。

「砂子さん、会話の基本はご存じですか。それとも私の知らないあいだに世間が様変わりしちまったのか」

「どういうことでしょう」

「人になにかをたずねる場合、前提の説明があってしかるべきだと考えるのは、もう旧世代のスタイルなのかと疑問を持った。そういうことですよ。かつてこの国では社会人ならだれもが——たとえ公権力といえども——その種の美徳、というより常識をわきまえていたように思うんだが、ちがったかな」

「……話をそらさず、質問に答えてもらえませんか」

「では、私のほうから」それまで黙っていた関根がおもむろに割ってはいった。「昨夜、某流通企業に所属する人間が傷害被害をこうむった。いや、まわりくどい言い方はやめましょう。その人は、故柿島隆志さんの勤務していたメイマートグループの役員なんだが、彼は柿島さんとはさまざまな軋轢があったとわれわれは聞きおよんでもいる。くわえて時期が時期でしょう」

「ほう」と私は答えた。「で、その人が犯人を告発したんですか」

「それが少々、妙な成りゆきでしてね。じつはその人は救急で病院に運ばれたんだが、指の骨折でした。本人は事故といい張ったんだが、症状が事故骨折にしてはあまりに不自然だし、本人の説明も突飛すぎる。そのうえ、なんらかの理由によって精神状態がきわめて不安定だと医者が判断した。それで念のため、こっちまで連絡してきたわけです。で、昨夜、われわれが出向いて、いろんな角度から質問したところ、彼は渋々ながら最終的には傷害被害にあったと認めました。通り魔に襲われたようなもので、事を荒立てる意図はないと被害者は申し立てたが、通り魔による指の骨折なんぞ聞いたこともない。そもそもこの言い分も本来、われわれがなすべきことに直接には影響せんのですよ。立派な犯罪である以上、告発なんぞとは無関係にわれわれの仕事にならざるを得ませんからね。つけくわえれば、その現場に居あわせた学生がいる。その目撃証言もあって、こちらにお伺いした。これで、だいたいのいきさつはおわかりいただけましたかな」

砂子が不満そうに関根を見た。手の内を晒しすぎだとでも考えているのだろう。私は彼を無視した。

「じゃあ、その傷害事件は関根さんたちの署の管轄内で起きたものなんですか」

関根の眼が光った。藪蛇質問であることは承知のうえだが、それ以上に彼らの動きに興味をかきたてられる話だった。

「ちがいます」彼は冷静に答えた。「メイマートにかかわる突発事態ならなんであれ、所轄からわれわれのところに即刻、報告がまわってくる手筈になっている」

「なるほど」私は顎に手をやった。先日の関根への流通にまつわる私の講義が効果を発揮したのかもしれない。あれ以降、関根の具申で彼らは大きく手をひろげたのかもしれない。だがもちろん、捜査本部独自の判断である可能性も否定できない。そのあたりはわからない。いずれにせよ、砂子がいる以上、確認はできない。

北島と会ったあと、くだんの学生たちがやってくるまえ伊達眼鏡をはずしたことを思いだした。いささか早計だったかもしれないと考え、すぐ思いなおした。私の左手には、大きな火傷の痕が残っている。公園の暗闇でも、これはあの青年の目にとまっただろう。

「それにしても、仕事が早いですね。客観的にいえば評価すべきスピードなんでしょうが、私にははた迷惑な点がなくもない。さっきの砂子さんの質問内容を考えると、その傷害事件を犯した犯人が私である可能性を視野にいれ、私のアリバイを警察が問いただしたと考えざるを得ない。なぜですか」

「目撃した青年による人相、風体を聞いたところ、これがたまたま堀江さんにそっくりだった。まあ、そういうわけでお邪魔したというところですか」

私は関根と砂子を等分に眺めていた。その間、砂子の視線が私の左手にほんの一瞬おちるのを私は見逃さなかった。やはり、名も知らないあの青年は私の火傷の痕を記憶に残していたのだ。

コーヒーカップを口にすると、思わず笑いが洩れた。関根は目撃といっているが、犯行の目撃とはひと言もいっていない。その点を口にできないため、あいまいな表現しか選択できない苦しさが容易に想像できたからである。私は北島といっしょにベンチにすわっている姿を目撃されたにすぎない。学生たちがやってくるまえにあった諸々の事情を北島がおおっぴらにするわけもない。もし問われれば、傷害犯人が私であることを彼は否定するだろう。彼らも北島から話を訊きだすのには手を焼いたにちがいない。ただやっかいなのは、そのため彼らがすでに北島に印をつけたということである。

砂子が、関根と私の会話に苛立ったように口をはさんできた。私の笑いが気にいらなかったらしい。

「これで、あなたのいう前提の説明は完了したと考えてもらいたい。そこで最初の質問にもどるが、あなたは昨夜の九時から十一時ごろのあいだ、どこでなにをしていたんですか」

「さてね。記憶がない」

「記憶がない？　たったきのうのことなのに？」

「いや、政治家の国会証人喚問の答えのようで申しわけないが、じっさいにそうなんですよ。私は酒を飲んだとき、唐突に記憶を失うことがしょっちゅうある。赤坂でたまたま目にはいった酒場にぶらりとはいり、ひとりで酒を飲みはじめたところまでは覚えているが、そのさきの記憶が完全に途絶えている」

「ひとりで酒を飲んだだけで記憶を失った……、いま聞いたばかりの説明はそんな風変わりなものと解釈していいんですか」

私はうなずいた。「お疑いになるようなら、私のかつての勤務先の同僚、だれにたずねてもらってもいい。在籍時の私の逸話なら、酒でつぶれた私をタクシーに押しこんだ思い出を彼らは真先にあげるでしょうね。翌日、記憶のすっかり抜けおちた私が連中に、前夜のいきさつをたずねたこともすぐ思いだすんじゃないのかな」

今度は砂子まで眼の光が鋭くなった。黙って私を見つめている。私も無表情に彼の顔を見かえしていると、関根の声が聞こえた。

「堀江さんはタイケイ飲料にいて、たしか退社時、宣伝部の課長でいらっしゃいましたな」

関根に目をもどした。「最後の二年はね。それまではずっと東京支社の営業でした」

砂子がふたたび横で口を開いた。

「民間企業では、そんな酔っぱらい方をやっていて営業がつとまるんですか」

「もちろん商談相手の得意先と飲むときには、セーブしていた。それくらいの自制心と職業意識は当然ありましたよ。でなきゃ、二十年もサラリーマンはつとまらなかった。とっくに追いはらわれていたでしょう。得意先の存在も知らず、税金の浪費を専門とする地方公務員とはたしかに性質がちがうかもしれませんね」

わずかの間が生まれた。周囲の温度がかなり低下したような沈黙が訪れた。だがすぐ砂子は体勢を立てなおした。

「ではなぜ、赤坂の酒場にいったんですか」

「仕事のついでです」

「仕事？」

「いま私は某食品企業から流通調査を依頼されている。継続的な調査です。この流通調査というのは、店頭の各種ファクターをチェックする作業からはじまるんだが、サンプル店選定には赤坂のような特殊な繁華街も欠かせないポイントのひとつになるんです。そのひと仕事が終わったあと、酒を飲みたい気分になっても、なんら不自然なところはないでしょう」

「その某食品企業とは？」

「砂子さん。これは私の取調べなんですか」

彼は口を開こうとしたが、さきに私がつづけた。

「それなら任意同行を求められるはずだが、なんらかの根拠があってのその場合なら、私に答える用意はなくもない。だがそうでないなら、零細企業にも企業秘密というものがある。警察にぺらぺら商売相手の固有名詞をいいふらすたぐいの人物といったんレッテルを貼られたのなら、以後、私は信用を完全になくすんです。公務員が質問するんなら、その程度の民間企業の常識くらいは知っておいたほうがいい」

部屋の温度がさらにさがった。砂子は爆発寸前の形相で私を見つめていたが、やがて絞るような声をあげた。

「あんた、そんな聞いたふうな口の利き方をしていいのか」

「砂子さん」と私はふたたび彼の名を呼びかけた。「あなたはいま、一般市民に向けて、あんたという呼称を使用された。警察と市民の常識的な関係だけでなく、一般社会の通念、長幼の序さえご存じないようだ。これは警察全体でなく、あなたの個性でしょうが、放置しておくには問題があるのではないかと私は疑問を持つ。ある種のお上意識は、時間経過とともに肥大に向けて加速する習性を持つからです。世間では、これを増長とも呼ぶようですね。したがって、あなたの発言については、あなたの所属する四谷西署署長および警視庁のしかるべき部署管轄者に、事実経過報告とこういった部下、または組織の一員の言動を貴職としてはどのように考えるか、その点を問いあわせる私の文書が近々とどきます。抗議でなく、事実報告および市民の問い合わせである以上、もちろん異論はないでしょう? たとえ抗議だとしたところで、当事者のあなたに干渉する余地はない。ただ私は礼儀を無視したくないんでね。その観点から、一応、あなたにも現時点でお知らせしておくことにした」

砂子の顔が強張った。用意された罠にみすみす引っかかった過失を悟ったらしい。カビのはえた縦社会の構造をいまだに引きずっている組織に属していれば、組織の長に向けてのその種の報告がどういう意味を持つか、だれにでも想像がつく。放置されるケースもあるだろうが、すくなくともプラス要因にはならない。砂子の口が動こうとしてとまった。証拠がないだろうとでもいいたかったのかもしれない。だがもしそうなら、その言い分は彼らが日ごろ相手にする被疑者の使用するものだ。

関根の声が聞こえた。

「相手がわるかったな、砂子」

砂子の憮然とした顔を見やったあと、関根は私に目を向けた。

「ねえ、堀江さん。いまの話はなかったことにしてもらえませんか。こいつは将来ある身だ。堀江さんが鬱憤晴らしをされたところで、かすり傷程度なんですが、それでも傷は傷になる」

「いや、最低限の傷でも与えておかないと私の肚がおさまらない。それに将来ある身とおっしゃったが、その将来を放置するには逆に抵抗を覚えますね。砂子さんが持つたぐいのメンタリティーが警察組織内で上昇していくのを看過するのは、私にとって耐えがたい苦痛なんです。一納税者である市民の権利放棄に等しい」

「砂子巡査部長」関根が立ったままの部下に向け呼びかけた。「おまえ、表にでてろ。話はおれがつける」

砂子はなんの反論も口にせず、背を向けた。その後ろ姿がドアの向こうに消えるのを見てから、私はつぶやいた。

「妙な関係だ」

「なにがでしょう」

「関根警部補と砂子巡査部長のコンビ。おなじ所轄署にいながらおたがいを役職で呼ぶ関係は、いくら捜査本部で相方を指定されたとはいえ、それほど多くないでしょう」

「パターンにはまらないケースもあるということですよ。ついでにいや、テレビドラマによく登場する完璧な刑事なんぞ存在しやしないんです。完璧な人間が存在しないようにね。ところで、さきほどの奴の発言にかんする問い合わせの話はブラフでしょう？　引っかけて相手の弱点を突く手法にしても、堀江さんにすりゃ針小棒大の感はまぬかれませんな」

私は関根をまじまじと見かえした。「おっしゃるとおりブラフです。彼を外部から教育する意欲を持つほど、私も暇じゃない。だから私は関根さんに説得され、当初の方針を撤回したということにしておいてもらえますか」

関根はうなずいた。「しかし油断も隙もない人だ。ほんのわずかなミスをとらえて話をすりかえ、有利な立場に立つシナリオを即興で用意するんだから。どうやら朝一番にここへお伺いしたのは無駄足になったようですね、たったひとつを除いて」

「たったひとつとは？」

「砂子にはいい薬になったかもしれない。ところで、堀江さんのほうからはなにかまだ質問がありますか」

「その傷害事件の被害者とはどういう人物ですか。いまなにをされている人でしょう」

「メイマートの平取で北島清治というんだが、先日、私が堀江さんからレクチャーをうけたコンビニ問題の担当役員です。もっとも、これについちゃ説明の要があるとは思えませんがね。けがのほうは当面、通院加療するようですよ」

「わかりました。ほかにおたずねしたいことはなにもありません」

「わたしのほうはなくもないんだが、ここに顔をだしてからの経過が上々とはいいがたい。また日をあらためましょう」関根が立ちあがった。ドアに向かい、思いだしたようにふりかえった。「もうひとつ、先日のお礼方々お教えしときますが、北島取締役は今後、われわれの監視下におかれることになるでしょうな」

「行確の対象になるということですか」

「そこまではいかない。しかし質問がないといいつつ、堀江さんは北島取締役になかなかの興味をお持ちのようだ」

関根がドアを開け、あいさつもなくそのまま姿を消した。

私はそのドアをしばらく眺めていた。関根の言い分をべつの角度から考えていたのだ。北島が彼らの監視下にあるということは、私も同様の環境におかれたと判断していいのかもしれない。関根はその旨、暗示したのかもしれない。だがよくわからなかった。これも警察の体質でなく、関根個人の性癖のなせる業のように思われた。それにしても、彼の肚は読みやすいとはいいがたい。

私はため息をつき、時計を見た。そして関根たちに感謝すべきなのかもしれないなと考えた。事務所にやってきたあと、三十分後と決めた用事までの谷間を彼らが埋めてくれたからである。

受話器をとりあげ、番号をプッシュすると柿島奈穂子は在席していた。私が彼女の不在を願っていたことを知ったのは、彼女の声を聞いたあとだった。

35

隣のテーブルとは、そうとう距離がある。私の住居や事務所など較べものにならない。青山という土地柄からは想像できないほどの贅沢なスペースを持ったレストランだった。

店内にはいったあと、剝き出しになった木肌とコンクリートで構成されたモダンな店内をざっと眺め、私は柿島の細君の名を蝶ネクタイのウェイターに告げた。承っております、こちらへ。そういって案内されたテーブルは表面が磨きあげられた黒い大理石で、そこから間接照明でほの明るい周囲に目をやると、一種の感慨が訪れた。この国のてっぺんにある階層の富を吸収するシステム。それはいかなるかたちでいかに存在すべきか、しかるべき立場の人間の探究心を満足させるに足る材料を、周りの内装が完璧なかたちで提供していたからである。べつの言い方をするなら、私にとっては居心地がさほどいいとはいえなかったということだ。

まことに失礼ですが、私のご招待ということにしていただけるなら。けさの柿島奈穂子の言葉を思いうかべていたとき、当の本人が姿をみせた。ちょうど、約束の七時半だった。

「この店にくるのは、柿島が亡くなって以来になります」

ウェイターが引いた座席に腰をおろしながら、濃いブルーのスーツを身につけた彼女がつぶやいた。

私はなんと答えていいのか、わからなかった。

ウェイターが分厚いメニューのセットを持ってやってきたとき、「おまかせいただけます？」気配りしたらしい彼女がそういったので、私はひとまず安堵を覚えた。わけのわからない料理名の並ぶ分厚いメニューほど苦手なものはない。そのわけのわからなさ加減に見当がついたのは、ほかの客が箸もナイフもフォークもつかっているのを見たときだった。隣のテーブルの外国人の家族連れでさえ、器用に箸をあやつっている。和洋折衷のレストランだとしか聞かされていなかったのだ。だが柿島奈穂子はときどき私に向けて質問し、てきぱきと注文を終えた。

意外なことに、彼女はワインの代わりに京都産十年物の日本酒をオーダーした。この酒は備前の徳利で運ばれてきたが、周囲のインテリアと違和感はまったくなかった。そして盃にそそがれた冷酒と最初の料理、的場の生牡蠣との相性は、私の能力で表現できる域をはるかに超えていたように思う。意識せず賛嘆のため息を洩らすと、彼女の声が聞こえた。

「牡蠣を食べると、口のなかに海がひろがる、といったのはだれだったでしょう。表現はすこし異なっていたかもしれませんが」

「吉田健一じゃなかったですか。柿島に薦められて、読んだことがある」

私は読書家とはとてもいえないが、仕事に関係するから、と彼が貸してくれた食通向けの本に書かれてあったような、おぼろな記憶がある。著者の父親が吉田茂だと聞いたのも、記憶に残った理由かもしれない。いずれにせよ、私がよく足を運ぶ洋食屋の八百五十円のカキフライ定食から、とうていそんな文句は思いうかばない。

私たちはしばらく会話もかわさず、生牡蠣に没頭した。彼女は箸をつかい、添えられたレモンに見向きもせず、ひと言も口を開かなかった。私とて同様である。氷の張った大皿から、一気に四個を食べ終えると、ようやく口を開く余裕が生まれた。

「牡蠣だけ、それぞれ二人前注文という手もありましたね」

私と同時に食べ終えた柿島奈穂子は指をナプキンで拭きながら微笑した。「これで各自二人前なんです」

「……そうか。一人前二個なのか。ケチくさいな、この店」

今度は口に手をあて、彼女は笑いはじめた。「この牡蠣をお気に召された?」

私はうなずいた。「店のインテリアは無国籍なのに、牡蠣だけは的場だとこの私にさえすぐわかる。柿島といらっしゃるときはいつもこれを注文されていたんですか」

彼女は手を拭いていたナプキンをテーブルにおいた。「ええ、季節でしたらいつも」

氷と空になった貝殻だけが残る皿に目をやった。柿島はこういう食事を何度も経験したのだ。料理というものが、こんな威力を発揮する事態はこれまで想像したことさえない。私の在職時、柿島とは新宿西口の一杯飲み屋によくかよったものだが、彼は妻とすごすこういう時間もひそかに知っていたのだ。羨望の念がわきあがったとたん、大原といっしょに食べた五反田の立ち食いコロッケそばをふと思いうかべ、なぜか私はうろたえた。

生牡蠣のあとは、すりつぶして蒸した、上品な小海老の料理がでてきたが、私はもう手をつけなかった。かわりに冷酒だけをひたすら飲みつづけた。

柿島奈穂子が小首をかしげた。

「お食べにならないんですか。この海老のシンジョもなかなかだと思うんですが」

「きっとおっしゃるとおりにうまいんでしょうね。しかし、ひと口でも食べたら誘惑に負けて、料理の感想しか口にできなくなるかもしれない」

「どういうことでしょう」

「本題にはいりたいんです。私の無粋な性格はよくご存じのはずだ。けさお話ししたとおり、優雅な食事とはまったく関係のない話を忘れないうちにしておきたい。そういうことです」

この高級な料理店は私にまったく似あわないのだ。そんな子どもっぽい告白をするかわりに私は周囲を見まわした。知った人間はいないし、ここまでだれかに、とくに警察関係者に尾けられた気配もない。柿島奈穂子がやってきて以来、人の出入りもなかった。私は彼女に向きなおった。

「唐突な質問で恐縮ですが……」一拍おいて、私は皿に向いた彼女の横顔にたずねかけた。「北島清治という人物をご存じですか」

柿島奈穂子の箸の動きがとまった。彼女は私に視線を向けたが、そこになにかの影がよぎったようにみえた。そのまま彼女はじっと動かなくなった。沈黙の長い時間がすぎたあと、ようやく彼女は口を開いた。

「存じあげております。メイマート在職中は柿島の同僚……、というより上司であり、ライバルともいえる存在の方でした」

「それだけですか」

柿島奈穂子は、食事中であったのを思いだしたかのようにゆっくりとしたしぐさで箸を皿においた。そして手にとった盃を静かな動作で空にした。そのあと、かすかな笑みを浮かべた。

「ごようすから見て、堀江さんにとって重要な意味を持つご質問のようですね。おまけになんらかの背景があってのことのように見うけられます」

「かもしれません」

私は徳利をとりあげ、彼女の盃にかたむけた。手をそえて酒の流れを見つめていた奈穂子が私に顔を向けた。

「やはり危惧が当たったのでしょうか」

「危惧？」

「柿島の生前の指摘……。かつて彼が堀江さんの逸脱を恐れていたと申しあげたかと記憶しておりますが」

「そうだった。暴走を逸脱という言い方におきかえられたご配慮は忘れちゃいません。しかし北島氏の名前をだしただけで、なぜそんなふうにお考えになるんでしょう」

「尋常な手段で北島という名前を耳にされ、私に質問されたとは考えられませんから」

「……説明がないとよくわからないお答えですね」

「その名前を私に結びつける方は、この国では非常に限定された少数の人々と考えておりました。まさか堀江さんまでとは想像だにしなかった」

「『月刊ロジスティック』の発行部数は多くはないでしょうが、書店で売っている以上、限定されすぎているということもないんじゃないのかな」

彼女の目が見開かれた。

「あれをご覧になった……」

私は黙ってうなずいた。

「どうしてあんなものをいまごろ……」

「たまたま耳にして実物が手にはいったんです。九三年の十一月号でしたっけ。北島清治氏のエッセイには、イニシャルからも奈穂子さんとしか思えない女性が登場しますね。あのエピソードで印象的なのは、お子さんの死因が奈穂子さんご自身から聞いたものとまったく相違する点だった。さらに印象的な疑問がもう一点。添えられた写真に現在の奈穂子さんの秘書をつとめている青年、長浜くんが登場する。これはなにかの偶然がなせる業でしょうか」

柿島奈穂子はまた微笑み、わずかに首をかしげた。ついで視線がまっすぐ私に向いた。その目には光が宿っていた。かつて私が一度も見たことのない種類の光だ。どんな理由でこういう光が浮かぶのか。それは私にわからない。

深く長いため息がとどいてきた。

「お答えしなければいけないでしょうか」

「義務はないでしょうね。私に強制する力があるとも思えない」

「……北島さんとはお会いになった？」

「ええ、昨夜。ちょっとした会話はかわしましたよ。柿島が集団に襲われた事件は、北島氏自身の指示によるものだと彼は白状した。オヤジ狩りを思わせる状況は、もちろん演出だそうです。ついでに真偽はべつとしても当初、全体のプランを作成し、くだんの現場で意識的にか無意識にか、柿島を死にいたらしめる暴力をふるった張本人は長浜くんだとの説明も聞きました」

彼女は長いあいだ、私を見つめていた。やがてその首がちいさく左右に揺れた。

「……お天気の話をなさるようにお話しになるんですね。とても重要な事実にふれてらっしゃるのに」

「お天気の話を聞くように返事なさるんですね。それもきのうの天気の話題みたいにあっさりと」

「……そんなふうに聞こえます？」

「失礼な言い方だとお考えになったようなら申しわけない。じつは予想されていたのではないかと思っていたんです」

ふたたび彼女の口が開きかかったとき、ウェイターがやってきた。運ばれてきたのは、湯気のあがるだし巻き玉子だった。酒はまだ残っていたが、私が徳利を指さし追加を合図すると、ウェイターはかしこまりましたとていねいに頭をさげ去っていった。

私は彼女から目をそらし、とりあげた箸でやわらかい卵を割った。崩れそうなひと切れをすくいあげ口に運んだ。舌に溶けていく卵のなかに穴子の歯触りを覚えたものの、それはいまゴムの切れ端以上のものとは思えなかった。

「訂正が必要かもしれませんね」

柿島奈穂子の声が聞こえ、私は彼女に目をやった。彼女は手酌で大振りの盃に酒をそそいでいた。そんな真似はこの女性にまったく似あわない。なのに、優雅な印象はいささかも損なわれていなかった。彼女が柿島といたときに、こんな光景はあり得なかったろうな。考えながら彼女の姿をしばらく眺め、私は口を開いた。

「どんな訂正でしょう」

「堀江さんが、北島氏と私を結びつけるとは想像もしていなかったということ。あれはまちがいでした。予想していたのではないかといわれて、おっしゃるとおり、心の底ではきょうのお話を予期していたことに気づきました。先日、おいでいただいたときからそうだったのではないかしら」

私は黙っていた。彼女も黙りこんだ。そしてそのまま盃をかたむけると、ひと息でそれは空になった。あらわになった繊細な喉の輪郭が動くのを私は眺めていた。だが依然、彼女は口をつぐんだままでいる。すこし間をおいて声をかけたのは、私からだった。

「くりかえすようですが、さきほど重要な事実と口にされたわりに、あまりおどろかれたようすはありませんね」

「おおよそ想像していたとおりのいきさつだったようですから」

「先日、そんなことは露ほどもおっしゃらなかったが」

「あの翌日の夜、北島さんとお会いしたんです」

ため息のような声だった。私は、柿島奈穂子を見つめていた。彼女は手にした空の盃に目をおとしていた。だが、その目はべつのものを見つめているように思われた。翌日ということなら、私が丸山を待ちぶせしていたあの夜に重なる。ふたたび彼女のつぶやくような小声が聞こえた。

「一段落したようだから、おちついて柿島に線香をあげたいとのお申し出がありました。ですが、私は町中でお会いすることにしたんです。こんなふうに食事をとりつつ、お話ししたわけですね。その際、北島さんの話、というよりその口調や態度から、漠然とですが一種の突飛な構図を思い描きました。ですが、それは私の妄想ばかりでもなかったようです。さきほどの堀江さんの話とそれほど大きな違いはありませんでした」

「すると、以前から想定されるような下地があったことになる。北島氏は、犯行をにおわせるような話はいっさいしなかったんでしょう？」

彼女がこちらを向いた。新しい徳利が運ばれてきた。私が酒をそそぐと、彼女はまた両手を添えた盃でうけとめながら弱々しく首をふった。

「そうです。表面上はほとんどがたんなる昔話でした」

「昔話ということは、ニューヨーク時代にまで遡るんですか」

「ええ、すべてはあの街からはじまったわけですから。もうご想像はされているのでしょうが、マンハッタンの日本クラブでわれわれは知りあいました」

「すべてはあの街からはじまった、か。しかし向こうで遭遇した悲劇、あなたの教授との結婚ではじまった家庭内暴力は、離婚とともにニューヨークで終わりを告げたと聞きましたよ」

「ふたつめの悲劇があったかもしれません」

「失礼。申しわけない。お子さんがお亡くなりになったんだ。そういえば、あそこに書かれていた事故の状況下では、地理的な観点からくだんの病院――ベス・イスラエルでしたっけ――に怪我をしたお子さんが運ばれることはあり得ないと指摘した人物がいるんですが、奇妙な話だと考えたことがあります」

彼女は静かにうなずいた。「奇妙でもありません。だって、あのエッセイは北島さんのつくりあげたフィクションですから。私のお話した内容のほうが事実にはるかに近いんですもの」

「事実にはるかに近い、ということは事実そのものじゃない？」

「そう。その点はお詫びしておかなければいけませんね。現時点では、さきほど堀江さんのおっしゃった下地をふくめ、ある種の事情の存在をお察しくださいとしか申しあげられないんです。これをお許しいただく図々しさは承知のうえで、あえておたずねいたしますが、昨夜の北島さんはあの事故をどんなふうに説明していらっしゃいました？」

「時間がなかったので、その周辺を訊くまでの余裕はなかった。だからきょう、奈穂子さんご本人から直接うかがうしかないと考えざるを得なかったわけです。これがけさ、電話で食事をお誘いした理由のひとつでもある」

「すべてではなくて、理由のひとつ？」

「そうです。長くなりすぎるので詳しくは話せませんが、今後、私の行動できる余地は非常にかぎられたものとなりました。種々の事情から制約が生まれつつあるんです。ただ私の知った事実についてては信義上、あなたにご説明しておいてしかるべきだと考えた。差し出がましい真似だったが、ご迷惑じゃありませんか」

「迷惑だなんて……」彼女は大きく首をふった。「それこそありがたいご配慮というしかありません。ぜひお聞かせください。できればどんな些細なことでもお聞かせ願えたらと存じます」

私はうなずいたが、それが力ないものであることには自分でもすぐ気づいた。「ただお断りしておくべきことがある。申しあげたように当方にもおたずねしたいことが山積しているので、結果的には情報交換というかたちになってしまうかもしれません。あとでこちらにも質問させていただけるとありがたい。率直にいって、先日お聞きした奈穂子さんご自身のお話の矛盾を追及する結果になるかもしれないが、それでもよろしいですか」
「かまいません。ただし時間的な余裕をいただけないでしょうか」
「時間的余裕？　どれくらいの？」
「お話次第ですが数日、いえ、ほんの二、三日ですむかと存じます。さまざまな準備が必要になる場合があるやもしれません。たとえば弁護士との法的な相談といった事態発生も否定できないわけですから。ついては、即答をお約束できかねるんです。まことに申しわけありませんが、そういったべつの機会という可能性をご考慮いただくということでいかがでしょう。ただ二、三日以内には、必ず詳細にお返事することをお約束します。情報交換という点ではご不満が残るかもしれませんが、お許しいただけないでしょうか」

条件などという駆け引きめいた返答は、この柿島奈穂子に不相応だった。おまけに弁護士との法的相談の可能性……。芽にすぎなかったさまざまな疑問が一挙にふくらみ、私は内心、首をかしげしばらく考えこんでいた。だが、結局のところうなずいたのだった。ここまできたのだ。二、三日の遅れがどういう影響を持つだろう。

私は、私が知る事実のかなりの部分をそうとうオープンに話した。ひと言も聞きもらさないでおこうとする柿島奈穂子の真剣な表情を見つめていると、そうせざるを得ないような気分が訪れたからである。もちろん私の行使した暴力沙汰については伏せたものの、彼女には、ある程度は見当がついていたにちがいない。だがひと言も口をさしはさむことはなかった。彼女はひたすら、私の話に耳をかたむけていた。

このやりとりが、あとになって私の最大の失敗だと知ることになる。言い訳するつもりもないが、それは彼女の落ち着きはらった態度のせいだったかもしれない。彼女は私の話に集中しながらも、黙って盃を重ねるだけだった。ただあのときの光景でひとつだけ記憶に残るものがある。ふと気づいたとき、テーブルの上で徳利がいつの間にか倒れ、横になっていた。そしてそこから流れでた酒が黒い大理石の上に細い膨らみをつくり、ゆっくり移動していた。気づかない彼女はテーブルに視線をおとすことはなかったが、私は視界の片隅にあるそのうねりが意識からずっとはなれなかった。流れる液体が、目的地もなく移動する蛇に似た鈍い光を放っていたせいかもしれない。

36

三上の声は弾んでいた。ハーレーがきょう納品されたのだと、その話を告げるためだけにわざわざ電話してきたのだ。私がときおり発注をうける得意先でのおそい打ちあわせを終え、先方の事務所をでたばかりの夜である。三上のような男でさえ、あの齢になってもある種の子どもっぽさは抜けきらないらしい。街灯の明かりの下で携帯から流れる声を聞きながら、私は時計を眺めた。九時だった。

「ハーレーって、いつかおっしゃっていた一二〇〇ccのツーリングタイプですか？」

「いや、一四五〇ccのものにしました。納品はできるだけ早くと伝えてあったんだが、夕刻、社のほうへ届きましてね。きょうはこれから、あれに乗ってナミちゃんの店に立ちよる予定です」

「一四五〇、か。リッターバイクどころじゃないな。ですが、スーツのままそんなでかい二輪にお乗りになる姿は、想像しただけで少々違和感を覚えますよ」

「いや、それなりの衣類はすでに用意してあります」

「……なるほど。しかし、夜ももうおそい。なにもいまごろ試乗されなくても、あすになさればいいのに」

「一日の半分は夜ではないですか。単車もそのためにヘッドライトがある。堀江さんはこのあとどうなさるおつもりですか」

三上の意図を察し、私は苦笑した。

「じゃあ、私も拝見にまいります。最近の大型バイク市場はどんなモデルで構成されているのか、興味がわいてきました」

三上は満足そうに「では」とつぶやき、われわれは一時間後にナミちゃんの店でおちあうことにした。


目黒駅から歩き、権之助坂をくだりきったころ、私は目的地の真ん前、通りぞいの歩道で足をとめた。車道に違法駐車したナミちゃんのドゥカティがあり、その隣に独特のスタイリングを持つ大型バイクがすでに停めてある。車体のさまざまな曲面が、夜の盛り場に鈍い光を照りかえしている。私はしばらくそれを眺めていた。この二輪の排気量は小型車レベルだが、価格は大衆的なそれの二台分には相当するだろう。これをスキンヘッドの魁偉な会社経営者がみずから操ってきたのだ。ふと大昔を思いだした。私も若いころ、木刀を抱えて単車で夜の通りを走りまわっていたことがある。あのころハーレーは別世界の二輪だった。

私は頭をふりふり、ナミちゃんの店にはいっていった。

店内に足を踏みこみ、立ちどまった。カウンターにすわっていた三上の姿がいつものものではなかったからである。

彼の身なりは、電話から想像した以上に整っていた。ライディングウェアを身につけていたのだ。上下一体になった黒い革のつなぎである。足元はブーツで固められている。カウンターには、グレーのヘルメットにくわえ、厚手のグローブまで置かれていた。三上のいでたちは、かつての私と同様、ハーレーを神話化する時代の名残りを感じさせるだけではなかった。その姿勢から、野戦のさなかに短い休憩をとる兵士のような精気さえ滲《にじ》みでている。この人物をだれかに紹介する場合、年齢にかかわらず、会社経営者というより傭兵の教官とでもいったほうが、まだ笑われずにすむだろう。

私は三上の隣の席に腰をおろした。「ジャンプスーツがよくお似あいですね。ビックリしました」

三上が笑いをかえしてきた。「バイク本体以外は事前にすべて揃えていたんですよ。しかし困ったことがなくもない」

「なんでしょう」

三上はカウンターのグラスを指さした。なるほどジンジャーエールか、と考えているとつぶやきが聞こえた。「こういうときに酒が飲みたくなるのは、なぜなのかな」

「少しくらい飲んだって問題ないっていってんのに」

ナミちゃんが口をはさむと、三上はゆっくり首をふった。

「順法精神とは異なるんだよ、ナミちゃん。こういう事態では、つねにルールを尊重しなきゃいけない。だいたいきみ自身、運転時は飲まないだろう？」

「まあね。でも身体の大きさがまるでちがう」

「肉体的な問題ではない。なすべきか、なすべきでないか。どちらかを決定する自身のルールの問題なんだよ」

　ナミちゃんからはめずらしくそれ以上、反論がなかった。三上がこちらを向いた。

「表に停めておいたが、ご覧になりました？」

「拝見しました」

　乗り物というより、大型の野生動物を見たような気分です。私が感想を口にしようとしたとき、電話が鳴った。受話器をとったナミちゃんがカウンター越しに腕をさしだしてきた。

「おれに？　だれから」

「決まってんでしょ」

　たしかに訊くまでもない。携帯が通じない場合、この店に電話しようと考える人間はひとりしかいない。

「課長」といきなり大原の声が流れてきた。「いまからそちらに電話がいきますよ」

「電話？　だれから」

「四谷西署の刑事。だからこれは一応、事前忠告」

「ふうん。なんという刑事か、わかるか」

「ふたりが私のところへきたんだけれど、たぶん関根というベテランのほうから電話がいくと思う」

　私は少々呆れ、黙りこんだ。酒を飲んで記憶をなくす件については、サラリーマン時代の同僚に確認してほしいといったが、あれはおとといの朝だ。だが、まさかほんとうに彼らが裏までとるとは思ってもいなかったからである。

「おまえさん、いまどこでなにやってんだ」

「会社で残業中。きょう警察から職場に電話がかかってきて、ふたりがやってきた。会議室に案内するわけにもいかないから、昼休みに一階のロビーで話したんです」

「訊かれたのは、おれがおまえさんの上司だったころの話だろ」

「そのとおり。課長がなにか法にふれる馬鹿なことをやったのかと思ったけれど、ちょっとちがうみたいですね。若いほうの刑事はけっこう陰険な感じだった」

「けどいま、連中と話したのは昼休みだといったぜ。なんで、いまごろおれに電話があるってわかるんだ」

「そのおじさん刑事のほうから、ちょうど問いあわせがあったばかりなんです。心当たりの課長の電話には全部つながらないんだけど、こっちで所在か連絡方法を知らないかって」

「で、ここの電話番号、教えたのか」

「愉快じゃないけれど、こういうのってさっさと先方を用無しにさせとけば、あとに尾を曳かないでしょう？」

「そうかもしれんけどさ。なんで関根がおれを探してんだ」

「そんなこと知りませんよ。でもなんだかひどく焦ってるような声でした。昼とは全然、印象がちがったな」

「関根が……、焦ってる？」

「そう。あの人には丸っきり似あわなかったから、緊急事態かもしれない。それもあって、そっちの番号、教えたんです」

私が黙って考えていると「課長」と声が聞こえた。

「なんだ」

「あとで、なんの用件だったのか教えてくださいね。以上、とり急ぎ連絡まで」

電話が切れた。よほど妙な顔つきをしていたらしく、三上がたずねてきた。

「どうかされたんですか」

「なんだか世間の雲行きが怪しいんです」

そのときふたたび電話が鳴った。大原が切ってから一分たっていない。私はナミちゃんを制し、子機のスイッチをいれた。

「堀江です」と私はいった。

「やっとつかまった」流れてきたのは、ため息混じりの関根の声だった。「そちらは目黒のバーだそうですね」

「ええ、それがどうかしましたか」

「堀江さん、そこには何時ごろからいらっしゃったんでしょう」

「ついさっききたばかりですが」

「それまでは？」

「得意先で打ちあわせしていました。ねえ、関根さん。私のアリバイなんか、後日にでも調べればすぐわかる。なにがあったんですか。いま現在、なにか大ごとでも起こっているんですか」

わずかに間があった。携帯らしく、周囲からなにやらざわめきに似た雑多な騒音が侵入してくる。だが内容は聞きとれず、電話の向こう側をとりまく環境がさっぱりわからない。急速にふくらむ疑問が不安に変化しはじめたとき、ようやく声が聞こえた。

「火事なんですよ」

「火事？　どこが」

「柿島さんのお宅です。火の勢いはもう家屋が全焼しそうなほど強くて、容易に近づくこともできない。ただ諸々の点から見て、放火の疑いが濃厚なんです。火の回りからしても、おそらくまちがいないでしょう。おまけに家んなかに人が残っているという話もある。もう助けることは不可能でしょうが」

「人が？」私は思わず大声をあげた。「それは、柿島の奥さん、なんでしょうか」

「わかりません。いろんな情報が錯綜しているんで、まだ正確なところはなにもいえない」

放火犯の疑いがあるため、事の真っ最中、おれのアリバイを確認しようとしたのか。それがあんたたちのやり方なのか。問いただそうと考え、すぐ思いなおした。関根はこの火事の発生を私に伝えたかった。そちらに重点があるのかもしれない。それにしても……。

「……関根さんはいま、現場なんですね」

「そうです。門前からけっこうはなれているんだが、このあたりでも熱気が凄まじい」

騒音の正体はわかったが、今度は関根の声が途絶えた。消防のサイレンや消火作業、火事そのもの、壊れていくなにかの音、さらに野次馬のざわめきまで入り混じる先方の気配に私は懸命に耳をかたむけた。だが、そのうち電話がぷつんと切れた。なぜ切れたのかはわからない。関根に余裕がなくなったのかもしれないし、電波状態のせいなのかもしれない。私は受話器を見つめながら呆然としていた。

「火事と聞こえましたが」

三上の声でようやく我にかえり、私は立ちあがった。

「お耳にはいったでしょうが、柿島の家が燃えているようです。それも火の勢いはかなり激しいらしい。とにかくこれから私は現場までいかなきゃなりません。詳しくはあとで」

「……柿島さんのお宅はどちらですか」

「世田谷の三宿。三軒茶屋からけっこう歩く奥まったあたりですね。淡島通りが近いのかな」

「柿島さんの葬儀があった池ノ上の近辺ですな。あのあたりは道路が狭かった。それならタクシーより、バイクの出番でしょう。渋滞もほぼ無関係だし、圧倒的に早い。私が送っていきましょう」

返事よりさきに、三上の手がカウンターのグローブをつかんでいた。ついで、おちついた声が耳にとどいた。「ナミちゃん、堀江さん用にきみのヘルメットを貸してくれないか」

無言のまま、カウンターにごろんと赤いヘルメットがさしだされた。丁重にことわろうとして、ふと思いなおした。とにかく急行しなければならないが、三上のいうとおりだ。向こうでは混乱をきわめているだろう。四輪で移動する余地は、まったくないかもしれない。そう考えたとき、得意先の社長をドライバーにする恰好になるのだという遠慮は霧散した。三上がきょうはじめてハーレーを運転したのだという不安も頭から消えていた。

「ではよろしくお願いします」と私はいった。


いざシートに跨《また》がる段になってさすがに懸念を覚えたが、三上の運転はナミちゃんのものとまるで異質だった。ナミちゃんのドゥカティへの相乗りは、スリルというより恐怖を経験したい物好きにふさわしい。なにしろ私の経験ではコーナリングの際、バイクが水平になったと錯覚するくらいだ。だが三上のハーレーはその重厚さに似つかわしく、堂々と四輪一台分のスペースを確保しつつ路上を走る。それでいて、少しでも渋滞があると隙間をすりぬける二輪特有の機動性も忘れていない。時速もときにはおそらく百キロ近くになるのに、抜群の安定感を失わなかった。おちついたその自在な動きは、六十歳を超えた男がはじめて操作する大排気量バイクのものとは思えなかった。覚えず、畏怖さえ感じたほどである。

三宿までのルートは三上にまかせたが、バイクは目黒通りを大鳥神社で右折し、すぐ山手通りにはいった。走行中、会話はかわせないため、信号で停止するたびに私と三上はヘルメット越しに大声をあげた。

関根の話を告げると、彼は「ふむ」とふりかえり眉をひそめた。「放火の疑いが濃厚。かつ家屋にまだ人の残っている可能性がある。そういうわけですか」

「そうです。それ以上はいまのところ、なにもわからない」

そう答えはしたものの、最初に思い浮かべた想像は、柿島奈穂子の自殺である。もちろん口にはださないが、三上にしたところで同様だったろう。自殺手段としての放火はあまり聞くことがない。だが彼女が自宅に閉じこもり、そのまま周囲に火を放ったという事態は考えられなくもない。もしそうなら、その結果を招いたのは一昨夜、知りえた事情のほとんどを彼女に話してしまった私、ということにたぶんなる。あの話が彼女の無謀な行動を引き起こすなんらかの要因になった。私が知らないうちに、私自身が彼女に精神の失調をもたらす引き金を引いていた。不明な部分は多いが、その可能性は低くないと思われた。おちついた状況なら三上に詳しく話し、意見を求めたかもしれない。だが私はハーレーの後部座席でひたすら唇を噛み、焦燥を覚えつつ、その想念をはらいのけようとするしかなかったのだ。しかし、うまくいかなかった。先日一度だけ訪れた柿島の家、その佇《たたず》まいが静かなままだった光景を思いおこそうとした。だが、それもうまくいかなかった。私には、柿島も柿島の細君のこともなにもわかってはいないのかもしれない。

大排気量のエンジン音は、後部に乗っていても腹に響いてくる。自分がどこにいるのかふと気づいたとき、ハーレーは山手通りが二四六号と交差する信号を通りすぎつつあった。三上はどうやらさきの淡島通りで左折し、すこし遠回りしてもどるルートを選んだらしい。この時間、都内から郊外に向かう二四六の渋滞はすでに消えているかもしれないが、そうでないケースを懸念したのだろう。

新たな騒音が耳を聾しはじめたのは、そのあたりからである。サイレンを鳴らしながら疾走する消防車が目立ちはじめたのだ。松見坂で山手通りを左折すると、淡島通りも同様だった。どんな指示が流れているのか知らないが、おなじ現場を目指す消防車の数は信じられないほどだった。その行方、左手の夜を赤い炎が染めている。思ったより近い。そして進むにしたがって、さらに騒動の気配は拡大していった。やがてふたたびサイレンが接近したかと思うと、赤い車体が徐行したわれわれを追い抜き、信号のある交差点を左折していった。先導車としてちょうどいい。そうとでも考えたのか、三上もアクセルをふかし信号を無視して左折した。そのとき緊急車両通過のための一時停車から猛スピードで発進しようとするクルマが一台、すでに目前に迫っていた。位置関係を把握する間もなく、ハーレーはその正面に衝突した。青いＢＭＷのセダンだ。鋭い金属音とともに強烈なショックがあった。だが、大型二輪は奇跡的に転倒しなかった。われわれも振りおとされはしなかった。

見るとＢＭＷのヘッドライトのひとつが壊れている。三上はおちついて、停まった単車から即座に降りたった。私も跨がっていたシートからはなれた。トラブルから交渉が発生して長引くようなら、ここは三上にまかせ、柿島の自宅まで走っていくつもりだった。そうしなかったのは、ＢＭＷの運転席から声がかかったせいである。

「堀江さん」

声のしたほうに目をやった。そしてそのまま私は口がきけなくなった。運転席の窓から顔をのぞかせ、こちらを見つめているのは、柿島奈穂子だった。あとになっての記憶はあいまいだが、私がその場に立ちつくしていたのは、さほど長い時間ではなかったと思う。呆然としながらも、いつのまにか私はＢＭＷに歩みよっていた。次の声はすぐ目のまえから聞こえたからだ。

「おかげさまで」と奈穂子は口を開いた。運転席の窓から彼女は私を見あげている。その表情はかすかな笑みを浮かべたようでもあった。「おかげさまで、私は柿島の復讐を果たすことに成功したようです」

「復讐？」私は事態を把握できないまま、どんな思考も不可能な朦朧とした頭でオウム返しに彼女にたずねかえした。

「ええ、すべては堀江さんのおかげです。詳しい事情は……」

その言葉の語尾が聞こえなかったのは、警察関係らしい車両が真後ろを走り抜けていったからだ。だが「詳しい事情」という割には、ごく短いものだった。彼女がふたたび微笑んだ。今度ははっきりした笑みだった。そのとき私の頭にあったのは、スーツ姿で赤いヘルメットをかぶっている滑稽な私の姿を見ての笑いだろうという能天気な思いつきである。

「では、これで失礼させていただきます。いろいろとありがとうございました。堀江さんには心から感謝いたしております」

私が依然として彼女を眺めたままでいると、一瞬の放心がその表情を横切った。それから柿島奈穂子は突然、ふだんの毅然とした顔をとりもどした。そして挑むように前方に視線をやった。意志の力で自分を操作するひとりの女性の姿がそこにある。黙って運転席を見つめる私にそんなぼんやりした考えが思い浮かんだとき、いったんバックしたＢＭＷはすでに猛スピードで発進していた。

背後から声がかかった。

「あの方が柿島さんの奥様ですか」

三上に向けて私は向きなおった。「そうです」

「すぐ彼女を追いかけたほうがいい」三上が切迫した口調でそういった。「火事の現場はもう放棄しましょう。でなければ、とりかえしのつかないことになる」

あとで知ったことだが、警察車両のおかげで私には聞こえなかった彼女の声を三上ははっきり耳にしたらしい。ヘルメットの形状のせいかもしれない。彼の真剣な表情を見て問いかえしもせず、私は即座にもう一度ハーレーの後部に跨がった。この大型二輪には、衝突による影響は残っていなかった。エンジンはセルモーターの回転一発でふたたび重々しい低音を響かせはじめたのだ。

ＢＭＷはすでに見当たらなかったが、三上はその行方を見逃していなかった。われわれがやってきた方角へ姿を消したという。追跡をはじめ、通りの信号をふたつほど越えたあたりで、その赤い尾灯を視界にとらえた。いつのまにか消防関係の混雑が消えた路面を片方のライトだけで照らし、ＢＭＷが凄まじいスピードで走っていく。それを見て、三上もアクセルのグリップをひねった。ふつうの単車なら、そうとうな損傷をうけたはずのあの衝突事故は、この二輪の走行能力にダメージをまったく与えていなかった。あるいは軽い歪み程度を三上がテクニックでカバーしていたのかもしれない。

ＢＭＷは、ちょうどわれわれがやってきたおなじ道を逆にたどるように走った。さらにスピードがあがる。私の知るかぎり、女性の運転によるこういうタイプの暴走は見たことがない。スピードもさることながら、彼女は信号を完全に無視したのだ。赤であっても、交差車線のクルマを真横から縫い、接触や衝突の恐れさえいっさい気にせず走り抜けていく。そして気がつくと、三上も彼女を真似ていた。彼も信号を無視していたのだ。おびただしい数のクラクションが背後にわきあがり、尾を曳いた。そのためだけでもなかろうが、彼女はわれわれの追跡は悟っていたはずだ。なのに凄まじい疾走を思いとどまる気配はまるでなかった。三上が前方にまわることさえできない。だがそれでも追尾することができたのは、われわれが小型車並みの二輪に乗っており、かつライダーが三上だったからという理由しか考えられない。

どこへいこうとしているのかがわからなかった。柿島奈穂子がなぜ暴走するのかもわからなかった。私は首をひねっていた。追いかけなければ、とりかえしのつかないことになる。三上があいったのはなにが理由だろう。だがたずねる余裕はなかった。なにしろ百キロを超える速度で走っているさなかだ。考えていると、目黒通りとの交差を瞬時にして過ぎ去った。彼女のＢＭＷは、すでに中目黒方向に向かっている。さらに山手通りをいけば、私の住む五反田を通過することになる。

道路幅が広くなり、閑散としてきた。私は三上の肩ごしにＢＭＷを見つめつづけた。このあたりからは、私も通りの事情はよく知っている。ふと前方にひろがる風景の全貌を見わたしたとき、私が口にしようとした言葉を三上が洩らしたように思った。中央分離帯がない。これは危険だ。そのときだった。前をいくＢＭＷの運転席の窓からさしだされたものがある。彼女の細い右腕だった。夜目にも白いその腕が、ゆるやかに上を向いた。そして開いたてのひらが左右に静かに揺れた。その瞬間、私は悟った。柿島奈穂子が背後の私にあいさつをおくっている。別れのあいさつ……。だがその理解は限りなくおそかった。ＢＭＷは右方向へ鋭い角度で切りこんでいったのだ。センターラインをオーバーすると同時に、対向車線の彼方からやってくる巨大なタンクローリーが目にはいった。その正面にＢＭＷが激突した直後、遠い金属音につづいて奈穂子のクルマからたち昇ったのは真っ赤な炎だった。

37

私が聞き逃し、三上が耳にした柿島奈穂子の言葉は「詳しい事情は、お送りした手紙をお読みください」というものであったらしい。その限定された古風な伝達手段を聞いたとき、三上は手紙の内容が遺書めいたものであること、さらには彼女がこれから実行しようと考えている計画を即座に確信したという。そのためにすぐ彼女の追跡を私に促したのだった。

その分厚く白い封筒は、彼女が即死した翌日、私の自宅の郵便受けにはいっていた。

冠省　短いご縁でございましたが、お会いできたこと誠にありがたく、心より感謝いたしております。

一昨夜、堀江様より柿島隆志の死について明らかとなった諸事情を拝聴し、想像もしなかった経過に驚きいりました。実はわたくし個人も独自の調査を模索いたしておりましたが、なにぶんにも能力の限界から、自らは事実の一端さえ認めることかなわず、ただただ焦燥が募るばかりの日々が過ぎておりました。つきましてはなんら現実的な根拠を持たないまま、ある計画を行動に移そうかと考えていたところ、折りも折り、堀江様のお話をお聞きする機会を得、おかげさまで思いこみが単に事実のごく一部であることを納得した次第でございます。現在は霧が晴れ、澄みきった早朝の空気のような心境の訪れを覚えております。

本日夜、当初のその行動に変更をくわえ——これは後述させていただきます——実施に移す心づもりですが、堀江様には事前にご説明しておかねばならないことが多々ございます。私事ながら、ご不審の点を説明させていただくのは、ご厄介をおかけしたわたくしの義務であるとともに、柿島の強く望むところでもございましょう。この手紙は、わたくしたちふたりからのご報告とお考えいただければ、これに優る幸いはございません。

事の次第をお話しするためには、堀江様がご想像なさるであろうとおり、ニューヨーク時代にまで遡《さかのぼ》らなければなりません。これはわたくし個人の恥の告白にもなりますが、それでもお話ししなければなりません。ただこの手紙を書こうと考えたとき、これでようやく長年の重荷から解放されるのだという感慨を覚えた事実だけはお伝えいたしたく……。身勝手をお許しくださいませ。

かつての夫、ジェイムズ・ファレリーとの家庭内暴力に由来する確執については、堀江様にお話しいたしました。彼とのあいだに生まれ、生後四カ月で亡くなった息子、ジョージについてもお話しいたしました。あの話はその結末にいたる経過において訂正するところ、一点もございません。ですが事の顚末の最後にはフィクションがございます。これについては正直なところを告白いたさねば、わたくしの救いが完全になくなることになりましょう。この手紙で申しあげておかなければならないもっとも重要な動機のひとつであったことをご承知おきください。

わたくしは殺人者なのです。

お話ししたのは、わたくしの息子がハードカバーである書物の角に頭部を激突させ、死にいたったという経緯でございました。くだんの事情は、突拍子もないものであり、奇異な感を持たれたことかと存じます。たしかに人さまから見れば、不自然きわまりなく滑稽な事故に映るかもしれません。しかし、きっかけと結果はまぎれもなく事実です。悲劇は往々にしていかにも奇怪かつ特異な姿をもって訪れるもののようでございますね。ですが、息子は床に散らばっていた書物で頭を打ったわけではありません。思いだすたび息苦しくなりますが、その前後だけ、事実経過は大きく異なります。わたくしが書斎にもどった際、夫はこちらに背中を向けておりました。その後ろ姿を眺めるうち、いつかわたくしは手近にあった書物をとりあげていました。そして思いの限りの力をこめ、彼の背中に投げつけたのです。他人事のようにいえば、積年の恨みの発散かと思われますが、彼が気配に気づき振り向いたまさにそのとき、まったく予想外の光景が目にはいりました。彼は両手に息子を抱えていたのです。わたくしの投げた重い書物は息子の頭部を直撃いたしました。電光のような短いあいだの出来事ですが、わたくしにとっては永遠に凍りついた時間です。あのときほど偶然の皮肉を呪ったことはございません。

つまり、わたくしは過失致死を犯したのです。それも自分の息子を対象として——。夫はただちに救急車を手配しましたが、病院に到着したとき、彼はすでに架空の物語を完成しておりました。医者に告げ、公になっているのは、堀江様にもお話ししたそのシナリオにほかなりません。結果としての凶器を無思慮に投げつけたのはわたくしですが、息子を抱いていたのが夫である以上、米国の司法事情では彼自身も過失致死の共犯とみなされる可能性があり——長年の家庭内暴力が明るみにでた場合、陪審員制度では多くのケースで間接的な因果関係が認められ、多大な影響を及ぼします——それを恐れたものと思われます。またあとになって気づいたのですが、わたくしにのみ過失責任があるかのような筋書きになっておりました。ですがこの点は自らの行動の結果も鑑み、もちろん甘受するところです。このような背景があったものの、夫の言い分は彼の社会的地位もあり、医師の疑惑を招くことはなかったようです。司法上も結局は起訴されることなく、逆に同情さえされたのですが、わたくしは事の成りゆきにさほど関心を持てませんでした。

号泣のあとは涙も涸《か》れはて、おそらくは思考能力すべてが消滅していたのでしょう。わたくしの混乱は極みに達しておりました。

ところで、このように当時は夫婦だけの秘密であったはずの死亡事故ですが、実はわれわれ以外にも事実を知る人物がひとり存在しました。堀江様が口にされた北島清治氏です。その名を聞いたあのとき、一昨日の夜は、冷静であるようにつとめたとはいえ、わたくしの内心の驚きはどれくらいのものであったか。これは堀江様の想像を絶するものと思われます。もし機会があれば、どのように探りあてられたのか、どのように訊きだされたのか、経緯をいつか詳しく聞きとうございました。これだけは心残りでございます。

話をもどすと、息子の死ですべてが終わったあと、しばらくしてようやく我にかえったわたくしは病院の廊下で、泣きながらも夫と言い争いをはじめたのです。その際、周囲が無人であることを確認したつもりでしたが、とり乱した心理状態では遺漏に気づきませんでした。これはのちに北島氏本人から教えられたのですが、知人の見舞いにきていた彼は、すぐそばのパーティションの陰の清掃用品置き場にたまたま居あわせたとのこと。あまりに情けない偶然ですが、周囲が禁煙のため、隠れてこっそり煙草を吸おうと、そこにいたそうです。ちなみにこの病院は、北島氏がエッセイで書いていたベス・イスラエルでなく、セントルークス・ルーズベルトというところです。まさかそんな細部の違いまで堀江様からの指摘があろうとは思ってもおりませんでした。

わたくしがいうのもなんですが、実は北島氏はそれ以前からもわたくしに一種の思いを寄せていたようです。わたくしの別居は周知の事実であったため、目のまえで話されるそんな趣旨のストレートな言葉を耳にしたこともございます。現在では古風にすぎる考え方かもしれませんが、北島氏には奥様がいらっしゃいました。その点を指摘しきっぱり拒絶したところ、別れるとおっしゃっていましたが、これは単なる常套句ではなかったようで、実際に離婚されたときには非常に驚きました。ほかにも理由があったのかもしれませんが、ある意味で正直な人なのかもしれません。ですが、わたくしは北島氏に魅かれるところはまったくございませんでした。徐々に距離を置こうとしたものの、仕事の関係で日本クラブをはなれることができない以上、接触を絶つこともかないません。さらに息子の死以来、盗み聞きで真相を知った彼からのアプローチはかなり俗悪になり、辟易しはじめたわたくしは嫌悪さえ覚えるようになりました。ご本人は意識されていないでしょうが、彼によって当時のわたくしの精神的混乱は加速したと思っております。

この渦中で数年ぶりに姿をあらわし、わたくしをあらゆる窮地から救ってくれたのが、柿島でした。わたくしは彼に洗いざらいすべてを打ちあけました。その際、彼が見せた寛容と包容力をわたくしはどのようなことがあっても、いつまでも忘れることはできません。彼は大軍を相手に戦場でひとり戦う兵士のようでした。かつての夫を相手に、北島氏を相手に、わたくしの直面していた数々のトラブルすべてを相手に戦ってくれたのです。しかしこんなご説明は必要ありませんでしたね。彼がある状況に遭遇した場合、どのような態度と行動をとるかについて、一番詳しいのは堀江様でいらっしゃいました。

柿島は文字通り、わたくしの救世主でした。おかげで、さまざまな問題は一応の解決をみたかに思えました。かつての夫とは正式に別れ、柿島が壁になって北島氏はわたくしと距離をおかざるを得ず、息子を失った心の傷も徐々に癒えつつあるかに思えました。いえ、実際そういった期間は、たしかに存在しました。何度も申しあげましたが、帰国後、柿島とすごした時間はわたくしの生涯でかけがえのない時期でございました。

そんな時期にも一定の影がなかったわけではありません。ご承知のように、北島氏は雑誌にエッセイを発表しました。例の事件を忘れてはいないとのメッセージなのか、わたくしが殺人者であることの真相を知るのは自分だけだとの自負をこめたのか、どちらかはわかりませんが、その内容は完全なフィクションであり、かつ固有名詞もすべてでたらめなものになっておりました。なのにわたくしだけが、当時現地に在住していた関係者なら歴然と判別できるよう、ひそかな意図のもとに記述されておりました。おまけに誌名も知らないその雑誌が突然、自宅に送付されてきたのです。動機も柿島への復讐心か嫉妬によるものか、あるいは悪意のないべつの意図に基づくものか、これもまた不明でした。以前、執着心は強いながらもさほどの悪意は感じなかったのに、年齢のなせる業か、人が変わったような執念深さを覚えた次第です。脅迫とはいえないまでも、嫌がらせの一種と判断できましょう。

しかしあのエッセイを最後にしばらくは、過去と縁のない状態がつづきました。そこへ最近になって持ちあがったちいさな事件――あとになり、これほど重要な意味を持つとは想像だにしませんでした――が、堀江様もご存じの長浜君の就職問題です。ニューヨークに居住していた折り、少年時代の彼はよく知っておりました。なにぶんにもストレスの多い環境で、彼のような子どもと接触する機会は心休まる時間であり、清潔で頭のいい少年との彼自身の好印象は残っていたのです。あれからずいぶん時間を経て、彼がわたくしの勤務先を志望したという事実を知ったときには少々驚きましたが、もちろん偶然と考える以外の手掛かりはございません。ニューヨークにあまりいい思い出がないとは申せ、積極的に彼の入社を支持したくらいです。鈍感な女とお思いになるかもしれませんが、堀江様のお話を聞くまでは、最近になってようやく彼の性癖と嗜好に気づき、疑問を持ちはじめた段階でした。指摘をうけて、確信に到る多くの心当たりを思いおこした次第です。たとえば、デスクに置いたはずの口紅や小物がなくなっているとか、その種のちいさな出来事の集積ですね。ニューヨーク在住時、彼と北島氏との関係は知ってはいたものの、日本企業の同僚とその家族という関係から見て、まさか現在も接触があるとは思いもよらない事実でした。また長浜君がひそかに持つ感情も、暴力にまで到れば純粋無垢とは到底いいがたいものがあって、わたくしには未知の闇というほかございません。

さらにこの間の事情から当然、疑問をお持ちになるはずの点についても、申しあげておかねばなりません。柿島がメイマートグループのお誘いをうけた際、彼は、先方に在籍する北島氏の存在を知っておりました。しかし彼はそれを承知のうえで、転職を引き受けたのです。当然のことながら、最初に最優先課題として彼自身のコンビニ問題への強い関心がございました。これにくわえ、北島氏にかんする彼の言い分は、逃げまわってばかりだとそれこそがわれわれの心理的な癖になってしまう、それにあのエッセイを書き、かつ掲載誌を送ってくるような未練が彼に残っているようなら、いずれは恐喝に発展する恐れがなくもない、ついては将来に禍根を残さないためにも彼の思いこみを断ち切るいい機会になるかもしれない、というものでした。ですが結局のところ、北島氏と柿島は平行線のまま終わったようです。最後には、人間の感情を動かそうとしたのは傲慢な真似だったかもしれないとまで弱音を吐いておりました。柿島にしてはめずらしいケースかと存じます。

それより職を辞することになった理由はつまるところ、コンビニ問題でのグループ路線との対立であったと断言できましょう。柿島は、北島氏との人間関係程度には耐えうる力を持っております。ですが離職したあと、四谷の事件までの過程で、長浜君の果たした役割については、堀江様の話をお聞きし——いえ、聞きましても先述した細かな心当たりがなければ、信じるのはなかなか困難だったかと思われます——ただただ驚くばかりです。これはもうわたくしの人を見る能力の欠如というしかありません。わたくしは限りなく無能でした。

繰り返しますが、過失致死とはいえ、わたくしは息子を殺した殺人者です。すべては終わったこととはいえ、柿島が犠牲になった事件の最大要因はこの事実に由来いたします。四谷での北島氏を想像すると、相当程度の重い傷害事件であっても、柿島が警察にそれを届けるはずがないとの自信があったことでしょう。なぜならその場合、柿島は過去に遡って海外での事情を話さざるを得なかったはずだからです。彼が、わたくしの不名誉に触れる、そのような真似をするわけがなく、犯罪に付随するはずの不安を北島氏たちは払拭できたに違いありません。ある意味で、彼らは柿島の性癖をよく承知していたともいえましょう。ただ計算違いはあったようですね。長浜君の暴走です。彼にしたところで、殺意を持つにまでいたったのは事前に計画していたものか、現場での暴行時に加速したものか、本人にさえわからないのではないかと思われます。結果は、柿島が死亡したという事実が残っただけ。ただただ虚しい結末です。しかしこういったすべてを、自身の過去が招いたとすれば、事後の最終判断もすべてわたくし個人でなすべきは当然の結論かと思われます。いえ、正直に申せば、柿島の死以来、わたくしはこの意志のみを求めていたような気さえいたしております。

まだまだ申しあげたいことがあるのに、陽が陰ってまいりました。そろそろ準備にとりかからねばなりません。実をいうとわたくしは北島氏、長浜君のふたりを今晩の夕食に招待しております。もし堀江様のお話を聞かなければ、思いこみから北島氏だけということになっていたでしょうが、このふたりの来訪予定を確認し、昨日からわたくしは連続して休暇をとりました。二日にわたり専念した作業はちょっとした日曜大工というところでしょうか。女手によるものですが、それなりの効果を発揮する仕上がりになったようには存じます。さまざまな角度から試したところ、ほんの少しの操作で自宅内からはどのドアも窓も開くことが不可能となる工作に成功いたしました。またガラス窓も内側からはすぐに破れないよう、すべての箇所を厚手の板で塞ぎました。これはカーテンで隠してあります。さらに、だれかが子細に見れば、ガソリンの充満したポリタンクを屋内のさまざまな場所で発見することになるでしょう。われながらおぞましい真似だと思いますが、これが、わたくしが柿島とともに暮らした自宅でとる最後の行動、その準備にほかなりません。ですが、彼らとおなじ場所で死を迎えたくはないという思いがある以上、なんらかの理由をつけて表にでてから、わたくしは火を放つことになるかと存じます。結果がどうなるかはわかりませんが、堀江様にはふたたびお目にかかることはないものと観念いたしております。

淋しい気がしてなりませんが、一方、この期におよび、これほど静かにおちついていられるのはなぜでしょう。自分でも訝しく思うものの、これはあちらで待つ柿島のもとへ参じることができるせいからかもしれません。彼には堀江様が大変お元気だったと伝えますので、その一点をもってお許しくださいますよう。

ご自愛くださいませ。

柿島奈穂子拝

堀江雅之様

38

全焼した柿島の自宅からは焼死体が二体、発見された。まだＤＮＡ鑑定の結果がでてはいないが、かろうじて残った歯形から北島清治、長浜明の二名とほぼ判明している。

火事は、火の回りぐあいと痕跡から見て、家屋の外壁でガソリンが撒かれ、点火された末の結果であることが明白だった。また炎上当時、屋内で爆発に似た激しい火災の発生が何度か視認されたという。その原因となったポリタンクでのガソリンの入手手段とその経路、さらに以後の経過などから判断して、放火犯は柿島奈穂子であることが確実視されている。また柿島家の隣家には火災発生後すぐ、避難するよう彼女からの忠告の電話があったともいう。現在のところ、当局で把握していないのは、死者二名と柿島奈穂子の関係、それに動機である。これは捜査陣が調べている最中らしいが、時間がかかるかもしれない。

事件後、一週間ほどたったころ、私はナミちゃんの店で三上と大原を相手に、容疑者死亡で書類送検に終わるだろう。そんな見通しについて会話をかわしていた。今度は大原にも、私が知っているいきさつはかなりの程度まで話したし、マスコミ情報以外の細部を入手した関根からの話も披露した。

「印象に残ってんのは」と私はいった。「関根が、これは弱者の復讐手段かもしれないといったことなんだ。あの刑事、なかなか勘が鋭いよ」

「すべてを失うことが前提になっていますからね。自分の命さえ」そうつぶやいてから大原が首をかしげた。「でも課長はなぜ彼に、奈穂子さんからきた手紙のことを教えてあげないんですか。動機がすぐ判明するのに」

「あれは私信なんだ」と私は答えた。「おまえさんにも、内容を話しただけで見せちゃいないだろ。私信は公にするもんじゃない」

「公的機関に教えるのが公にすることなのかな」

「そう思う」

「まあ、課長のことだから、私にもその内容の一部しか教えてくれてないんでしょうけれど……。でも警察にも、ニューヨークで彼らが知りあった経緯くらいは知らせてあげていいんじゃないかしら」

「それなら一部は教えといたぜ。たとえば、おまえさんの手配してくれた雑誌の件とかさ。ああいうのは、公の刊行物だからいいんだ。容疑者死亡とはいえ、死人ふたりがでてる。警察がこの事件にどれくらい時間をかけるのか知らないけど、連中がどの程度、事実に接近するか、お手並み拝見ってところだな」

「じゃあ、課長が調べて突きとめたほかのことは話さなかった？」

「話さなかった」

「なぜですか」

それは私の暴力沙汰が表にでて藪蛇になるからだ。まさかそう答えるわけにもいかない。私はわずかのあいだ、この間のいきさつに思いをめぐらせた。丸山のことがある。彼が私の仕打ちを警察に話すなら、それだけは仕方がないと考えた。そのうち三上の声が聞こえた。見かねて助け船をだしてくれたらしい。

「堀江さんは、公的機関に税金分いっぱいを働いてもらうつもりなんでしょう」

「そのとおりだ」と私はいった。「おまえさんも、あの砂子って刑事と話したんだろ。どんなアホウだって、ああいう小役人に協力しようって気にはならないんじゃないか？」

「まあ、そうですね。それはそうだけど……」

彼女はまだ完全に納得していない気配がある。ふたたび三上が口を差しはさんだ。

「結局」と彼は目のまえのジンジャーエールをとりあげ、口をつけた。「柿島奈穂子さんは、柿島さんの奥様として本懐を遂げた。そういうことになるのでしょうね。ご本人の立場からすると、望んだとおりの結果といえるのではないでしょうか」

大原が三上に顔を向けた。「本懐を遂げた、とはまた古風な表現ですね」

「私は古い人間ですから」

「古い人間でいらっしゃるから、ナミちゃんと籍をいれることにされたんですか」

私は驚愕した。とりあげようとしたカウンターの酒を思わず倒してしまったほどである。三上とナミちゃんはといえば、そんなことにさえ気づかず、目を見開き、ポカンと口をあけ、おたがい顔を見あわせている。ナミちゃんの啞然とした表情を見たのは、私はこれがはじめてだった。隣に目をやり、きょうもジャンプスーツを身につけている老人とバーの店主を私は交互に眺めた。このふたりが結婚するのか。年齢差はどれくらいになるんだろう。三十歳以上だ。考えていると、やがてナミちゃんがようやく口を開いた。

「あんた、なんでそんなこと知ってんの」

「マイクから電話があって教えられたの。ご本人たちの立場からすると、望んだとおりの結果といえるのじゃないかしら」

ナミちゃんの盛大なため息が聞こえた。三上は首をふりふり、ゴホンと咳を洩らした。

「まあ、形式的なことですから」

彼には借りがある。順番からいえば、今度は私が助け船をだすべき側だった。

「そういえばさ」と私はもっとも口にしたくなかった質問を大原に向けて切りだした。「おまえさんはご亭主と別居してると聞いたぜ。ほんとうなのか」

「ほんとうです。まあ、いろいろあって」

「ふうん。じゃあ、いまは独り身なんだ。独りでどこに住んでんだ」

「戸越」

私は唖然とし、まじまじと大原を見つめた。そのまま、声がでなかった。

「地下鉄で五反田からひと駅ですね」彼女が平然とした顔でいった。「課長も、もちろん戸越へはいかれたことがあるでしょう?」

私は目をそらし、カウンターにこぼれた酒を見つめた。

「あるよ。戸越銀座には何度かいったことがある」

「どうです? あのあたりは」

私は黙ったままポケットからハンカチをとりだし、カウンターの酒を拭きはじめた。そしてふと気づいた。それは私が丸山の指を折ったあと、彼が物証を残さないようにとわたしてくれたハンカチ二枚のうちの一枚だった。

私は大原を見て「いいところだな、静かで」と答えた。

〈おことわり〉

本作品は別冊文藝春秋に２００２年２４２号より２００５年２６０号まで連載されたものです（途中休載２回）。連載終了後、著者はこの作品の加筆、改稿作業に取り組んでおりましたが、２００７年５月17日に逝去されました。第１章から第８章までは作業が完了しておりましたので、著者の遺志を尊重し、その原稿を使用して刊行することにいたしました。

〔編集部〕

著者紹介

昭和23（1948）年、大阪府生まれ。東京大学文学部仏文科卒業後、大手広告代理店に勤務の傍ら、執筆活動を始める。昭和60年に「ダックスフントのワープ」で、第9回すばる文学賞を受賞。平成7年には「テロリストのパラソル」で第41回江戸川乱歩賞を受賞。翌年には同作品で第114回直木賞受賞。著書に「ひまわりの祝祭」「雪が降る」「蚊トンボ白鬚の冒険」「シリウスの道」「ダナエ」「遊戯」などがある。2007年5月17日逝去。

名《な》残《ご》り火《び》――てのひらの闇《やみ》Ⅱ

2007年9月30日　第1刷発行

著　者　藤原《ふじわら》伊《い》織《おり》

発行者　庄野音比古

発行所　株式会社　文藝春秋

〒102－8008　東京都千代田区紀尾井町3-23

電話　03-3265-1211

印刷所　凸版印刷

製本所　加藤製本

万一、落丁・乱丁の場合は送料当方負担でお取替えいたします。
小社製作部宛、お送り下さい。定価はカバーに表示してあります。

ISBN978-4-16-324960-5